腐葉土

望月諒子

集英社文庫

この作品は、集英社文庫のために書き下ろされました。

腐葉土

目次

主要登場人物

木部美智子　フリーのライター
笹本弥生　資産家の老女
笹本健文　弥生の孫
笹本慶子　弥生の娘
会田良一　慶子の子を譲り受けた男
会田弓子　良一の妻
会田良夫　良一と弓子の子
真鍋竹次郎　『フロンティア』の編集長
深沢洋一　笹本弥生の顧問弁護士
亜川信行　東都新聞神奈川支局次長
滝川典子　笹本家の家政婦
今村満男　修学院大学助教授
林田圭太　修学院大学大学院生
井原八重子　会田弓子の義理の妹
堂本明美　修学院大学吉岡考古学研究室の職員
水木直樹　東都新聞記者
　　　　　修学院大学詐欺事件担当
永井　東都新聞記者
　　　　　笹本弥生殺人事件担当
田辺つよし　修学院大学助手
長尾頼子　仙台で事故にあった子供の母親
長尾太一　仙台で事故にあった子供
浜口　テレビ制作会社プロデューサー
三浦　フリーライター
宮田昇　事故で亡くなった弁護士

腐葉土

プロローグ

親と子の確執はよくある話だが、祖父母と孫というのはあまり聞いたことがない。普通は孫はかわいくて仕方がないものだ。特に一人娘が忘れ形見として残したたった一人の血縁ならなおのことだ。

笹本弥生《ささもとやよい》が孫の健文《たけふみ》と骨肉の争いをしていたのだと判明したのは、笹本弥生が死亡してからだった。もちろん、口喧嘩《くちげんか》なら日頃からみなよく聞いていて、それが継続的に長期間続いていることは知られていた。笹本弥生は八十五歳になっていて、孫の健文は二十六歳で、話は嚙《か》み合わない。それでも二人だけの親族なら、孫が話を合わせるとか、祖母が上手に相槌《あいづち》を打つとか、なんとでも時間の過ごしようはあったと思われる。

しかし二人とも、そんな気遣いをする気がまったくなかった。

健文は大学院生だが、学生生活に金が要るから、小遣いをくれということしか話題にしたことがないし、弥生はそれに対して、やんわりとたしなめるとかそれとなく使い道を問うということなしに、金という一言が出た途端にヒステリックに噛《か》みついた。

笹本弥生は資産家だった。親や夫の財産を引き継いだというものでなく、彼女が一代で作り上げたものだ。顧問弁護士を雇い、財産の管理を任せて、最高級の老人ホームに入所していた。生活は慎ましく、金を使うといえば、懇意のヘルパーに、ホームに内緒で小遣いを渡すぐらいのことだ。普段は物静かな老女は、孫が来るたびに変貌した。

怒りとか、憎しみというより、それは恐怖に近かった。自分が死んだらあの孫は一体どんな速さで金を使い果たすのだろうか。

ただの一度も働いたことのないあの孫が。

しかし弥生は八十五歳であり、孫を殴るわけにもいかず、声を荒らげても甲高く震えて、その上その声は、孫のしっかりとした野太い声に簡単にかき消される。

それでも、ホームの入居者たちは、単なる身内の口喧嘩だと思っていた。弥生には、金を渡さないという選択肢もあり、なにより、面会に来た健文に会わないということだってできる。弥生が断れば、健文はホームのフロントを通過することはできないのだ。それでも健文は弥生の許可を得て玄関を通過し、大喧嘩をして最後はかならず欲しいだけの金をもぎ取って帰る。だったらこれもまた、家族のコミュニケーションの一つに違いない。

弥生はここ数カ月、少し惚《ほ》けたのではないかと思われていた。お気に入りのヘルパーの一人を、自分の孫だと言い出したからだ。

初めは、健文に対する当てこすりのようにも聞こえた。親族に邪険にされる老人が親切にしてくれる赤の他人に肉親以上の愛情を感じるということはままある。それが「惚け」ではないかと人が胸のうちで疑うようになったのは、弥生がそのヘルパーのことを、孫であると他人に公言し始めたからだった。

弥生の子供は、健文の母である慶子一人だ。健文に兄弟姉妹はいない。

それでも弥生は、顧問弁護士を何度も呼びつけるようになった。

――あのヘルパーはあたしの孫である。あたしは彼に全財産を残すと遺書を書きたい。

笹本弥生は一代で十数億円の資産を作り出した女だ。八十五になってもそこらの年寄とはわけが違う。弁護士は困惑した。笹本弥生は弁護士事務所に行っては、人前で臆面もなく言った。

「慶子は、結婚する前に子供を身籠もってね。あたしは格好が悪いから、熨斗《のし》をつけて知り合いにやったのさ。調べてみてくださいな。あれは間違いなく、その、慶子の子ですよ」

そんな事実があったのかなかったのか。とにかく、笹本弥生の会田良夫《あいだよしお》という男に対する執着は日増しに強くなっていった。

「可愛《かわい》がっていたネコに遺産をやるっていう人だっているじゃありませんか。あたしがやるというものを、何がいけないんですか」弥生はわざわざエントランスで弁護士に電話をかけ、聞こえよがしに叩《たた》き切る。それでもみな、内輪もめの延長だとしか考えていなかったのだ。

孫だと名指しされた会田良夫は父の名も母の名も言うことができる。ただ、その両親はすでに死亡していて、兄弟もなく、貰《もら》い子《こ》だという弥生の断言に、はっきりと否定できる材料もなかった。

そして弥生はホームの支配人を呼びつけ、言った。

「財産はこの会田さんに全額渡すことにしたんです。遺言も書き替えました。知っておいていただこうと思って」

惚けたのか、それとも健文に対する嫌がらせか。

会田良夫は居心地の悪そうな顔をして、支配人の後ろにただ控えていた。

笹本弥生が豪華なホームの自室で死亡しているのが発見されたのはその一週間後のことだ。

首が背後から棒状のもので一気に押さえつけられて、喉の骨を折られて死亡していた。

二〇〇四年。

十月四日、午前八時八分の通報だった。

第一章

1　幕開き

その日木部《きべ》美智子《みちこ》は天気が良かったので久しぶりに洗濯をした。ベランダに干しに出ると、その間だけテレビの声が聞こえなくなる。いままでならニュースが流れているときにベランダに出ることはなかった。最近は気にしなくなった。

テレビの流すニュースにも、新聞に載るニュースにも飽きていた。

美智子はフリーの記者だ。元は新聞記者だった。いまでは雑誌、「週刊フロンティア」の看板記者だ。友人には、フリーになって飛躍したと思われている。自分でもそう思った時期もある。取材費がもらえて、編集長の許可があれば好きなだけ一つの事件を追いかけることができる。記事は署名入りだ。政治家にインタビューすることもあれば、迷子になった飼い猫を捜す家族を通して人生の機微を追うこともある。仕事の幅は広がり、日々の事件に流されるようにして生きていた新聞記者時代とは大違いだ。でも四十歳を過ぎて、最近、事件の詳細を調べることに興味をもてなくなり始めていることに気がついた。

なぜだかはわからない。

年のせいかもしれない。

少し前は親が幼い子供を虐待した。その次には成人になった子が老いた親を虐待した。それから時間をもてあまし気味の中年が他人の子供を殺した。その次に来たのが、若年成人による無差別殺人だ。それから未成年の子が親を殺し、今度は親が未成年の子を殺し始めた。テレビはそんなニュースを順に流している。あまりに多いので、どれがどれだかわからなくなる。

殺した理由は本人にもよくわからないものらしい。

干した下着の枚数を数えたら、八枚あった。洗濯は八日ぶりだということだ。洗濯は洗濯機一回分ほど洗濯物が溜まった時にする。洗濯籠が一杯になり始めたら、ニュースで「明日の天気」を気にして見る。ちょうど一杯になった次の日が晴天なら得をしたような気がする。干す時にいつも下着の数を数えて、時間の経過を把握する。

それから晴れた秋の空をしばらく見上げた。

日本人の寿命からすれば、あと四十年生きることになる。そんなに長い間、どうやって生きるのかしらと考える。健康で金の心配がない。それだけで人は生きていけるものなのかしらん。

身内を殺すのは、たぶん自分を殺すのに似ている。だから身内を殺した時、人は「なぜ殺したのかわからない」と言うのだ。自分の環境をひねり潰せば、自分自身がリセットできたような気になる。でもまと違いで、希薄だ。

何が希薄なのだろうと自問する。天気がいいから風もさわやかだ。木綿の、股上の深いパンツが八枚、律儀に並んでいるのを、眺める。

たぶん、殺人の動機が希薄だとかいうことではない。人間の存在が希薄なのだ。いいかえれば、蛋白質と炭水化物が希薄。エネルギーがない。

みな、日当たりの悪いところで育った植物みたいだ。

あと四十年、こんな日当たりの悪い社会で、生活にはなんの不安もないという状況で生きていく。日にあたる洗濯物を見つめるのが少し幸せ。

そんな四十年はとても不安だ。

たぶん、こんなに心が重いのは、昨日遅くまで酒を飲んだせいだと美智子は思った。テレビ制作会社の浜口に飲みに行こうと誘われて、銀座の飲み屋に乗り込んだ。浜口の愚痴につき合ううち、つい深酒した。アルコールは毒だそうだ。アルコールに限らず、若い時は若さにひれ伏していたものが、最近では足下を見たように毒を出してくる。

テレビではレポーターがテレビカメラに向かって話している。「目撃者の証言によりますと——」

美智子はフロンティア出版に向かって家を出た。

地下鉄の駅は清潔で、照明の加減だろう、明るい日差しの中を歩いているようだ。地下であることを忘れさせる計算され尽くした空間。エレベーターは整然と人を運ぶ。ホームにはは制服を着た女性の駅員が凛々《りり》しく立っていて、人々ににこやかに受け答えをしている。彼女はいま、充足感を味わっている。そして家に帰り着いたとたん、夕食を作るのも嫌になる。そんな彼女が見えるようだ。

わからないことがあると人はそばの人に聞いたりはしない。みな、その女性職員に聞きにいく。だからキョロキョロしている人も、不安そうな人もいない。ホームの人たちはみな同じような顔をしてただ電車を待っている。

待合のベンチの足下に小さな飲料水の空缶があった。手を伸ばせば拾える場所で、二メートルほど向こうには自動販売機があり、隣には缶を捨てるごみ箱が丸い口を開けている。美智子はその缶を拾い、ごみ箱に捨てたいと思った。でも手が動かなかった。拾い、捨てる。たぶん三秒で済む。真っ白なホームの上にある小さな飲料水の缶だ。誰もその缶に一瞥《いちべつ》もしない。見て見ぬふりをするのが暗黙のルールだと言っているみたいに。

たぶん、ここでは、清掃員じゃない人が落ちているごみを拾って捨てるのはルール違反なのだ。整然と分担された役割に反することで、そんなことをしたら都市の「システム」に微妙な支障をきたすのだ。あたしがこんなにすぐそばにあるごみを、すぐそばにあるごみ箱に捨てられないのは、そういうことであるに違いない。だって他に理由がないもの。

電車を降りて地上に出て信号を渡る。フロンティア出版のビルに入って入館証を見せる。それを胸にぶら下げてエレベーターのボタンを押す。待っている間、顔見知りに挨拶をする。

エレベーターが下りてきて、美智子は五階へと上がる。

フロンティア編集室からは細かな羽音のような雑音が響いていた。鳴《な》り止《や》まない震動のような音はたくさんのパソコンから発せられるモーター音だ。その中にジジジというファックスの受信音が混じって、電話をする人の声が薄い網を何枚も重ねたようにかぶさる。とても清潔で、高尚な作業をする穴倉だ。

美智子は担当編集者の中川の席に向かう。若いが、事務能力は抜きんでて高い。でも出すぎたことをしない。目立つこともしない。彼の美点を上げるなら、分を心得ているということだろう。だから彼はいつも快適そうに仕事をしている。編集長の真鍋はまた、電話の最中だった。美智子は部屋に入った時に電話をしていない真鍋を見たことがない。

真鍋は美智子をめざとく見つけると、受話器を握ったまま、美智子に声を上げた。

「あ、その事件、打ち切りなんです。それでね、至急こっちを取材してほしいんだよ」

それで美智子は真鍋のほうへとからだの向きを変えた。

真鍋が打ち切りだと言ったのは、中学生が両親を殺して自宅に火をつけたという事件だ。親を滅多刺しにしたあと、アリバイ作りのつもりだろう、インターネットで仕入れた知識でちゃちな発火装置を作って、自分がいない時に火事が起きるように細工した。実際に発火し、家は全焼、両親は焼け焦げて発見された。本人はその間、ゲームセンターで時間潰しをしていた。本人には罪悪感はなかった。彼は取調室に入れられて、やっと顔色を変えたのだ。親はある宗教の熱心な信者で、明らかに子供の生育より信仰に心を奪われていた。それが子供の引き起こした犯罪に関係があるのか、ないのか。いま、親にとって子供はなんなのか。子にとって親はなんなのか。

真鍋はこういう事件が起きると決まって美智子を呼び出す。

「木部ちゃん、あなたはうまいのよ、そういう事件記事の話の持っていき方がさ。君のだね、類まれなる洞察力と感性が――」

真鍋には「感性」に「女ならではの」とつけないだけの分別もしくは処世術がある。

親が養育を放棄して信仰にのめり込んだので、子供は居場所を失ったのだ。誰だって、自分より御札《おふだ》を大切にする親に育てられたら、暴れてみたくなる。その御札に「夫婦円満、家内安全」なんて書かれていたら、火でもつけて燃やしてやろうかと思わぬとも限らない。洞察力や感性をもち出すまでもない。それを、打ち切りだと編集長は言っている。

美智子が机の前につくと、はいはい、じゃ、そういうことで――真鍋はいい加減なことを言いながら電話を切った。

「この中学生の親殺し、上から止められたんですか」

真鍋は否定とも肯定ともつかぬ顔をした。そのくせ答えははっきりしている。

「親の入っていた宗教団体がもっとうさんくさい、叩きやすいところだったらよかったんだけど、押しも押されもせぬところでさ」

その宗教団体にいろいろ問題があるのは皆、知らないわけではない。それでも組織的で、揺るぎない財力があるものだから、怖くて誰も糾弾できない。事件の報道そのものを自粛しているワイドショーもある。

「そんなこと、初めからわかっていたじゃありませんか」

「わかっていたよ。でも、少年の異常性に焦点を当てて、その後ろにぼぉっとこう、見えるような、見えないような、気のせいですよ、ほら、あなたがそうだと思っているからそう感じるだけ——という言い訳ができる程度の書き方で」

美智子が補足する。「でも少年を凶行に至らせた寂しさの本当の原因はその宗教団体の存在と無関係ではないとはっきりと読者にはわかるかたちで」

「そう」と真鍋は軽く指を彼女に向かって振った。

「そうなんだよ。そういうのを書こうと思っていたのだよ」——書くのはあたしだ。

「それが、蓋《ふた》を開けてみたら、その親殺しの男の子ってのが、馬鹿すぎて」

それも初めからわかっていたことではなかったか。

ムッとはしたが、初めから気乗りのしない事件だったので追及しなかった。自己表現ができない。興味を他人と共有できない。テレビゲームが大好きで陰にこもっている。今回の親殺しの少年では、親の犠牲になった少年という構図ができない。

それより真鍋の机の上に乗っている赤いサインペンで囲った新聞記事が気になっていた。三日前の記事だ。

美智子は机の上の新聞を手にとった。

十月四日午前八時頃、神奈川県湘南市の有料老人ホーム「グランメール湘南」で、入所者笹本弥生さん（85）が室内で死亡しているのを管理人が見つけ、警察に通報した。笹本さんは車椅子に座ったままの格好で死亡しており、首に圧迫痕があるため、神奈川県警は殺人事件として捜査を始めた。笹本さんは八年前にグランメール湘南に入所、身の回りのことは自分ででき、日頃は車椅子を使うこともあまりなかったという。室内は特に荒らされた様子はなく、手提げ金庫が開けられた状態で放置されていたが、盗まれたものがあるかどうかは不明。現場はＪＲ湘南海岸駅より徒歩十分にある住宅街。

「それね。事件そのものは地味なんだけど、家庭の事情が入り組んでいるってことなんだよ。おばあさんが殺される直前に、放蕩者《ほうとうもの》の孫に嫌気がさして、ホームの職員の男を自分の孫に見立てて、その男に全財産を譲るって言っていたらしいんだ。十億円以上の遺産があるらしい。まあ、あれやこれやで記事になるでしょ」

かわりにこの事件をやれということだ。

いつのまにやって来たのか、中川が横手から口を挟んだ。

美智子はフリーだが、中川は正社員だ。数百倍の競争率の入社試験に勝利してそこにいる。でも美智子の方がキャリアは長い。第一、中川がいなくても美智子がいれば『週刊フロンティア』には支障がない。中川はそこを心得ている。雑誌の売り上げがよく、よって給料がよく、社の名前をいえば人が「ほぉ」と言ってくれて、毎年入社試験の倍率が高く、何よりほかの編集者仲間に大きな顔ができるのは、ひとえに、地味で欲のない、その上田舎のねぇちゃんにしか見えない木部美智子のような敏腕記者のおかげだということを。

「それがまたとんでもない高級な老人ホームなんです。入居費は六千万円。その上で食費とはまた別に管理費を月三十五万円払っているんです」

美智子は思わず中川を見上げた。彼の方が背が高いから、見上げる。

「そんな広い部屋にどうやって八十五歳のおばあさんが住むの」

「七十平米、１ＬＤＫです」

そういう時の中川はうれしそうだ。してやったりという顔をする。

「建物のドアは二重で、フロントには常時三人以上待機していて、明確な用事がないとたとえ顔見知りでも中に入れてくれません。裏の通用口もテレビカメラで顔を確認しないと解錠しないという徹底ぶりなんです。何せ今回の事件も、各部屋のトイレの上にはセンサーがついていて、在室の状態でそのセンサーが十時間作動しないと自動的に事務室のアラームが鳴る仕組みなんだそうです。それが鳴ったので、係員が部屋を訪れて、発覚したというんですから」

なるほど「高級」なだけはある。金持ちの老人ほど気難しくて、声をかけるとうるさがり、かといって放っておくと情がないとすねる。トイレのセンサーでの健康管理とは、見事な金の使い方ではないか。

それにしても充分に食い、充分に着飾って八十五年を生きたのであれば、そして苦しまずに死んだのであれば、どんな死に方をしてもかまわないようにも思う。

　実は昨日飲んだ浜口がこの話題でぼやいていたのだ。

　浜口は民放テレビのニュース制作の下請け会社のチーフをしている。彼のぼやきは、孫の健文にまだ逮捕状が出ないということから始まった。

「もう出るかなぁっと思うのに、出ない。利害関係のある顔見知りったら彼しかいないんだから」

　殺された女性は、夫とも一粒種の娘とも死別し、身寄りは健文という二十六歳の孫しかいない。それで浜口は、孫の健文が犯人だと当たりをつけて聞き込みを始めている。プロダクションは警察が犯人の目星をつけたと読むと先を争って対象を取材し、映像を溜《た》め込んでいく。逮捕状が出ると同時に、編集して流すのだ。「逮捕状が出た」という一報で制作室は大騒ぎになる。そういうときの準備のよさが、下請け会社の命だ。

「なんだか澱《よど》んでいるんだよねぇ」と浜口は誰にともなくぼやく。

「うちのキャスターはね、宮田って弁護士が二億円持って、都心環状線で事故って死んだ事件、あったでしょ。あれを派手に取り上げるつもりだったんだ。調査に手間と時間と金かけて、でも結局何も出てこない。でもあの人は納得しないの。根がヤラセのバラエティの出でしょ、抜けやしないんだよね。高級老人ホームの事件は、年寄り相手にどう扱ったらいいのか、わからないっていうのさ。白黒つくのじゃなきゃ『気分が乗らない』ってのたまうの」

　浜口は新しいキャスターとはそりがあわない。でもその新顔のキャスターは知名度があるしギャラも高額で発言権もある。だから浜口は制作費で酒を飲み、憂さを晴らしている。「頭悪い奴《やつ》は白か黒かしかないから。中途はコメントできねぇって。キャスターがコメントできない事件はなかったことになるのかねぇ。この先ニュースはどうなるのかねぇ」

——考えてごらん、交通死亡事故なんて毎日何十件と起こっている。その中で夕方のニュース番組で取り上げるのは一つか二つ。その途端それがニュースとして認識される。流したものだけがニュースになるんだよ。だからおれたちは一生懸命に取り上げるんでしょ。それが使命感というものさ。白黒つくまで触らないなんざ、報道人のすることじゃない。

「それでおれは言ったのさ。その弥生ばあさんはいまでこそ高級老人ホームなんかで笹本様なんて呼ばれておつに澄ましているけれど、戦後のどさくさに紛れて財産を作ったとんでもないごうつくばばぁで、闇市に潜り込んで行きどころのない子には売春をさせて、土地転がしして、それで資産の十億を作ったんだ。彼女の住んでたあたりじゃ知らないものはない。それを特集で取り上げたらどうでしょうかねって。どうせ犯人の方は大方の予測はついているんだ、だからばあさんの十億の金の作り方をさ。そうしたら彼、怒ったのさ。被害者はいい人でなきゃいけないんだ。それが日本の常識だ。いや、『良識』というものなんだ。そんなもんをほじくり出して、君は僕を庶民の敵にしたいのかって」

庶民だよ、庶民。庶民が人のことを庶民と言ったのをおれは初めて聞いたぞ——と浜口はもう、その時にはぐでんぐでんだった。

だあれもいないの。仕事をうまく回せる奴が。プロデューサーはあのキャスターの顔色ばかり見ているし、物事のスタンスってのを誰も測れない。『特集』組む方が小さいネタ拾って五分ずつつなぐより視聴率が取れるんだよ。だから何かっつっと『特集』。そこへもってあの馬鹿キャスはまだ宮田の事件にこだわっていて、その理由は簡単で、自分のネームバリューを上げる気なのさ。落ちかけた人気をさ。木部ちゃん、もう一軒行かない？

「行かない」

プロダクション内で揉《も》めて、会議で苛《いじ》められて、シケている。そんなのにつき合っていたら、朝になる。

浜口はあっそ、と引き下がり、呟《つぶや》く。あのキャスター、誰かクビにしてくれないかなぁ。

「視聴率、上がったんでしょ」

「上がったらこんなこと言わないよ。上げてくれたら、それこそ靴の底だって舐《な》めてやるよ」

「報道業界を憂えているの、数字が伸びないことが不満なの」

「数字は低いけど志はあるんだとか、志は低いけどとりあえず数字取ってくるっていうのはまだ許せるよ。志もない、数字もないのないない尽くしじゃ浮かばれないのよ」なんというのかなぁと浜口は呻《うめ》く。

あの人、台本にアドリブまで書き込んで練習するから、田舎芝居見てるみたいで、そういうのアドリブっていわないって誰か言ってやって欲しいんだけど——

赤いフェルトペンで囲まれた記事を見る。真鍋はいまの段階で被害者を「戦後のどさくさに紛れて財産を作ったごうつくばばぁ」としてスポットを当てるつもりはないだろう。キャスターの「被害者はいい人でなきゃいけないんだ」というのは今のところマスコミ共通の認識であり、各社それにそって自主規制している。それを覆して「ごうつくばり」と書かねばならないほどフロンティアは記事に困っていないし、喧嘩を売らないといけない事情もない。

その時美智子は思い出した。真鍋が「戦後物の連載」について、それとなく打診していたのを。——いまね、戦後を見直すというのがちょっとした流行《はや》りなんですよ。右に振れたものは次には左に振れる。だからね。

だから今度は戦後物が流行るのだという。戦後を見直すことを「流行り」という、それが編集長たるものの器だ。

「親の介護をどうするかとか、自分の老後がどうなるかというのは、みな少なからず不安に思っているわけで。ホームで暮らすお年寄りの孤独について、少々誇張してもらってもいいですから、あっさりと、一回こっきりで」

彼の本意がどこにあるのかは知らない。編集長から受けた仕事は丁重に受ける。それがフリーライターのあるべき姿だ。ええ、わかりましたと美智子が言うと、真鍋はカラーコピーを何枚かくれた。

被害者の死亡時の写真だった。おばあさんが車椅子に、正面につむじを向けて座っている。

真鍋はあくびをすると、鳴った電話を取った。

美智子が浜口に連絡をとると、浜口は制作事務所のあるビルのロビーまで下りてきた。しらふの彼はさすがに仕事ができる顔をしている。仕事に振り回されているというべきか。とにかく喉仏まで仕事につかかっている顔だ。

浜口から聞き出せたことは、殺された女性には一人しか身内がいないということ。その老人ホーム――マンションと言い換えてもいいが――は、当然セキュリティは最高級のものを契約しているだろうから、部外者が入ったということはまずないだろうということ。死後硬直、死斑の状態などから、犯行時間は三日二十三時の前後二時間程度。センサーが最後にキャッチした、三日二十一時四十八分のトイレの使用が被害者本人によるものであるなら、実質三時間。被害者の部屋にはナンバー式の簡易金庫があり、それが開いていて、中を荒らされた形跡はあるが、持ち主が死亡しているので何が盗まれたかはわからない。ただ現金が十五万円入った封筒は、そのままに残っていた。

「これは警察発表には含まれていないんだが、金庫の底にはテープで張りつけてあったものを引きちぎったような小さな糊の跡が残っていたそうだ。張りつけてあったのは形状からいうとペンダントトップとか、鍵みたいなもの。他に物色のあとはなし」

それほど重くもない金庫なんだから、金庫ごと持って帰れば早かったのになと浜口は呟き、美智子はその独り言も含めて、全てを手帳に書き留めた。

「で、やっぱり容疑者は孫?」

「そう。孫の健文」

「被害者が目をかけていたというヘルパーは？」

「おばあさんを殺したって一文にもなりゃしない。健文に遺産が入るように手助けするようなものだ」

「でも笹本健文にはアリバイもないんでしょ」

「それがね」と浜口は言う。

「あるっていうんだよ。一晩中人といたって。でもそれが誰だかは、言えないって」

「だったら犯人は笹本健文じゃないでしょう」

「でもそんなものアリバイとはいえないでしょう。早い話が、アリバイがないんだ」

「だから、アリバイも用意せずに殺人なんかしないでしょ。そのおばあさんが死んだら、一番疑われるのはわかっているんだから」

浜口はしばらく考えて「なるほど」と納得した。それから浜口は思い出したように顔を輝かせると、「それがさ」といそいそと言い出した。

「そのおばあさんが、そのヘルパーに財産をやるように遺言を書き替えたと、ホームの支配人がおばあさん本人から聞いたって話があるんだ。だとするとアリバイなんて悠長なことは言っていられない状況だったとも考えられる」浜口はそれから、詰まらぬことを思い出したように溜め息をついた。「でも、本当は書き替えていないって話もあるのさ。孫の気を引くための嫌がらせだろうって」

「面倒なおばあさんね」

「なにせ年寄りだから」

遺言に、孫の健文に相続させると書かれていたなら、結局孫との喧嘩は内輪もめだったということであり、高齢者の孤独にスポットを当てた記事になる。

「その遺言状、明日の笹本弥生の葬儀で公開するらしい」

美智子は動かしていた手を止めて、一瞬考えた。

「どういうこと？」

「被害者の顧問弁護士は、あの死んだ宮田弁護士――二億円持って死んだ人。あの事件に絡んで、取材や捜査を受けた弁護士なんだよ。だから彼はできれば門を閉じて奥に引きこもっていたいと思っている。彼にすればとっても迷惑なタイミングなんだ」

「――深沢弁護士？」

「そう。追いかけ回したのはうちのスタッフ。でも何も出なかったけどね」

――大山鳴動ネズミ一匹。報道陣泣かせの事件だった。

三カ月前の深夜一時半、都心環状線を横浜方向に向かっていた一台の車が大破、炎上した。突然左に大きくハンドルを切り、後続のトラックに衝突されたのだ。半蔵門出口付近でのことだ。車は紙箱のようにひしゃげ、黒煙とオレンジ色の炎が立ち上った。上昇気流に乗って、何百枚もの紙が飛んだ。炎が上がるたび紙は車内から高く舞い上がった。焼けながら空に上がり、羽のように。その全てが一万円札だった。

一万円札は路上に落ちて、車に轢《ひ》かれ続けた。翌日になっても皇居の堀には半分焼けた一万円札が浮かんだ。その後の調査で「二億円前後の一万円札が車内にあったと思われる」との警察発表があったが、正確にいくら積まれていたのかはわからない。運転していたのは車の所有者である宮田昇。弁護士だった。彼は即死していた。車は突然ウインカーを出し、出口に向けていきなりハンドルを切ったのだという。後続のトラックはよける間もなかった。

二億円もの現金を車で運ぶのが不自然だった。当たり前の金ではないだろう。みな、事件の臭いを嗅《か》ぎ取った。

事件が混迷したのは、二億二千六百万円の借金を抱えた経緯が克明に書きつけられた遺書が発見されたからだ。二億円の金に困って遺書を書いた弁護士が、二億円の金を積んで事故死したことになる。

金は帯封で巻かれていて、焼けずに残った現金とともに回収された帯封には、全て同じ銀行印と担当行員の印が押してあり、日付は二十年近く前のものだった。正確には一九八五年三月二十五日。銀行を出たまま、手つかずの状態で保管されていた二億円だ。その金の出所がわからなかったのだ。

そこで浜口たち報道番組制作者たちは色めき立った。

宮田は、自殺したことにして二億を懐に入れようと、金を使いこんだという遺書を用意して失踪するその途中に、運転を過って死亡したのではないか。なんらかの事情で身を隠す必要に迫られていたとか、二億の金を巡って身に危険が起きるようなことを——例えば暴力団絡みの事件にまきこまれていたとか、単に儲からない弁護士業に嫌気がさして金を持ち逃げしたくなったとか、失踪する理由はいくらでも考えられる。そこで宮田の死亡前の言動が問題になった。彼に本当に死ぬ気があったのかどうかだ。宮田弁護士は死亡する数時間前に事務所から十七分間の電話をかけていた。相手は、大学が同じで同期の弁護士だが長い間交流がなかった男だ。それでその男の証言に興味が集まった。

ところが宮田との電話はなんといって内容のない電話だった。

「卒業以来連絡をとりあってなかったので突然の連絡に驚いたが、特に変わった話はしなかった。ただ、とても疲れているように感じた。近々会おうと言って切った」

その弁護士というのが、今、浜口のいう深沢だ。

深沢洋一《よういち》は個人事務所を開いて八年になる。弁護士を二人抱え手堅く事務所を運営していた。彼は「自分の知る限り彼は金を持ち逃げするような人間ではなかった」と言い、以降マスコミの取材を受けつけなくなった。

その後宮田が真面目で正義感の強い弁護士であったことが明らかになっていった。妻と二人の子を持ち、中級の国産車に乗り、中流家庭が買う価格帯のマンションに住んでいた。信用して顧客の共同保証人になり、逃げられて、八千万円ほどの負債を抱えたのが転落の第一歩だった。宮田は立場の弱い者を進んで弁護していたので扱うのは小さな刑事事件が多く、元々実入りは少ない。借金を抱えてからは、わずかな手付金欲しさに片っ端から仕事を受けて、準備が間に合わなくなり、敗訴が続く。宮田は金融会社に借金を重ね、金策つきて顧客の金に手をつけた。あとは絵に描いたような経緯をたどる。顧客の金に手をつけたことを隠すために、他の客の金をそこに動かす。その客の金を埋めるためにまた別の所から持ってくる。万策つきればまた街金融から借りる。その間にも宮田は、他に頼むところのない被告のために保釈金を肩代わりしてやり、裏切られている。

宮田は早くに親をなくし、親戚の家で育った。苦学して弁護士になったあと、百人の弁護士を抱える大型の事務所に入った。彼はそこでうまくやっていけずに、独立する。それは準備の整った独立ではなかった。彼の躓《つまず》きはそこに端を発していた。

「あの電話のおかげで、深沢弁護士は当時警察からも身辺を捜査されたからね」

なるほど、深沢弁護士にすれば今回の報道に自分の名前が見え隠れするのは避けたい。遺言の公開は騒ぎをいたずらに大きくしないための配慮だということだ。ということは、その遺言は、相続で争っているという憶測を否定するものである可能性が高い。

浜口は笹本弥生の解剖所見をくれて、弥生が懇意にしていたヘルパーの名前を『アイダヨシオ』だと教えてくれた。

「何かいいネタ入ったら、教えてよね」

家に帰ると夕方になっていた。洗濯物を取り入れ、畳んだ。それから用済みになった「親を殺した少年」のファイルを鞄《かばん》から抜き出した。

――多分少年には、親を殺すというのは、腹立ち紛れに学校のガラスを割るのと同じようなことだったのだ。いや、少年は学校で問題行動を起こしたことはない。ということは、ガラスを割るよりハードルが低かった。ガラスを割れば教師に怒られる。でも親を殺すのは自分のゲーム機を壊すようなもので、文句を言われる筋合いのないものだと思っていたのだろう。親を生身の人だと思っていなかった。それは親が少年を生身の人間として扱ってこなかったということと直結しているように思う。この事件では親と子は、単に力の強いものと弱いものだった。

最近こんな事件が増えた。こんな事件とは、被害者でもいい、加害者でもいい、事件の中にいる人が何かを訴えてくることがないという事件だ。

事件は、どんな事件でも、それを引き起こした人の人生の上でしか起こり得ない、いわば「一品もの」というべき要素の上にある。美智子は長い間そう思ってきた。

人間に備わった「業」はいろんな形で人を悩ます。悩みながら人は生きる。業というのは自己への執着だと思う。結局自己確認だ。結局人間は自分に執着することで生きている。義理も、人情も、愛情も、犠牲も、結局は自己確認だ。そんな業がほどけないほどに絡まった時、人は事件を起こす。だから事件には人の業が生い茂る夏の雑草のようにびっしりと張りついている。見たこともない密集の仕方、見たことのない曲がり方。そこには一生懸命生きるのと同じぐらい一生懸命に殺す人間の姿があったものだ。いかに事件が生まれたかをひもとくことは、その時そこにいた人々がいかに生きたかを見ることだった。

ところが最近では「決して他人事ではない。いつあなたが、もしくはあなたの息子が夫が加害者になるかもしれませんよ」というのが定番になった。「被害者」ならまだしも、「加害者」だ。

人間の日常って、そんなに危ういものなんだろうか。

事件はそんなに簡単に起きてもいいのだろうか。

子が親を殺す。親が子を殺す。介護に疲れて殺したり、成績に文句を言われて殺したり。中には「殺すことしか時間潰しを思いつかないから」殺したりする。どうやって生きていったらいいかわからないから、殺人でもして転機を求める。そこに事情がないとはいわないが。そんなものの裏取りにあたしは自分の一生をすり減らすのだろうか。

「親を殺した少年」のファイルをしまおうと、書棚のガラス扉を開けるのに、足下の箱が邪魔だったので足で押した。明治から終戦直後までの資料が詰めこまれた箱だった。

アメリカ人の見た日本――東京アーカイブス百年――昭和前史――激動の昭和――一億人の昭和史――。復刻版の新聞と膨れ上がったファイルが数冊。

箱の中に並ぶ表紙をしばらく眺めて、ファイルを書棚にしまい、扉を閉めた。

その夜、美智子は寝つけなかった。

昔、幼児は頼りない顔でよく笑っていたような気がする。子供は母親と歩く時はいつも手を繋《つな》いでいた。大きな下駄を突っかけて、舗装されていない路地を歩いた。

あたしの記憶だろうか。自分自身の記憶にすれば古すぎるような気がする。でも美智子は闇の中でそんな風景に目を凝らしている。

寝返りをうった。

美智子は子供の頃、母のようになるのだと思っていた。子を産み、育て、生きる。運動会にはお弁当を作っていくのだ。家は平屋で、庭なんかなく、玄関は道に面している。そんな家は東京にはもうない。大人になってマンションを見ても、同世代の男を見ても、女を見ても、すっかり塗り替えられたものを見るようで、自分がどうありたかったのかがわからない。

四十になって初めて、自分は母のように「なるだろう」ではなく「なりたかったのだ」と思い始めた。それは叶《かな》わぬことだ。母の生きた時代はもうない。だから仕事に夢中になったのだろうと自己分析していた。しかしそれにしてもいまごろになって、なぜここまで切実にその虚しさを感じるのかがわからない。現実の事件がどうでもよくなって、全てが日照不足の植物のように見えて、希薄で、軽薄で、不毛。死がなぜ小さいかといえば生が小さいからだ。でもそんなことは理屈としてはわかりきったことだ。いまさらそんなことでおたおたはしない。ああ、この、押しつぶしそうに迫力をもってあたしに迫ってくる古い古い写真のような記憶はなんなのだ。

写真――

そのとき美智子に、あの「足下の箱」が蘇《よみがえ》っていた。

あの記憶は――写真だ。

美智子は真っ暗な天井を見つめた。

そうだ、写真だ。あたしが思い出しているのは、自分の記憶ではない。無数の写真であり、それは、真鍋が「戦後」の連載企画を持ち出したからだ。

無数の写真は――

戦前戦後の記録だ。

真鍋に打診されてから、図書館に通った。古書店で古い写真集を手当たり次第買った。そうしないと、いまは影も形もない時代を頭の中で構築できないからだ。子が、手を伸ばして母と手を繋ぎ、並んで歩くのはあの資料の中の一枚の写真だ。それを懐かしいと思った。膨大な量の写真が、本当の記憶と入り交じって、自身の実感を脅かしている。

写真をめくるのは見たことのない世界の断片を集めるのに似ていた。それが全体のどこにあたり、繋ぐとどんな像を結ぶのかは、見届けることはかなわない。ただ、触れば触るほど「そこにあるもの」に心引かれる。そうやって眺めた膨大な数の写真が、いま、美智子の頭の中で本当の記憶を見るように捲《めく》られていた。

やがて美智子の記憶は、一枚の写真に行き着いた。

まるでその写真に行き着くためにまどろこしく何枚もの記憶を捲っていたように。

それは昭和二十年四月、東京大空襲の一カ月近くあとの大森区付近の写真だった。

見渡す限り瓦礫《がれき》だった。そこに粗末なトタン作りの小屋が建っている。瓦礫の原っぱに建っているから、たぶん焼け残った廃材を使って作ったのだろう。間口四メートル高さ二メートル、奥行きはわからないが、それもせいぜい二メートル。

小屋の中に、女性と男性が二人ずついる。女性の一人は下駄履きにもんぺ姿で、姉さん被《かぶ》りをして、うつむき加減で、座っている小柄な男性の頭部に覆いかぶさるようだ。座っている男性はお行儀よくおとなしく、みかん箱に腰掛けている。足下は草履。顔は女性の袖で隠れているのでわからないが、首には前掛けのような大きな白い布を巻いている。そのすぐそばにもスカートをはいた草履履きの若い女が、同じように座った別の男性の頭部を触っているのだが、その男も首に白い大きな布を巻きつけている。

初めて見た時、それはとても不思議な感じがした。小屋の後ろは間違いなく瓦礫の原だ。それなのに、何をしているのかはわからないが、そこにあるのはおだやかな日常感なのだ。小屋の横には半分焼けた倒木を立ててあり、そこには木製の、手書きの看板が針金で止めてある。美智子はそれに目を凝らした。

看板には「長谷川理髪館営業所」と書いてあった。

東京大空襲の一カ月後、まだ手つかずの瓦礫の平地にトタンの簡易小屋を作り、理髪店を開いていたのだ。

簡素な机には紙が一枚垂れていた。角が丸まっていて全文は読めないのだが、「簡易理髪」という文字と「サッパリと」という言葉が読み取れた。

焼け野原に看板を立て、理髪店を営む人たちがいる。焼け野原の中でも「サッパリと」したいと思う人間がいる。料金があり、それを払う人がいる。

それが美智子には衝撃的だった。

どんなに多くの人がどんなに悲惨な死に方をしたあとでも、生きていれば髪は伸びる。伸びた髪は切らねばならないし、汚れた服は洗わなければならない。三度三度ご飯は食べないといけないし、顔を洗い、歯を磨き、近所の人の心配をし、挨拶をする。家のなくなった人はリヤカーに荷物を積んで疎開先に向かって懸命に歩くだろう。それでも時々「サッパリと」したいと思う。これが理性であり、文化というものだ。戦争は物を壊すことはできても、培ってきた理性を壊すことはできない。空襲が「大」空襲になり、今では戦争の悲惨さの象徴のように扱われていても、当時の人々にはそれがこの世の終わりではなく、翌日があるということ。生活があるということ。

写真の中の客は行儀よく、二人の女性の店の出し方は律儀だった。まだ背の低かったころの日本人のその姿に、美智子はおもわず胸が一杯になったのだ。店の、看板と反対側にも焼け残りの木材が立ててあり、そこには汚れてよれよれになった上着が掛けてある。焼け野原に建つトタン作りの理髪店に上着掛けがあるということ。そこにきちんと上着が掛けてあるということ。

彼らは焼けて崩れた家に塞がれかけた道を、荷車を引いて歩く。黒焦げの死体の横を、荷車を引いて歩く。しかし彼らは戦争のために神経が麻痺した人々ではなく、どんなに汚れた身なりをしていても、どんなにおなかを減らしていたとしても、理髪店に行き、身なりを整えたいと思う、人間なのだ。

万歳をして友人知人を戦地へと送り、竹槍《たけやり》で戦闘の訓練をし、ある日戦争が終わったと言われると闇市で買い物をして、子供をおぶって配給米を運ぶ。悲しみにくれたりせず、理屈も言わず、ただ、肩に食い入る重みを全身全霊をもって一歩前へと運ぶ。子供と米と自分の人生と。

――子供と米と自分の人生と。

理屈も言わず、ただ全身全霊をもって。

美智子は起き上がった。

笹本弥生が闇市から財を成した女だということは浜口が知っていたのだから、真鍋が知らないはずがない。そうしてあたしを、笹本弥生の事件に振り分けた。「加害少年が馬鹿すぎて」図柄が描けないから「至急こっちを取材して」。

美智子は真鍋がくれた、カラーコピーをファイルから引っ張り出した。

発見直後の殺害現場の写真だ。どこから仕入れたかは知らないが、真鍋はよく、こうやって流出するはずのない写真や情報を手に入れてくる。新聞社時代の先輩が真鍋の情報網を、「わけてほしいよ」とぼやいたことがあるぐらいだ。真鍋の情報の元は警察幹部もしくは官僚だ。質のいい情報を真鍋は釣り上げてくる。自分の取材ネタをそれとなく流してやることもある。双方、あとは知らん顔だ。

写真の中で小柄な老婆は少なくなった髪を一つに留めて結い上げて、車椅子に座り、お行儀よく両手を膝の前で重ねていた。膝の上には余り毛糸で編んだ手編みのひざ掛けがきちんと掛けてあった。

電車の中でかっくりと首を折って寝入っている幼児は、つむじのてっぺんだけが見えて、電車のブレーキに合わせて揺れる。揺れるたびに、みずみずしく膨らんだ少し肌荒れした頬が揺れ、俯《うつむ》いたあごの上にぷっくりとした小さな唇さえ見えることがある。夢を見ているのだろうか、それとも夢も見ずに寝入っているのだろうか。彼女はそんな居眠りする幼児を思わせた。

もう老人だ。しかし生きて老いた人だ。八十五年を生きたのだ。

真鍋は雑誌の編集長という職業に生きがいを感じている。彼は自分の雑誌が醜悪でも嘘に塗《まみ》れても気にしない。彼にはイメージがあり、それを満足させるために、猟犬を野に放つように、記者を放ち、獲物をたぐりよせる。だから「戦後物」と言った真鍋の真意は知らない。そもそも真鍋にはたぶん「真意」というほどのものはない。猟犬の特性を知り、その嗅覚を刺激する。それだけだ。

美智子には、電信柱ばかりが焼け残った残骸の地を行く女が見える。荷を積んだリヤカーを引く煤《すす》けた女の顔が見える。

生きた女――

笹本弥生の葬儀が営まれた。

浜口の言うように、事件はさほど興味を引いていなかった。それでも葬儀場には報道陣が多く来ていた。取材を受けると、弔問客は口を揃《そろ》えて、健文と弥生の口喧嘩の話をした。事件前日にはかなり派手な喧嘩をしていたらしい。美智子はポケットの中で録音機を回し続けた。

取材陣の中にライターの三浦がいた。「十億円の遺産を残して高級老人ホームで殺された老人の孤独」をちょっとセンセーショナルに書くという。みな同じことを考える。

「孫の笹本健文が第一容疑者ですか」

三浦は回りを素早く見回した。そうするといかにもことありげに見えるが、身に染みついたくせのようなものだ。車を運転する時に、用もないのにバックミラーをちらちらと見るのに似ている。

「ほかにそれらしいのがない。背後に人が回ったはずなのに、警戒した様子がない。セキュリティも万全だから、行きずりってのは除外されるからな」

みな同じことを言う。

「その笹本健文は？」

「朝から事情聴取だけど、もう戻ってくるでしょ。なんせ喪主だから」

さっきから目につく男がいた。マスコミ関係なのは見ればわかるのだが、取材する風でもない。現場記者にしては年配だ。新聞社なら支局デスクあたりだろうか。背が高いから目がいく。

「あの人、知ってます？」

「わからない。でもあれは大手だよ。態度がでかいもの」

三浦は自分に辺りを窺《うかが》うくせがついていることを気にしているのかもしれない。告別式の始まりが告げられて、三浦はあわてて葬儀会場へと消えたが、美智子はロビーから動かなかった。

葬儀会場への入り口は一つだ。まだ来ていないのなら、笹本健文は必ずこのロビーを横切るはずだ。

ホームの人たちの情報では、長身の、眼光の鋭い、なかなかの二枚目だという。愛想はなく、目が合っても挨拶をすることはないのだそうだ。だいたい、目を合わせてこないと言っていた。

健文は母を十六歳の時に亡くしている。父親は健文が三つの時に死亡した。健文と母は生活費を弥生に依存して弥生と同居していたが、健文が十五歳になるとマンションを借りて家を出ている。母、慶子はその一年半後に死亡。健文は祖母の家には戻らず、以来独り暮らしを続けている。健文自身には補導歴はない。しかし健文のマンションは素行の悪い若者の溜まり場のようだったというのは、彼のマンションの近隣住民の話だ。金は全て弥生が出していたのだろう。マンションは、健文には格好のおもちゃだ。そのおばあさんが、健文の放蕩に業を煮やし、遺言を書き替えると言い出した。健文は焦っただろう。でもその先がわからない。健文は弥生の機嫌を取るでもなく、相変わらず喧嘩をして、金を持ち帰っていた。

美智子は一息つく。実情は、憶測では追いつけない。長い経験で学んだことの一つではないか。

ロビーのガラスのドアが開いたのでふり返ったが、入ってきたのは健文ではなく、髪に寝癖をつけた、チェックのシャツを羽織った若い男だった。

男は勝手がわからないらしくキョロキョロしていたが、やがて笹本弥生の葬儀受付に行くと、白い大きな封筒を置いた。「大学の」とか「笹本健文さんに」とか切れ切れに言葉が聞こえた。

「僕は修学院大学の学生で――」それから思いついたように、紙に何かを書きつけた。「これが僕の住所と名前です。笹本くんに見せればわかりますから」

それからその封筒を受付の男に押しつけると、逃げるようにドアから出ていった。

美智子はその若い男の連絡先を知りたいと思った。

さて、なんと言って聞き出すか。

受付にいる男は、背の低い、風船のように膨らんだ腹を持つ、極めて体裁の悪い男だった。人気《ひとけ》のない葬儀で、暇を持て余すと、人は心がけてきちんと立っているものだが、彼はどこか焦点の合わない目をして、前を見ていた。若い男が封筒を受付に置くその間も要領を得ない様子で、若い男が困惑していたようだったのだ。

受付の男は時々思い出したように顔を拭いた。額から円を描いて額へグルリとハンカチを回すのだ。そしてそのまま眼鏡を持ち上げて、目をこすった。ロビーは確かに少し暑かった。だから美智子は汗を拭いているのだと思っていた。それが、生え際の後退した広い額を拭いたあと、そのまま眼鏡を押し上げてそのしわくちゃなハンカチで目の回りを拭き、それからふうと大きな息を吐く。

美智子は男が泣いていることに気がついた。

美智子は今日、泣いている人間を初めて見たのだ。

「あの」

美智子は声をかけた。受付の男はピクンと顔を上げた。

「さっきの若い男性に伺いたいことがありまして。連絡先を教えていただけませんか」

普通ならまずは拒否する。果たして、男はそこにまだ置いてあった書き付けを軽く押してきた。そこには『修学院大学　林田圭太』とあり、住所と電話番号が、急いだ字ながらきっちりと書いてある。美智子は書き写した。その間、男はただ見ていた。

年のころは三十前後だろうか。色は白く、小柄だが、中に空気を送り込んだように肌全体がぴっちりと張りつめている。喪服は借り物だろう、身に合わず、袖が長い。黒い縁の眼鏡を掛けているのだが、レンズは手垢《てあか》で汚れていた。その向こうの瞳は小さくて、膨れ上がった瞼《まぶた》に隠れて黒目が見えない。黒いネクタイが首に絡まった細紐のようだ。

書き写したあと、美智子はメモを男の方に差し戻した。

「笹本弥生さんとは仲がよろしかったのですか？」

また、男が夢から覚めたように美智子を見た。

美智子は名刺を差し出した。

美智子の名刺は人にインパクトをあたえる。記者という肩書きに一般の人は威圧感を感じたり、好奇心を持ったりする。雑誌フロンティアの記者となればその効果が一層増す。

男は顔色を変えた。確認するように二度、目で追って読み直すと、「週刊フロンティア」と声に出して呟いた。次に回りをうかがった。それから美智子の肘を摑《つか》むと、うむを言わさずフロアの端に引っ張って行ったのだ。

「おばあさんは——」

思い詰めた目をしていた。思い詰めたまままたぐるりと額を拭いた。美智子を見つめ、名刺を見つめ、やがて意を決したように口を開いた。

「弥生さんはほんとうに、健文さんには財産をやりたくないって言っていたんです」

丸い顔は膨らんで、なお丸くなっていた。

「健文さんのことを信用していなかった。根性の悪い男だと言って」そして美智子を見つめて、はっきりと言った。

「健文にやるぐらいなら、財産はすべて、親のない子供たちのために使われるよう、寄付するつもりだとも言っていました」

小さな目には怒りさえ感じられた。

「ぼくにはそう言ったんです」

その時、斎場の駐車場に車が滑り込んで来た。黄色い皮のシートをむき出しにした、いかにも高級そうなオープンカーが、突っ込むのかと思うようなスピードでやってきたのだ。見る間に車は玄関に一番近いスペースに止まった。止まると同時にドアが開く。下りてきたのは背の高い若い男だった。男は下りると同時に後ろ手に、叩きつけるようにドアを閉めた。バンと、大きな音が響いた。

受付の男はその背の高い男を見て、息が止まったような顔をした。

「誰ですか」

「笹本さんのお孫さんです。健文さんです。警察に呼ばれていたんで、遅れたんです」男はそぞろな声で、そう答えた。外では、あとを追うようにもう一台車が止まった。あとの車から下りてきた男は、出てきた斎場関係者に会釈して、あわててやってくる。

「あの人は？」

「笹本さんの弁護士の先生です。深沢先生です」

その時には笹本健文が、車を乗り入れた時と同じ勢いで斎場のドアを開けていた。

ぴったりと体に添った喪服は濡《ぬ》れたように黒光りしていた。ワイシャツには寸分の崩れもなく、袖は真珠のカフスボタンで留めてある。険しい表情をしていた。噂通《うわさどお》り目つきがきつい。顔を上げ、美智子や受付の男に一瞥をくれることもなく葬儀会場へと入っていった。

受付にいた男はそわそわし始め、思い出したように持ち場に戻ろうとした。美智子は男に、名前と連絡先を教えてくれと言った。あとで詳しく聞こうと思ったのだ。男は言葉を濁した。

美智子は葬儀会場の笹本健文の様子が気になっていた。

「事件の進展をお話ししますよ」

美智子の言葉が男の心を動かした。

「グランメールに勤めています。会田良夫といいます」

美智子は式場に行こうとして、腰のあたりに引き戻されるような軽い衝撃を感じた。

「さっきの話、ぼくから聞いたとは言わないでください」

振り返ると会田良夫がその白く丸い手でジャケットの端をじっと握りしめていた。美智子は視線を男の顔にまで上げて、しっかりと頷《うなず》いて見せた。そうしないとその手を離してくれないような気がしたから。


笹本弥生は写真の中で、気難しい顔をしていた。

白や黄色の花で飾られた祭壇の中央に、遺影は皆を睥睨《へいげい》するようにしつらえてあった。真鍋からもらった写真の、ふっくらとした頬をもつ、どこか少女の柔らかさを残した彼女とはまるで違う。こちらを見つめた笹本弥生は顔の小さい、ちょっと顎のしゃくれた、油断のならない眼光をいまだ持つ女だった。

その写真を、笹本健文は顔を上げ、睨《にら》みつけていた。そこには悲しみのかけらもない。苛《いら》立《だ》ちと、疲労と。なにより、怒りだ。死んでもその戦いに決着はついていないと言わんばかりだ。しかしそれでは生きている人間に分がない。健文は分のない喧嘩をしなければならないから、疲れて苛立っているのだと、美智子は思う。

深沢弁護士は、忙しそうに会場を出たり入ったりしていた。葬儀の面倒を一人でしょって立っているようだ。それでも「慌ただしい」という感じを残さない。美智子の知る弁護士はみな、知的な雰囲気はない。固い、冷たい、粗暴、粗野、情熱的。自らの資質をむき出しのままに、合理的に物事を処理していく。上品に構えている弁護士はむしろしたたかだ。しかし深沢にはそんなしたたかさも感じられなかった。弥生の生前もこうやって、弥生と健文の争いの中で右往左往していたのだろうと、そんなことを思わせる。

二人について美智子が会場に入った時には、焼香の客はあと数人を残すところになっていた。告別式は粛々と進み、葬儀社の係員が葬儀の終了を告げると、遺言書を公表するから各社の代表は別室に来てくれという知らせが回ってきた。

選ばれた数人の報道陣と警察関係者、それから縁者らしき夫婦が一組と健文と弁護士が、祭壇の脇の出入り口から別会場に通された。

後方でざわつく声がしたのでふり返ると、入り口にあの受付の男がいた。葬儀社の係員と問答している。深沢が気づいて、係員に通すように促した。男は気兼ねそうに腰をかがめて席を探し、座ったのは美智子の斜め前だった。

男は初めから落ち着きがなかった。自分の手許を見つめ、眼鏡を持ち上げて目頭を拭いた。そのまま顔を拭き、首筋まで拭く。それから眼鏡を戻し、深沢を見て、また俯く。見ている間に彼はそれを二度繰り返した。落ち着きのない視線は膝に置かれた手許を見つめる時だけピタリと停止する。膝の上では白い封筒が握られていた。美智子は男の名前が思い出せなかった。

深沢の声が静かに響いた。

「死亡に事件性があるという特殊な状況を考慮しまして、亡くなられた笹本さんのお孫さんである笹本健文さんの強い要望により、報道ならびに一部関係者に笹本弥生さんの遺言を公開することにいたしました。裁判所から開封の許可は取ってあります。なお、公開の目的から、財産目録の公表は控えさせていただきます」

深沢はそう言うと封印された封筒を鋏《はさみ》で開封した。

受付の男は弁護士を見つめた。また目頭を押さえた。それから握りしめた封筒を見つめた。

書面が開くと、人々は固唾《かたず》を飲んだ。深沢が読み上げた。

「わたしの全財産については、全部を孫、健文の相続分とする。平成十六年六月十三日」

そして顔を上げた。

「以上でございます」

会場は水をうったように静まっていた。

弁護士が公開すると言った時から予期していたことだ。それでも溜め息が漏れた。予期はしていたが、みないつだって予期を裏切るものを求めている。予期していた通りのことが起きるというのは、ある意味で裏切られたということでもある。そういう物足りなさが、そこには確かに漂っていた。

その時だった。斜め前で受付の男が腰を上げた。

気兼ねそうに腰をかがめると、心細そうに深沢を見、深くうなだれて彼の方に歩みより、後ろから声を掛けた。そして握りしめていた白い封筒を差し出した。それから何かを説明していた。その時もやたらに顔を拭いていた。美智子はその時、彼が汗をかき、それを間断なく拭くのは、暑いからではなく、強いストレスのせいだと気がついた。

深沢は封筒を受け取りながら男の話を慎重に聞いていた。何事かを確認し、それから受け取った封筒を鋏で開封した。

中を見た深沢弁護士に困惑が広がった。

深沢は固まったようになり、時間が経過した。

列席者にはその一秒ごとに小さな期待が膨らんでいた。そこには先の喪失感を埋める何かがあるのではないか。警察関係者が立ち上がり、後ろからのぞき込んだ。受付の男は三歩ほど距離を開けて、不安そうな顔で弁護士を見ている。報道陣から、なんですかと野次に似た声がした時には、なんでもありませんと引っ込めるタイミングを逸していた。深沢にもそれが理解できたのだと思う。

彼は顔を上げると、それでも思案するようにしばらく押し黙っていたが、咳払《せきばら》いを一つして、マイクに向き直った。

「先に読み上げました遺言は、申し上げましたように、生前、わたくしが笹本弥生さんから直接預かっていたものであります。それがいまここに、もう一通ありまして」

そして紙面を読み上げた。

「孫、健文は『廃除』とする。財産のすべては慶子の子である会田良夫に相続させる。相続人がいない場合、日本赤十字社に全額寄付するものとする」

会場が居すくむように静まった。健文の形相がはっきりと変わった。深沢は言葉を速めた。

「自筆証書で形式の整ったものです。日付はわたくしが預かったものより新しい。平成十六年九月二十七日。事件発覚の七日前のものです。ただ」やっと一呼吸すると、顔を上げた。

「複写したものであり、原本ではありません」

美智子は思い出したのだ。彼は自分のことを会田良夫だと言った。美智子はあわてて、鞄の中から手帳を摑み出した。

アイダヨシオ。笹本弥生が懇意にしていたヘルパーの名前——手帳にはそう書き込まれていた。

健文が憤然として立ち上がった。受付の男に、いや、会田良夫に今にも摑みかかりそうだ。会田良夫は深沢弁護士の後ろに立っていたので、深沢に殴り掛かるように見えた。とっさに二人の警官が弁護士と健文の間に割り込んだ。深沢は手紙を守ろうとするように身を引いた。制止を受けて、健文は警官の手を払いのけた。

——あの男が「慶子の子の会田良夫」。だったら、財産は俺にくれると言ったと、手紙を弁護士のところに持っていったことになる。それも、複写したものをだ。何より、なぜ彼はさっきわざわざあたしにその内容を聞かせたのだろう。

ぼくから聞いたということは、言わないでください——ジャケットの裾を引っ張った、丸い手を思い出す。

健文は会田良夫を憎悪をむき出して見つめた。そして荒々しい足取りで会場を出ていった。会田良夫は茫然《ぼうぜん》として健文を見送った。

葬儀会社は迷惑顔だった。が、報道陣は帰ろうとはしなかった。駐車場で、車に乗ろうとした弁護士は記者に取り囲まれた。

「間違いなく笹本さんの字ですか」

「そのように思います」

「会田良夫って誰ですか」

美智子は考え続けていた。会田良夫は笹本弥生の遺言書を手に入れ、握りつぶされることを恐れて記者である自分に伝えた。それから、やっぱり表沙汰にしようと決心し、コピーして封筒に入れ、弁護士に渡した。――しかし、だったら封を糊づけなんかするだろうか。深沢は封筒を鋏で切って開けたのだ。

深沢の声が聞こえていた。

「そういうことは笹本家のプライバシーに関わることですから申し上げられません」

――そりゃ勝手な言い分でしょう。殺人事件であるという特殊な状況が変わったわけじゃありませんよ。

――笹本さんの娘さんに、健文さん以外にお子さんがいたということなんですね。そして、その孫に譲るという遺書を書いていた。その数日後に殺害されたことになりますね。

――あの手紙はどういう事情であの男性が持っていたのですか。

「私からは申し上げることはありません。ただ、あとから持ち出されたものは複写であり、原本がないかぎり、なんの効力もありません。それから、戸籍上、笹本弥生さんの娘である慶子さんが母親である人間は健文くんだけです」

美智子は割り込んだ。

「あとから持ち込まれた遺言の複写、鋏で開けられましたね。糊づけされていたということですね」

深沢は美智子を一瞥しただけだ。

「開封されていなかったのなら、彼はなぜ、その内容を知っていたんでしょう」

深沢の動きが止まった。そして美智子に目を上げた。彼は驚き、かすかに狼狽《ろうばい》した。

間違いない。あの受付の男が問題の会田良夫だ。そして深沢は「会田良夫が糊づけされていた遺言のような手紙のコピーの内容を知っていて、事前にこの女記者に話していた」という美智子からのメッセージを正確に受けとった。騒ぎが大きくなることを恐れ、聞き直すこともできず、狼狽している。

深沢は美智子の言葉の先を遮るようにしっかりと言った。

「ご用がありましたらグランメールにご連絡ください。支配人には伝えておきます」

それから深沢は車のドアを閉め、騒ぎを置き去りにするように車を発進させた。

美智子はもう一度あの小太りした受付の男――会田良夫を捕まえようと思った。あの手紙を受けとった経緯を聞かなければならない。

「フロンティアの木部さんですよね」

振り返ると、そこにはあの背の高い記者風の男が立っていた。

「東都新聞の神奈川支局次長の亜川といいます」

――でもあれは大手だよ。態度がでかいもの。

浜口の言うように、その男は悠然としていた。会社が大きくても記事を書くことに追われている記者は何かにとりつかれたような顔をしている。その男にはそういう気配がない。彼は、まだここに残って取材をしますかと問うた。そして美智子の胸のうちを見透かしたように、言った。

「受付にいた男なら探してもいないですよ。もうグランメールに帰りました」

亜川という新聞記者は自動販売機で缶コーヒーと緑茶を買ってくると、緑茶を美智子に手渡し、植込のそばの石に腰掛けた。

策に嵌《は》まったようだが取りあえず並んで座った。

「あなたのことは存じあげていますよ。神戸の連続猟奇殺人事件を解決した。ほら、女性教師が犯人の事件ですよ」

馴《な》れ馴《な》れしい感じがした。不自然な馴れ馴れしさだ。好みがわからないから美智子には緑茶を買った。その細やかさが、今彼が見せている馴れ馴れしさに不釣り合いなのだ。

「あの事件では彼女は関与を認めませんでした。逮捕もされていません」

記者はそれには反応しなかった。ひどくしたたかにも見えた。でも一方で、まるで違うことに気を取られているようにも見えた。支局次長とはすなわちデスクだ。

「デスクがわざわざ取材ですか」

亜川は聞き流すようにひどく甘そうなその缶コーヒーを一口飲んだ。「葬儀も変わりましたよねぇ」と暮れた空を見上げる。

「それにしても間の抜けた話ですよね。自分が相続人だと指名されている遺言書を、本人がのそのそと持ってきたんだから。弁護士だって面食らいますよね」

――この男もあの受付にいた男が会田良夫だということを知っていたのだ。

亜川は相変わらず鷹揚に話していた。

「笹本弥生って女性のことを取材したことがあったんですよ。もう十八年も前になるかな。でも本人に会ったことはなかった。なにせ当時、僕は新潟支局の駆け出し記者で。まだ二十四でしたから」

「笹本弥生は新潟にいたことがあるんですか」

記者は笑った。

「いやいや。それが奇妙な話で」

そうしてまた一口、飲んだ。

「グランメールのあの会田良夫、遺書のコピーを持っていったあの男ですよ。戸籍上では父、良一、母、弓子。ことの起こりは会田良夫の父親の良一の死亡でした。両親は離婚して、息子は父の姓のままですが、母親は旧姓の井原に戻りましてね、その弓子の実家が新潟だったんです」

「──会田良夫の母親？」

亜川は微笑《ほほえ》んだ。

「あれはチェルノブイリが爆発した年でした。やくざ業界は今と違って一兆円産業なんて呼ばれていました。違法貸金が横行して。そのただなかに、大阪で男が鉄道自殺したんです。遺体は千切れて原形がない。首吊《くびつ》りより楽だというので当時そういうのが増えていた。鉄道会社もそれをやられると大変なんです。後片づけをしないといけないし、ダイヤは乱れるし。で、遺族から賠償金をとろうかという動きがあって。事件はそんな矢先だった。死んだのは会田良一。自殺の原因は借金苦。大阪のローン会社なんですけどね。投身の直前に妻を離縁していたから、清算のための自殺だったんでしょ。東京本社が街金融をやくざの財源の一つと位置づけた連載を社会面に企画しているところだった。入社二年目の僕は毎日が忙しくて本社の企画なんか遠い世界の話でした。ところが、ローン会社と鉄道会社の両方から身を隠さないといけないはめに陥った妻の弓子は当時十二歳の子供を連れて実家に身を寄せた。その実家というのが、新潟だったんです」

そして思い出したようににっと笑った。

「ほんと。たまりませんよ。こっちはなんのことだかわからない。突然キャップから指令が来るんです。本社から二人くるから、間違いのないようにって。何をどう間違うのか、見当もつかない。それがひどい奥地でした」

バスの時間を見て、電車の時間を調べて、弁当を売っているところを調べて、公衆トイレの場所にいつも目を光らせて。「ガソリンスタンド一つにしても、どこにでもあるわけじゃない。新潟も奥地に行くと、言葉がわかりません。でも『新潟支局の若いもん』だからわからないとは言えない。夏の暑い日でした。やっとの思いでその家までたどり着いて」

美智子は新聞社時代のことを思い出していた。「取材は本社からきた記者がやっちゃうんですよね」

そうそうと、彼は笑った。

「でも助かりました。あれで取材までしろなんて言われたら、もう座り込みたくなったでしょう、実際、板の間の端にこっそり座り込んでいましたけど」

「板の間？」

亜川は美智子を見て頷いた。

「黒光りのする板を敷きつめた部屋なんです。いまでこそフローリングなんて喜ばれますが、煙が吸い上がるように天井の高い、囲炉裏の切ってある部屋ですよ。冷たくて、固い。離縁されて戻った弓子は小柄な女で、外に出ると借金取りが怖いし、中にいるとどこから聞きつけたか新聞社が来る、警察が来る、鉄道会社が来る。田舎のことですから親類縁者、地主から町のまとめ役までやってきて、ああでもない、こうでもない。僕は電話を借りたり、車に何かを取りに行ったり。要領もわからずあたふたしていました。それで女たちがひそひそ話しているのを小耳に挟んだんです。よりによって井原の子でもない子まで連れてきてって言っているのを」

　彼はおっとりと話し続けていた。

「それで土間の端の男の子に気がついた。いや、気はついていたんだけど、忙しくて、気に留めていなかったんです。小さく見えたけど年のころなら小学校の高学年でしょう。そう言われれば、それが固い板の上で正座をしているんです。じっと顔を伏せてね。白いランニングシャツ一枚で。大人たちの前には麦茶くらいはあるというのに、その子の前にだけは何もないんです。声をかけるものもいない。じっと、耐えるように座っていた。残された子供なんだなぁって、父親が借金残して自殺して、鉄道会社まで始末金出せなんて言ってきて、子供心に、いる場所もないんだなぁって。そこに心ない言葉が切れ切れに聞こえてくるんですよ。ただでさえ嫁いだ女が、井原の子でもない子まで連れ帰ってって」

「会田良夫は井原弓子の実の子じゃなかったということですか」

「さあ。それが。死亡時に戸籍を確認しますから。それによると会田良一は初婚で、子供は二人の間に生まれた実子なんです。でも田舎っていうのは、皆がひとかたまりの家族のようなものだから、皆が知っているんです。弓子という女性は、癌《がん》で子供ができない体になって、それで東京で戦災孤児だった会田良一と一緒になった。どこの馬の骨ともしれん孤児なんかにやりたくはなかったが、子ができない女をもらってもらうんだから、贅沢《ぜいたく》は言えないって、父親が許したって。大人たちのそんなやりとりが聞こえた。あの子にも聞こえているんだろうかって気をもみました。考えればつい数日前まで大阪にいた子だから、あの強烈な方言では意味がわかっていなかった確率の方が高いんですけどね。

でも好奇の目っていうのかな。後《うし》ろ楯《だて》のない子供って、かわいそうだと思いました。じっと耐えるあの小さなひざ小僧。いまでも覚えているんですよ」

弓子が子供が産めないというのが本当なら、弓子は良夫の実母ではない。そして笹本弥生は生前、娘慶子が結婚前に子を産み、それが会田良夫だと皆に言いふらしていたのだ。

男は暮れた空を見上げた。あかね雲が高い空に浮かんでいた。

「それで笹本弥生の事件を聞いて、ふいと、そのおばあさんの葬儀に行ってみたくなったんです」

そして立ち上がったのだ。

「深沢弁護士のところに行くんでしょ、ご一緒させてくださいよ。お邪魔はしませんから」

そう言うと彼はもう歩き出していた。「送りますよ」と言いながら。

デスクは簡単に持ち場を離れられない。社に戻らなくていいんですかと美智子は大きな声で聞いた。頼んできています。何かあったら連絡があるでしょうと答えが返ってきた。

美智子は大急ぎで緑茶を飲み干した。ごみ箱を探す間、また遅れた。亜川のコーヒーの空き缶は石垣の上に乗せてあった。

グランメールは立派な建物で、白いペンキを浴びせたような「白亜」だった。オーナーの楽園のイメージが「白」とか「ギリシャ」だったのだろう。海に向かってそそり立つような その建物は、趣味の善し悪しは別にして、群を抜いて目立っている。

「裏に大きな駐車場があるんですけどね」亜川はそう言いながら、玄関前にある五台分ほどの駐車場に車を止めた。

玄関に張られている警備会社のステッカーは普通のものより一回り大きくて、シールではなく金属製だ。美智子はインターホンを押す。

「木部と申します。さきほど深沢弁護士から――」皆まで言わせなかった。

「はい、うかがっております。どうぞ」

そして分厚い自動ドアが開く。さながら呪いのとけたアラビアンナイトの岩の扉だ。

フロントまではもう一つガラス製の自動ドアで仕切られている。それが開く時にはバロック音楽がオルゴールのようなベル音で鳴り響いた。ドアが閉まっても数小節分が終わるまで身のすくむような音量で鳴り続け、不審者に吠《ほ》えたてる犬を思わせた。

受付嬢は姿勢正しく立ち、支配人がいつ現れたのかと思うほど気配もなく正面にいる。

「ただいま連絡を取りますので」彼は内線電話を取り、短く用件を知らせた。それから怪訝《けげん》な声を出した。「いや。お二人でございますが」

新聞記者の同行は嫌がるかもしれない。一瞬そう思ったが、「了解致しました」と電話は切られた。フロントを通過するだけで大儀式を終えたような気分になった。

調度品は惜しみなく金を掛けた高級品であり、敷きつめられた毛足の長い絨毯《じゅうたん》は真紅だ。ささやかな足音をも見逃さず平らげていく。まるで上品なイソギンチャクのよう。光量を落とした間接照明がそれらを照らしている。

深沢は応接室に座っていた。

支配人が下がると、まもなく高級な茶器で紅茶が三人分運ばれてきた。深沢は運んできた職員が立ち去るのを見届けると、わずかばかり身を乗り出した。

「さきほどのお話ですが。誰があの手紙の内容を知っていたんですか」

「あの手紙を持っていった男性、会田良夫さんです」

「彼があなたに直接そう言ったんですか？」

「ええ」

深沢は身じろぎもせず美智子を見つめた。

どうやらこの会見を待っていたのは深沢の方であったらしい。

「わたしは彼が会田良夫さんだとは知りませんでした。名刺を出すと、彼がわたしをホールの端に連れていって、言ったんです。笹本弥生さんは孫の健文さんを『根性の悪い男だ』と言い、財産は親のない子に寄付すると言っていた、と。覚えていらっしゃいませんか。わたしがあの会田良夫さんと話をしていた時、深沢先生と笹本健文さんが入ってきたんです」

深沢ははっとして、それから「ああ」と呟いた。

「それで、彼はどこからその話を知ったか言いましたか？」

「笹本弥生さんから直接聞いたように聞こえました」

深沢はなおも美智子をじっと見つめた。それは、考えをめぐらせているようだった。

「被害者はお孫さんとはうまくいっていなかったようですね。二人は日頃から口論していたと複数の人が言っています。健文さんは浪費家だったとか」

深沢はそぞろに答えた。「どこの家庭にも揉め事はつきものです。長い間弁護士をやってきて、揉め事のない家庭なんてものにお目にかかったことはありませんね。まあ、揉め事があるから弁護士を呼ぶんでしょうから、当然かもしれませんが」自分が言ったことにちょっと納得している。「とにかく」と深沢はやっと一息いれた。

「おわかりだと思いますが、会場で申し上げたように、あれは法律上は効力を持ちません。相続権が健文くん以外に移るということはありませんのでお間違いなく」

「なぜ彼があれを持っていたのですか」

「自分に何かあったら弁護士に渡してくれと、笹本弥生さんから預かったと言っています」

「いつですか」

「九月二十八日だったと言いましたが」

美智子は手帳に書きつけた文字を目で追った。「健文さんと弥生さんが大喧嘩をしたのが二十九日でしたね」

深沢は冷やかにいなした。

「喧嘩はいつということはありません。会うたびでしたから。法科に行かなかったことが気にいらない、大学の研究にかこつけて金を使うことが気にいらない、自分の所に顔を出さないことが気にいらない。どれ一つとして喧嘩の原因にならないものはない」

「中身を知らなかったのなら、どうして会田さんは手紙の中身を言い当てたのでしょうか」

「おばあさんから聞いたと言ったんでしょ？」

「ええ」

「じゃあそうなんでしょう」

　突き放すような物言いだった。そんなつもりはなかったのだろう、彼は言いなおした。

「お年寄りにはお気に入りのヘルパーというのがいるものなんです。ものをあげたり、お小遣いをやったり。居住者から金品をもらうのは内規違反ですが、断ると機嫌を悪くする。ものをあげることは友情の証《あかし》であり、誰かと親密になりたいという願望の現れでもある。受け取ってもらえば納得するんです。それでホームもだいたいは大目に見る。会田良夫さんは笹本さんのお気に入りでした。だからそれぐらいの愚痴は言っても不思議はない。『聞いた』というなら、そうなんでしょう」

　そうして深沢は一息ついた。

「笹本さんが生前いろんなことを言っていたというのは、よくわかっています。でもお年寄りというのは、そういうものなんです。この着物、あたしが死んだらあげるわねってセリフを、その場の思いつきで、妹にも姪《めい》にも、時々お手伝いさんにも言うんです。たった一枚の着物をです。着物なら笑い話で済みますが、資産価値の高いものなら大騒動です。だから遺言書が大切になる。遺言書に書いてないことは、なかったことと諦めないといけないんです」

　深沢は美智子を見つめた。

「笹本弥生さんは健文くんとどんなに大喧嘩したあとでも、たとえ電話でいまから書き替えてやると呼び出したあとでさえ、僕と二人になると世間話を始める。彼女が本当に遺言書を書き替えようとしたことは一度もないんです」

「身寄りのない子供たちのために寄付するつもりはなかったと言うんですね」

　深沢はゆっくりと背を椅子に戻した。

「僕は聞いていません」

　それから二人の顔を見た。

「僕が言うことではありませんが、健文くんにすれば、笹本弥生さんの財産は、ただ待っていれば自分の懐に入るものです。今現在お金に困っていたわけでもありません。弥生さんは毎月決まった額の生活費を渡していて、加えて、欲しいというだけ小遣いを渡していた。喧嘩はしてもそれは拒んだことはない。彼におばあさんを殺害しなければならない理由はないように思います」

　確かに、もし殺害して犯人だとわかれば、相続の権利を失う。一円だって入ってこない。

　その時、それまで黙っていた亜川が口を開いた。

「もし相続人がもう一人いたらどうなります？」

穏やかで紳士的な口調だ。作りすぎた穏やかさは挑発的でさえある。亜川は続けた。

「笹本弥生さんの娘の慶子さんは結婚前に子供を産んでいます。一九七四年のことです。生きていたらあの会田良夫さんと同じ年です。そのことについては、笹本弥生さんから何か聞いていませんか？」

美智子は深沢を見ていた。耳は亜川の声に釘づけになり、しかし目は、深沢の表情を見逃すまいと、彼から離れない。そして頭の中は目まぐるしく動く。

深沢弁護士は亜川の言葉を聞き終えたあと、彼の名刺を目で探した。一体何者なんだという顔をしている。亜川はその手間を省いてやった。

「東都新聞の亜川と言います」

深沢は、慎重に言った。

「私は笹本弥生さんの顧問弁護士をして八年になります。私にわかることは、会田良夫さんが持っていた手紙にはなんの効力もないということだけです。もし健文さんが犯人なら、彼は相続権を失い、笹本弥生さんの遺産は国庫に収まります。全ては形式の整った遺言通りに粛々と行われるだけです」

美智子は割って入った。

「そもそも弥生さんの娘さんが結婚前に子供を産んだというのは事実なんですか」

亜川は深沢を見ている。

深沢はしばらく黙っていたが、やがて見切りをつけたように話しだした。

「いいでしょう。どちらにしろ、みなさんで寄ってたかってお調べになることでしょうから。無駄に騒ぎを大きくする必要もない。裏はご自分たちでとってください。おっしゃるように笹本弥生さんの娘、慶子さんは結婚前に子供を産んでいます。その子供を養子に出した先が『会田』。父親の名は良一、母親の名は弓子。子供は男の子で、夫婦により『良夫』と名づけられました。一九八六年、会田良一は妻を離縁した上で死亡しています。妻の弓子は良夫を新潟の自分の実家に預けて単身働きに出ますが、三年後に病死。その後会田良夫は新潟の家から姿を消しています。十五歳の時のことです」

『慶子の子、会田良夫』は実在したのだ。そしてその子供が家を出たのが十五歳で、それが父親が死んだ三年後だということは、父親の死亡当時は十二歳だったことになる。

亜川が新潟で見た少年はその『慶子の子、会田良夫』だったのだ。

「でもその男の子は戸籍上は会田良一の実子になっていますよね」

深沢は亜川を見直した。それはとても不思議そうな顔だった。

「どうしてあなたはそんなに笹本さんの家の事情に詳しいのですか」

「笹本弥生というのは、そんなに大物ではないにしても、当時社会部にいて、警察に出入りしていた記者なら名前ぐらいは知っていますよ。当時は見えやすい悪を叩けば部数が伸びた。いまのように個人情報にうるさくもない。新聞社がその気になれば、だいたいのことは把握できたんです」

深沢は笑みを漏らした。

「いまでもでしょ」

亜川はとても素直な顔で、深沢の厭味《いやみ》を素通りさせた。

深沢はちょっと目を瞑《つむ》り、少し休んで、話し出した。

「養子にするというのは、みなさんが思う以上に手続きに手がかかるんです。娘の妊娠を知った弥生さんは激怒して、妊娠を誰にも知らせず、昔からの知り合いの産婦人科のところで出産させ、出生届も出さず、病院の廊下で会田良一に引き渡した。昭和四十九年のことです。戦後三十年とはいえ、そんなことに手を貸す医者もまだいた。貸さざるを得ないというべきかもしれません。みな終戦直後は生きていくためにいろいろなことをした。そんないろんなことを、笹本弥生さんはそれこそ生き字引のように知っていたでしょうから。会田良一は当時、笹本弥生に三百万円ほどの借金があったんです。弥生さんはそれを棒引きにした上に、五百万円を養育費として渡した。条件はただ一つ。二度と自分たちの目の前に姿を現すなということでした。そんな彼らに」と、深沢は続けた。

「養子の申請に必要な書類を用意できたとは思えない。養子というのは、渡す親のほうも判を押したり署名をしたり裁判所に出向かないといけないんです。実子と申請するしかなかったんでしょう」

——亜川は十八年前に会った子供の身元を調べたのだ。弓子の実子であるはずのない、寄る辺ない少年のことを。会田良一の自殺の詳細を調べる過程で会田良一と笹本弥生のつながりは出てきたのだろう。そうして、人の噂にでも、二人の間の子がどういういわれの子供かを知った。彼は裏を取り、慶子の妊娠を確定した。近辺を少し聞き込めばわかることだ。慶子の許から赤ん坊が消え、会田夫婦の腕に赤ん坊が抱かれた。会田良一が大阪に出てくる時に、笹本弥生からの多額の借金を清算した上に、大阪に出てきた時にまとまった運転資金を持っていたことは、新聞の連載企画のための取材の一環で明らかになることだ。会田良一が得た資金と、赤ん坊の間に関連を見つけたのは、おそらく亜川個人だろう。とにかく彼は一連の取材の中で、少年の祖母を笹本弥生だと特定していたのだ。執念深い記者ならやりかねない。

それで「笹本弥生の事件を聞いて、ふいと、そのおばあさんの葬儀に行ってみたくなった」。

「しかし法律上はなんの権利もありませんよ。認知されていませんから。認知されていない場合、死亡より三年以内に認知請求を起こさない限り相続の権利は発生しません。その会田良一に引き渡された子供には相続の権利がないのです」

「それは法定相続の話ですよね。でも法定相続より遺言相続の方が優先される。あなたが強いて『手紙』と呼ぶ、二通目の遺言がコピーでなかったら、会田良夫にも相続の権利は発生するのではありませんか」

深沢は亜川を見つめた。

「残念ながら、コピーなんです」

しばらく沈黙があった。

「でも誰かが笹本弥生を殺害したわけです。自然死でなく、事故死でもない。殺害の目的はなんだと思われます?」

「いま警察が調べています」

亜川は再び、深沢がかわしたことを無視した。

「手提げ金庫は軽い。物取りなら部屋を物色して、金庫ごと持って逃げる。ところが犯人はその場で開けて、十五万円の現金が入った封筒をそのままにして帰っている」

「ええ。物取りが入れる場所でもありませんしね」

「犯人は何を探していたのでしょう」

深沢は亜川が言って欲しがっていることを言ってやった。

「あの手紙の――いえ、あなたの言う二通目の遺言書の原本かもしれませんね」

そこでやっと亜川は「うん」と神妙に独り合点をした。

「あったんでしょうか」

深沢は少し厭味に微笑んだ。「そんなものがあるということを誰が知っていたというんですか」

亜川はにこっと笑って見せた。

「笹本弥生は遺言を書き替える気はなかった。でも書き替えたら、健文くんがさぞかし困るだろうとそれを想像することを楽しみにしていた。彼女は仲良しのヘルパーに手伝ってもらい、書き替えたんです。ただ本気ではないのでコピーにして、健文に見せつけた。彼が狼狽するのを楽しむために」

深沢の目に不安が浮かんだ。亜川の目をのぞき込む。それから、気を取り直したようだ。

「木部さんは亜川さんの推理をどう思われますか？」

本気で返事を求めているのではないことはわかっていたので、黙っていた。深沢は自分の回答を開示した。

「ただのいたずらごころなら、『何かあったらこのコピーを弁護士に渡してくれ』とは頼まなかったでしょう。あれはコピーであるから手紙で済むが、原本ならあなたのいう通り、莫大な遺産が動くしろものです。全てが揃っている。悪戯《いたずら》ではあそこまではやらない。せめて印鑑はおさないとか、署名をしない、日付を書かない。何か一つを欠損させておく。あれでは危険すぎますよ」

亜川がやっと落ち着いた顔をした。

「現物があれば、充分殺意に結びつくものだということを、やっと認められたようですね」

深沢は黙った。

「なぜそんなにそのことをかたくなにお認めになりたがらなかったんですか？」

「あなたのように、推理する気がないからです。あの手紙の原本が見つかれば、あちらの方が日付が新しいので、あちらが有効になります。するとその時初めて、彼が本当に会田良一に託された慶子さんの子供であるかどうかを検証する必要が出てくるでしょう。その手順は警察が踏むべきことであり、私は関知しないのです」

亜川が深沢の顔を見つめた。

「事件そのものには興味はないということですね」

深沢はもてあましたように、溜め息をついた。

「僕は三カ月ほど前に、ある事件にまつわり警察から調べられたことがあります。テレビ局なんかも取材に来ました。あなたの新聞社も記者を寄越したでしょ？　宮田という弁護士が事故死した事件ですよ。関係がないことがはっきりしたのでことなく解放されましたが、あのとき、興味本位の推理というのが当事者にとればどれほど迷惑なものかを身をもって体験しました。そういう推理は被害者をも冒瀆《ぼうとく》する。今回の事件については、本当を言えば僕には興味以上のものがあります。被害者のことも容疑者のことも古くから知っているのですから。ただあなたのように」と深沢はチラリと亜川を睨《ね》めつけた。「あからさまに言葉にしないだけです」

「笹本弥生の全財産って、いかほどですか？」

なおも不躾《ぶしつけ》な亜川の言葉に、深沢はしっかりと視線を合わせて無表情に答える。

「不動産などは査定が難しいから、はっきりしません」

「十数億円ですよね」

深沢はただ微笑んで見せた。

「先生は宮田弁護士の事件について、宮田さんを被害者だと思っていらっしゃるんですか？」

深沢の視線が美智子に向いた。

「興味本意の推理は被害者をも冒瀆する。さっきそうおっしゃったでしょ？」

深沢は、宮田が自殺を偽装しようとして過《あやま》って事故死したのではないかという説が流れた時から、あらゆる取材を拒否したのだ。深沢はうんざりしたように美智子を見返した。

「特にそういう意味ではありません。面白半分に笹本家のことを調べようとすれば、彼女が被害者であるという事実を皆が――」

そこまで言って、深沢はまた、大きな溜め息をついて、言い止めた。亜川がそっとつけ足した。

「彼女が被害者であるという事実が皆の頭からかすんでしまうような事実があふれ出すとおっしゃりたいのですか？」

深沢は辛うじて反論した。

「僕は、わかりやすいものなら沢山出てくるだろうと言いたかっただけです。あなた方の好きな、解釈のつけやすいものです」

戦後のどさくさに紛れて財産を作ったとんでもないごうつくばばぁで――浜口の言葉と共に写真の中で底光りするような目をしていた笹本弥生を思い出す。

その時だった。ドアが慌ただしくノックされた。立っていたのは支配人だった。彼は青ざめ、落ち着きを失っていた。

「深沢先生、すいません。来ていただけませんか。駐車場で健文さんが警察の方と――」

そう言うと、困り果てたように立ちすくんだ。

支配人が導いたのは裏にある駐車場だった。玄関先の駐車場と違って、ずいぶん広い。

「駐車場に止めてあった健文さんの車から、弥生さんの指輪が出てきたんです。深沢先生もご存じでしょう、大きな黒真珠の指輪ですよ。それが車のダッシュボードから——」

駐車場には小型のイタリア車が車体を輝かせて停まっていた。車体の色は深いモスグリーン、シートは高級ブランドの鞄の黄色。葬儀場の駐車場に急停車したあの車だ。それを、制服姿の警官ら数人が取り囲んでいた。

捜査官は深沢を見て慌てた。

「違法じゃありませんよ、任意です。任意で車を見せてくださいと言ったんです。そうしたら、出てきた」

捜査官の一人が白い手袋をした手で大きな黒真珠の指輪を摘《つま》んでいた。回りを小さな水晶でかこったもので、少し変色した金の台にはいくつか傷がある。高価ではないかもしれないが、珍しいものだ。

しかし車はコンバーチブルカーで、中に物を入れるのは通りがかりのごみ箱にものを放り込むくらい簡単なことだ。健文はそれを心得ているのか、それともただきかん気なだけなのか、青ざめているものの、彼は警官が自分を取り囲んでいることに憤然としていた。そして任意同行を強硬に拒否していたのだ。

顧問弁護士を持つ人間は、自分たちを守る法律は弁護士を雇っていない人間が使っているものとはグレードが違っていて、弁護士は自分の求める形に法律を料理して出してくるものだと思っている節がある。健文はいま、確かにそんな顔をして立っていた。しかしどう曲げても収まらないものは収まらない。それは弁護士自身が一番よく知っている。深沢は健文をたしなめた。

「任意を拒否すれば、逮捕状を請求されますよ」

「大した証拠もないのに、そんなことできませんよ」

「弥生さんの持ち物があなたの車から出てきた。そしてあなたはアリバイを証明できない。その上弥生さんが死んで利益を得るのはあなただけなんです。任意を拒否すれば、請求する可能性は充分にあります」

健文は青ざめたまま、鼻で笑った。

「逮捕状を取ったら、犯人じゃなきゃ警察の面子《めんつ》が潰れる。簡単には取るものか」

「捜査に協力するのは義務です。拒否すればやましいところがあると思われる。だいたいなんのための拒否ですか。逮捕状はあなたが考えているよりずっと簡単に取れるんです」

その言葉には恫喝《どうかつ》があった。健文が深沢を見つめ返した。

「アリバイを証言してくれる人がいないんです」

その瞬間、美智子は理解した。健文はきかん気やわからず屋などではなく、誰より我が身の不利を知り、怯《おび》えているのだ。警察には行きたくないと助けを求めている。

「アリバイが証明できないから犯人にされるということはない。ありのままを話せばいいんです」

「ぼくは殺していません」

そうして念を押したのだ。

「あの男の持っていた遺言は有効じゃないんですね」

深沢は子供を落ち着かせるように、頷いた。

「複写には効力はありません。電話でお話ししたように、殺害に関与、もしくは死亡を知りながら放置していたりしない限り、問題はないんです」

健文は真意を見届けようとするように深沢を見つめる。亜川が携帯でメールを打ち始めた。本社に指輪発見の一報を入れているんだろう。「いまだ逮捕には至らず」――読まなくったってわかる。それから「追加事項あり。あとで連絡」なんて入れているのだ。

「では同行します」

そういうと健文は携帯電話を取り出して電話をかけ始めた。

美智子は耳を澄ませた。警察官も新聞記者もそうしていただろう。電話が繋がった時、健文は「吉岡研究室ですか」と確認した。そして田辺《たなべ》という男を呼び出した。そして声を繕ったのだ。神経質な女を相手にするように。

「そちらに戻るにはもう少し時間がかかります。でも一昨日のお話は大丈夫ですから」

携帯電話は結構向こうの声が聞こえる。回りが些細《ささい》な音さえ聞き逃すまいと息を殺しているならなおさらだ。電話の向こうから甲高い声が聞こえた。なじるような、不安に駆られたというべきかもしれない。しかし聞こえたのは一瞬だった。健文の落ち着いた声がそれを遮った。

「ご心配にはおよびません。うちにはちゃんとした弁護士がついていますから」

そうして一方的に電話を切ったのだ。

閉じた携帯電話を見つめる健文はひどく思い詰めた目をしていた。

健文はおとなしく捜査官の車に乗り込んだ。深沢をふり返ることもしなかった。

片隅のベンチにあの会田良夫が座っていた。

たぶんその一部始終を聞いていたのだろう。彼は全身が弛緩《しかん》したように、茫然と座っていた。

健文は祖母が殺害された時間、人といたと主張した。だがその相手が誰であるかは言わなかった。相手が誰であるかを言い、警察がその人間に事実を確認して初めて、それはアリバイになるのだよと捜査官が説明しても、彼は言わなかった。ただ彼は繰り返した。

「殺したのは僕ではない。ばあさんのことは嫌いだった。殺すほどの情も憎しみもない。あの人はただ、僕の祖母だったというだけの人です」

会田良夫が提出した遺言の原本は、鑑定の結果、つぎはぎしたあとはなく、自筆。指紋は深沢弁護士のものが発見された。広げたときについたものと思われた。その他には白い繊維が微量に発見された。

一九八九年　新潟第三高校中退
二〇〇〇年　清水運送株式会社勤務
二〇〇二年　退社

履歴はたったの三行。会田良夫の履歴書は典型的なフリーターの履歴書だった。

亜川はその会田良夫の履歴書をグランメールに出入りする清掃係の男性から入手した。新聞報道の重要性をドラマチックに説明してお願いすると、コピーして持ち出してくれた。こういう職業倫理にもとることをするからお前は新聞記者としては二流だなんて、昔は上司から殴られそうになったもんだが。

男性はよっぽど焦っていたのだろう、履歴書はＡ４の用紙の中で斜めになって端が切れている。その字は丸くて、筆順がでたらめであることが一目でわかる。この履歴書を書いた人間は学力がかなり低い。

支局のデスクに座って会田良夫の履歴書を眺めていると、亜川には新潟の山村の黒光りした板の間とそこに膝を畳んで座っていた白いひざ小僧が写真を見るように鮮明に蘇る。彼を見たのはもう十八年も前だというのに。

東京から来た記者たちは広間の座敷に座り、ああでもないこうでもないという話を必死でメモにとっていた。若くて使い走りで疲れて、記者の貫禄《かんろく》なんかない俺だから、女たちはそばにいても気にせずに内輪話ができたんだろう。——子供を引き取って借金を棒引きにしてもらったんだって。

　あの木部という記者には、少年には意味はわかっていなかったと思うと言った。でも新潟に一年半しかいなかった俺でさえわかったんだ。母親は家の中では新潟弁を話すこともあっただろう。だったら理解できなかっただろうか。女たちは俺の存在を無視していたように、少年にもまったく気兼ねをしていなかった。すぐそこに当の少年が座っているというのに、女たちは広間を盗み見ながら小声で囁《ささや》きあっていた。少年は小さな白いひざ小僧をじっと押さえていた。母親が土間の向こうで皆に責めたてられているのをその身に受けているように、じっと。

「二通目の遺書の件、書くんですか」と水木《みずき》が聞いてきた。

「それはな」と答えてやった。「別のところが載せるんだよ」

　週刊誌と新聞には棲《す》み分けがある。だから新聞は信頼され、週刊誌は興味をそそるのだから。

「それよりな」と亜川は水木に言った。彼は当時の亜川と同じ入社二年目の新米で、県警二課を守備範囲に抱えている。

「大学絡みの詐欺の事件、調べていたよな」

「修学院大学のやつですか。はい、だいたいの読みだと、吉岡考古学研究室っていうのが独断でなんかしていて、いわゆる『大学絡み』ではないいんじゃないかって様相です」

「それに、田辺って男、マークされていなかったか?」

「はい。田辺は主犯です。それに古物商が一人と金庫番の女が一人」

「大学の研究職って、そんなに持ち出しあるか?」

はっ? と聞きなおされた。

「大学院の予算が少ないからって、その研究費を自費で賄うってこと、あるか?」

水木は腕組みして考えた。「ない——」そして顔を上げる「と思いますけど」

「あれはどこから金が出るんだ」

「大学自体の予算の振り分けもありますけど、基本的には『科研』と言って、国に補助を出すセクションがあるんです。そこに申請して、許可待ち」

「下りない場合もあるよな」

「無茶な申請ならばね。税金の無駄遣いにあたると判断されるとか」

水木は言った。「それでも修学院大学は金の下りる率はすごく高いんです。あれも結局は根回しですから」

亜川は彼に、その事件についてのレポートを回しておくように言った。デスクから直接声のかかった若い記者は、その喜びを見ていておかしくなるほどはっきりと照れることなく表した。

「警察の捜査進展状況も」と言うと、「はい」と、力強く答える。

彼の情熱が大スクープに繋がる日は実際、近いかもしれない。健文は「吉岡研究室ですか」と確認した。それから田辺という男を呼び出したのだから。

——でも一昨日のお話は大丈夫ですから。

あの弁護士は健文にかなり好意的だ。しかし健文が浪費していた金はかなりの額だったはずだ。ばあさんが癇癪《かんしゃく》を起こして遺書を書き替えてやろうかと思うほど。

いや——と亜川は思った。あの二通目の遺書は本当にばあさんの意志によって書かれたものだろうか。

だいたいあのばあさんは自分の二人目の孫の顔を見たことがあったのだろうか。

十八年前、亜川はただ一度だけ弥生の孫の横顔を見た。弓子の、震えるような抗議の声が聞こえた時。俯いていた彼は顔を上げて母を見た——。

支局長がやってきた。

「グランメールの件、君が自分で担当する気なのか？」

不思議そうな声だ。

「いや、僕はただ被害者の告別式に一般弔問しただけです。担当は永井ですよ」

「でも容疑者の車から黒真珠が出てきたことを摑んだのは君だろう」

「はい。あれは居合わせただけです。だから永井に全部伝達したはずですけど」

支局長は椅子を引き寄せて座り込んだ。

「県庁キャップに無理を言って留守番させてまで、なんで笹本弥生の告別式に君が一般参加したのかね？」

「むかぁし弥生の関係者の自殺を取材したんです」

支局長はコケにされていることを理解して、へばりつくようになお寄ってきた。

「君は、むかぁし取材した関係者に関して、全部そうやって義理を果たしていくタイプだったかね」

亜川は支局長の目をまっすぐ見据えて、答えた。

「はい」

支局長は呆《あき》れたような顔をして向こうに行った。入れ代わるように水木が修学院大学詐欺事件の資料の束を持ってきた。

亜川は机の上の資料を脇へ寄せて場所を作った。そして机の上に足を載せて、リラックスして読み始めた。

三時間かかった。

第二章

1　一九二三年

馬が空高く上がった。

馬の黒々としたあの大きな尻が竜巻で空中に吸い込まれたのだ。

馬方も、畳も、荷車も、リヤカーもそれに載っていた布団も箪笥《たんす》も人も、皆空中に吸い込まれた。

高く。

空の中へ。

弥生はその尻を見上げた。空にはいろんなものが浮かび上がっていた。まだお昼の二時だというのに、空は煙で暗かった。

しばらくするとドーンと音がして、馬が落ちてきて、下にいた人たちが潰れた。

大八車も箪笥も落ちてきた。

人は落ちてこなかったような気がする。近くの安田様のお屋敷の、焼けた木の股にたくさんの人間が引っかかっていたというから、そこまで飛ばされたのだろう。

それが弥生の、関東大震災の記憶だ。

まるで焼かれた釜にいるようだった。広場の人たちの体に次々に火がついた。焼けぼっくいのような死体を踏んで歩いたことを覚えている。足の裏が焼けて、切り傷ができて、でもそれを痛いとも思わなかった。いつも遊んだ川に掛かっていた橋が焼けて鉄芯だけになって、川は固まりかけた油のように動かず、そこにも真っ黒に焼けた大きなものが――人の形をしたものが――無数に浮いていた。

風が吹くと嫌なにおいがした。煤と埃《ほこり》で目が開けていられなかった。目を開ければ、髪に、服に火がついて、燃えながら道をごろごろ転がる人を見た。

死体と瓦礫。天まで吹き上げ、拳で地を叩くように吹き下ろす炎。午後二時、道という道は人と馬と大八車とリヤカーでぎゅうぎゅうに詰まって、小さな弥生は毎日遊び慣れた道を、ただ母の手を摑み、引きずり回され、怒号も、悲鳴も、頭上の火の気配にも、まるで感情が密封されたように、なんの恐怖も感じなくなっていた。


大正十二年九月一日、笹本弥生はまだ四歳だった。本所南二葉町の端に住んでいた。

その日、父は休みだったが、棟梁《とうりよう》に呼ばれたからと朝から出ていった。「変な空模様だ」何時だったか覚えていない。お日様が昇ったばかりだった。框《かまち》に腰掛け、地下足袋を履きながら父がそう言った。そういえばちょっと前まで雨が降っていたようだった。「傘、どうするね」という母に「いらねぇ」と、振り返りもせずに威勢よく答えた父の後ろ姿を弥生はいまでも覚えている。大きな背中をしていた。紺の法被《はっぴ》を着ていた。父の後ろに立ち、見上げた空に浮かんだお日様は、夕焼けのような赤だった。

弥生の家は四軒続きの長屋の一つだった。小学校のすぐ裏で、ちょうど始業式の日で、弥生は窓ガラスに張りついて、いつもよりしゃれ込んだ年長者たちが学校へといくのを見送った。蒸し風呂のような湿った熱気が下町を照りつけていた。

「お昼のドンが鳴る前には父ちゃんは帰ってくるからね」

正午には町中に聞こえるように午砲《ごほう》が鳴る。弥生は食卓の前でそれを待っていた。ほうれん草のおひたしと、豆腐となすの煮物。それが載ったちゃぶ台が目の前から消えるほど揺れたのは、その「ドン」の聞こえる前だった。

ガラスの破片がとんで、梁《はり》と柱が同時に大きな音を立てて軋《きし》んだ。近くの家が倒れていくのか、地響きがして、弥生の家の中で粉塵《ふんじん》が舞った。

母親は七輪の火に、掛けていた鍋の吸い物をかけた。ジューと音がして、灰神楽が舞った。母はその手で押し入れから布団を取り出すと、弥生をだき抱えて頭から布団を被った。戸棚からものが落ちてきたようだったが、布団と母親にぶつかるので弥生は痛くはなかった。

揺れが収まると母親は布団をはね除《の》け二人は外に飛び出した。

四軒長屋はマッチ箱を押したように傾いていたが、倒れてはいなかった。それでも何かの拍子に一軒でも潰れたら、道は通れなくなってしまう。路地には近所の人たちが出てきていた。向こうで煙がくすぶっているのが見えた。

「緑町だ」二階の物干し場に駆け上がった隣のおじさんが叫んだ。「ここまでは火は回ってきやしねぇ」そう言ったが、母は家に駆け込むと、「足袋をはいて」そう言い、大事なものを風呂敷に詰め込んで、腰に巻きつけた。それから天袋の奥から雛人形《ひなにんぎょう》を引きずり出した。一瞬躊躇《ちゅうちょ》したが、母は一番大きな大釜の底にそれを入れて、上から井戸水を流し込んだ。そして座布団をあてがい、座布団ごと押し沈めた。「馬一頭始末して買ってもらったんだ、焼けたらじいちゃんとばあちゃんに申し訳がない」

母を見て、弥生も自分の人形を握った。市松の抱き人形で、髪を梳《す》いてやるのだ。着物は母が近所で端布をもらってきて縫ってくれた。紺色の絹の着物だ。お人形の顔も様子も、おぼろげにしか覚えていない。その白い半衿《はんえり》だけを覚えている。

もう一回大きく揺れた。頭を抱えて伏せた。

きな臭いにおいが漂い始め、あたりは暗くなっていた。「かあちゃん」と弥生は母を見た。母は起き上がると、帯の上から風呂敷を三重に巻きながら、「父ちゃんが帰ってきたら、全部出してくれるから」としっかりした口調で答え、弥生の手を握って通りへと出た。その時には頭上からぱらぱらと何かの燃えかすが落ちてきていた。

道幅は一間ほどしかない。家が三軒潰れて路地を塞いでいた。そこへ家財道具を積み込むために荷車を止めている家が何軒かあった。燃えている緑町は、大きな通りを三つ越えたところだ。近所の人たちはあわてていた。いつもならすぐ抜けられる路地が、通りに出るのにものすごく時間がかかった。母は弥生を抱き上げたり引っ張り上げたりして進んだ。小学校の前を右に折れて少し広い道に出た。振り返ると、弥生の家の裏と、右の方向にはもう火の手が上がっていた。

見知った道だった。そこを北へと向かう。両端にあるのは鉄工所とお屋敷なので、道を塞ぐものはない。火に追われて道に出てきた人や物の量は膨大だった。皆が北を目指していた。一向に前に進まなかった。皆が北に向かおうとしていて、道に障害物はないというのに、前に進まないのだ。

緑町の火災は線路を越えた。本所小学校が燃え始めるのが見えたから。その瞬間、後ろからものすごい勢いで人に押された。なのに前に進めない。潰されそうになりながら、弥生は母の手だけを握っていた。

辻《つじ》の角が見えた時、弥生はなぜ進まないかを理解した。

向かいの若宮町あたりが燃え上がっていたのだ。北からもこちらへ、荷車や人や箪笥や馬が道いっぱいになりながら向かっているのだ。

ずり落ちた布団が車輪に絡まって立ち往生する大八車がある。荷物を積み過ぎて動けない車がある。荷を結わえていた紐が切れて道の真ん中で荷物が崩れている車がある。人と大八車と馬に揉まれて、弥生はただ母の手を放さずにいるだけで精一杯だった。ただ、動ける方へ皆と流れていく。

反対方向から進んできた一団と交差点で衝突して、流れは完全に止まった。前と後ろを火に追われて、怒号と悲鳴がひっきりなしにした。母は片手で弥生の手首をちぎれるほどに握っていた。弥生は揉みくちゃにされて、胸が押されて息が止まるかと思った。そして母が自分の手を握るのと同じだけ強く、人形の片手を握った。

弥生たちは再び押し流され始めていた。まるで漂流するようだった。辻ごとに荷車と人と馬は増えた。弥生には人の尻しか見えない。ただ両手に抱えた荷物で歩けなくなっている女がみえた。女は人の流れに荷物をもぎ取られそうになっても、決して荷物を放そうとはしない。その形相たるや、命懸けで川を泳ぐ者のようだ。

被服廠《ひふくしょう》へ行けと言う声が風に乗るように聞こえてきた。弥生は思った。ひふくしょう――安田様のお屋敷の裏だ。陸軍の学校の兵舎があって、鉄道の線路もある広場だ。

そこならすぐその先。石原の電車通りをわたった先だ。普段なら家から三分もかからないところで、でもトタンで囲って入れなくしてある。その日は見えるのは人の尻や荷物ばかりで、そのトタンの囲いは見えなかったが、広場のそばには両国小学校があって、その校舎がすぐそこに見えていた。

路地が多くて道は狭い。小さな通りから折れる度に少し道が大きくなる。それを三度ほど繰り返して被服廠跡の前の通りに出る。それが、少しでも大きな通りに出れば出るだけ、川に小さな流れが吸い込まれるように人が増えた。歩いているのではなく、ただ押されていた。広場は人垣で見えないが、両国小学校は確かに近くにある。でも被服廠跡に着いたとしても、そこは線路でかこまれていて、線路にはトロッコがのっている。溝が掘ってあり、トタンでも囲っている。だから荷車はそこを通ることができないはずだ。

荷車やトロッコに阻まれ、溝に阻まれ、人々は広場に入れないでいた。

そのうちどうと大きな音がして、荷車の一つが押されて広場側にひっくり返った。人の群れは、後ろからにじり寄ってくる火から逃げるように広場に沿って迂回《うかい》していった。するとトロッコが切れている場所ができていた。道と広場の間には一間ほどの溝があって、いつもならトタンで仕切ってある。そのトタンがなくなって、溝を板で渡してあった。人々はそこへと一気になだれ込んだ。板の近くにいた人は押し倒されて溝に落ち、踏みつけられた。

門の詰め所の上に登った警官がサーベルを抜いて「荷物を置いていけ、置いていかぬと入れぬ」と声限りに叫んでいたが、聞くものなんていなかった。その瞬間また余震が起きて、建物の上の警官もその場に座り込んだが、それでもサーベルを掲げて「荷物を持って入ることはまかりならん」と叫び続けていた。

母は弥生の手を握りしめたまま「だいじょうぶ。父ちゃんが持ち出してくれるから」と独り言のように繰り返した。家の荷物のことだと思った。箪笥。鏡台。布団。それから母ちゃんのきれいな着物。たくさんの荷物を載せた大八車を見ながら、弥生は握ってきた人形を見た。

顔はすすけて、片方の手がもげていた。

被服廠跡は、入り口は大変な騒ぎだったが、入ってしまうと中はずいぶんすいていた。馬も、荷車も、おさまっていた。ござを敷いて一休みする一団もいた。広場の向こうに安田様のお屋敷があって、その向こうが隅田川だ。

「父ちゃんは浅草だよね」

そう言ったとき、母がはっとして隅田川の向こうを見た。

浅草はその時はそれほど燃えていなかった。それでも母はじっとその川向こうを見つめた。

「うん。観音様の足下だよ。大丈夫。父ちゃんは棟梁のところだから」

しかし火は、燃え出すまではぐずぐずしているが、いったん発火すると燃え上がるのは早かった。そして延焼していくのはもっと早かった。下町を焼き尽くしながら、虎かライオンが貪欲に獲物に摑みかかるようにして広場までやってきたのは、すぐのことだ。

本所も深川も、まるで全体が砂ほこりでも被っているように火に包まれていた。広場にはあとからあとから人が転がり込み、彼らは人を踏みつけ、溝をはい上がる。線路にひっかかり横倒しになった荷車を持ち主は見限って、体一つで広場に転がり込んだ。警官は必死で、荷物を持ち込むなと叫び続けた。広場はあっという間にいっぱいになった。それでもまだ人々はトロッコを越えて入ろうとした。

家が燃えるのだ。火が迫ってくるのだ。燃える物のないところに逃げ込めば、炎から逃げられるのだ。

トロッコにつまずいてころぶ。その、転んだ人につまずいてまた転ぶ。

衣服に火がついたまま逃げ込んでくる人もいた。

そして川向こうが燃え始めた。

隅田川からの悲鳴はすごかった。馬の嘶《いなな》きと怒号と。そしてそれらが橋をわたり、人々は雪崩《なだれ》を打ってこの広場に逃げ込んで来始めていた。

広場に火が入った。

弥生が広場が燃え始めていることに気がついたのは、燃え出してしばらくあとだった。もともと広場は西側に隅田川を一本挟んだきり、二葉町、緑町を始め、若宮町、森下町と、三方が轟々《ごうごう》たる火の海で、ただでさえ熱かったし、外から逃げ込んだ人は泣いたり叫んだりしていたから、広場の荷物が燃え始めたのには気づかなかったのだ。あまり熱いから顔を上げると、すぐそばで大八車が燃えていた。

綱の切れた大八車からは火のついた布団や箪笥が崩れ落ち、その火が辺り一面、燃えることができるものに燃え移った。身動きできない人の着物にも。

母は弥生の手を引いて、ものを、人を踏みつけながら、広場を火のない方へと逃げ続けた。血だらけの負傷者を背負う人がいて、狂ったように泣きわめく人がいた。母は弥生の手を力限り握りしめ、広場を出ようとした。でもトロッコがあったし、板を渡したところは入る人と出る人でごった返しているし、溝は水道管が破裂して水に漬かり、その水に漬かった溝にももう、人が入り込んでいるのだ。

「釜だよ」と母は呟いた。

「釜の中にはいっちまったんだ。薪《まき》を背負ってさ」

水は流れっぱなしになっている。母は荷車から布団を摑むと、溝につけて水浸しにした。そしてそれを二人揃って頭からかぶった。

母の言っている意味はわからなかった。ただ布団のおかげで飛んでくる強烈な火の粉を身に受けずにすみ、生きた心地がした。いままで熱くて煙たくてつむっていた目を開けた。

そのときだった。

あたりが急に、一層薄暗くなった。四方から粉塵が重なり合うように空を覆った時、突然突風が吹いた。それは渦を巻いていて粉塵を回りに叩きつけた。粉塵はみるみる火の粉に変わり、火柱となり、渦になりながら人といわず荷物といわず取りついて燃え狂い、その火焔《かえん》が、ゴーという音と共に空に上がったのだ。

馬が空に吸い込まれるように上がった。

人も、大八車も、布団も、箪笥も。

母は布団の端をしっかり摑むと一層深く被り、足に弥生を挟み込んで、片手で溝の端を握り、必死に身を伏せていた。でも弥生は顔を上げ、舞い上がる馬の尻を見ていた。地上では火が空中を覆い、馬が暴れ、火達磨《ひだるま》になった人が地面に身を丸くしていた。

大きな黒い馬の尻。

その時そんな竜巻は下町のここそこに見られた。そして大きな炎が立ち上がった。竜巻の直後は気圧が下がり、火を呼び込むのだ。弥生にはそんなことはわからない。空に吸い上げられた馬や大八車が、時間が経《た》つと地上に降ってきた。

釜の中。

焼かれるものは簞笥や布団や大八車、そして人。

突然髪にぼっと火がついた人。

轟々と燃えながらふらふらふらと歩く人。

線路のところでは、――いや、線路でなくても、まるで誰かが放り上げたように人が山になった。誰かが何かに躓いて転ぶと、すぐその上に誰かが躓いて転ぶのだ。その山を越えようとする人が、力尽きる。それでもその回りもまた、焼死者と燃え盛る荷物だ。炎に耐えられず、夢中で人の山をよじ登ってでも向こうに逃げようとする。生きているか死んでいるかわからぬ人のどこかを踏みつけながら。そして火に背中も髪も舐められて、途中で身悶《みもだ》えたり転げ落ちたりするのだ。中には、熱さのために山になった人と人の間にもぐり込んで下半身だけを火に焼かれる者もいた。人が越えられない高さになると、今度はだれもかれもが人の下へもぐり込もうとした。そうして、山がみるみる高くなるのだ。

中の人は息もできないだろうに。

一番下の人は潰れているだろうに。

ぼんやりとそれを見ていると、母が弥生を引っ張った。母は死体を三つ四つひきずりのけて、水道管の破裂した場所に二人で潜れるほどの隙間を作り出していた。水がとめどなく溢《あふ》れてくる。母と弥生はそこに伏せた。

どこからともなく南無阿弥陀仏と南無妙法蓮華経という声が聞こえてきた。広場を回りながら昇っていく火焔に乗るように、その声は広場の中を回り、上り詰めていった。どれほどの時間がそうやって経っていったのか、わからない。轟々たる炎の音と泣き苦しむ人の声がぱったりと途絶えたのは、空が白むころだった。

人は、焼け死ぬと、皆同じ格好になる。生まれたばかりの赤ん坊がおぎゃあと泣く時の格好で死ぬのだ。

空が白むと、誰かが誰かの名を呼ぶ声が何度か聞こえた。そしてすぐにしなくなった。何もかもが焼き切れて、視界を遮るものがない。川向こうに遠く浅草の松屋が見えた。母はぼんやりとはしていなかった。弥生の手を摑んで引きずり上げて立たせた。死体――死体――死体――死体。生焼けのままに生きているものもいる。腹から腸が出て、それに焼け焦げ色がついているものもいる。

母親は血と泥で真っ黒になった水たまりを見つけると、口をつけてその水を飲んだ。弥生も真似《まね》た。

母は家のあった二葉町の方をかえり見た。二葉小学校が鉄骨だけになって建っていた。あとは遠く遠く深川を越えて浜まで見渡せそうだった。それから母は隅田川を見つめた。その向こう、焼けて何もなくなった浅草を。

父ちゃんは親方のところに行った後、寄席にでも行ったのかもしれない。そいで火事でびっくりして、上野に行ったのかもしれない。

　上野の公園は焼けていないかもしれない。

　母は何も言わなかった。弥生を引きずるようにして人で埋まった広場を歩き出した。まだ死体のくすぶる広場を。

　死体に下手に足を突っ込めば、生焼けの炭の中に足を突っ込んだように熱かった。それでも母は歩いた。

　日頃、安田邸の庭と被服廠跡の広場の間には、割れたガラスが敷きつめられていて、進入できないようになっていた。しかし人は割れたガラスを踏み越え、安田邸の庭にも死体の小山ができていた。

　木は焼き枯れていた。その焼き枯れた木に人が吹き飛ばされたように引っかかっていた。お屋敷の池の面は死体でいっぱいだった。多分底にも死体はあるのだろう。子を背中にくくった女の、背中の子も皆死んでいた。安田様のお屋敷は跡形もなく焼け落ちていた。

　母は池を回って隅田川の前に出た。

　お蔵橋は焼け落ちていた。川はもう川には見えなかった。泥を敷きつめたようだった。川《かわ》面《も》には人と布団と行李《こうり》、瓦礫、馬、木材、家の屋根が泥にからめ捕られるように浮かび、その中に半分埋もれるように浮いている無数の、黒こげの死体や白いままの死体は、油の中に落ちて抜け出せない虫のようだ。

　母は両側を見た。

北は厩橋《うまやばし》。南は両国橋。昨日の昼から何も食べていなかった。足は足袋のおかげで大した怪我はなかったが、立っているのもつらかった。誰かが弥生ににぎり飯を一つくれた。弥生はそれを母に半分やった。母は弥生に気兼ねそうに、それをむさぼり食った。見知らぬ兄ちゃんが焼けた卵をくれた。製氷所が近くにあるんですと母に話しかけながら、知らないおばさんが氷のかけらをくれた。知らない人が生のさつまいもを二本くれ、焼けずに浮かんでいるダルマ船の底から取ってきたと言った。かじると甘かった。

握っていた人形は、肩から先がなくなっていた。燃えたのかもしれない。千切れたのかもしれない。水浸しになったり踏みつけにされたりしながら、市松髪の髪が燃え、帯がほどけ、腕がもげ、顔が灰だらけになり、そして弥生の腕の中から消えていった、そのどの瞬間も弥生は気づかなかった。

家のあったところには、釜が一つ残っていた。蓋を開けると、水の中にお雛さまが沈んでいた。七つのお人形が澄んだ水の底で仲良さそうに寄り集まっている。汚れ一つないのを見て、弥生は、お雛さまは人間より神様に近いのだと思った。上を向いたお雛さまの一つがぱっちりと目を開けて、水の向こうから弥生を見ていた。

あの日から母は毎日弥生の手を引いて出歩いた。

父ちゃんは畳職人だった。地震のあった日、棟梁の家に行った。しかしその棟梁の家は焼失して、あの日、そこにいた人たちがどこに行ったかを知ることはできなかった。

銀行も焼けて、大切に持ち出した通帳や印鑑はすぐには役にたたない。母はあの被服廠に行き、ものを拾った。手提げ金庫や、焼けて溶けて変形した銀などがあったのだ。つっ立った弥生の横で死体の中に手を入れて探した。人がそれをとがめるように見た。母はそれを強く見返した。

母はそれを持ってどこかに行って、弥生の靴や火傷《やけど》の薬と交換した。それから多くの人たちが知り合いや親戚のところに避難するなかで、そうやって手に入れたものを元に、人に頼んで元の二葉町にバラックを建てた。そうして自分は毎日歩いた。

棒を持ち、若い職人風の男の死体を見ると、突っついてひっくり返して歩くのだ。

隅田川で焼け残ったのは新大橋と両国橋だけだった。前にも後ろにも進めず渋滞した橋の上には、それぞれの人が持ち込んだ、大量の家財道具があった。それに火がついて、ほとんどの橋は燃え落ちたのだ。橋の両岸の家々も燃えながら川へと崩れ落ちた。だから川はあらゆる家財道具と荷車と馬と人の死体で埋まった。水など一滴も見えない。

男たちが隅田川の死体を、竹の先に鉤《かぎ》をつけたもので引っかけては上げていく。母はその川辺に上げられた死体を順番にひっくり返した。

厩橋を通りながらもひっくり返した。橋の袂《たもと》に流れ着いた黒く膨らんだ死体もひっくり返した。

死体は真っ黒で、安田様のお池の回りに立っていた、焼き切れた木を思い出させた。人間の形をした木が泥を吸い込んで真っ黒になっているみたいなのだ。でも、突くとゴロンと倒れる。

母がそれを見つめる目。それはいままで弥生が見たこともない目だった。ギラギラしていて、髪の毛の逆立ちそうな怒りのようなものがある。そうして母は疲れることなく、泣くこともなく、愚痴を言うこともない。

弥生はそれについて歩いた。

二葉町から道沿いに深川に下りていく。人が馬の尻の肉で鍋をしていた。相生橋には陸軍の糧秣廠《りょうまつしょう》があって、橋の上では人が寄り合って焼けたものを食べていた。その川の下を見ると、焼けた小さな橋の下の、溝のような川の中で、上半分が真っ黒で、下半分が真っ白な死体が座っていた。

白いにぎり飯をもらったので聞くと、近くの飴工場《あめこうじょう》の原料の米を積んだ船が沈んで、船倉に白米がたっぷりあるのだという。「だから気にせずに食べな」

皆が力を合わせて橋を作っているところも見た。弥生は字は読めなかったが、至るところに何か書きつけた紙が張ってあり、母はそれを見つける度に目を皿のようにして読んだ。

「本所の二葉町の笹本って職人、知りませんか。浅草の矢ノ蔵町の、桜井病院の裏にある武田って畳の棟梁のところに行っていたはずなんです」

母は人を捕まえては同じことを繰り返し聞いた。人はかむりを振った。あの辺りは燃えたからねぇ。

母は礼を言うと、また歩き出す。

浅草の新吉原まで行った。

女の人が池でたくさん死んだそうだ。

「とうちゃんはここに来たの」

「寄席じゃなきゃね」

回りはまだ死体ばかりだ。積み上げてしまったら、遺族が探せなくなるから。

それでも川沿いや、大量に死体の出たところではもう、山にして焼き始めていた。あの被服廠でも死体を焼いた。煙が立ちのぼり、三日かかったと聞いた。灰になった骨は場所ごとに分けて大きなかめに入れて、あとでまとめて供養するのだそうだ。

それでも母は父を探した。

まるで東京中を探そうとするように。

四歳の弥生の記憶の中にあるのは、黒い煙とか、顔を焼く熱風ではない。道に転がっている馬だ。泥の中に横っ倒しになっている。その死んだ馬の汚れた尻の大きさ。

膨らんだ人間も同じように泥の中にあった。馬が大きな尻を投げ出している隣に、カエルをひっくり返したような格好をしているのだ。両手、両足が地面から浮いていて、目をむいて、首をぐんと前に突き出して。

でもその人の形をした怪物のようなものは、泥の中から生まれたのかと思うほど自然だった。馬が、その大きな尻が、泥を洗えばあの毛並みが出てくるのだろうかと、そんなことを考えるほど馬のままにそこにいることの方が不自然だった。

手を引かれ、下から母を見上げる。ずっと高いところに母の顔がある。母はあの日から何日も何日も歩いて、地面に転がった、化け物のような死体を見つめて回った。それでも死体は至るところにあって、隅田川にも木材と一緒に流れていたし、向島の岸にもものすごくたくさん引き上げられていて、見終わるということがなかった。

来る日も来る日も膨らんだまま固まった泥だらけの死体を見ていると、初めはなんとも思わなかったが、段々気味悪くなった。そして慣れた。最後に、臭くてたまらなくなった。

それでも母はやめなかった。

「もうあとは被服廠じゃないかねぇ」と誰かが言った。それを聞いた時の母の横顔も、弥生の手を引いて、弥生の疲れなんかまるで省みようともせずに歩く時の母の形相と共にはっきりと覚えている。憤然として、何かに耐えるようなあの顔。

「被服廠の死体ならもう焼いてしまっているよ。三万人ぐらいはあそこで焼け死んだって。それでも生き残ったのがいるっていうから、運の強い人もいるんだよね」

弥生は不思議だった。母は人を探している。死体を眺めて、父でないかを、血眼になって調べている。でも母には、父がひふくしょうにいたということだけはあってはならないことなのだ。

弥生には理由がわからなかった。他のことは覚えていない。

夢に、猛火がやってくる。夜中に大泣きすると、母が抱きしめてくれる。

大人が道をあてもなく歩いていた。

建物をつっついて壊して材木にしてリヤカーで運んでいく人もいた。大きな列車が省線のレールに止まったままで、子供たちは乗ったり降りたり車内を走ったりしたが、何をしても大人は怒らなかった。

弥生は、母が父を探さなくなったことがうれしかった。

しばらく母の里に疎開した。それでも二週間もすると二葉町のバラックに戻ってきた。

「気兼ねだからねぇ」

ここに住んでいれば、父がひょっこりと戻ってくると思ったのかもしれない。でももちろんそんなことはなかった。

弥生は父の顔は覚えていない。

結局弥生と母は二葉町を離れなかった。移り住んだ長屋には、紙芝居屋や一銭コロッケ屋、大工、左官、ビールの口金職人、煙突掃除屋などが住んでいた。沼地を埋め立てて作った長屋で、梅雨時にはナメクジが這《は》い、夏には蚊が湧いたが、弥生には、やっと人の巣に戻れたような気がした。母は浅草の呉服店から着物の仕立ての仕事をもらい、弥生を育てた。武蔵屋呉服店といい、元々は門構えの立派な店だったが、震災の被害を受けて、その後店主が亡くなると、まだ若い長男があとを継いだ。しばらくは古着を扱って急をしのいだ。母は古着の仕立て直しを請け負った。

若い亭主はいかにも育ちのいい温厚な旦那で、母と弥生が仕立て上がりを持っていくと、まだ小さかった弥生に、いつも紙に菓子を包んでくれた。十四になっても、菓子をくれた。弥生がついていかない時も、母に寄越してくれるのだった。若い亭主は弥生が十四の時に結婚し、弥生は十五でその呉服店に勤めた。満州事変の後の、ずいぶん景気のいい時代だった。店は元通り大きくなって、番頭と三人の使用人を置いた。店の奥には大きな黒塗りの耐火金庫があり、番頭は帰り際に帳簿や現金を全てその金庫にしまい込む。弥生は心配したが、亭主は笑った。重くて誰にも持っては行けないよ。震災の時だってびくともしなかったんだ。

ああ、それならあたしのお雛さまと同じだ――弥生は、毎朝その金庫を丁寧に磨いた。

弥生が十七の時に若夫婦にはじめの男の子が生まれた。その二年後に二人目の男の子が生まれた。呉服屋の赤ん坊は泣かなかった。いつも機嫌よく遊んだり通りを眺めたりしていた。呉服屋の夫婦は使用人に子守りをさせたりせずに、きちんと店の仕事をさせた。だから子供たちは使用人に偉そうにしなかった。上の男の子は店の前の道でよく遊んでいて、下の男の子が兄のすることを珍しそうに、いつもついて歩いていた。下の男の子の後ろには飼い犬の柴犬《しばいぬ》がいて、犬と下の男の子は双子のように連れ添って動くのだった。下の男の子は客がやってくると、ついて店に入ってくる。そうして客と店主や番頭のやりとりを、やっぱり珍しそうに聞くのだった。そうするうちに奥さんの腹がまた脹《ふく》れて、今度は女の子がいいなと言っていたのに、生まれてみたら玉のような男の子で、旦那さんが苦笑した。弥生の母は「跡継ぎがお三人もおいでで、おめでたいことでございます」と挨拶した。

やっぱりその子も泣かない。いつも機嫌よく客や使用人や兄たちが動くのを日がな一日眺めては、乳を飲み、眠った。

弥生の母はまだ四十前で、頼まれ仕事があるとどこへでも出向いて働いた。気丈な母が時々思い出したように地震の日の話をした。こわかったねとか、あそこでもらったおにぎりはおいしかったねとか。町はあちこちにまだ震災の傷を残し、住人のほとんどが入れ代わった。そのうえ景気は悪くなり、戦争が起きて世の中が不穏になると、二葉町も少しずつ変わっていった。隣組で助け合いといえば聞こえはいいが、要は監視のし合いだった。呉服屋の主人は、商品を店頭に並べるのに、わざわざ人を雇って呉服から金糸を抜いた。「贅沢は敵」だから、金糸の入った布は売るに売れないから。そんなことが母に何かを思わせるのだろうか。そういう時、母は半ば夢見るように話した。

父の死体が見つかっていたら、母はこのように話をしただろうか。

母はどうして、あれほど父の死体を求めたのだろうか。

弥生には震災前の町の記憶はほとんどない。手の中で消えていった人形と、とうちゃんの青い半纏《はんてん》。いつもとうちゃんの膝の上でご飯を食べたこと。二葉小学校は建て替えられた。日本がアメリカと戦争をはじめたのは一九四一年十二月八日、弥生が二十二歳の時だ。

開戦して灯火管制が始まって、新聞は戦争一色だったが、それでも映画館では映画を上映していたし、職業野球の試合も続いていた。子供の七五三では写真屋で写真を撮った。化粧品屋は新しい洗顔クリームを販売したし、新しい女性週刊誌も売り出された。弥生は新聞を見るのが好きだったので、呉服店で読むともなくめくる。広告の端にはとりあえず日の丸が載り『祝。シンガポール陥落』と、広告に関係のない言葉が挨拶のように刷り込まれる。薬屋も、百貨店も、ミシン屋も、そんな言葉をいれながら広告を打っていた。三人の息子は日本の旗を振り回しながら、往来で遊んだ。

そうして東京大震災から二十二年後深夜。

再び本所二葉町が焼き払われた。

空襲だった。

同じように黒い死体が道に転がった。

二葉小学校はまた焼け落ちた。

見渡す限り視界をさえ切るものがないその情景を見たとき、弥生は惚《ほう》けたような気がした。多分昔見たものと同じものを見、体感すると、脳が混乱するのだろう。

幸いにも、母は焼け落ちた東京を再び見ることなく死んでいた。その四年前に馬に蹴られて死んだ。呆気《あっけ》ない死に方だった。最期の言葉を聞くこともなかった。小さな葬式を出した。日本が真珠湾を攻撃する二週間前のことだった。

空襲の翌朝、弥生の顔は煤け、髪も煤け、防空頭巾はどこかにいって、むき出しの髪が汚れて固まっていた。電信柱は焼けて、電線が飴のように伸びてぶら下がっている。焼け折れた木。半分焼けたトタン。まだ三月だったから、北風が強くて、その上その日は道の端には雪が残っているような天候だったから、水に濡れた着物や綿入れが凍るように冷えて、疲れ切った体はきしむように痛んだ。まだ煙の上がる死体をよけて、棒のようになった死体をよけて。大きな棒切れは大人。小さな棒切れは子供。大きいのと小さいのが並んでいたら、親子だ。それが無数にある。時々、枯れ葉を始末するように箒《ほうき》で掃き出してしまいたいという妄想にかられた。過って踏んだ時、バキっとした固い感覚のあと、むにゅと柔らかいものが潰れる感じがした。そこにあるのは炭のようにみえても腹も腿もある人間。

天皇陛下は、東京が空襲を受けてから八日も経って、それこそあの炭化した棒になった、生焼けのまま死んでいった、冷たい川の中で溺れていった無数の死体が箒で綺麗《きれい》に掃き出されてから、「巡察」に現れた。弥生はそれを、卑怯《ひきよう》だと思った。八日もたってきれいになった道路を歩いて、あの日がどんなものだったか、わかるものか。死んだ者の無念が伝わるものか。

空襲で弥生の住んでいた場所は、自分の住んでいた長屋がどこにあったのかわからないような平地になっていた。

勤めていた呉服店も跡形もない。そこがあの呉服店だとわかったのは、焼け野原の中に見慣れた大きな黒い金庫が残っていたからだ。

呉服屋の旦那一家は防空壕の中で焼け死んでいた。

弥生は四つの死体を見つめて、膝をついてへたり込んだ。

一番下の坊は奥さまの里に行っていた。だから子供の死体は二つ。

奥さまは子供たちを抱え込み、旦那さまが壕の入り口に向かって手を上げるようにして死んでいた。――外は猛火で、もう出ることもできなかったのだ。

金庫は、裏が焼けて穴が開いていた。中のものは真っ白な灰になっていた。——重くて誰にも持っては行けないよ。震災のときだってびくともしなかったんだ。そういった主人の笑顔を思い出した。子供を身籠もるたびに脹れた腹をさする、奥さまの幸せそうな顔。ほんの二カ月前の正月には、戦時だからとお飾りも祝いのお煮しめもしないで、みなで赤味噌《あかみそ》の雑煮をいただいた。箸《はし》を持っていただきますとこうべを垂れる、正座した三人の息子たちの、きちんと重ねられた小さな踵《かかと》が鮮やかに蘇る。

弥生は金庫を袖で拭いた。壊れた水道管から流れ出ている水を酌んでくると、水をかけて、それからまた拭いた。拭いているうちに一家の墓石のような気がした。それでも手向けるものもない。

弥生は雛人形のことを思い出した。

母が死ぬ数カ月前のことだったと思う。まだ開戦はしていなかったが、戦争をはじめないとみなが暴動を起こしそうだった。母は、学校の教練で手榴弾《しゅりゅうだん》投げが教えられたというニュースを聞いて、雛人形を土の中に埋めたのだ。穴を掘り、回りを廃材の木枠で固めて小さな壕を作り、雛人形を収めた。「じいちゃんとばあちゃんが大事な馬一頭始末して買ってくれたんだからね。三月に生まれた子だから、人形は買ってやらねばってね」土をかぶせた時の母の満足そうな顔を思い出した。

弥生は家のあった場所へ取って返すと庭を掘った。しみこんだ雨水で土が溶け出したり、ときどき土が落ちたりしたのだろう、雛人形は泥で汚れていた。小さな人形で、唇の端が欠けていた。長く垂らした髪が泥で固まっていた。ていねいに水で拭くと、卵形の白い顔に長い黒髪が戻ってきた。内裏様の女雛と三人官女と右大臣と左大臣。何故だか男雛はなかった。一緒に小さな木箱が入っていた。弥生はそれを開けた。母のことだから、溜めた金をそこに仕舞い込んでいたのかもしれないと思ったのだ。

中には灰が入っていた。

弥生はすぐにわかった。――身元がわからない人たちは最後はまとめて焼かれた。灰は大きな壺に入れられて、どこにあった死体の灰かがわかるように、壺には地名を書いた木札が差し込まれた。

母ちゃんはこれを父ちゃんの遺灰だと決めたんだ。多分、浅草の、父ちゃんが好きだった寄席のあたりで死んでいた人の灰だ。

弥生はおかしな気がした。娘と妻が川向こうにいた。父なら、泳いででも戻ってこようとしただろう。浅草あたりをぼやぼや逃げ回っているはずがない。父の遺体は、隅田川の泥と一緒に流された半焼けの溺死体の中にあったに違いないのだ。永代橋の橋脚にひっかかっていたか、木材と一緒に木場まで流されていたか。最も醜い形になって漂っていた。

それでも母は、浅草の歓楽街の灰を一握りもらってきたに違いない。

あとで荷物は父ちゃんが持ち出してくれるからね。――お土産の団子を片手に家に向かう父を瞼の中に見続けていた母。

弥生はいまなら少しわかるのだ。母は、被服廠で起こったことの全てをその目で見ていた。

あそこに父がいたなら、母が見た死のどれかが父のものであったことになる。あそこで真っ当に死んだ人間なんていなかった。地獄の釜に焼かれるように身悶えて死んだ。あの時同じ場所にいたのかもしれないと思うことが、多分母には耐えられないのだ。すぐそばにいながら、父が、妻と子を案じながら、たったひとりぼっちで身悶えて死んだということが。

弥生は灰の入った木箱に蓋をした。それから人形たちの中の官女の一人を選び出し、その人形を抱えて、呉服屋の焼け跡へと戻った。

弥生はそれを金庫の前に供えた。

杓《しゃく》を持った官女は親指の先ほどの小さな丸い顔をして、ポーッと小さく口をあけ、金庫を見上げた。弥生には、小さな坊たちの、カタコトという下駄の音が聞こえてきそうな気がするのだった。棒切れを拾ってチャンバラごっこをする坊たち。商売を忘れて客と長話をする旦那さん。そっと奥に呼び寄せて、買ってきた饅頭を食べさせてくれた奥さん。十四にもなった弥生に紙にひねった菓子をもたせてくれた。母が死んでからは、盆と正月には家に呼んでくれた。

その杓で、たんと水を飲ませてやっておくれ。いい家族だったんだから。それなのに熱い思いをして死んだんだから。

天国で、たんと水を飲ませてやっとくれ。

官女はじっと金庫と向き合っている。

折からのヒューっと吹いた風に、小さな官女は飛ばされるかと思ったが、赤い袴は土の上にしっかりと腰を据えて、持ちこたえていた。

東京の町が焼き払われて、頼る係累のある人、蓄えのある人は町を離れていった。弥生はもとの場所に小さな小屋を立て、暮らした。勤労奉仕をして小金をもらい、少ない配給で我慢して、材木運びなどの肉体労働でわずかな金を稼いだ。土堤のタンポポや土筆《つくし》を摘んで食べた。火傷を負い、家事ができない主婦のいる家で子守をして芋のかけらをもらうこともあった。恨めしくはなかった。その家庭には、芋のかけらだって貴重だったのだから。戦地にいる息子に手紙の代筆を頼まれることもあった。母親は空襲の際の怪我で右手が利かなかった。新聞はいろんなことを書いたし、人はいろんなことを言った。しかし弥生には、食糧事情が一段と悪くなったことと、空襲がなくなったことだけが、揺るぎない事実だった。つてがあれば闇で米が買えたが、つても、金もなかった。

でも焼けるものがない、電気も通らぬさびれたこの地域には、取り残されたような、荒涼とした安息があった。

八月に日本が降伏した。弥生は人が騒いでいるのでそれを知った。

初めて聞く天皇陛下の声は甲高く、ラジオは雑音が多くて聞き取りにくかった。言葉は何を言っているのかわからないほど古風で、何かしら言い訳がましかった。意味を取りかねている人も多かった。一人の男性が「日本は負けたと言っているんですよ」と言って初めて、ぱたぱたと数人が後ろ向きに倒れた。

晴れた日だった。弥生は焼けた石塀の上に座り込んだ。

日本が戦争に負けた。アメリカが入ってくるという。アメリカが来たら、頼む人のないあたしは、頭を丸坊主にして、男物のズボンをはいて暮らさないといけないのだろうか。

母なら、どうしただろうか。

降伏する五カ月前、東京空襲で再び焼けた深川を見た時、――鉄骨だけになった二葉小学校を見た時も、弥生は母を思った。焼けた被服廠から金目のものを拾って、それでバラックの家を建てさせ、ひたすら父の死体を探した母。母は何もおそれず、なんにも躊躇しなかった。半死半生で蛆《うじ》が湧く重病人を見ても、母は眉一つ動かさず、死体をひっくり返して歩いた。

弥生を見ては「そろそろいい人を探さなきゃなんないねぇ」と思案顔だったその呉服屋の主人は、家族とともに防空壕の中で蒸し焼きになって死んだ。

人が燃えながら橋から川に飛び込むのを見た。それは人というより、炎を背にした影だった。

お天道様が東京を焼いた。アメリカも東京を焼いた。誰が焼いても同じことだ。泥となり、炭となり、灰となり、平地になる。

半年前、あたしは二葉小学校のプールの中で、人の袖を引き、弱った人の頭を踏みつけて、猛火の中を生き延びた。踏みつけたのは父ちゃんみたいな人。母ちゃんみたいな人。呉服屋の家族のような、二葉町に住んでいるような人たちだ。

戦争に負けて、なんにもない野っ原の東京を見て、思う。今、母ならどうするだろうと。

四歳のあの時、母は弥生の手をぎゅっと握りしめたまま、死体の中から溶けた銀貨を探して拾った。

まだ煙の立つ死体。踏めば焼けた皮が剝《は》がれ、ピンク色の生肉がむき出しになった。

そこにいた人が母を見た。

今ならあれが、軽蔑の眼差しだということがわかる。でも死んだら肉だ。死んでない人間は、生きなければならないのだ。

気がつくと弥生は、呉服屋の前に来ていた。母が死んでからここの人たちが一番弥生には近しい人たちだったから。

空襲から数日して、呉服屋の親戚の人たちが遺体を引き取りに来た。弥生が供えた人形もその時に持って帰ったという。人形はそれまでそこで遺体を見守ってくれていたらしい。そしていまでもあの金庫だけは残っている。弥生はそれをぼんやりと見ていた。

いろんな人が金庫の中を覗いて見たことだろう。そして焼けて灰になり何も中身は残っていないことに失望したことだろう。

不意にふふんと笑いが突いて出た。

そんなところには何も残っちゃいない。お得意様のお取り置きの反物も紙幣も帳簿も、あの日の異常な熱で金庫の中のものは全部灰になったのだ。

そして一番の上物は——

一番の上物は。

そう思った時、弥生はぼんやりとした。それから立ち上がった。

一家が焼け死んだ防空壕の三メートルほど隣の地面はまだ、他の地面と微妙に色が違っている。弥生はスコップを探して来ると、色の変わった場所を掘り始めた。

五十センチほど掘ると、外国の棺桶《かんおけ》のようなものが出てきた。

焼けていない。

弥生は蓋を開けた。

中にはぎっしりと反物が詰まっていた。

――「笹本さん、ここに埋めておくからね。何かあったら、ここだからね」金糸を抜かれる反物の運命をはかなんだ旦那さんは、大手を振って売れる日が来ることを信じて、金糸を抜くに忍びないものだけを集めてたとう紙に包んで、その上から丁寧に油紙に巻いて箱に詰め、土に埋めた。そして自分が死んで場所がわからなくなったらいけないから、奥さんと番頭さんと息子と、そしてあたしを呼んでここを埋めるのを手伝わせたのだ。

正真正銘の上物だ。それが大きな行李に二つ分は下らない。

弥生はしばらく茫然と眺めた。

これを闇市で売れば――

弥生は死んだ呉服屋の夫婦と子供たちの顔を思い浮かべた。

それから反物に手を合わせた。

弥生はあたりを見回して、こちらを見ている者がいないことを確認すると、元通りに蓋をして土をかけ、リヤカーを探した。弥生はリヤカーを掘った穴のそばに持ってくると、反物の入った箱をのせた。重いので、持ち上げるだけでも中を抜いて二度に分けないといけなかった。

父の遺体を探して歩いていた時、母が吉原まで足を延ばした。そこで見た上野公園は延焼を免れて、屋台が並んでいた。ほとんどがすいとんの屋台だった。終戦すぐ、同じように、駅で汽車を待つ客相手にすいとんの屋台が出た。それを見て真似をする人間が現れて、見る間に雑然とした市が出現した。上野だけではない。焼けて更地になった大きな駅の前には市ができはじめている。新宿にはもっと大きな市があるという。

新宿に行こう。

弥生はリヤカーの柄を握った。そして動きだす前に、もう一度呉服店跡を振り返った。金庫だけが、旦那さまの言ったように、びくともせずに立っていた。

弥生は深く頭を下げた。

リヤカーの柄を握り直すと、全身を掛けて前に押す。

ギシと、タイヤが地にめり込むように動き出した。

終戦から三日目の新宿の市は、むしろを敷いたり、縄で囲っただけのものだった。でも子供の頃、震災で混乱した上野で屋台のすいとんを食べた弥生は、市が需要と供給ででき上がっていることを体感していたし、呉服屋で番頭の代わりにそろばんを置き、帳面を書くことも多かったので、商売を怖いことだとは思わなかった。

できたばかりの市は雑然とものが並べてあるだけだ。商品もガラクタのような物ばかりで、鉢に入れたたくさんの金魚が売りに出ていたりした。

それさえ売れていく。

弥生は隙間を見つけると、金糸の入った反物と、女雛と右大臣、左大臣と、三人官女のひとり欠けた雛人形を並べた。

反物は飛ぶように売れた。怖いほど金が入った。怖くなって、持ってきた半分は売らずに仕舞い込んだ。

雛人形は、田舎風の女がしげしげと眺めて、これと交換してくれと、ぶら下げていた麻袋いっぱいの大豆を置いた。その価値がわからず躊躇していると、女は背中にしょったリュックから十本ほどの芋を取り出した。

「これもつけるから」

女は人形を見ながらしみじみと言うのだ。「こんなものがよく焼け残っていたものだと思うと、あたしはなんだか嬉《うれ》しくて」

弥生はその女に売った。

隣では小さな少年を連れた身なりのいい初老の紳士が、少年の視線に押されて、舶来物の懐中時計を、蒸かし芋三本と取り替えていた。弥生は紳士を哀れに思った。

それでもそこは、弥生には別天地のようだった。彼女は半分残した反物を見て思った。家にはこの五倍もの反物がある。このままいけば仕入れる金だってできる。ここでは人は価値なんか考えないでなんでも欲しがっている。うまくやればかならず食べていける。

弥生はこの五カ月の間、あの空襲の日に見たものが頭から離れることがない。消防車に群がったまま焼死した人々の姿も、咆哮《ほうこう》としか呼べない声を上げて燃えながら橋から落ちていった人間の姿も。助けてと最後の力を振り絞る少年の声が聞こえず、肩に当たって水の中に沈めてしまった男も。それは四つの時に見た記憶と重なって、地獄のようでもあり、いやそうではなく、日常だと思っていた平穏こそがある種の異常であり、この地獄こそが戻るべき人間の場所であり有り様のような気もした。そうでなければなぜ二度までも、人は生きながら焼かれ、つぶされ、水の中に沈められなければならないのか。

でもこの市の中は違っていた。手を突き出して金糸の着物地を奪い合うのだ。人は飢えているはずなのに、大豆が麻袋でやってくるのだ。

下界こそが嘘《うそ》であるとささやくように。

不思議な気がした。手首を持って力限りに引き上げられた、あの時のようだと思ったのだ。ぶら下がるように引き上げられて、死体を踏んで前に進んだ。母について走る時、ぬるりとした焼け焦げた死体に手を突かなければならなかった。それでも母を見上げて顔を上げれば、そこには空があった。

この反物が今度はあたしに生きる道を導いた。

夜が更けて、弥生は儲《もう》けた金を腹に巻き、もう店じまいするというすいとん屋ですいとんを腹一杯食べた。

風が吹き、ばらばらと小雨がふった。弥生は袂で顔に当たる雨をよけた。すいとん屋の親《おや》父《じ》が言った。

「ねぇちゃん、明日からどうするの」

「また来るよ」

「どこで寝るんだね」

「おじさんの知らないところで寝るよ」

右手に入れ墨をしたすいとん屋の親父は言った。

「毎日来るんならな、挨拶しとかなきゃならねぇとこがあるんだよ。まあ、追々な」

弥生はへぇと、呉服屋で身についた流儀でていねいに頭を下げた。

会田良夫は丸い顔をしてずんぐりと太っている。黒ぶちの眼鏡はあの日と同じだ。その奥にある、遠慮がちな目も。美智子を見るとぺこりとお辞儀をした。亜川にも名刺を差し出されると、それを眺め、彼にもぺこっと頭を下げた。

「あんなものをあずかっていただなんて、まるで気がつきませんでした」

彼はそう、グランメールのそばにある喫茶店で言った。

葬儀場で見た時と印象は変わっていなかった。目は分厚い瞼の向こうにあって見えない。表情ははち切れそうな脂肪に埋もれて読み取れない。眼鏡は綺麗に磨いてあった。

「九月二十八日の、たぶん午前十一時ごろだったと思います。笹本さんに呼ばれて部屋に行くと、あの封筒を渡されて、自分に何かあったら深沢弁護士に渡してくれって言われたんです。きちっと封をした封筒で、なんだか怖かったんで、そういうものは弁護士さんに直接渡してくださいと言ったんです。でも笹本さんは『とにかく』と言って引っ込めなかった」良夫は思い出したのか、テーブルの端をぼんやりと見た。「困ったなって思いましたが、あんまり言うのでとりあえず受けとりました。事件が起きて気が動転して、思い出したのが葬儀の前日でした。でも深沢弁護士に渡す機会がなくて。それで」

それで汗をぐるぐると拭いていたというわけか。

「笹本弥生さんはあなたのことを自分の孫だと思っていたんですか」

良夫は困惑した顔を上げた。

「そんな話をしていたことはあります。でもあまり真剣には聞いていませんでした」

それから俯いた。「ぼくは、両親が死んで身寄りがないので、ぼくのことを可愛がってくれる笹本さんが本当のおばあさんのような気がして、お世話をするのが楽しかった。偽物だけど、家族みたいな。だから、孫だと言われれば、とってもうれしかった。でもそれは」楽しいことを思い出していたような良夫の顔が、次の瞬間、曇った。

「そんな法律の話ではなかったはずなんです」

深沢弁護士の話では、笹本弥生が会田良夫を自分の孫だと思い詰めたのには、それなりのわけがある。しかし良夫には当事者意識がまるでない。

「弥生さんはあなたに遺産をやると公言していましたよね。支配人まで呼んで」

会田良夫は困ったような顔をした。

「お年寄りはよくそういうことを言うそうです。この仕事を始めたときに、注意されました。そういうことを言うお年寄りはいるけど、決して本気にしてはいけないって」

「お父さんの名前とお母さんの名前を聞かせていただけますか」

「はい。父は会田良一。母は弓子です」

「あなたの生年月日と出生地は？」

「一九七四年三月三十日。大阪です」

なんとなくらちがあかない。会田良夫の口は重く、彼は確かに、何かを言いよどんでいた。

亜川が口を挟んだ。

「そもそも、なぜ、あなたのことを孫だと言い出したんですか？」

良夫はまた、困惑した顔を上げた。良夫の表情からは「困る」と「怒る」は見極めにくい。頬の肉が上がるか下がるか。見分けがつくのはそれだけだ。

「父の話なんです。笹本さんが興味を持って」

「どんな話をしたか、教えてもらえますか」

テーブルの上でテープが回っている。

「うちの父は戦災孤児で、新宿の闇市で働いていたんです。なんのついでだったか笹本さんにその話をしたら、おばあさんはずいぶん珍しそうに聞いて。それからその話をせがまれるようになって、ある時ぼくの両親の名前を聞いたんです。それから、お父さんは新宿の闇市にいたんだねと念を押して、父の話をしつこく聞くようになって」

「自殺したお父さんですね」

良夫がしょんぼりとした。暗くなったというのは似つかわしくない。どこか幼児性がある。

「はい。大阪にいる時、学校の先生に言われて家に帰ると、警察の人がいて。母から、父が死んだと聞かされました。自殺だと聞いたのは、新潟の母の実家に行ってからです。『鉄道なんかに飛び込むから』っておばさんが言いました。鉄道に飛び込んだら、お金がかかるそうなんです。その上、父は、自分が死んだら保険が下りるって思っていたらしいんですけど、当時は自殺じゃ下りなくて。借金だけ残って。その上鉄道会社にもいろいろ請求されそうになったって。おばさんの愚痴で知りました」

亜川が良夫を見つめている。及び腰の良夫に比べて亜川の目の芯には躍りかかりそうな熱さがある。

「言われてみれば思い出すことがあるんです。父が死ぬ数カ月前のことでした。夜中の二時ごろだった。両親の争う声で目が覚めた。『騙《だま》されたんじゃないの』って、母が言うのを父は俯いて聞いていました。母は何度何度も『騙されたんじゃないの』って。母は最後には気が触れたように叫んだ。その母の声と、父の、俯いた後ろ姿を思い出したんです。おばさんの話を聞いてから、その姿と声が、頭から離れなくなった。そうか、何かで騙されて、借金が大きくなって、自殺したのかって、思いました。それでも母は、ぼくには事故だと言い続けていました。ぼくは抗《あらが》いませんでした」そして良夫はぼんやりと続けた。

「そんな話を笹本さんにしたんです」

亜川が口を挟んだ。

「もしかしたら自分は笹本さんの孫ではないかとは、思わなかったんですか？」

「ぼくは実子です。養子じゃありません」

良夫は鈍く見えるが、言うことは整然としていた。亜川が聞いた。

「具体的に話してもらえますか？　その、笹本さんにした話というのを」

「父がぼくに話してくれた話ですよ？」

「ええ。それを」

亜川は良夫から視線を逸らさなかった。良夫はもじもじと話し始めた。

「銭湯は燃料不足で、三日おきにしか営業していなくて、開く日には昼から長い列ができて、脱衣場では盗難が多くて、現行犯で犯人を捕まえたら四日分の無料入浴券がもらえたそうです。それで父は誰かを捕まえてやろうと目を光らせて、とうとう一人捕まえて、四日分の入浴券をもらって、その券を売った。風呂は気持ちがいいけど、俺たちには贅沢だって。そうしたら風呂屋の人が、一人捕まえてくれたら四回分の風呂賃を現金でやるというので、父は通いつめて三人捕まえたそうです。十二、三の男の子だから、盗人《ぬすっと》も油断するんだって。でも見張っているのも時間がいるから、そんなこともしてられなくなったって言っていました。父は十二の時から十年以上闇市の中で暮らしたんです。闇市はテキ屋っていうのが仕切っていて、そういう人は乱暴者だとみな思うけど、なかには優しい人もいたって。外にいるより安全だったそうです」

会田良夫の父は闇市で水汲《みずく》みをし、使い走りをし、モク拾いをして暮らした。モク拾いとは煙草の吸殻を拾うことで、少年たちは拾った煙草をほぐして巻き直して、売る。

「拾える煙草は一時間に三、四十本で、それで新しい煙草が一本できた。日本煙草で一本十二円、アメリカ産なら四十五円で売れたそうです。公務員の給料は八百円だったんです」

不思議なことだった。良夫は父の話になってから明らかに活力を得ていた。

――足にぐるぐると包帯を巻いて、板の上で琵琶《びわ》を弾いてる人がいるんです。傷痍《しょうい》軍人だと思ってみなお金や芋なんかを置いていくんですけど、「あっちで無料の配給をしてるぞ」って聞こえると、すたっと立ち上がって板と、施し物を抱えてそっちへ歩いていっちゃう。品のいいおばあさんが赤いビロードに包んだものを大切そうに抱えてやってきて、ビロードを開くと家紋の入った桐の箱で。中から見たこともないような立派な勲章がでてきたそうです。父さんはあれは元貴族様にちがいないって言いました。おばあさんはその箱を骨壺のようにきちんと抱えて、じっと立っていたそうです。誰がいくらで買ったかは知らないけど、あれがあればどんな詐欺だってできる。だって本物の貴族様の持ち物だものって。

遠い昔の話。死んだ人の記憶の中にしかないだろう話。彼は父親の記憶を複写して持ち、そこに広がる光景に目を輝かせている。

「組の人が進駐軍の残飯を買いつけてくるんです。麻袋にはいった、おからみたいになったものなんです。それに水をいれて沸かしてどろどろにして、最後に塩で味をつける。それが湯飲み一杯五十円で売れた。親父はそれをかき回す仕事を言いつかっていたんだけど、女店主の目を盗んで一口飲んだことがあるそうなんです。それがまた、うまいんだって」――まるで自分の人生の絶頂を語るようだ。「ねっとりして甘くって。熱くて熱くて吐き出したいのに、もったいなくて吐き出せない――」

良夫はその瞬間、夢からさめたように――いや、悪いものでも思い出したように、突然黙り込んだ。

「そうでした。この話をした時でした。笹本さんが、目の色を変えたんです。ぼくの顔をじっと見つめた」そうして会田良夫は、しばらくぼんやりとしていたが、ぽつりと呟いた。

「目が、怖かった」

その頃、笹本健文はまっすぐグランメールに向かっていた。

健文の車は磨き抜かれていた。そんな高級外車がスピードを上げると、前を走る車は大急ぎでウィンカーを出し、道を空ける。笹本健文はそんなことには感謝はしない。魔法がかかったように開けた道を彼は加速し、前の車が道を空けるのが遅れれば自分がウィンカーを上げて追い越した。

「ぼくは」と会田良夫は言葉を探しながら言った。

「高校を中退して家出をしたんです。身元保証人もない。知り合いもいない。だから提出書類のいらない仕事ばかりをしてきました。ピンクサロンのビラ張りもしました。十八の時にそんな仕事がいやになって、貯めていたわずかなお金を持って海外に行ったんです。オーストラリアと韓国。でも二十二の時に戻ってみたら、やっぱりバイトの日々が待っていた。工事現場の日雇いとか。英語教材の販売のようなこともして。このままじゃだめだと思って、二十六の時に運転免許をとって運送会社に就職したんです。その運送会社に出す履歴書を書く時、書くことが何もなくて。真っ白なんです。皿洗いのバイトを二カ月続けたって、履歴書には書けない。年寄り夫婦がしている、小さなラーメン屋でした。冬の忙しい時だけなんです。春になったある日、奥さんが『ごめんね、明日からいいよ』って。いつもの二倍の日当をくれました。『ありがとうございました』って帰る。そういう時、少し悲しいんです。あのおじさんとおばさんとは二度と会うことはない。いつまでたっても、どんなに働いてもぼくのことを知っている人はできない。テレビの番組なんかで、若い職人が棟梁に怒られているのなんかをみると、羨ましくて涙が出てくるんです。その運送屋の社長に真っ白な履歴書を見せた。怖くて、顔も上げられませんでした。雇ってほしくて、祈るような気持ちでした。社長が採用だって言った時、本当にうれしかった。やっと友達ができる。知り合いができる。そう思いました。ヘルパーの資格は二十八の時に取りました。それからここに雇ってもらいました。前の会社に不満はないんです。ただ家族がほしくて。ぼくは」

良夫は顔を上げた。

「ここにこのまま勤めていたいんです」

会田良夫の言葉には、過酷な境遇の中で生きた人間の悲しみと孤独がびっしりと詰まっていた。しかしなぜだろう、その悲しみと孤独は奇妙なほどすんなりと美智子の耳を素通りしていった。

悲しみや孤独が綺麗にミキサーで粉砕されて、細かな粒になり、均等に振り直されている。よくできた言葉――練り上げられた言葉。

亜川が突然言った。

「ある入居者が、あなたのことを、孤児院にいたことがあると聞いたと言ったんです。そんな話、したことがありますか?」

「ぼくがですか?」

「ええ。あなたがです」

良夫は不思議そうに少し考えた。

「そういう施設にいたことがある友達のことを話したことはあります。誰にだったかは覚えていません。それをぼくの話と間違えたのでしょう」

グランメールに帰る道すがら、良夫はポケットの中から茶封筒をとり出した。

中に入っているのは上質な和紙でできた栞《しおり》だった。裏には字が書いてある。

「笹本弥生さんの字です。探したけどそんなものしかなくて」

美智子は、笹本弥生の筆跡がわかるものがあればほしいと言ったことを思い出した。

そこには確かに文字と数字が書いてあったが、極めて読みにくかった。流木を繋いだようなかくかくとした字で、それが今にも流されそうに崩れている。亜川はしばらく見入った。

「『長』だ。長なんとか頼子。なんとか病院。１９９１。それと、あとはたぶん電話番号」

「『尾』じゃないですか。長尾頼子」

でも病院名は判読できない。

「これ、なんのメモですか?」と美智子は聞いた。

「わかりません」

向こうにグランメールの玄関が見えた。そこに背の高い男が立っていた。見覚えのある小型の高級車が停まっている——だんだんグランメールに近づいて、ああ、あそこに立っているのは笹本健文だなと、そう思った時だった。

健文が階段を駆け降りて会田良夫に摑みかかってきたのだ。

会田良夫の動きは素早かった。彼は亜川の後ろに回り込み、身を低くした。その形相から、健文はどうやら本当に良夫を殴るつもりだったらしい。駆け降りてきた支配人の制止を受けて、殴ることが叶わぬと観念したか、言葉を吐き出した。

「お前だったらばあさんから金庫の番号も聞き出せた、偽の遺書を作って俺の車の中に指輪を置くだなんて意地の悪いことをしやがって——」

健文は支配人の手を振り払い、良夫を憎悪に燃え立つ目で睨みつけると鋭い声をあげた。

「俺はお前のしていることを知っているんだぞ」

良夫の顔が真っ赤になった。一気に血が上ったように、瞬間的に耳の付け根までが赤くなったのだ。

健文は美智子の二の腕をぐいと摑んだ。

「あんた、フロンティアの記者でしょう。一緒に聞いてもらいたいことがある。ちょっと来てください」

美智子は茫然と健文を見上げたが、否《いや》も応もなかった。健文は美智子を車の助手席に押し込み、車は発進した。

健文の車は狭い道を加速する。加速したりブレーキをかけたりしながらハンドルを切る。屋根がないので放り出されそうな錯覚に陥り、美智子はドアにしがみつく。信号で止まった時、ミラーに、角を曲がってこちらに走ってくる中型の古い車が映っていた。

亜川の社用車だ。そう思った時には、車はまた走り出していた。

「そりゃ発掘にはお金はかかりますよ。その上なんの役にも立たない。人類のためにも、就職のためにも。でも人がみな何かの役に立つことをしていなきゃならないんですか。僕は『誰かの役に立つ』という言葉が嫌いなんです。僕は誰の役にも立ちたくない。僕は自分がやりたいと思うことをやりたい。やりたいと思うことだけに没頭したい。自分の価値は自分で決めます。僕は土を掘るのが好きだ。だから土を掘る」ウィンカーを出すのとハンドルを切るのが同時だった。振られてサイドミラーが見えた。亜川の薄汚れた車が追走しているのが映っていた。美智子はシートベルトを探した。

「シートベルトしないと減点されますよ」

健文は聞いてはいない。

「母はいつも言いましたよ。世間様のお役に立ちなさい、人さまから愛される人になりなさい——クソくらえだ。誰のためにもならない人間は生きていちゃいけないんですか。ばあさんはばあさんで俺を弁護士にしようと、嫌がらせのように毎年司法試験の願書を取ってくる。あんなばあさん、死んでせいせいしましたよ。それをクソ、置き土産に俺の一生を台無しにしようとしている。誰が殺していてもいいから、犯人なんかわかってもわからなくてもいいから、俺はただ、俺には関係ないということだけは、はっきりさせなきゃならないんだ」

亜川はうまくついてきていた。割り込まれると抜き返した。美智子は懸命にシートベルトをつけた。そして振り落とされる恐怖から脱して初めて、思考力が戻ってきた。

人は隠している真実を告げられると赤くなる。会田良夫はなぜ赤くなったんだろう。美智子は颪にかき消されないように声を張り上げた。

「『俺はお前のしていることを知っている』ってなんですか」

「あの男は、合鍵が使えることを利用して留守の部屋に忍び込んで小銭をくすねたりしているんですよ。あのホームは泥棒を一人飼っているようなものだ」

「いろいろ聞きましたけど、そんな話は出ませんでしたよ」

「入居者は年寄りだから、ものがなくなっているなんていったらボケが始まったかと思われる。クレイマーだと思われたら居づらくもなる。あいつはそういう弱みを知ってやっているんです。あのやろう、チビのくせに悪賢い」

「誰に聞いたんですか」

「みなそう言っていますよ！」

そうして彼は急ブレーキをかけるようにして、車を停めた。

そこは閑静なビル街の一角だった。

健文は叩きつけるようにドアを閉めると、美智子をふり返りもせず、車を停めた前のビルを見上げ、そして勇んでビルに入っていった。

三階には弁護士の事務所が名を連ねていた。その一つに「深沢法律事務所」の名があった。

亜川の社用車が停車した。路上には無造作に停められた屋根のない健文の車がある。

美智子はそっとダッシュボードを引いてみた。簡単に開いた。

あの指輪を車の中にいれることは、誰にでもできる。

亜川が社用車から下りてきた。

「古いもので、この車には東都新聞とドアにペイントがありましてね。速度オーバーで捕まったらこっちが新聞に載るんです」

「孤児院の話、誰から聞いたんですか」

「今日、時間より早く来て、散歩しているような顔をして近所の聞き込みをしていたんです。

そうしたら入居者らしい男性がグランメールから出てきましてね。ぼくに近づいてきて、お宅、新聞記者でしょって。ぼくも昔新聞社にいたんだって言うんです。びっくりして名刺をわたそうとしたけど、受け取らなかった。引退した人間に名刺なんて、無粋だよって。その男性が教えてくれたんです。あの会田良夫っていうのは、別の年寄りには自分は養護施設にいたことがあるって話しているって。ほんとかどうかは知らないけど、それだけ教えてあげようと思って、降りてきたんだよって。そう言うとまた中に入っちゃった。今日は冷えるねなんて言いながら」

それからクスリと笑った。

「歩いていくおじいさんに後ろから聞いたんです。ここは居心地がいいですかって。そうしたらふり返りもせず、同じ歩調で歩き去りながら、手だけ上げてふらふらと揺らして『金魚鉢の中の金魚は楽しく泳いでおると思いますか』そう言いながら入っていきましたよ」

金魚鉢の中の金魚——物がなくなっているなんて言ったらボケが始まったかと思われる。クレイマーだと思われたら居づらくもなる。それでは人間扱いされていないようなものだ。

「笹本健文は、会田良夫さんの素行に関して問題があると入居者から聞いていたと言っています。合鍵を使って留守の部屋に忍び込んでいると」

「あれば面白い話ですね」

「そんなに会田良夫がお嫌いですか」

「好き嫌いじゃありません」

美智子は「深沢法律事務所」と書かれたプレートを見つめた。

「深沢弁護士の事務所、初めてですよね」

「初めてです」

二人は入っていった。


自動ドアが閉まると、ビルの中は真空パックされているように、チリも、音も、人気もない。一階の警備室に監視モニターが並んでいるのが見えた。エレベーターで三階へ上がる。深沢の事務所はエレベーターのすぐ隣にあった。

ノックして開けると、いきなり健文の声が聞こえた。

若い弁護士が二人、少し離れたところに女性秘書が一人、机を並べて仕事をしていた。一番奥にあるドアが半分開いていて、仁王立ちになっている健文が見えた。

美智子はそのドアの前で「あの」と声を掛けた。健文はその声を聞くと、ふり返ろうともせず「この記者はぼくが連れてきた」と言った。深沢が「とにかく入ってください」と言ったので、亜川と二人で深沢の部屋に入った。

深沢は三人をそこに立たせたまま、机上のパソコンを睨んで慎重に文字を打つ。終わるまで二分ほどかかった。その動きを見ているうち、いろんなことが興奮から醒めていった。だから深沢が「で、何でしょうか」と顔を上げたとき、健文はテンションをなんとか取り戻したが、それは乗り込んだ時とは違い、改めて奮い立たせたものであり、だから意識的で、すなわち威嚇に近かった。

「母にもう一人子供がいたというのは嘘だ」

彼はものでも投げつけるようにぴしゃりと言って、深沢を睨みつけた。

深沢はなにが起きたか把握できていないようだった。しかしとくに動じるということもない。多少おっかなびっくりしながら、丁寧に応じた。

「あなたのお母さんにもう一人子供がいたというのは弥生さんから聞いたことです。慶子さんが子供を産んだという産院まで行って確認を取りました。あなたのお母さん、笹本慶子さんは一九七四年に男の子を出産しています」

健文は詰め寄った。

「それがグランメールにいる会田良夫だという証拠はどこにあるのですか」

「証拠はありません。本人の証言を含む、状況的なことだけです。そのことについては、私自身が暗記してしまうほど何度もお話ししたと思いますよ」

「なぜ会田良夫のいうことを鵜呑《うの》みにするのですか」

「鵜呑みにはしてませんよ」

「大体ばあさんは、その赤ん坊とはそれきりで、名前さえ聞かなかったと先生は言った。なぜあの男だと断定できるんですか」

「それも――」と言い掛けて、深沢は美智子の顔を見て、その後ろにいる亜川を見た。それから彼なりに状況を把握したようだった。

「わかりました。部外者に話すようなことではないと思いますが、あなたがそうして欲しいというなら、もう一度お話ししましょう。かまいませんよ」

そして深沢は座り直した。

「居住地から住民票を取ります。この場合、会田良一さんが東京で住んでいた江東区立川一丁目です。そこにある会田良一さんの戸籍には『付票』というものがついていて、住所変更の届け出が記載されています。それで、会田良夫の足どりを追いました」

健文が深沢を睨んだ。深沢は知らん顔をしてそのまま続けた。

「一九八六年会田良一は大阪で死亡しています。警察に捜査資料が残されていました。それによれば、発端は町工場を経営していた会田さんが大口の部品の発注を受けたことだった。軌道に乗れば一千万単位で金が入る大仕事です。ただそれには新たに大型機械が必要だった。相手は急いでいて、彼はあわてて機械を発注した。ところがどういう理由かその仕事は入ってこなかった。あとには使い道のなくなった大型機械と、それを買うのに作った借金だけが残ったんです」

騙されたんじゃないの――自殺の数カ月前に良夫が聞いたという、母、弓子の気の触れたような絶叫。それは大型機械を買わせるための詐欺だったのかもしれない。

「そんな仕事に飛びついた時、すでに経営は苦しかったようです。会田良一は自分の生命保険で借金を相殺しようと思いつき、妻を離婚した上で鉄道に飛び込んだ。当時は自殺には保険金は支払われない。だから彼はわざわざ人目のない場所を選んだ。事故現場はトンネルを出たすぐの線路でした。トンネルの上に、ちょうど人が座れるほどの場所があったんです。電車がトンネルを走ってくる音が聞こえたでしょうね。そして彼は線路に飛び下りた。でも不幸にも目撃者がいたんです。目撃者は見たままに、身構えて飛び下りたのに間違いないと証言した。そのために保険金は支払われませんでした」

深沢は一体何度話させたら気が済むのかと言うように健文の顔を見つめた。

「弓子さんは子供を新潟の実家に預けています。それも付票で確認したことです。当時良夫少年は十二歳で、住民票を移さないと学校に通わせられない。就学期の子供がいると蒸発するということができないのです。それで、慶子さんの産んだ良夫と名づけられた子が新潟に転居したことまでは追跡できているんです」

土間。

白いひざ頭。

亜川が居合わせたその瞬間が再び美智子の脳裏に浮かび上がる。

「法律的には相続を放棄すれば負債も引き受ける必要はないんですが、取り立て屋にはそんな理屈は通らない。弓子さんは取り立て屋から身を隠すために単身大阪に行き、そこから良夫君の生活費を仕送りして、大阪で病死しています。良夫くんは十五歳。高校一年でした。在学の確認も取っています」

健文は明らかに初めの勢いを失っている。

「あなたは認めたくないのでしょうが、事実なんです。人間にはそんな一生もあるのです。

二人は仲のよい夫婦だったそうですから、なおさらかわいそうな気がします」

健文はそれでもじっと立っていたが、顔をぐいと深沢に上げると一言「嘘だ」と言った。

「良夫という人には同情しますよ。律儀で働き者の両親は社会から見放され、息子は母親の里で一人健気《けなげ》に母を待ち。よくできた昼メロだ。でも僕が言いたいのはそんなことじゃない。長い間消息のはっきりしなかった彼が、なぜ今になって現れたかということです」

そして深沢を見据え、吐き捨てるように言った。

「都合がよすぎる登場だ」

深沢はそれを黙って聞き流した。

「僕に分がないことはわかっている。でも誰かがばあさんを殺した。僕にわかることは、それが僕ではないということだけだ」

そう言うと、健文は踵《きびす》を返し、来た時と同様荒々しく部屋を出ていった。ドアが閉まるまでの時間、その後ろ姿が見えた。少しがに股で、首を前に突き出し肩を張り、ずしんずしんと前に進む。部屋のドアが閉まってしばらくして、事務所のドアの閉まる音が響いた。

小さな嵐が去ったようだった。

「会田さんの取材をしていたら、グランメールで彼に出くわしましてね、彼がそのまま木部さんを車に押し込んだものだから、びっくりして追いかけました」いやあ、すごいスピードでしたと亜川は言った。

「とにかくカッとするたちで」深沢はそう言うと、二人に席を勧め、近くにいつも使っている喫茶店があるのだろう、受話器を上げるとコーヒーを三つ頼んだ。

「それにしてもずいぶんお調べになったんですね」と亜川が言い、

「泣きつかれましてね。一通りは調べました」と深沢が答えた。

馴れた風情のウェイターが入ってきて、コーヒーを置いてサインをもらって去っていく。

美智子は言った。

「お話からすれば会田さんが慶子さんの子供だというのは、動かしがたいことのように思います。彼は父の会田良一が自殺する前の夫婦の口喧嘩を聞いています。その『騙されたんじゃないの』というやりとりは、作って作れるものではありません」

深沢は頷いた。「では闇市の話も聞かれましたか」

それには亜川が答えた。

「ええ。二時間ほど」

深沢は苦笑した。それから静かに言った。

「決め手になったのはその闇市の話でした。進駐軍の食堂のごみ箱の中味を組が買いつけてスープにして売るというんですが、それを任されていたのが弥生さんだったんです。彼のいう『父』が、自分が走り使いにしていた会田良一だと確信した。会田良夫さんは良一の妻、弓子さんが死亡した病院も担当医の名も知っていました。背の高い痩《や》せた、東北訛《なま》りのある医者だったそうです。ベッドの位置は一番奥。簡易机の引き出しは歪んでいて、使えなかった。彼はそんなことまで覚えていました」

会田良夫はそのときの弥生を「目が怖かった」と言った。その一瞬が、見えるような気がした。

「大事にしていた孫に冷たくされて、昔捨てた孫に贖罪《しょくざい》の気持ちが湧いたのでしょうか」

「どうでしょうか。弥生さんはそう言いながらも結局遺書は書き替えませんでしたから」

「会田良夫さんは弥生さんの遺産に関心がないようです」

深沢はそれにも静かに頷いた。

亜川は聞いた。「会田良夫の家出には何かわけがあるんですか」

美智子は、深沢がそんな事情を知るはずがないじゃないかと思ったが、深沢はすんなりと答え始めていた。

「居づらかったんじゃないでしょうか。実は弥生さんにその話をされた時、新潟にある母の弓子さんの実家に出向きました。僕としても、できることなら気持ちほどでも会田さんに分与してもいいんじゃないかと思っていましたから。でもその時は運悪く本人確認ができる相手がいなかったんです」そこでちょっといいわけをした。とにかく人がいなくてずいぶん苦労したと。

「結局寺で聞いたんですけどね。弓子さんの葬儀の日、弓子さんの家族は、この家の人間ではないのだから、今後この家の相続権の一切を放棄すると一筆書くように良夫くんに言ったそうです。長男は農業を継いで親の面倒を見ている。家を出た弓子さんの、それも血のつながらない子供に何かを取られるはめになったらかなわないと思ったのでしょう。大阪に出た弓子さんは自分の生活で手一杯だったらしく、わずかな仕送りしかできなかったようです。良一さんが残した借金も結局井原の実家が払った。それについては弓子さんの母親が長男に頼んだそうです。弓子は高校も行かずに家の仕事を手伝った。そのおかげでお前ら男の子は高校に行けた。そこを考えてやってくれと。それで街金融の借金を清算し、良夫さんを四年間育て、そして最後には弓子さんの入院費用を払い、葬式を出した。長男は血のつながった姉だから仕方がないと思うかもしれませんが、長男のお嫁さんは気にいらなかったようです。相続の放棄を求めた裏にはそんな事情があったようです。でも葬式の当日にそんなものを書かされた良夫さんにすれば、それ以上居づらかったのでしょう。彼が」と深沢は続けた。「弥生さんの財産に興味がないとすれば、もちろん権利がないことを知っているからでしょうが、もう財産のことで揉めたくないというのもあるのでしょう」

深沢は落ち着いて言い足した。「この十五年、新潟のまま住民票も動いていませんでした。それが今回、このグランメールのある町に動かした。きちんと働く決心をしたということでしょう。彼には多分、いまの職場の方が大事なんですよ」

ぼくはこのままここに勤めていたいんです。

グランメールは、父親に自殺され母親に病死され身を寄せた家ではお前は迷惑だと言われ、長い放浪の末、やっと見つけた居場所だ。良夫は『自分を記憶してくれる人たち』を求め、ここの人たちは家族との愛を懐かしんでいる。両者はぴったりと寄り添うことができるのだ。

「それでも彼は弥生さんの孫とは認められないし、当然相続権もありません。仮にＤＮＡ鑑定をして実の孫だと証明されたとしても、相続の効力はありません」

「コピーの現物が出てこない限り、会田良夫に旨《うま》みはありませんね」と亜川が言った。「あのコピー、笹本弥生さんの筆跡でしたか？」

「ぼくにはそのように見えました。切り貼りしたりしたものではないという鑑定結果も出ています。本人が書いた書面であることは間違いないようです」

「あの文章は本人が書いたということですね」

「ええ。そのようですね」

亜川がまたどこかで大急ぎでメールを打つことだろう。

「健文くんがしている大学への寄付というのはいくらほどですか」と亜川が問うた。

「年間二千万円ほどです」

亜川が思わずほぉと声を上げた。

「博士論文でも買うつもりだったんですかね」

「大学に寄付しても論文は買えないでしょ」

「感謝状はもらえるでしょ」

深沢は、ちょっと亜川を睨んだが、結局めんどうになったらしい。

「正式に寄付という形はとっていなかったと思いますよ。笹本さんは『つちくれ』と言って嫌っていましたが、彼は考古学に興味を持っていましてね。金がかかったようで。でも遊びに使うわけじゃなし」

「学費という名目で消えたお金ですね」

深沢はなんとでも言ってくださいというように聞き流す。そこでドアがノックされ、顔を出した女性秘書が、法廷に行く時間ですと言った。

「すいません、もう一つ。事件当日、先生もグランメールにいらっしゃったんですね」

深沢は頷いた。

「警察でも説明しましたが、実は、会田さんが笹本さんの孫だという話について、会田さんから直接話を聞いたことがなかった。全部笹本さんからの又聞きだったんです。それであの日は笹本さんに呼ばれたついでに、会田さんに会いに行った。それが会えず終いで」

「弁護士が事実確認をしようとした矢先に殺害されたということですか」

「まあそういう言い方をすればね。でも会田さんは、僕がそんなつもりでいることを知らなかったと思いますよ」

「他になんの用事がありますか。話があると言われれば、察しはつくでしょ」と亜川。

「面会を申し込んでいたわけではありません。彼はあの日、僕が行くということを知らなかったと申し上げているんです」

亜川はふうむと考え込む。

「会田さんが、笹本さんを」と言い、美智子は言いなおした。

「笹本弥生さんのお金の作り方を蔑んでいたということはありませんでしたか」

「いまどき、汚い金だからいらないという人間がいるでしょうか。人はみな、我が身に関わることには合理的ですよ」

「会田さんは、自分を母親から引き離したのが弥生さんだということを知っていたんでしょうか」

亜川が口を挟んだ。

「早い話が、笹本弥生と会田良夫の間に、感情のもつれがなかったかということです」

それほど短絡的な質問のつもりではなかったが、そう言われれば確かにそういう趣旨だ。

「まったく見当がつきませんね。でも会田さんは、弥生さんが自分の孫だと騒ぎだしてから、むしろ笹本さんとの関わりを避けていたように見えます。もつれというほどの思いがあったでしょうか」

机は黒っぽい木製の立派なものだ。マホガニーというのだろうか。部屋の端に観葉植物が一つ。後ろの壁面はガラス張りで、通りを通る人や車を見下ろせる。

壁に油絵がかかっていた。森の泉に口をつけて、若い鹿が水を飲んでいる絵だ。泉に鏡のように木々が映り込んで、早春の朝の日差しが柔らかく輝く。落としたのか、額の角に傷がついていた。

「いい絵ですね」

「僕の友人もそう言いましたよ。何がいいんでしょうね、デパートで買った安物で、実用品ですよ」

「この後ろに金庫か何かがある?」

「お詳しいですね。その通りです。でもそれでは、役に立っていないことになりますね」

「いいえ。実用品だとおっしゃったからですよ」

座が少し和んだ。そこで美智子はまた聞いた。

「会田良夫さんの評判について何かご存じのことはありませんか。素行とか——噂とか」

深沢は不思議そうな顔をした。「真面目な人物だと思いますが」

「健文さんはそうは思っていないようです」

「というと？」

美智子は噂話の域を出ないことだがと前置いた。「例えばホームに保管してある合鍵を自由に使用していた——というようなことです」

深沢はその意味を理解するのに少し時間を要した。

「もともと健文くんは噂話を真に受ける男ではありませんが、今の彼には会田良夫は憎悪の対象です。僕は会田良夫という人物に関してスキャンダルは聞いたことがありません」

「参考までにお尋ねしますが、個人的には笹本弥生の財産の作り方をどう思われますか」

「弥生さんは、僕に対しては、ご自分のなさってきたことについて隠そうとしたことはありません。初めて闇市で売ったのは反物と雛人形。反物は勤めていた呉服屋の焼け残りで、呉服屋の家族は防空壕の中で焼死していたので、持ち出した。雛人形は祖父母が買ってくれたもので、男雛と官女の一人が欠けていたけど、新宿の屋台に置くと、あっという間に売れてしまった。売り上げで、腹一杯のすいとんを食べた。それが彼女の戦後の第一歩だった。戦後を女手一つで乗り切った彼女に、自分のしてきたことの善し悪しを考える余裕はなかったでしょう。彼女の腕一つで、六十年たった今でも、孫までが高級外車を乗り回しているんです」

2 腐葉土

年間二千万円もの金を「学費」と称して祖母からもぎ取ってきた笹本健文は「その夜は人といた」と言い、そのくせそれが誰であるかは言わない。複写されたものの原本は弥生の自筆。会田良夫は本物の孫らしく、弁護士がそれを確認に行く直前に、笹本弥生は殺害された。

その話を聞くと、中川は喜んで、うつむいてじっと聞き入っていた真鍋は目をつむったまま一言、「うーん。まるで絵に書いたような展開だ」と言った。

「早く死んでくれんかなとじっと我慢をしていたものの、ばあさん、死にそうにない。それどころか段々小うるさくなってただでさえ我慢の限界点を突破しそうになっていた。そこに見たこともない血縁が現れて、その男に全財産を譲るという遺言をおばあさんから見せつけられた。頭に血が上った健文くん、それをびりびりと破りさり殺害。えい、ままよと部屋を荒らして物取りのように見せかけて家に帰る。よもやコピーがあったとは思いもよらない」

真鍋は大きなため息を天井に向かって吐いた。

「よくできているよなぁ」

中川が何がですかと問う。

「うん。健文を犯人にしたてるのに、とっても単純だけどポイントを押さえている」

美智子は椅子を引き寄せ座り込んだ。

「そこなんです。健文に犯人の要素が揃いすぎて、彼の容疑をつぶさないと第二容疑者なんて発想ができないんです」

「警察のそういう発想は木部くんからすればとても危なっかしい」と真鍋は覗き込んだ。

「でもそりゃそうなるでしょ。あのおばあさんと利害関係があるのはその健文って孫だけなんだから」と中川。

「しかしあれだよな」と真鍋もちょっと真剣な顔で考えた。

「なかなか死んでくれないので殺してしまったというのなら計画的犯行であり、だったら最低限、アリバイぐらい用意するよな。前日に派手な喧嘩をやらかして、その上アリバイが主張できない殺人なんて、財産放棄も同然じゃないか。とりあえず聖智大学ならそれくらいの知恵はあるだろうに」

中川はまどろっこしそうに言った。

「書き替えた遺言書を弁護士のところに持っていかれたら、一巻の終わりだったんですよ。だから悠長なことをしている暇がない」彼は人の金で贅沢三昧《ぜいたくざんまい》する男が社会から糾弾される瞬間を心底待ち望んでいるようだ。

「中川くん、笹本健文には遺留分があるから、おばあさんがなんと書こうと、半分はもらえるんだよ」

「だから『廃除する』と書いていたじゃありませんか。だったらそれこそ一円だってもらえませんよ」

真鍋は中川と見合った。「殺人がばれても、一円ももらえないんだよ」

「知らないんですか？　過保護に育った人間は、なんだってどうにかなると思うんですよ」

――確かにそういうところはある。しかしいくらなんでも人を殺してどうにかなるとは思わない。

葬儀に現れた健文は苛立ってはいたが、感情をコントロールしていた。それは第二の遺書の存在を知らなかったからなのか、それともその原本を始末したという安堵感からか。

そしてコピーの存在に虚を衝《つ》かれた――。じゃあ、あのコピーさえ出てこなかったら、安泰だと思っていたということだろうか。殺人の容疑をかぶることもなく。

健文の態度には容疑をかけられたことへの怒りや苛立ちが天真爛漫《てんしんらんまん》なほど素直に表れている。これで本当にもし殺人行為をおかしていたのだとすれば、まさに聖智大学院生にあるまじき知能だ。

「警察は後出しの遺言書についてあまり触る気がないわけだね」

「編集長もご存じでしょう、今回の管轄は神奈川県警で、顔見知りがいないからいつものように簡単に情報が入らないんです。こちらには記者証がありませんから」

そして美智子は亜川を思い出していた。

三時間かけて水木の大学詐欺調査記録を読み終えた時、亜川はつくづくと呟いていた。

「人間って権威に弱いんだねぇ」

電話が鳴っていたが面倒だから取らない。そういうことは下っぱがしたらよろしい。上は上で考えることがあって——いっぱいあり過ぎて——うん。それにしてもあの木部と言う記者、あの色気のないなりはもう少しなんとかならんのかとか。笹本弥生はあの後出し遺言書の中でなぜわざわざ「慶子の子である」と書いたのか。俺の社用車はあまりに見場が悪過ぎるとか。あの会田良夫は何故本物でなくコピーを提出したのかとか。

「亜川さん、電話です」

前に「いないって言って」と大声で答えて、それが電話の向こうの相手に筒抜けで、日頃から品行についてことあるごとに小言を言われていた支局長から、大目玉を食らったことがある。でも実際考えることが多過ぎる時には——

「フロンティアの木部って記者からですけど」

亜川は「はい」とお行儀よく受話器を上げた。

入社二年目の永井記者は不審な顔をした。

「なんでフロンティアの記者にうちの調べたことを話さないといけないんですか」

最近の若いのは文句が多いか無批判であるかのどちらかだ。黙々とよい仕事をするという、若き日の俺のような記者がいない。

「真珠の指輪のスクープも、ばあさんの孫の会田良夫のインタビューも、こちらさんあってのことでね。しかし君のようなケチなことは言わなかったぞ」

永井は二人の顔を見比べた。わざわざ社外の喫茶店に連れ出されて、行ってみれば女が一人座っていて、その女に話を聞かせてやれと言われて。恋の駆け引きの小道具に使われようとしているのではないかという不信を持ったが、すぐにその懐疑をほどいた。亜川デスクは女にはうるさい。高校の時から進歩していないという説もある。

「グランメールは夜の九時を過ぎると玄関がロックされ、フロントに人はいなくなります。代わりに宿直員が三人、居住者からの呼び出しや、訪問者の対処のために地下一階の宿直室で待機します。他には医務室に看護師が一人、二十四時間体制で待機。近所の病院と提携していて、急病の時には緊急対応するというのが売りです。自立型老人ホームで、介護の必要のない人しか入所できないので、夜間、部屋を見回る必要はありません」

そこまで一息で言って、それから永井は持ってきたリポートを広げた。

「以下、当日の状況をまとめたものです。事件当日の宿直員は奥村信子、多田久志、会田良夫。女性入居者のために宿直員に一人女性を入れています。九時を過ぎて引き継ぎを終えたあと、奥村と多田は宿直室でテレビを見ていました。会田良夫は九時を過ぎて玄関がロックされると本人曰く『建物内を見回り、廊下に汚れを見つけ、それをワックスで磨いて、それから宿直室に戻って一休みした』。残務整理のために一階にある事務室に上がったのが十一時前。それについては多田が『十一時のニュースの始まる直前だったから』と証言していますが、番組は正確には十時五十五分から始まっていたため、多少の修正が必要でしょう。その後、会田良夫が事務室から宿直室に戻ってきたのは午前四時だったと本人が言っています。気がつくと事務室のソファで眠っていたそうです」

「本人がとは？」

「他の二人は、彼が上がってしばらくはテレビを見ていたそうなんですけど、そのうち眠ってしまって戻ってきた会田良夫には気づいていないんです」

十一時から四時――「都合よく部屋を留守にするじゃないか」と亜川は呟く。

「会田良夫は仕事を探してでもするタイプで、廊下や共有スペースの見回りや、読書室の本の順を直したり、装飾品の向きを変えたりと、身を惜しまず熱心に立ち働いていたというのは皆が等しくする証言で、日頃から宿直室でテレビを見たり仮眠を取るということはなかったようです」

亜川は黙っている。永井は小さな咳払いを一つして、「確かに、アリバイがあるとはいえませんね」と言いなおした。

「部屋の鍵の件ですが、ホームで預かっている鍵は職員であっても施設管理者の許可なく持ち出すことはありえないそうです」それから彼は声をひそめた。「部屋に入られたとか、ものを盗まれたというのは、老人の思い込みとしてはありがちなことのようです」

「誰に聞いた？」

「グランメールのフロントです」

亜川はもの言いたげに一息永井を見つめたが、やがて気を取り直して「裏口の警備はどうなってるんだ」と聞いた。

「表は体験してきた。インターホンで名乗って解錠してもらって、ドアが開いたと思うとほぼ不愉快に思うほどの音量の鈴の音で迎え入れられ、それでもまだ電話で先方に連絡がとれないと中には入れない。裏口もご大層なんだろうな」

永井は頷く。

「裏口は駐車場に続いているんですが、テレビフォンがついていて、事務室で顔を確認してから遠隔操作でロックを外す」

もちろん下手にこじ開けようとすれば警報装置が鳴り響くだろう。

「でもそれでは」と美智子は言った。

「笹本健文が被害者を殺害することは不可能だということになります。侵入経路がありません」

「当局は、笹本弥生が事務室で操作して、裏口から入れたんだろうって考えているようです。おばあさん、一応車椅子には座っていましたが、普通に歩けたそうですから」

「だったら会田良夫とかち合うだろう。彼もその時間、事務室にいたんだから」

そんなことまではわかりませんというように、永井はちょっとむくれてみせた。

「でも本当をいうと、実際に施設内に誰がいたかというのは、正確にはわからないんです。というのはあの裏口、入るにはそれだけのチェックを誇っていますが、出るのはフリーパスなんで」

亜川は瞬間ぼんやりした。永井は上司の変化に気づかない。

「出るときはドアは普通に開きます。表からは開かないというだけで。だから帰ると言って実は帰らず中に潜伏するということはできないことはない。出入りの業者は裏口から出入りします。あの日裏口からは四人入っています。食材の配達人が三人、台所の清掃員が一人。彼らは帰りますと従業員に挨拶したら、そのまま裏口から出ていくだけなんです。彼らの身元は今警察が洗っているみたいですけど」

亜川がうなるように低い声を出した。

「じゃ、いまの詰め将棋みたいなのにはなんの意味もないということかね？」

「どういう意味ですか」

「あのね。出入りの業者の顔写真の入った名簿までは、いくらぼったくりの高級老人ホームでも持っていないということだよ。それらしいのがそれらしい白い帽子に白い上着を羽織って、『ちわー』ってやってきて、出入りの業者の名前を出したら、事務室にいる若いおねぇちゃんくらいなら、知らない顔でも『あらそうなのかしら』と簡単に通すってことだ。出るのがフリーパスなら、犯罪はとっても簡単だ」

現に亜川は口先一つで内部情報を入手した。教育上もちろんそこまでは説明しないが。

ところが永井は沈むどころか、勢い込んで顔を上げた。

「それが面白い情報を聞き込んだんです。いまので思い出した」

彼は二人の顔を順番に見るとこう言った。

「笹本弥生が殺害されたのは三日二十二時から三時間の間だと考えられています。少なくともそのうちの二時間、宿直員は皆寝入っていたっていうんですよ」

亜川は自社の記者の無能ぶりを美智子にできるだけ気づかれずに済まそうとするように、小さく言った。

「君、さっきそれは言ったじゃないか」

「そうじゃないんです」

彼は嬉々《きき》としている。

居住者からの呼出コールは事務室にも宿直室にも同時につながる。

弥生が殺害された夜、２０３号室の高田という老人が呼出コールを押した。一度目は零時過ぎ、二度目は零時半。そして三度目は深夜一時。

高田老人は眠れなくて、ビデオでも見ようと思うのに、ビデオデッキがうまく動かない。コールを押したが誰も応答しない。あきらめて寝ようと思ったが、眠れない。それで睡眠剤をもらおうと再びコールを押したが誰も応答しない。三十分後にまた呼んでみたがやっぱり誰も出ない。高い入居費を払っているのにと思うと段々腹が立ってきて、医務室に直接コールして事情を話した。看護師はすぐにやってきて、機嫌を取って軽い安定剤を渡した。看護師が宿直室を訪れると、二人のヘルパーがうたた寝をしていたというのだ。特にとがめることもせず、報告もしなかった。

「二人の宿直員は宿直室で寝ていた。会田良夫も事務室で朝の四時まで寝入ってしまったと証言しています。三人が三人ともぐっすり寝入っていたというのは偶然でしょうか」

「誰かが睡眠剤でも飲ませたということか」

永井は満足そうだった。「ええ。可能性ですが」

亜川はじっと考えた。「そのコールはばかでかい音なのか」

「いいえ。ただの電話の呼出音です」そして永井はあわてて言い足した。

「でも十一時五分過ぎ、宿直員の一人が事務室に電話をしたけど誰も出なかった。すなわち会田良夫もまた、十一時五分に電話に出なかったということなんですよ」

「何の電話」

「深沢弁護士が会田良夫を訪ねて宿直室に来たんだそうで。でもいないって聞くとすぐに帰ったそうです」

「それは警察は把握しているんですね」と美智子が口を挟んだ。

「こいつの話は警察経由ばかりですから、それは間違いはないでしょう。で、それを聞いてもちろん君は深沢弁護士に事実関係を確認したんだろうね。そしてその報告がそこにまとめてある」

永井はむっと黙り込んだ。

「靴の底がすり切れるのがもったいないなら安物の靴を履きなさい。記者クラブに通うのは早くて正確で結構だけど、警察発表を鵜呑みにするな。俺たちは警察の広報じゃないんだから」

記者クラブ以外から情報を取ってこいと言われて、永井はしょんぼりと喫茶店を出た。

「あの世代は情報をネットで取っても違和感を感じないというやつでしてね。その中でも簡単に情報操作に乗るタイプですよ」それにしてもと亜川はぼやいた。「グランメールの内部事情をよりによってグランメールのフロントに聞きにいくとは。あれは『聞き込み』ってことをわかってない」

それから聞いた。

「今夜お暇ですか」

亜川は物腰、趣味が地味なので、よく見るまで気づかないが、目鼻だちのすっきりしたいい男だった。目立たなくて趣味のいいハーフコートを着ている。そういう男に「今夜お暇ですか」と聞かれて、デートの申し込みだと考えたことは一度もない。そうであったことがないからだ。

「時間を作ろうと思えば八時ごろからなら」

「ちょうどいい。僕も九時より前には空きません。懇意の弁護士がいるんです。今回の事件についてちょっと話を聞こうと思う。興味がおありでしたら、ご同席、いかがですか」

パジャマはL、将来ちょっと太ったらLL。スーツは吊るしのでは肩幅が足らないから仕立て。一回千円の床屋に二カ月に一度行くタイプ。

「何が目的ですか」

「今後の情報交換ですよ」そして靴先のごみを手で払った。「あなた方のように、僕らは一つの仕事に充分に時間が割ける身分じゃない。記者クラブの情報が取れる僕と、時間をかけて調査ができるあなたが情報交換をすれば、効率がいいと思う。神奈川県警なんてフロンティアには所詮地方警察の一つ、あなたもコネはないでしょ」

いたずらな目をしていた。

警視庁の管轄で起きた事件と違って懇意の警察関係者がいないのは事実だ。それで中川が情報を引き寄せてくるのだが、磁石が鉄くずを引き寄せるようなのだ。永井記者が持っていたような確かな情報にはほど遠い。亜川から聞き出そう思っていたのは確かだった。なんでもお見通しと言いたそうな彼の視線にはちょっとカチンと来たが、背に腹は代えられない。

「わかりました。同席させてください」

亜川は機嫌よく立ち上がった。

「では九時半に。うちの受付で。遅れるときは連絡をします」

大股で歩き去る大きな男。新聞社のデスクは普通は現場に出ない。十八年前に関わった事件になぜこれほど首を突っ込むのか。

「あたしはいまから笹本健文の友人に取材してきます。笹本健文が出入りしていた修学院大学の大学院生で、高校生のときからの友人だそうなんです。よろしかったらそれも共有情報にしましょうか?」

ちょっと厭味《いやみ》を言ったつもりだった。亜川が「修学院大学?」と聞き直した。

「ええ」美智子はタクシーに手をあげる。

「葬儀にきていたんですよ。笹本健文は年間二千万円もの金を大学につぎ込んでいた。弥生さんはそれを『つちくれ』と嫌っていたと深沢さんは言った。調べたら、健文が電話をした吉岡考古学研究室は笹本健文の在籍している聖智大学にではなく、修学院大学にあるんです。正式には史学地理学科の研究室の一つで、そこには田辺という助手も存在します。昨日その林田という友人に電話したら、健文は確かに修学院大学に出入りしていたそうです。それでね」タクシーが止まり、ドアが開いたので、そう言いながら美智子は乗り込んでいた。

亜川が顔色を変えたのがタクシーの窓越しに見えたのは、ドアが閉まる直前だった。

「ええ、是非。逐一漏らさず。特に資金について、その——財政。金の出所。できればテープに取って」それから彼はあわてて言いなおした。

「いや、是非テープに取って」

亜川は美智子のタクシーを見送った。それはいまにもついてきたそうに見えた。

修学院大学は門を抜けると、大きな庭が広がる。建物は明るい洋風で、階段の手すりにはぴかぴかに磨かれた本物の石が飾りに使われている。少し歩くと池があり、鯉らしき魚が泥の中に隠れていた。庭を囲む木々も、とんがったものはとんがって、丸いものはあくまで丸く、背の高いものから低いものまで手入れがよく行き届いている。一流私立大学だからできる業だ。

美智子の通った大学の校庭はただ広いばかりで、雑草が心地よさそうに育っていた。うちの学長がこの庭を見れば「金は教育に使うものであり、校舎や庭の美しさを競うのは、それすなわち教育の頽廃《たいはい》である」と言ったかもしれない。十八、九歳の図体のでかいのが解放感一杯に走り回るものだから、芝生はすり切れていたし、専門の庭師を雇っていなかったのか、どの木も母親が散髪した子供の頭のように刈り込まれていた。落ち葉があちらこちらにたまって、青い作業服を着たおばさんが一人、熊手で毎日ていねいに掃除していた。おかげで季節ごとの木の匂いは森にいるように楽しめた。

学生は美智子の大学のと変わらない。ぼうっと歩いているのや、走っているのや、連れ立っているのや、時々、自転車で脇を抜けるのもいる。茶髪がいて、眼鏡がいる。向こうから誰かをおーい、おーいと呼ぶ学生がいる。声限り呼んでおいて、突然呼びやめると、何事もなかったように歩み去る。初秋の空は晴れていて、高く、清々しかった。

美智子が電話をした時、林田圭太は懐疑的だった。笹本弥生の葬儀場の受付で連絡先を聞いたと言うと、なおさら不審感をあらわにした。見知らぬ人間が自分の居所と連絡先を把握しているというのは不気味なものだ。そこで美智子はていねいに説明した。自分が「週刊フロンティア」の記者であること、あのロビーに偶然居合わせていたこと、無理を言って連絡先を教えてもらったこと。「ご迷惑でなければ」笹本健文について、話を聞かせてほしいこと。林田圭太は笹本健文が殺人事件の被害者の関係者だということを知らなかったらしく、とても驚いた。

学生というのはまだ子供だ。珍しいことが好きで、警戒心も強いが、納得すれば心を開いてくれる。

林田圭太は約束の場所で美智子を待っていた。葬儀の日と違ったのは羽織っているシャツのチェックの色が赤から青に変わっていたことだけだ。美智子を見てぎこちなく一礼したが、その時にはこの珍しい出来事にそれほど悪い気がしていないようだった。

二人は並んで座った。美智子はボイスレコーダーを真ん中に置く。緊張する林田に、「大丈夫ですよ、メモをとる代わりですから」と安心させた。

美智子はまず、彼があの日葬儀場にやってきた経緯について聞いた。それによれば、笹本健文は日頃から修学院大学の学生であるかのように出入りしていたという。

「四日の朝、七時半でした。僕の携帯に、身内の不幸で予定していた会合に出られないって笹本くんから電話があったんです。その会合で笹本くんに渡してくれって田辺先生から頼まれていた書類があったことを思い出したのは数日あと、携帯の履歴で確認したら七日でした。田辺先生は考古学研究室の助手なんですけど、考古学研究室っていうのはマニアックで怖いんです。田辺先生とも親しくないし。大切そうな書類に見えるし。それで着歴から笹本くんにかけたんですけど、固定電話で、出ないんです。なんとか友達から携帯電話の番号を聞き出したんですけど、今度は電源が切ってある。田辺先生に返そうと思って大学に持って行ったんですけど、田辺先生が見つからない。あの告別式の日はもう、誰かに言づけて置いて帰ろうと思ったんです。でも考古学研究室には頼りなさそうな女の子が一人いるだけで。笹本くんにって言うと、その人ならここにいるみたいですよって、メモを指さすんですよ。それがグランメールで。その女の子に渡しても困るだろうし。それで車を飛ばして渡して来ようと思ったんです。ところがグランメールでは、笹本くんは葬儀場だというんです。もう面倒で。こうなったらどうしても渡して帰ろうと思ったんです。それでね」

それで、葬儀場に、寝癖の立った頭に赤いチェックのシャツで来るはめになったのだ。

そして林田圭太は大きなため息をついた。

テレビでも新聞でも笹本弥生のニュースが流れているというのに、それと笹本健文の言った「身内の不幸」をまるでつなぎ合わせてみようとしなかった愚かしさ。林田はいままでもそうやっていろんなことにふり回されてきたのだろう、いま、その全てを思い出して我が身の生まれつきを嘆いている。

「高校の時の同級生だとおっしゃいましたね」

林田は、また困った顔をした。

「高校の時もそれほどつきあいはありませんでした。もっと暗い男だと思っていたのに、話してみたら結構いい奴で。それで構内で会うと、話をするようになったんです」

携帯電話の番号も知らないのだから、会ったら話をする程度の友達だったのだろう。ただそれだけの友人なのに、走り回って預かり物を届けたのは、面倒を背負い込みたくなかったからだと本人は理解しているようだが、持ち前の律儀さだと美智子は思う。

「田辺先生のことでしたよね」そう言うと林田は鞄の中からアルバムを取り出し、広げた。

「史学専攻の友達に借りてきたんです」

一面識もない美智子のためにアルバムを借りてくる。林田圭太はこの生まれつきを嘆いているようだが、その性質により彼はたぶん人に愛されている。善良に生きているものはそういうことに気づかないものだ。

アルバムにあったのは十五人ほどの集合写真だった。林田が指したのは、端に立つ背の低い、顔の四角い男だった。神経質そうな顔。髪は黒。きっちりと七、三に分けて、世俗に興味のないことをことさらに強調している。

「たぶん四十過ぎですよ」

「出世は遅い方ですよね」

すると林田は笑った。

「出世なんて。皆、吉岡教授を尊敬して集まっています。史学科に籍を置くだけで満足みたいなんです」

「新興宗教のノリですね」

「はい。教祖様が吉岡教授で田辺先生は資金係です」

教授の吉岡は一カ月ほど風呂に入らなくても全然気にしない男で、ズボンの折り返しにはいつでも砂が入っている。それが時々、何かの集まりの時に突然目覚めたように身ぎれいにしてくる。その落差が「かわいい」のだという。

「ピカピカにしてくるんですよ。髪もきっちり分けて。太ったおなかにちゃんとワイシャツをたくし込んで。ネクタイも締めて。それでにこにこして、とんちんかんなことを言って、でもよくみんなに話しかけて。ああ、この人は土に取りつかれているだけで、本当は気のいい優しい人なんだろうなって思える。土を触り出したとたん、視界からまわりが消滅するんでしょうね。そういう人だから、人を差別したり、区別したりしないんですよ。上にも媚《こ》びないし、下にも偉そうに言わない」

「資金係というのはなんですか」

「僕も木部さんから電話があってからちょっと聞いただけで、詳しいわけではないんですが、それでも吉岡教授がお金に無頓着だというのは、僕ら部外者にも有名な話なんです。史学科は教授の人柄で持っているもので、その教授は土掘りに我を忘れるタイプでしょ。でも発掘は団体で泊まり込んで土を掘るわけで、お金がかかるんです。時には現地で作業員を雇わないといけないときもある」

「外国に行くんですか」

林田は頷いた。「以前笹本くんから聞いた話では、中国が多いらしいです」

中国だから、うまくすれば低予算で滞在することもできる——そう、健文は林田に話したことがあったという。

「笹本くんは聖智大学の中国語科で、もともとは通訳のボランティアを頼まれたそうなんです。それが縁で吉岡教授にはまってしまったらしくて」
「じゃあ笹本くんは土は掘らないんですか」
「いや、今では土まみれだそうです」
「なるほど」と美智子は呟いた。
「でも、金をかけないといってもそれなりに資金はいるでしょ。それはどうしているんです
か?」心持ちテープを林田に寄せる。その時、まるで呼吸を合わせたように「それがね」と
林田も美智子に顔を寄せた。
「旅費は各自持ちですが、現地での発掘費用は公費だそうです」
助教授の今村も吉岡と同じで金を集める才覚のある男ではないという。そこで資金繰りの
仕事が一手に田辺という助手に委ねられることになったというのだ。
田辺というのは健文が「あの件は大丈夫ですから」と言い残した相手だ。美智子は、亜川
の意気込みを思い出していた——修学院大学と聞いて、こんな話が出ることを見越していた
んだ。
「田辺先生は学問より金算用が向いているというような先生で。人に馴染《なじ》めないんです。吉
岡先生だからグループに入れたんです」
「それで、マニアックな研究室だとあなたは言ったわけですね」
林田は苦笑した。
「でもほんと、あすこ、なんか怖いんですよ。子供みたいに天真爛漫な人と、うまく人に馴

染めない人が集まっていて、そのギャップがすごいというのもあるんだけど、田辺さんたちが自分の城みたいに人を寄せつけないものだから」

「田辺先生って声、高いですか」

林田はちょっと驚いた。

「そう言われればそうです。というより、すぐに興奮するんですよ、あの先生。いつもびくびくして。いじめられっ子だったんじゃないですか」そう言うと、林田はあわてて言いなおした。「そういう憶測は不謹慎ですよね、すいません」

ではやっぱり、あの時健文が話をしていたのはこの田辺という男に違いない。健文が落ち着いてみせたのは相手が自分より自制がきかない人間だからだ。

林田は高校時代の笹本健文を、成績はよかったと思うが、学校は休みがちだったし、団体行動にも関わらなかったと言った。

「不良っぽい他校の人とよく遊んでいた。切れると怖いって噂があった。でもクラスの中ではすごく地味。そんな記憶しかないんです。だから大学の構内で会った時には、向こうは懐かしそうな顔をしてくれるんだけど、誰だかわからなくて。そのあとも声をかけてくれるんだけど、その人懐っこさが評判と違い過ぎて、驚いたというか」

「高校一年の時、母親が死亡しているんですよね。何か覚えていること、ありませんか」

「高校二年の時、警察がうちの生徒を調べているって噂が飛んだことがあったんですよ。多分それが、あの笹本くんのことだと思うんです。お母さんが死んで、それが風呂場での溺死で、一応事故死になっているけど、本当は息子が母親を殺したんだって。嘘だろうって思ったけど、一年も経っているのに警察が調べているから本当だってみなが言って。母一人子一人で家の中に目撃者がいないから、犯罪は隠蔽《いんぺい》できるんだとか。小学生が怪談話をするノリなんです。母親の頭を押さえつけて沈めたんだとか」

林田は思い出したように、ぼんやりと続けた。

「この前、笹本くんのおばあさんのお葬式から帰ったあと、当時のことを思い出していたんです。笹本くんが暗くなったのも、学校で友達ができなくなったのも、あの噂のせいかもしれないって。そう言われれば、それから、笹本くんは怖い人だって思い込んだような気がする」

林田圭太は、何かわかったら連絡すると言った。加えて「笹本くんは人を殺すなんて面倒なことはしない人だと思う」とも言った。

笹本健文が、母親死亡時にも関与を疑われたというのは興味深い話だった。「警察がうちの生徒を調べてる」という限り、ただの参考程度ではなかったように思える。笹本健文が警察に行くのを嫌がったのは、それが関係するのだろうか。

健文を犯人に仕立てるのに、とっても単純だけどポイントを押さえている——真鍋の言葉が思い出された。

真鍋は笹本健文の母親殺しの容疑に興味を持つだろうか。それとも、財産にまるで色気を見せない会田良夫に興味を示すだろうか。

考えれば会田良夫は不思議な存在だ。彼の出現に始まり、彼がコピーを持ってきたことで予期せぬ展開を迎えた。しかし彼自身は事件に嚙み合うことなく安全地帯に立っている。

それについて亜川はエレベーターの中でこう言った。

「効力のないコピーの遺言書しかないからですよ」

亜川は淡々と続ける。

「相反する内容の遺言書がある。一方は法的に有効であり、もう一方は無効である。その場合、法律家は前者しか相手にする必要はなく、全く同じ理由——すなわち法的に効力を持たないという理由から、その指名を受けた者に動機が発生するいわれがないという論拠で、後者の遺言書に関し、警察は手を抜いています。警察の仕事は犯人を逮捕送検できるよう証拠固めをすることで、笹本の家の事情は関係がない。簡単にいえば、自分が出動した家の火事が鎮火したら、近所でぼうぼうと燃え立っている家があっても、ホースを巻いて帰るということです。笹本弥生の殺人犯が問題なのであり、他のことには目もくれない」

エレベーターが開くと、そこにはまばゆい東京の夜景が広がっていた。

「犯罪が発覚しなかった犯罪者は犯罪に対するハードルが低くなる。笹本健文が母親を手にかけていたなら、第二の犯罪も安易に行うかもしれない」

ウェイターがレストランの奥へ二人を案内した。フランス料理店だということがわかった。ワインをテイスティングさせる店だ。

「しかしそういう人間は、背徳感が薄い分、自分が犯している犯罪に冷静でもあるでしょう。僕自身は、健文という人間に、そういう粘着質な犯罪性は感じませんね」

亜川がそう言った時、奥に座っている大黒様のように太った男が、二人に向かってゆったりと扇のように手を振っているのが見えた。

亜川は手を振り返した。

「あれが星野弁護士です。一等地にビルを構えるやり手の弁護士。彼と話すと弁護士がいかに商売人かがよくわかりますよ。知識と度胸とはったりと愛嬌《あいきょう》。偽善だと見破られない程度の善意を常に携帯する知性。だからぼくなんかには、深沢弁護士の方がずっと——」彼は振っていた手を下ろした。

「弁護士としての現実感がない」

星野は色は白くて、首回りが太く、カラーから肉がぼってりとせりだしている。体のバランスからいうと手が小さい。その手に首とほぼ同様に肉がついているから、小さなえくぼができてそれがとてもかわいい。考えればこんな高級レストランはこういう男にこそ相応《ふさわ》しい。高級レストランに自意識過剰な男が座っているほどみっともないものはないから。

フレンチを所望したのは、星野だった。

「いや、かないません。依頼者は大体がお年寄りでしょ。会席料理ばっかりなんです。生あわびとか、刺身、てんぷら。女性の弁護士さんはイタリア料理。最近、フランス料理てどんなんやったかいなって、忘れてしまいました」

強烈な関西弁だった。いや、京言葉と言うべきだろう。

「ここは星野先生の奢《おご》りだから」と亜川がいう。先生という言葉に、星野がくすぐったそうに笑う。幸せな布袋様《ほていさま》のようだった。

それにしても回りは居心地が悪くなるほどアベックばかりだった。アベックというと中川が、古いですねと勝ち誇ったように笑ったことを思い出す。最近は「カップル」という。すぐにそれも古くなる。

ワインを飲んで、パンをかじり、小さな魚のかけらを食べる。彼らは、なんでそんなに時間をかけることができるのだろうと不思議になるほど小さなカケラに時間をかけていた。向かいの、三十過ぎの女性は、スーツが高級そうなのがどことなく不釣り合いで、思わず、箪笥をひっくり返して鏡の前でああでもないこうでもないと選ぶさまが浮かぶ。デザインが古くても高級感があるものがいいか。少し安っぽくても今っぽいものがそれらしいのか。そうやって彼女は二時間ほど家中のスーツを着てみたに違いない。そして今、一口で口におさまりそうな小さな魚の切り身を前に、とっておきの上品な笑みを顔に張りつけたまま、ナイフとフォークはさっきからまるで動かない。かといって会話ははずんでいない。顔の筋肉が固まっているのだから。

それを見ていてやっと、フランス料理はいかにゆっくり食べるかということが、客の洗練度を競う基準だと思い出した。

星野は深沢を知っていた。

「弁護士会でちょくちょく会合があるんです。そいで会うたことがあります。むこうさんは私を覚えてはらへんやろうけど、かっこのええ人やから、こっちは覚えてしまう。評判はいいですよ、堅い仕事をしやはる人やて」

ヨーロッパ貴族のようにふくよかに膨らんだ指でナイフを器用に操りながら、彼は小さな魚肉のカケラを器用に三つに分ける。

「あの、殺人事件のおばあさんの顧問弁護士が深沢さんですか」

亜川は魚の切り身を突き刺すとぐるっとソースを絡ませ、口の中に納めた。それからワインをビールのようにぐいっと飲むと、大体を話して聞かせた。星野は切った小さな魚のかけらにソースを絡めて口に運び、ていねいに咀嚼《そしゃく》しながら聞き入る。耳を澄ませる様子は考え深く、小さな瞳は理性的で、布袋様を連想する陽気さとの落差には凄味《すごみ》がある。

一通り聞き終えると、彼はふうんと鼻から大きな息を漏らした。

「その孫を名のる男が仮に本物だったとしても、法的な相続権は認められませんね。認知されていませんから」

「深沢さんもそう言った」

亜川は脇に置いてあるパンにバターをたっぷり塗って食べ始めた。

「いまさら認知請求も起こせないって言うんでしょ」

星野が食べ終えたのでウェイターは皿を下げた。亜川もやっとあたらしい皿にありつける。

「ええ。そう。慶子さんの死亡から三年以内に認知請求の訴えだけでも起こしていれば、権利が発生する可能性はあるんですがね。七年ならもう『圏外』です」

「財産を取るには遺言相続に持ち込むしかなかったってわけだ」

亜川はやってきたパスタ——フォークでほんの一すくいで終わるだろうスパゲティを見つめて、そう呟いた。

「会田さんは財産はほしくないと言っています」

「うん。言っているね」と亜川はオウムのように繰り返し、そして黙り込んだ。

そうすると、三人が黙り込んでしまった。

三人は黙ってパスタを食べた。

隣の女はまだ魚を触っている。かといって口に運ぶわけでもない。手慰みに、切って寄せて切って寄せて配置を変えて。魚の死体が意味もなくつつかれている。

「おばあさんの意志はどうなるんでしょう」と美智子は口を開いた。

二人が手を止めた。美智子は続けた。

「確かに法律上は深沢さんが持っていたものが有効かもしれない。でも『慶子の子である会田良夫』がすでにこの世にいなかった場合、もしくは見つけられなかった場合、おばあさんが本当に恵まれない子供たちにやりたいと思い、書いたのだと判定できれば、実物がなくても、彼女のその意志は尊重されるべきだという発想はないんですか」

気になっていたのは嘘ではない。しかしなぜ突然そんなことを言ったのかわからなかった。

とにかく、魚の死体を見ているうち、そう話し出してしまったのだ。美智子は話しながら補足する。

「弁護士は依頼者の意志を実践するのが仕事でしょ。そのために顧問料を取っている。初めの遺言書に従えば、笹本健文が犯人だった時、遺産は国庫に入ってしまいます」

亜川が美智子の顔を見た。それから、どうなんだいとでもいうように星野に目を転じた。

おもむろに——決して自身満々というわけでなく、星野は言った。

「仮に刑事裁判の証拠として使うための捜査でコピーの遺言書の作成される過程が明らかになり、刑事裁判上の証拠能力を持ったとする。そうすると、『彼女は自分の財産を寄付したいと考えていた』ということが刑事裁判上立証されたことになる。さあ。そっから先ですな。前の遺言書の意志を無効にしたとして、だからといって後の遺言書の意志は有効になるのか。財産はどうなるのか」

そう言うと、星野は顔を寄せ、じっと二人の顔を見た。二人もまた星野を見つめ返した。

「どうなるんだ？」

星野はあっさりとその顔を引いた。

「裁判になってみないとわかりません」

そしてにこやかに、またフォークとナイフを動かし始めたのだ。

「裁判なんてそんなもんですよ。弁護士の腕と、裁判官の認識とか常識と」と星野は小さな肉を二つに切り、中からはまだ血がしたたっている仔牛の肉を口の中に納めた。

「六法全書は動かしがたいルールやけど、ただそれだけです。それを切り取って運用するのが法律家やから」

　隣の女はまだ魚の死体をつついている。

　ニュースがあるんじゃない、われわれが流すものがニュースになるんだ——浜口の言葉は不遜だが間違いではない。弁護士は正義の人ではなく、報道人の全部が前線の現実にむしゃぶりつくような好奇心を持っているわけでもない。弁護士も、医者も、記者も、職業なのだ。それでも星野の言葉に基本的な職業意識の低下のようなものを感じる。

「たとえ当局の意見と違っていても、信じることを主張することに、弁護士としての良心とか、正義感というものが試されているとは、考えないんですか」

　星野はかわいらしく小首を傾けた。

「個人の問題ですよ。それは。弁護士に限らず、医師に限らず、教師に限らず。職業倫理をどう理解するかというのも、つまるところ個人の理解力の問題やからね」

肉、うまいでっせと美智子に勧める。あったかいうちに食べなはれ。チョコレートケーキも出てきまっせぇ。

「深沢弁護士って人はとにかくそつのない人で。その分、出過ぎたこともせんでしょう」

　亜川が「出過ぎたことをしない人ねぇ」と呟いた。

「それにしては合田良夫のこと、よく調べてたんですよねぇ。また、それを全部おぼえているんだから。あれは一通り調べたなんてもんじゃない」

「しかし十億の遺産相続なら十億の０・５パーセントに二百四万円やから」と星野は口の中

でごちゃごちゃと計算する。「弁護士の懐には七百四万円転がり込みますな」

「いい商売だね」

「実際、遺産相続は弁護士にはおいしい仕事ですからな。そやから確実に片づけたいんとちがいますか」

亜川は最後に出てきたチョコレートケーキを一突きで突き刺し、口の中にいれた。彼は口に入らないものしか切らないようだ。

三人が店を出るとき斜め前の女はまだ同じ顔をして笑っていた。鯛の切り身は食べ尽くされていた。次は仔牛の死体が切り刻まれる番だ。星野は満足げにクレジットカードを切った。

亜川がもう一軒行こうと誘った。煙が目に染みる居酒屋だった。部屋の端にはなぜだか大きな凧《たこ》が張り付けてあるのだが、長年の煤でその端が黒ずんでいる。店を変わると星野の食欲と酒量が俄然《がぜん》変わった。キムチ炒めに焼きうどん。天ぷらの盛り合わせにするめ揚げ、鰯《いわし》の梅肉揚げ、蛸《たこ》の酢の物にカニ味噌。星野はほっほっほと楽しそうに笑う。そしてそれらがカウンターに載ると見事なタイミングでかすめ取り、自分の前に置く。次の瞬間にはビールとともに胃に流し込まれている。

亜川はあまりしゃべらない。回りがうるさいから、星野は美智子の耳に心持ち顔を近づけて大きな声でしゃべる。

「ほお。そうでしたか。木部さん、あの宮田弁護士の事件を追いかけていたんですか」

「追いかけていたってほどのことではありません。取材しただけです」

亜川は「木部さんがあれを調べていたとは初耳だなぁ」とぼやいた。

「しかしあれも不思議な話でしたなぁ。二億の金に困って自殺しようかという男が、二億の金を車に積んで事故死した。じゃ、その金はどっから降って湧いたかということやがな。宮田さんは落ち込んでたけど、金の話はしなかったそうやから」

星野は新たに焼き鳥の盛り合わせともずくと玉子焼きを追加する。

「よくご存じですね」と美智子は言った。星野は笑った。

「業界いうのは噂話が好きなんです。ただ業界の外に漏らさんから、業界外の人から見れば紳士然と見えてるだけで」

亜川がクスリと笑う。星野がそれに反応する。「どことも同じですか、亜川さん」

「いやいや、ぼくは噂話には鈍い方で」

「そやけど宮田弁護士が死の間際に在学中に仲のよかった深沢さんともう一度会いたいと思うというのは、ドラマチックやけど、あっても不思議やない。なんでやわかりますか」

「なぜですか」

「同じ目標を持って頑張った仲間やからです。弁護士には弁護士同士、相手の苦労が見える。だから連帯感がある。それが同じ大学で親友だったとなると、なおさらです」

「親友だったのか」

「うん。深沢弁護士の参考書で一緒に勉強した仲やと聞いた。確か、深沢さんの方が一年先に合格しているんやが、弁護士になったのは同じ年やから、一年遅らせてますな」

「それにしては交流がない」と美智子が言うと、星野は答えた。

「そういうものです。新人弁護士は仕事を覚えるのに必死ですからね」

星野は自分でビールを注ぎ足している。何本目だかわからない。小指を上げてデミタスコーヒーを飲んでいたのはつい二時間前だというのに。

「司法試験というのはな、短答式と論文式と口述いうて、三つありますねん。その論文式がなあ。きっついですねん。それがちょうど、祇園《ぎおん》祭のころなんや。町はチキドンドコドンドコと浮かれ騒いでいるというのに、そりゃあもう」亜川が口をはさむ。「東京だとちょうど海開きのころだ」

「どうして？」と美智子が聞くと亜川が答える。

「弁護士になった奴は、酔うと一度はその話をするからさ」

星野は遠い思い出に浸っている。

「真夏の蒸し暑い日なんや。当時はクーラーも利かしてくれへん。ぼくらのころはその論文試験だけで三日あってな」亜川が美智子に耳打ちした。「今は二日なんです。クーラーも利いているし。うちの若い記者に、弁護士資格を持っているのがいるんです」

星野は話し続ける。「一つでも山が当たらんかと思て、大体の受験生は徹夜で模範解答を覚える。そういう興奮状態で、伏せてある問題用紙を用意ドンで表に返すんです。もう手は止まらない。立ち止まって考える余裕なんてないんです。一日に二十枚近くを書きますねん。覚えてきたものをただ叩きつけるように紙の上に吐き出す。

「暑うてな。静まり返った部屋の中に、鉛筆の音だけが響いてますねん。自分が書いている時は気づきませんけどな、手を止めると、それが聞こえてきますねん。しゃかしゃかいうて、すごい速さでな。聞いていると息が詰まりそうになる。はよ読まな、はよ書かなってなぁ。疲労とプレッシャーで、ある意味で頭の中は真っ白ですわ。そやから今でも、頭の中は真っ白でも、法律用語は口をついて出てきますねん。歳とって惚けたら、突然、何かの模範解答を空で言い出すやしれん」

そして星野は笑い出した。

「うちの気の強い女性記者もね、司法試験を受けて、一度で諦めたって言ってました。だから星野の話もまんざら誇張でもないんだろうよ」それより——と、亜川は星野に問う。美智子は自分のそばにあるビール瓶がまた新しくなっているのに気づく。

星野のお代わりするビール瓶より、美智子のビール瓶が空になる方が早い気がするのは気のせいだろうか。そう思っていると、亜川の手が横からぬっと伸びて、瓶を摑むと、自分のコップに注ぎ、美智子の隣に戻した。美智子はビール瓶の回転の速さのわけを知った。

亜川が話を続けている。

「前から思っていたんだけど、本当に弁護士に現金を預ける奴がいるの？」

「一度弁護士の金庫を開けて見なはれ。そこから何が出てくるか」

「やっぱ、金？」

「証書、金庫、金塊、宝石。そして現金」そう言って、星野は美智子に丁寧に話し出した。

「現金を預けるのは大体高齢の個人顧客です。自分で口座の管理ができひんとか、もしくは、そのお年寄りにお金を持たしておいたら詐欺とかにひっかかってなくなってしまうかもしれんと思った親族なんかの薦めで、弁護士に現金を預けるんです。昔は弁護士の口座なんかに直接に入れていたようですが、今では預かり金専用の通帳を作るように義務づけられています。だから現金の動きはごまかしようはなくなっています。そやけどいまでも銀行を嫌がって、弁護士の金庫に現金を直接入れてもらっているお年寄りも多いですよ。そうなるとまあ、手をつけてもわからんということもありますわな」

「預かり証のようなものは発行するでしょう?」

星野はいやいやと勿体《もったい》をつけて首を振った。また横から亜川の手が音もなく伸び、瓶が軽い状態になって美智子の横に戻される。律儀なような、図々しいような。

「預かり証を発行することはあります。でも大体は覚え書きみたいなもので、便箋に手書きした程度のものです。でもほとんどの場合、それさえないんです。弁護士というのは、それほど信用されているということなんです」

「現金を、何の覚え書きもなく、預けるというのか」と亜川が横から口をはさむ。彼は禿鷹《はげたか》のように食い散らした星野の残り物を黙々と食べている。あるものを食べる主義らしい。

「そう。それも人によったら何億て預けはる。そんなんざらや」そして美智子に顔を寄せる

「そういう人にかぎって、時々金を眺めに来はるんです」

「現金をですか」

「そうです。机の上にドーンと積んでな」

　そして星野は、あたかもそこに札束の山が出現したかのごとく、顔を引く。そして美智子の顔を見る。ちょっと芝居じみている。

「星野は手を出そうと思ったこと、ないの」と亜川が問うた。

「ばれていないだけでそれを使い回す弁護士だっているでしょ。顧客が弁護士の金庫から金を出してもらってみたら、札のデザインが変わっていたとか」

　星野はふぅと胸一杯の酒臭い息を吐き出した。

「バブルが弾けた時には、そら、わしらかて何度預かり金に手を出したくなったか、わからんよ。現金の預かり金やったら、金ができた時に埋めておいたら、大体は発覚せぇへんのやから。発覚せんかったら、涼しい顔して営業をつづけられるんやから。でももし発覚したら、確実に除名や。あんなしんどい思いをしてこの仕事についた。半端なことして除名になんかなれるもんか。絶対に不正はせぇへん。そのたびにそう思た。弁護士はだいたいそう思てるんと違うやろか」

「金庫の中に多額の現金があるとして、懲戒の足かせがなかったら、やります?」

　星野はちょっと考えたが、やがて言った。

「職業倫理があるから、人の金に手を出すというのもあるんでっせ」

　そして彼は「面白い話をしてあげましょ」と話し出した。

「保釈て知ってはるでしょ。保釈金てのも知ってはりますわな」

亜川が横から口を出す。「刑事裁判の被告が金を積んで留置所から出てくる制度」

星野は亜川を無視して美智子に語りかける。「正確にいうと、保釈金の納付等を条件として勾留の効力を残しながらその執行を停止し、被告人の身柄の拘束を解く制度です」

「はい」と美智子は素直に応える。

星野は満足して話を進める。

「そもそも刑事裁判で被告が留置場で身柄を拘束されているのは『罪証隠滅等を防止すると共に、裁判への出頭を確保するため』なんです。要は、罪証隠滅の恐れがなく必ず裁判に出る確証があれば、拘束しなくてもいいんです。被告人は、推定無罪が原則ですから」

「はい」

星野はこれにも満足する。

「でな、質草みたいなもんやな。保釈金という発想が生まれる。解放するけど、もし逃走したり、裁判に出てこなんだら、金、没収するで。ってことなんです。だから、ちゃんと公判ごとに出ていけば、判決が出たあとには、お金は返してもらえるんです」

今度は美智子が素直に「はい」と答える前に、亜川がまどろっこしそうに参加した。

「だからその人が返してもらわないと困ると思うような金額を裁判所が決める。同じことをして捕まっても、保釈金は金持ちと貧乏人では違ってくる。保釈金の基準は罪の重さじゃなくて、経済状態だという話だよな」

星野はうんと頷く。

「イトマンの許永中の保釈金が六億円というのがなにかというと引き合いに出されていたけど、ハンナンの浅田は二十億やったな」

そんなことは亜川も美智子もよく知っているし、よく知っているということを星野も知っているのだ。酔っぱらいは話が長くなる。

「でもそれが職業倫理とどうかかわるんだよ」

星野は今度は四十五度の焼酎に氷を浮かべていた。

「ほな、保証書というのん、知ってますか」

亜川が答える。

「保釈金が足らない場合、足りないお金を被告に代わって保証し、何かあったらわたしが払いますという、裁判所に出す証明書のこと。それを裁判所に提出したら、保釈してくれるんだよ。もちろんよっぽど信用のある人のものじゃなかったら、裁判所も認めない」

星野は満足そうである。

「さあ、木部さん。自分が弁護士やと思って聞いて下さい。依頼人の被告に六歳の娘がいる。それが病気でな、母親は別に男を作って逃げてますねん。依頼人は詐欺の片棒担ぎましてな、捕まってな、それで弁護士つきましてん。娘は病院で手術を受けるんですけどな、難しい手術で、五分五分で死にますねん。身内はその男だけや。で、泣くようにして頼まれましたんや。手術の前に娘に一目合わせてくれて。裁判所の言う保釈金は三百万。男は百万、用意しましてん。あと二百万足りません。そいで男が言うわけですわ。『先生、お願いします。保証書書いて下さい』て」

美智子は黙った。

「突然矛先を変えて自分にかかってきます。熱心で良心的な弁護士に限って、書いたろかなと思うでしょ。便箋一枚のことやから。それが。あんた。逃げますんや」

星野は一人で頷いた。

「ようありますんや。ようあるから、よう聞く。そやのに、ようある。どういうことか、わかりますか？　自分に火の粉がかかるかもしれんて思いながら、情にほだされて、弁護士が保証書を差し入れるっちゅうことが、ようあるということです。情にほだされてというのは間違いですな。それが職業倫理ですわ。例えば相手のいうことを聞き、信用し、弁護する。その自分が、保証書を出さんということは、とりもなおさず、相手を信用していないということになる。誰に責められる訳やない、自分で自分を追い込みますねん。信用しているんやったら、出したらんかいと。自分が弁護しているのは口だけやったんかいと。ややこしい話やけど、自分が相手に疑いを持つほど、その疑う気持ちを恥じ、賭でもするように入れ込んでしまうという心理もありますんや。司法研修所では弁護士は保証書を差し入れるべきではないと教育されています。そりゃ、ほんまに信用しきって出してしまいはる弁護士さんもおる。どっちにしても、ほんまに良心的で人を信用しやすい、ええ弁護士に限って、そうやってせっかく警察が捕まえた犯人、おめおめ逃がしてしまいよるんですわ。金も払わんならん。それもつらい。でもそれより、それがほんまに人殺しやったり、逃げたあとまた人を殺したりしたら、もっとつらい。社会的地位のある人は、手前勝手な正義感で動けんこともあるんです。人にない権限がある分、責任があるんです」

亜川がポツンといった。「許永中、逃げたんだよね。保釈金のうち、自分で用意したのが三億。あとの三億は当時の弁護団の弁護士が連帯で保証書出したでしょ」

星野はちょっと寂しげに笑った。「四人で。いまだに返済しているという話や」

星野は薄くなった焼酎を飲み干す。亜川が言った。

「違法行為をしないというのは、社会に生きる人間が自分を守る基本かもしれんな」

「わしはそれを犯してまで人の役に立とうとは思わん」

宮田弁護士は何度も何度も保証書を出した。彼はそれが、その人の心を助けることだと信じたのだろう。でもそう考えたなら、彼は本当は法の番人でありたかったのだろうか。

星野は新しい焼酎を頼んだ。亜川も何かを頼んだ。美智子は日本酒を飲んだ。

弁護士なんてやってたら、墓場まで持っていかなならん話、ぎょうさん聞きまっせぇ。弁護士て、社会のごみ拾いですからな。

どんな場合でも、人さまのトラブルというのは、それが発生するだけの背景がありますんや。人はそれを、誰にも見せんと、一人で囲うて生きています。一度トラブルが起きると、我々法律家が法の尺度で整理していくんですがな、さあ、そこに手を突っ込んでみなはれ。生きたネズミやら、腐ることのできんビニールやら。時には死体の断片すら出てきそうなこともある。

それを囲うてな、人間は生きていきはりますんや。こわいもんでっせ。

そうして真新しい四十五度の焼酎に氷を浮かべた。

亜川が「今日はやけに冷えるね」と呟いた。

ちょうどその頃、朝から続いた取り調べから解放された笹本健文が、若い女と中年の男の二人と待ち合わせて、駅前のファミリーレストランに入っていった。その日は昼間温度が上がったので、彼を尾行していた捜査官は防寒に対する備えをしていなかった。それでも店はガラス張りだから、中に入るより外から見る方がよく見える。若い捜査官は身震いしながらメモを取った。

『十月十一日二十三時二分。ＪＲ中野駅前のファミリーレストラン。奥の壁際に座る。女、ジーンズに茶色いカーディガンをはおった三十前。男、背の低い、四十過ぎ』

三十分後、四十過ぎの男だけが店を出た。あとには健文と女の二人だけが残された。

二人は真っ青な顔をしていた。

捜査官は二人から目を離すことなく、温かい缶コーヒーを両手で握りしめ、何か着るものを持ってくればよかったと悔やみながら二人をじっと見つめていた。

笹本健文がアリバイの詳細を語り始めたのは、その翌日だ。

僕があの夜一緒にいたというのは、堂本明美《どうもとあけみ》という女性です。修学院大学の非常勤職員です。聞いてもらったら、わかります。

　いままで話せなかったのは、彼女が史学科の田辺先生の彼女だったからです。僕と一緒にいたことがわかれば、彼女に迷惑がかかる。だから話せませんでした。昨日、三人で話し合ったんです。このままでは僕が犯人にされるから。

　彼女に聞いてください。

　堂本明美は捜査官の訪問を受け、警察署に出向くと、笹本健文の話を裏づけた。

　あの夜は夕方六時から翌朝八時まで、笹本くんと一緒にいました。黙っていたのは、わたしが田辺先生とつき合っていたからです。笹本くんは、自分は何もしていないから、きみのことを話す必要はないだろうと言ってくれていました。でもだんだんと状況が悪くなって。もう隠しきれないと言いました。

　そうして堂本明美は顔を上げた。

「だから笹本くんはおばあさんを殺していません」


　その日、亜川信行には貴重な休みだった。

　してておきたいと思うことは山のようにある。なのに昨日飲み過ぎて、布団の中から体が持ち上がらない。仕方がないのでカタツムリのようにうずくまったまま、考えた。

　あの木部美智子というジャーナリストは俺と情報を共有していると思っている。確かに俺は真実を歪めたり、報告書にあるようなことを隠したりしてはいないから、少なくともその信頼を裏切ってはいない。でも俺の確信している一番大切なことを、彼女は知らない。あの男は会田良夫ではない。

亜川は十八年前に会田良夫の横顔を一回見たきりだ。その時会田良夫は十二歳だった。十八年前にその横顔をたった一度見たきりの十二歳の少年だ。しかし記憶の限り、座っていた膝の形、足の甲の広さから想像できる骨格が違う。首の長さが違う。肌の色が違う。少年は浅黒く、筋肉質なやせ型。木に器用に登り、走れば早いだろうと思う少年だった。

初めは少し調べれば馬脚を現すと思っていた。でもそうではなかった。履歴書は典型的なフリーターのもので、十年近くも彼はその職歴を残していない。清水運送に忽然と現れて、その時には会田良夫の免許証を持っていた。

繰り返しあの夏の日のことが思い出された。疲れて座り込んだ自分と、何も放り出すことができなくてじっと耐えていた少年。それは瞬間の接点であり、思い入れも同属意識も被害感情も加害感情もなかった。それでもお茶の一杯も出されない少年の姿は消えることがなく、時々頭の隅に浮かび上がる。

道行く人が落したメモ帳を拾ってくれた時。道を尋ねた相手が親身に答えてくれた時。そういう時に彼を、ふと思い出すのだ。彼は、幸せに暮らせただろうかと。誰かに優しくしてもらっただろうか。

みなが俺のように、ああ、かわいそうな子がいるというだけで、行き過ぎていったのではないだろうか。少なくとも俺は、間違いなく、ただ行き過ぎた。でもあの時、俺に何ができただろう。誰にもなんにもできはしない。

社会からなんの恩恵も受けないだろう、幸せの外に置かれた少年。亜川は、自分が何気ない優しさに触れたとき、少年のことを思い出した。

あの男は誰で、なぜ会田良夫を名乗るのか。

なぜ、会田良夫しか知り得ないことを知っているのか。

ため息をついて時計を見た。十二時を回っていた。

北の日の暮れは早い。今から新潟に車を飛ばしても収穫を得るだけの時間はないだろう。それでもいますぐ我が身を飛ばしたい気持ちにかられる。あの土間にポツンと座っていた少年の幼い横顔。悲しげで頼りなく、それでもどこか伸びやかなあの少年の白いひざっ小僧。

——さあ、そこに手を突っ込んでみなはれ。時には死体の断片すら出てきそうなこともある。

死体の断片とはよく言った。そう思いながら亜川は立ち上がった。電話が鳴ったのはその時だった。

頭蓋骨が割れそうな頭痛。それでも「はい。亜川です」といつものそっけない言葉で相手を迎える抑制は失っていない。

抑制を失っているのは永井だった。

「アリバイ、出ました」

亜川は「えっ」と聞きなおした。永井は言う。

「笹本健文のアリバイです。殺人事件当日、マンションに女性と二人でいたそうなんです。その女性が田辺という、上司だか先輩だかの女で、それで言い出せなかったんだそうです。女の名は堂本明美。一緒に居たことを認めたそうです」

田辺という名を聞いたとき、亜川は頭痛とあいまって、頭を抑えて座り込んだ。

永井は不安そうに言う。「捜査は振り出しでしょうか」

「水木の修学院大学の資料、読ませてもらえ。田辺のことがばっちり出ているから」

永井は不思議そうな――怪訝な声を出した。「どういうことですか」

「神奈川県警は笹本健文に対する疑惑を一層深めるだろうってことだよ」

「だからどういうことですか」

「それはつまみ食いをした子供たちが下手な嘘を口裏合わせして逃れようとするのと同じだよ。それ、県警キャップに連絡して、あとはキャップの指示で動いて。俺今日休みだから。切るぞ」

もつれた糸をほどこうと思うのに、誰かがどこかで糸を絡ませている。亜川は着替えた。ああ、今がよく晴れた午前七時なら、事件は一気に進展するものをと思いながら、のろのろと着替えていた。

その日遅く、林田圭太は美智子から、健文のアリバイが出たという知らせを受けて、首をひねっていた。

堂本明美という人は知らない。でもその女性は笹本健文の大切なアリバイを握っていたということだ。にもかかわらず、田辺との関係を壊したくないばっかりにいままで黙っていた——

そんなこと、あり得ない。

圭太がアルバイトをしているコンビニはシティホテルの建物の端にある。警備はホテル管理なので、深夜十二時を過ぎると店内は圭太一人になる。一面の壁に棚が三段あるだけの小さな店で、アルコールも扱っていないので、一時を過ぎると客はほとんど来ない。商品の入れ換えと商品チェックが済むと話相手もいないことだし、すっかり時間を持て余す。

そこで一人座って、考えていた。

笹本健文は背が高い。きつい顔だちだが、ハンサムだ。金持ちで、靴もジャケットも、なんでもがブランド品で、女子にはちょっとつっけんどんだが、それがかえって「誠実に見える」と人気がある。それをいいことに女の子と「乱交」することもなく、むしろ浮いた話は聞かないし、話してみたらいい奴で、外車に乗っているのにそこそこ謙虚だった。

そりゃ田辺先生は、海外の発掘に行くとブランドもののバッグをプレゼントしたり、五つ星のホテルに泊まったりと、ずいぶん贅沢をさせてくれるという話だ。それでもだ。笹本くんに振られたくないから田辺先生との浮気を公表したくないという女の子はいても、田辺先生にばれると困るから笹本くんを見殺しにしようとする女の子なんか、いるとは思えない。

圭太はあの朝の笹本健文の電話を思い出すのだ。

――林田か。俺、笹本。起こしたか。悪いな。

店に男女の客が入ってきた。いまから部屋に上がるのだろう。その前に食べ物の確保にやってきたという風情。仲のよさそうなカップルだ。男の携帯電話が鳴った。男は電話の相手を画面に確認しながら、面倒くさそうな顔をした。女が不安げに男を見る。

電話に出た男は「今からですか」と言う。それから男は「ええ、ちょっと所用が」と言った。

はい、すみませんという。それを聞いて女がにっと笑った。電話を切ると、男もほっとしたように女に微笑んだ。

二人の客が帰ったあと、圭太は、あれが自分の祖母を殺してすぐの男の声だったのだろうかと考える。

あの朝は電話の音で起こされた。布団から手を伸ばしながら、自分がめざまし時計を止めようとしているのか、電話を取ろうとしているのかがわからなかった。ただ、もう少し寝させて欲しいと思った。携帯電話をまさぐりながら時計を見た。朝の七時半だった。「林田か」と言ったのは、覚えのない声だった。大学院の先輩は「林田くん」と呼ぶ。後輩は「さん」づけで呼ぶ。この相手が誰だかわからなくて、「はい」と答えた。

「俺。笹本。起こしたか。悪いな」

布団の上に座り直して、史学科の考古学研究室に出入りしている笹本のことをやっと思い出した。それでもなぜ彼から電話があるのかがわからなかった。

「ちょっと身内に不幸があってさ。二、三日行けないんだ。だから今日の近藤先生の集まり、誘われて、行くって言ったんだけど、行けないから。悪いけど伝えておいて」

えっと聞きなおした。その時には笹本くんは電話を切っていた。

――身内って、あのばあさんのことか。

考古学研究室の田辺助手から、笹本健文に渡してくれと預けられた資料があったことを思い出したのは、その数日後だ。

笹本くんのおばあさんが殺されたという日の田辺先生、そういえば妙にめかしこんでいた。まっさらの白いワイシャツを着ているのだが、肩幅が小さいので、肩が落ちている。そんなワイシャツなんか、普段は来てこない。誰かが「お出かけですか」と声をかけた。彼はちょっととりすまして「うん、ちょっと所用が」と言った。

妙にめかし込んで、体にあわない真っ白のワイシャツを着て

――ちょっと所用が。

圭太は思い出した。あの時、田辺先生は、ほんの少しオーデコロンの匂いをさせていたことを。

所用――

林田は携帯電話を取り出すと、美智子に電話をした。美智子はとても忙しそうだった。それでかもしれないが、うまく話せなかった。

「事件が起きた日、田辺先生は女の人に会うつもりだったんじゃないかと思うんです」

田辺先生が女に会いに行った証拠はない。だがオーデコロンをつけた田辺先生が、他にどこに行くのだ。

「その女の人が誰かは知りませんが、笹本くんが田辺先生の彼女と会っていたというのなら、それは田辺先生のデートとかちあったはずだと思うんです」

美智子はちょっと考えた。「同じ人だとは限らないわ」

林田は思わず声を上げた。「田辺先生にそんなにいろいろ女の人がいるはずないでしょ。笹本くんにはいろいろいても、絶対、田辺先生には、一人です」

自意識過剰な人だから。女にもてないことも知っているし。だからなお、女なんかに興味はないってふりをする。「そういう田辺先生がおしゃれをしていた。舞い上がっている証拠です」

「じゃ、その堂本明美という女性が——田辺先生の彼女が、田辺先生とのデートをキャンセルして笹本健文と会ったのかもしれない」

それでも林田は引き下がらなかった。

「それはありません。断言しますが、あんなに気合の入った田辺先生とのデートをそう簡単に袖にはできません。ねちねちと理由を聞かれるし、根に持たれるし。被害者意識と猜疑心《さいぎしん》が強いですからね。だからもてない男は女の子に嫌がられるんですから」

電話を切ったあと、林田は、こうこうと光の当たる深夜のコンビニの中で一人ポツンと考え込んでいた。あれは、突然身内が死んで、格別悲しいわけではないが、突然のことに途方に暮れている——確かにそんな感じだったと。

第三章

1　一九四五年

一九四五年。夏。

ラジオで天気予報を聞いた。四年ぶりの天気予報だった。「天気は変わりやすく、午後から夜にかけて時々雨が降るでしょう」。予報ははずれて東京は暴風雨に見舞われた。それでも軍事機密だった気象情報がラジオで流れたというだけで、日常が舞い戻ってきたような気がした。焼夷弾《しょういだん》が落ちてこなくなり、大本営のみっともないほど嘘で固めたニュースが流れなくなり、夜には電気を明るく点《つ》けてもよくなった。

町にはぼろ切れをまとった人間たちがうじゃうじゃいた。行くあてもなく道路に座り込む者もいた。歩いている者も、目的地があるわけではなかった。線路をまたぐ。瓦礫をよける。人がしていることを見る。それを繰り返している。

蟻《あり》を見ているようだ。空腹と疲労が東京に膨大な量の蟻を生み出した。

その中で闇市の回りだけはまるで違っていた。弥生は思う。戦争で何もかも失っただなんて、嘘だ。この闇市に並んでいるものの半分は軍用物資の横流しかもしれない。でも半分は確かに軍隊以外、この日本の国土のどこかから集まったものなのだ。大体何もかもなくなったというのなら、ここに何を広げていようと買えるはずなんかないじゃないか。実際親を失った孤児たちは棒のように痩せた手足をして、ただじっとこちらを見ている。命を天秤《てんびん》にのるしか引き換えるものがないから。それを、この売れ行きはなんなのだろう。ものが売れた。

地下足袋、大工道具、軍足、古着、古時計、古靴、イカ。バケツ一杯の蛙《かえる》。鉄兜《てつかぶと》は八円で鍋に作り直される。むしろ一枚の上で勲章を売っている男もいた。道の真ん中で万年筆を大量に売っている者。団扇《うちわ》を売る者。

その場でズボンを脱いで売り始めた者もいた。

売る物がない者は売る物がある者を恨めしそうな顔で見た。

荷物を運ぶ者は担ぎ屋と呼ばれた。彼らは自分の体重の二倍はありそうな、体積にすれば三倍もありそうな荷物を、汽車を乗り継いで命懸けで運んだ。担ぎ屋の荷物が汽車の空間を牛耳った。口頭での情報はラジオなどの公共の情報よりよっぽど迅速で有益だった。あたかも集団で動くことにこそ安全の基本があるのだというように、皆が同じように動くことを好み、ゆえに人は情報を独り占めすることなく、その分デマも流れたし、暴動も一度起きたら手がつけられなかった。

売れるといってもすべてが換金されていくわけではない。物と物でも双方が納得すれば交換は成立した。弥生は、相手が金の代わりに大豆を持ってきても布きれを持ってきても引き換えた。どうせどこかで金になる。

活気はあった。いざこざも絶えなかった。揉め事の原因は売り手と買い手の間にあるのではない。売り手と売り手であり、大体は場所取り、もしくは新参者と古参の確執だった。

闇市はもともと移動の待ち時間をつぶす人々に蒸《ふ》かした芋や粕汁を売る店ができたのが始まりだ。その頃からやっている人たちは混乱に乗じて店を広げるよそ者を憎々しく思った。それでも揉めていては客がよりつかないから、大喧嘩に発展することはない。雑踏の中で、内輪もめは捨てられたたばこの火のようにすぐに自然消滅した。いざこざをもみ消すことを仕事とする男たちもいた。

弥生は場所代を、わずかに多く渡した。健造という若いテキ屋のベルトにそっとはさむのだ。ちょっと流し目をして。

隣の靴屋は鼻で笑った。「その流し目だけ余計だぁな」

弥生はもう二十六歳になっていた。健造は二十歳を出たばかりだろう。それでも弥生は気にする顔をしなかった。「気があると思わせて損があるかい。誰だって自分にすりよるものはみな、かわいいと思うものさ」

そう言いながら、弥生は健造だけに、袖に入れてとっておいた饅頭《まんじゅう》を食わせた。

健造を見ていると、父ちゃんの膝を思い出す。母ちゃんの自慢だった父ちゃんの、白いステテコを思い出す。

屋台、板台、むしろ囲い——どう呼んでもいいが延々と続いている「店」の、小さな隙間に、十三歳ぐらいの少年が、両手で箱を重そうに持って、なんとか割り込んだ。大した大きさの箱ではない。少年の体が貧弱だから、重そうに見えるだけだ。

少年は靴磨きの少年との間に場所を確保すると、不器用な手つきで箱を開けた。持ってきた箱を台にして、その上に汚い布きれを敷き、中身をその上に並べた。

みかんだった。

小ぶりだが、みずみずしいみかんだ。

並べ終わると少年は心細そうに道行く人を見た。かける言葉もわからないのだろう。伏し目勝ちに、ちらちらと両側の靴磨きの浮浪児を盗み見る。背中を丸め、まるで隠そうとするようだ。

弥生はふらりと少年の前にしゃがんだ。

「一ついくらだい」

少年は弥生の顔を見た。年増の商売女——彼にはそう見えたことだろう。弥生は他の、懸命にその日の食い扶持を稼ぐ女たちのような汚れた着物は着ていなかった。モンペもはいていなかった。半衿は白の木綿だが、垢なんてついていない。少年は「五円」と小さな声で答えた。それからあわてて、「たくさん買ってくれたら、負けるよ」と言い足した。「五円ねぇ」と呟くと、「ぜんぶでいくつあるんだい」と問うた。

少年はぽかんとし、それから数え始めた。弥生はまどろっこしそうな顔をすると、「いいよ、それ全部で二百円で買ってやるよ」と、曲げに突き刺している簪《かんざし》の先で頭の後ろをぼりぼりと二回掻くと、百円札を二枚少年の前に突き出した。

五十個ってとこだろう。値引きなしで二百五十円。たくさん買ったら負けるっていったから五十円負けさせた。この子にはそんな計算はできてないだろうけど。

弥生が子供だった頃、学校ではまだ読み書きそろばんを教える余裕があった。針仕事も習った。でもこの少年は自分の名前を書くとか、平仮名を読むとか、簡単な足し算と引き算が関の山。掛け算なんてできゃしない。少年がよろけるように——ありもしないものを摑もうとしているという懐疑が脳裏に浮かんでいるように手を伸ばす。弥生は少年の手に札二枚を握らすと、ぼろ切れの四隅を摑んで肩にかけた。少年は二百円の札を見ている。彼はやがて、目を輝かせた。それから満面の笑みを浮かべた。空になった箱を持ち上げると、得意気に帰っていく。

弥生は自分の屋台の上にあった、芋と乾燥大根を横に避《よ》けると、そのぼろ布を開いた。突然黄色い花が咲いたようだった。弥生は声を張り上げた。

「みかん、みかん、黄色いみかん、さあ、一個十五円だ。その鼻先で匂ってみな」

飛ぶように売れた。ついでに芋や乾燥大根も売れた。みかんは全部で六十二個あった。身なりの薄汚い子供が震えるように前に立っていたので、売れ残りの芋と大根の屑《くず》を放ってやった。犬のようにしゃがんで拾って、頰張《ほおば》りながらポケットにも入れた。

隣で一部始終を見ていた靴屋が笑った。前歯が二本抜けていて、額にはいつつくのか、いつも筆で掃いたように横一本に靴墨がついていた。

顔にかどのある、純情には見えない、年増の場馴れした女は、余計な誘惑に気をつけなくてもよかった。素人はこわがって寄ってこない。筋の男は若くて派手に化粧した女が金で買える。弥生にはここはどこより安全だった。

健造が二軒向こうの通りを女と一緒に歩いているのが見えた。かかとの高い靴を履いた洋装の女で、肩に羽織っただけのカーディガンのそでが風に持ち上がり、健造が肩に回した手を女は前からしっかり握っていた。

「健ちゃん」と声をかけた。健造が顔を上げる。弥生はとっておいたみかんを一つ、そでから出すと、健造に放った。健造は飛んでくる黄色い丸い物体を少年のように目で追って、片手で受け止めた。

健造が女に手を回したまま、無邪気ににっと笑った。父ちゃんもあんな顔をして笑ったんだと思う。

背中に赤子をくくりつけ、芋や饅頭を蒸かして売っていた女が死んだ。ガスの火がねんねこに燃え移ったのに気づかずに背中の赤子が泣き始め、母親は背中の赤子を助けようとねんねこを脱ごうとしてぐずぐずしているうちに髪に燃え移った。赤子の他に三歳の男の子を連れていて、子供が出歩かないように高さ一メートルほどのトタンで囲いを作っていたために、発見が遅れたのだ。悲鳴が上がって、一瞬人が立ち尽くした。自分の商品を持って逃げるのもいた。炎が上がる中を、健造は飛び込むと、ガスボンベの元栓を切って隣に投げ込み、泣き叫ぶ三つの子をトタンの外に出した。闇市の中には水道は通っていない。延焼は免れたが、女と赤子は焼け死んだ。

三歳の少年の手を引いて、健造は女の里である静岡の外れまで送り届けた。放り出してもまた汚い子供が増えるだけだからと健造は言った。

そういえば健造は市に住みついた親のない子を殴らない。彼らからたばこを買ってやり、正直な商売をしている子供には何かと面倒を見た。彼は老人が小突かれるのを見るのも嫌いだった。目つきが鋭く、彼が一睨みすると小競り合いが収まった。健造のあとには、浮浪児がぞろぞろとついて歩いた。

女の焼け死んだ後の場所も弥生が借り受けた。

元の屋台は人を雇って仕事をさせた。

ある朝芋を蒸かしていると、健造が身の丈もある膨れ上がった麻袋を抱きかかえて持ってきた。

「どっかから大鍋買ってきな。なかったら小振りのごえもん風呂だ」

健造は弥生にそう言うと、後ろに連れていた薄汚い子供を見た。

「バケツに三杯、水汲んできな」

モク拾い、靴磨きと並んで、水汲みは浮浪児の仕事だ。闇市を歩き回っている子供はどこに遊んでいるバケツがあるかぐらいは知っている。弥生が大鍋を「犬でも丸煮するのかい」

と厭味を言われながら金物屋から大八車で運ばせてきた時には、なみなみと水の注がれたバケツが二つ、店の奥に並んでいた。

不器用な子は運ぶうちに三割方こぼしてしまう。怠け者ははじめから七割しか入れない。健造は並んだバケツの水を見て「しっかりしたガキだろ」と言った。「木場の方から流れてきた子だ。親とはぐれたってことだけど、あのあたりじゃ生きてるはずもねえや。丸太ん棒みたいに焼けたんだろ。良一ってんだ」。良一が三杯目の水をよっこらよっこら運んできた。小柄だが筋肉質だ。踵がバネのようにしっかりと動いている。

アメリカはガソリンの詰まった焼夷弾を降らせた。ゼリー状のガソリンは広くねっとりと飛び散って、効率よく町を燃え上がらせた。でもいまさら憎いとは思わない。父ちゃんも黒い丸太ん棒のようになって死んだことだろう。でも地震を憎いとは思わなかった。

「それより何事だい」

弥生は大きな鉄鍋をコンロの上に置いた。

「もう少し大きい鍋はなかったのか」

「これ以上だとコンロに載らないよ。芋を蒸かすコンロなんだよ」

弥生の言葉を尻目に、健造は麻袋の中身を、鍋に半分ほど流し込んだ。

「なんだい、これ」気味悪そうに弥生が言う。「匂いがする」と良一が言う。健造はその上からどうっとバケツの水を流し込んだ。一杯。一杯半――「火ぃ、つけろ」

弥生がガスに点火する。

健造に言われて良一は大きな杓で底から混ぜた。

混ぜたらいいようのない色になった。汚水の色だ。杓を回すたびに固まりが浮かび、沈む。豚肉の固まりのようなものや、コンビーフや、鳥の骨、人参、じゃがいも、野菜の根のようなもの。固まりが水に溶けて回す杓が軽くなるにつれて、なお一層いろんなものがまきついてくる。汚れた川の底を浚《さら》っているように。良一は全身で懸命に混ぜた。粘りけのある液体で、その上沸騰し始めると湯気で熱いのだ。

肉が多かった。缶詰のトウモロコシの粒、緑色の豆、見たこともないような茸《きのこ》に大豆のようなもの。液の色は薄茶色になり始めていた。銀紙の張りついたチーズのカケラが浮かびながら鍋を一周した。良一と弥生は目を丸くした。健造も煙草を斜めにくわえたまま、見入った。やがて赤丸印の包み紙が浮き沈みし始めた。アメリカ煙草のパッケージだ。

液体は濃いスープと化して、沸騰し、下から沸き上がった空気が表面で、シャボンが割れるように、パチンと割れる。

「すげえな。骨つき肉だ。たっぷり肉を残したまま、捨てやがるんだ」

弥生は黙っていた。あの麻袋の中身が何だか気づいたから。進駐軍の食堂ごみだ。

最後に塩を入れてぐるりと回した。

弥生は茶碗に少し入れて、すすってみた。

それから具もすくい入れて食ってみた。

脂ぎったしるこ。それもラードのような油。液の奥までしみ入ったうまさ。

弥生の顔を見ていた健造は自分で皿にすくってすすった。皿を口の前に置いたままじっとしていたが、やがてにんまりと笑った。

「横浜の進駐軍の出入り業者から買いつける。夜のうちに運んで、朝一番に料理する。おめえに売らしてやるよ。滅多な人に言うんじゃねぇぞ」

「なんて言って売るんだい」

「さあ。連中はギャベッジとかなんとか言ってやがった。名前なんてつけることないさ。客は『それ』って買うんだから」

一杯五十円で飛ぶように売れた。

ごえもん釜に麻袋一袋を一度に入れて、混ぜて混ぜて、粘ってくると水と塩を足す。客は骨にまで嚙みついて食いちぎった。紙や銀紙は吐き出した。文句をいう客は一人もいなかった。

闇買いは違法だ。でも闇があるから人は暮らしていけるんだ。闇があるから配給が減ると言う役人もいる。配給に回るはずの物資が闇へと流れていくから。でも闇をなくしても配給はそんなに増えやしない。えらい役人がかすめ取るだけのこと。

闇の売買を処罰する立場にある判事が、闇米を食わずにいたところ餓死してしまったと新聞に載った。健造はそれを聞いて、闇市を運営するという自分たちの行為が正当化されたように思ったらしく、自慢げだった。弥生はただ、いろんな人間がいるものだと思っただけだ。この人が守ろうとした「正義」ってなんだろう。

あたしには「生きる」ことだ。おぼろげに死体の上に立つ母ちゃんを覚えている。まだぷすぷすと煙が立っていた。母ちゃんは人をかき分け、踏みつけ、死体をひっくり返した。見えるものは死体と瓦礫。土と板とトタン、もとの形がなんだかわからないがらくただけだった。三年もたつと、死体はなくなり町はまたできていた。何ごともなかったように。

悲しみは喉元を過ぎるものだ。町は土地と、土と板と柱でできた建造物だ。人は死んだら炭になる。空襲の中を逃げ回りながら、弥生は思ったのだ。死ぬなら死ぬまで。でも生きて残ることができれば、生きられるところまで生きる。死ぬまで生きる。

死体の醜さは、多分、不要になったものへの神様の冷酷さだ。そして一方に、闇米を拒否して進んで死体になるという「正義」を持った人がいる。

町中に火のついたガソリンをまき散らし、東京の人間を焼き殺した進駐軍のごみを煮て自分たちは懐を温めている。

木炭車が走り、孤児たちは吸殻を探して歩く。焼け残った金庫に住む家族がいて、壊れたバスに板を張りつけた長屋ができた。

弥生は屋台を三つ持ち、それぞれに店番を置き、しかし「洋風スープ」だけは誰にも任せず自分で売った。使いっ走りは良一にさせた。

女に目をつけたのは弥生だった。米兵に道を聞かれた時の女たちの華やぎを弥生はめざとく見ていた。

「米兵とやってみたいと思っている女なら一杯いる。遠い村までいって娘買いをしなくったって、ここいらにうじゃうじゃいる」

若い女たちは、公園にたむろしている米兵を見ると無意識にしなを作る。話をするチャンスがないものかと物欲しげな顔をする。ハローと、声をかけてくれるかもしれないとゆっくりと歩く。

「ワンピースはこっちで貸し出すって言えばいい。二、三度やって味をしめた女を囲い込めばいいのさ」

健造は素人の女が娼婦《しょうふ》になるという弥生の話を信じなかった。弥生は親分に筋を通してくるように健造に指図した。「目端が利くって、褒められるよ」

健造の頬がぽっと赤くなる。

やってくる女たちは初めはいろんな言い訳をした。親が死んだとか、面倒をみないといけない病人がいるとか、弥生はそれをすべて聞き流した。彼女たちは好きなものを選んでいいと言われて、ずらりと吊られた派手なワンピースに目を輝かせた。腹一杯の食事をさせた後、化粧の仕方を教えた。鏡の前に座り、女たちは丹念に赤い口紅をつけた。化粧すること自体がことの大事であるかのように。

鏡に映った、半開きの唇を眺めるその視線が、あどけなく、艶やかで、塗り上がった赤い唇を見る彼女たちの恥じらいのない満足気な顔に、弥生自身もどこかに恐れを感じる。

人間も動物なんだという恐れ。

強い雄を求め、生まれ持った本能を充実させた時にこそ「満足」という言葉を実感するのだという事実。

いや、単に長い抑圧――例えば電気には黒い布を掛けろとか、捕虜になるぐらいなら死ねとか、贅沢は敵だとか、女も竹槍を持って空を飛ぶB29を突き落とせとか――「抑圧」から解放されてみたら戻るべき日常がないという、異様な状態にさらされて、自衛本能が機能し、一足飛びに「羊のように怯えるのをやめる」ことを選択した、その本能的興奮が女たちをそうさせたのかもしれない。

火事場の馬鹿力という言葉にあるように、必要な時には必要な力が出てくる。

母は馬に蹴られて死んだ。馬車を引く馬が何かに興奮して突然暴れ出し、高く上がった前足に頭を蹴られたのだ。死んだ人や死にかけた人を手荒に扱った天罰だったのかもしれない。でも母は後悔していないだろう。あの時の母には、父の行方を知ることなしには明日をも生きることができなかったのだ。その罪で死んだのなら、納得しただろう。

その母を思う。母だったらこの時代をどのように生きただろうかと。

不器用に、しかし真面目に生きただろうか。懸命に父を探したあの母のように。それとも目先を利かしていただろうか。ちょうど、焼け跡の死体の中に手を突っ込んで溶けて変形した銀製品を摑み出したあの母のように。

弥生にはわからなかった。ただわかることは、自分は男を知らず、彼女たちもまた男を知らず、しかし隣人を、親類を殺し、町に焼夷弾を落とした人間たちのところに、恐れることなく飛び込んでいくということだけだ。

結局、一度身を売った女たちのほとんどは居ついた。弥生は口利き料は取ったが、よそより女たちの歩合を多くし、よく稼ぐ女には小遣いをやった。米兵のほとんどは女に優しく、プレゼントをした。弥生は、女が要らないといったプレゼントを買い取ってやった。アメリカ製のものは市に並べるとあっと言う間に売れていった。

女の一人が言った。

「そりゃ売れるさ。長靴下一つ欲しさに兵隊さんに抱かれる女もいるんだから」

冬になると健造が、宿がないとぼやく。「女がいて、客がいて、金も払うって言われても、一体どこでやれってんだ。夜の公園じゃ寒いってよ」

「じゃあ部屋を借りな。三倍出すって言や、家主が野宿するよ」

疎開していた者や復員兵たちが大空襲で平地になった東京に戻ってきていた。焼け残りの大きな建物は進駐軍が独占し、洋風の家はあっと言う間に塗り替えられて進駐軍の住居になった。日本人は防空壕を家にしたり、廃墟の隅に板囲いを作って住んでおり、アパートに住める者は恵まれた方で、だから一室に見知らぬ五人が寝起きするのも当たり前だ。

家主が野宿はしなくても、払いの悪い下宿人を追い出して部屋を空けてくれるだろう。

実際、隣の部屋でどんなにあられもない声が上がっていても、家主は耐えて部屋を貸した。

彼らはその金で飯が食えるのだ。

弥生は「金で頰を張る」ということをよく学習した。

赤いドレスに目を輝かしていた女たちは舶来物の煙草を吸うようになり、まだ明るいうちから「安くしとくよ」と言えるようになり、髪を摑み合う喧嘩をすることに違和感を感じなくなった。それを見て男たちが手を叩いて喜ぶ。それでも血が流れるまで、女たちは争った。

そうなるともう、普通の仕事には戻れなかった。彼女たちは自分が蔑まれていることを知っていながら、一方でかたぎの娘たちが自分たちに劣等感を持っていることも知っていたからだ。片言の英語が話せる優越感。西洋の女になったような服装をして歩く優越感。草履を履いて、燃料にする焼け残り材を背中のしょいこに乗せながら歩く女と自分が、本当は同一だということを知っている。その違いは服装だけだ。だから口紅とストッキングにしがみつく。

中には赤ん坊を産む女も出てきた。堕ろすのが怖くて先のばしにしているうちに生まれ月を迎えるのだ。

白ければまだよかった。黒いと女は泣いた。へその緒を切ったばかりの子供を、そのまま、初湯のために用意したたらいに沈める女もいた。

子がいたら食って行けない。その子の肌が黒ければ、田舎にも帰れない。

弥生は見て見ぬ振りをした。

日本人の子と違い、たらいの中に赤子の体は納まりきらない。まだ粘膜が所々についたその赤子を、うつ伏せにして、女は背中から上を水につけていた。小さな両手がもぞもぞと動いて、弥生は一瞬悲鳴をあげそうになった。それでも女は――下半身から血の流れたままの女は、力をゆるめようとはしなかった。髪が汗でぺったりと額に張りつき、まるで池からはい上がったようだ。目は——夜叉《やしゃ》の目だ。

小さな泡がプクプクと出て、すぐに赤子は息絶えた。

弥生は言った。「スープの具にして煮込むかね」

その声は自分の喉から出たものとは思えないほど空気が抜けていた。

弥生は子供を取り上げると、さらしで巻いた。大きな蚕のようになった。夜を待って、隅田川に投げた。

女は一週間して、死んだ。連絡の途絶えた娘を探して母親が来た。

「ええ、急な病で」弥生は取り繕ってやった。女は母親に仕送りをしていた。だから母親も女の仕事を知っていただろうに、まるでそれを真に受けているように泣いた。弥生はそれを、なにより憎いと思った。

「灰にするのに金、かかっているんですよ」弥生がそう言うと、母親は泣きながら弥生に食ってかかった。

「あんたが医者に連れていってやればこんなことにはならなかったんじゃないか」

「あんた、あたしの仕事は知ってんだろ」

母親が泣くのをやめた。

「じゃ、娘の仕事も知ってらあね。だから娘のことなんてこの世にいないことにしていたんだろ。で、あたしには、医者に連れていけって言うのかい？」

母親は黙り込んだ。

弥生は立ち上がりざま、もう一度繰り返した。

「灰にするのに金、かかってんだ。明日にも若いのに取りに行かせるから、用意しといてくださいよ」

ぴしゃりと襖《ふすま》を閉めた。

母がその骨壺を前に、そのあと泣いたかどうかは知らない。逃げられないように若いのをつけて、実費の何倍もの茶毘料《だびりよう》をふんだくった。

蟻。

虫。

死ぬ前に、女は担ぎ込まれた病院で「あのくろんぼ、金渋りやがったんだ」そして「ちきしょう」と三度叫んだ。女は米兵が金を出さなくなったとき、その理由を、二人の関係が「恋愛」になったからだと勝手に理解していたのだ。子を孕《はら》んで男が寄りつかなくなって、初めて男に憎しみが湧いたのだろう、死ぬ前に真っ青な顔をしてそうわめいていた。

黒人米兵の妻になって、憧れのアメリカに行って、ドレスを着て赤い口紅をさしてハローと言いながら暮らしていけると思ったのだろうか。

兵隊が「アイラブユー」と言うのは、タダでことを済ませたいからなのだ。女はわかっているのに、そう言われてみたいのだ。アメリカの男には、赤い口紅をさした日本の女はしょせんは性器を持った肉体にすぎないとわかっているのに。

弥生の「宿」はトラブルも少なく、実入りも多かった。弥生は健造にただで酒を飲ませ、真新しい女を抱かせ、小遣いをやった。遅くまでそろばんを弾き、進駐軍の出入りの業者とも直接交渉した。健造に下っ端ができると彼らにも飯を食わして小遣いをやった。彼らは弥生を「あねさん」と呼んだ。健造はそれに、何も言わなかった。健造は流行りの白いスーツに色シャツを着てパナマ帽を被り、市場を見回った。ズボンに両手を突っ込んで、がに股で、足を斜め前に放り出すように歩くのだ。その後ろには浮浪児がまねをしながらついて歩く。健造はそれにも、何も言わなかった。ただ騒ぐと振り向いて「チビ、どっかいけ！」と野良犬でも払うように恫喝《どうかつ》するだけだ。それからまた知らん顔をして歩き出すのだ。

良一は、毎日水を運び、スープを混ぜていた。

一九八九年　新潟第三高校中退
二〇〇〇年　清水運送株式会社勤務
二〇〇二年　退社

会田良夫の履歴書に写真はない。

神保町交差点の大通りから少し離れた裏通りに入る。昔ながらの果物屋やたばこ屋が残っている。電信柱の足下には小さな鉢植えの花が置かれていた。

清水運送はトラックを二台置いただけの小さな会社だった。ドアは木枠の引き戸で、社名を書いたすりガラスがはめてある。印刷用紙の運搬が主な業務であるというのは調べがついていた。トラックが一台、車体を倉庫に一杯に寄せて、揃いの作業服を着た若い従業員と五十絡みの従業員が息を合わせて大量の紙の積み込みをしていた。

社長は会田良夫のことをよく覚えていた。

「仕事熱心な子でしたよ。人当たりもいいし」

勤めていた若い従業員が田舎に戻ることになり、退職を申し出た。人手が足りなくなるので、手書きの求人広告を電信柱に張っていたら、尋ねてきたという。

二〇〇〇年の初夏、天気のいい日だった。遠慮がちにドアが開いて、社長が顔を上げると、小柄な色の白い男が中を覗《のぞ》くようにして立っていた。

希望者はすでに来ていて、中の一人に決めかけていた。山下という二十一歳の青年だった。髪を明るい色に染め、背も高く、受け答えもはっきりしていたし表情も豊かだった。

会田良夫はやたらに汗を拭いていた。顔は上げるが緊張して目を合わすことさえできない。社長は断るのが気の毒でつい問いかけていた。

「二十六だよね。職歴がないんだけど」

男ははいと答えて顔を拭く。

「何して食ってたの」

「短期のバイトで」

フリーターだ。それも中退したあと十一年もだ。

遊び人や不良には見えない。むしろ愚直な男に見えた。新潟第三高校なら学力も低くはない。妻が新潟なので少しはわかるのだ。興味が湧いて、なぜ中退したのかと問うた。彼は「はい。家庭の事情で」とだけ答えた。ずっと俯いていたが、俯いたままポツリと言った。学歴がないからバイトばかりしていたけれど、ひとつところできちんと働きたいんです――

「そのじっと俯く姿がねぇ」と社長は感慨深く言った。

「なんだか命乞いでもしているみたいでなぁ。あの山下なら、うちじゃなくても雇ってくれるところはある。でもこの子、どこで雇ってもらえるだろう。そう思っちゃったんだよね。それでつい」

給料は安いよ。そう言った時、会田良夫は初めてはっきりと顔を上げた。白い丸い顔の中に沈んだような小さな目とさくらんぼのような小さな口。心の端で後悔した。山下なら酒に誘っても楽しいだろう。それでも人間には、その時々に施さないといけない「徳」があるような気がした。

「彼がそれを背負ってきているような気がして」

よく働いてくれたけど、仕事はできる方じゃなかったと社長は思い出して苦笑いした。

「ここに来るまで何をしていたか、具体的なことを何か聞きませんでしたか」

「いや」と社長は考え込んだ。「特に何も……」そして亜川の顔を不安そうに見た。

「何かあったんですか。確か湘南の老人ホームで働いているはずなんですけど」

「ええ。そこで殺人事件があったんです」

社長は驚いた顔をした。「あれはまじめな男でしたよ、記者さん」

あとから入って話を聞いていた年かさの男が「うん。まじめだったな」。社長は頷いた。

「自分のことは話したがらなかった。高校を中退した理由はあとから話してくれました。父親と死に別れて一旦は母親の里に行ったが、母親が死ぬと居づらくなったんだそうです。農家は代々農地を引き継いで生活しているから本家だの分家だのってまだあるんですよ。彼の場合はちょっと極端な話だけど、ないことはないなと思うと、かわいそうでした」

社長の妻が言った。

「海外に四年ほどいたって話は聞きましたよ。あの子、本当はお喋《しゃべ》りで、話し出すとずっと話しているんです。東南アジアとかインドのあたりを放浪していたらしくて、いろんな話をしてくれるんだけど」そして思い出したのか、笑った。

「嘘だかほんとだかわからない話ばかりで」

年かさの男は一服しながら妻について笑った。

「こちとら行ったことがないと思って、言いたい放題だよな」

あれ、四年じゃなくて、二年だったんじゃない？　と奥さんが言うと、今度は社長が笑う。

——一週間ほどだったりして。

結局会田良夫は二〇〇二年にヘルパーになるといって辞めていった。家族がいないので、人恋しいというのがその理由だった。

「そう言えば去年の冬だったかな。同じようなことを弁護士さんが聞きに来ましたよ」

「深沢さん?」

「そうそう。その人」

亜川は鞄から写真を取り出した。グランメールの入居者の誕生日会の写真で、三人の職員がにこやかに笑っている。

社長は頬を緩ませると「これこれ」と会田良夫を指さした。年かさの男も寄ってきて「あぁ、ちょっと太ったな」と言った。

「よく見てください。この男に間違いありませんか」

「ええ。この男です。いつも最後まで残って後片づけをする子でした。苦労した分だけ、大人だったんでしょうね」

午前の仕事は支局長に代わってもらってきた。そろそろ帰らないといけない。苦労した分だけ、大人だったんでしょうね──しかし社長のその言葉が亜川の耳にこびりついてはなれなかった。

なぜあの男はそうまで「会田良夫」を模倣することができたのか。

一瞬、あの男は本当に、十八年前に見たあの少年ではないのかと思った。あの時の少年を知らず知らず美化して、現実を受け入れられないだけなんだろうか。

しかしすぐに亜川は思いなおした。いや、そんなはずはない。「命乞い」するように社長を見たのは、彼には会田良夫として職歴を作るということが不可欠だったからだ。彼はその面接に運命を握られていたからだ。

あの男は「会田良夫」になることに運命をかけていた。

「永井くん、いるかね」

社に電話をするのに、亜川はとても繕った声を出した。

永井はその気配から、我が身によくないことがふりかかるのではないかと心構えた。しかし見当違いで、亜川の電話は彼に余計な仕事を押しつける気配のあるものではなかった。

「結局、まだ笹本健文を追い回しているんだよね、県警は」

「はい。追い回しています」

「で、アリバイは崩れたか」

「いやあ、それが」

時計を見た。十一時を回っていた。

「今日、急用で支局に戻れない。午後からは通信部の森田さんに代わってもらう。それから明日出るのは昼過ぎになるかもしれん。もちろん、俺からも連絡するが、ちょっと支局長の耳に入れておいてくれないか。もちろん、俺からも連絡を入れておく」

永井は、かなり怪しいと思った。二回も「俺からも入れておく」と言ったのがミソだ。それは「諸事情で、入れ忘れる」ということだ。

「どこ行くんですか」

亜川は車のセルを回した。「新潟」

「支局員がいますよ」

「君はいつだってそれだね」

これだから記者クラブ向けの発表を鵜呑みにする。

「何をごそごそやっているのか、教えてくださいよ」

「デスクがごそごそなんかするものか。時々机の中を掃除するのが関の山だ。では頼んだから。それから、進展がありしだい、連絡をくれるように」

「なんの進展ですか」と永井は破れかぶれに憮然《ぶぜん》とした。

「僕は大して有能でもない君にそんなにいろんな事件を押しつけているつもりはない。君はさっきまで我々がなんの事件の話をしていたのか、覚えていないのか」

永井は憤然と答えた。

「はい。笹本弥生殺人事件について進展があれば、逐次ご報告します」

亜川はよろしいと言って電話を切った。

それから通信部に電話をした。通信部の森田はベテランの記者で、本社にいたとき可愛がってもらった。「そういうわがままだからお前は出世せんのだ」といつものごとく苦言を呈してくれたが、結局亜川はまる一日の休みをもぎ取った。

深沢は清水運送まで行って会田良夫の身元を調べた。それは弥生が会田良夫のことを自分の孫だと言い出したからだ。顧問弁護士である彼は、とりあえず彼の履歴書のあとを歩いた。誠実で、筋の通った話だ。しかしそれでなんと報告したのだろう。働き者のいい男だったと？　ばあさんがそれで納得しただろうか。おばあさんは「確かに自分の孫か」と聞いたはずだ。しかしそんなこと、深沢弁護士にわかるはずがない。

だいたい星野の言うように、弁護士は判例と照らし合わせながら六法全書を切り貼りして依頼者の要望に応えていけばいい。彼が会田良夫の存在について調べる義理はない。

関越自動車道を北へ北へと上がっていく。両脇にススキが見え始めた。

このあたりのススキは剛直な印象がある。群生して咲いているのを遠くから見ると、ぐっと頭をもたげた、その淡い白さは桜の花かと見紛《みまが》う。

ああ、新潟に来たなと思う。

湯沢インターを下りた時、まだ三時になっていなかった。それでも日差しは夕暮れの装いをあたりにもたらし始める。

二十年近く前だ。町が民間委託してスキー場を作り、村おこしをして、スキー場自体は成功したが、ホテルやレストランなどの拡大政策は頓挫《とんざ》し、業者は多額の借金を残したまま撤退した。あのころ、民間主導の開発に対する賛否が分かれて、平穏には見えたが町議会も商工会議所も中は分裂寸前だった。むきになっているのは男。女はふんとした顔をして、田んぼ仕事に精を出していた。

利権でちょっとでも得をしよう、うまい汁を吸うのに遅れを取りたくない。そんなことを考えるのは結局男だった。うまく土地を売ればお大名暮らしが待っていると思ったのだろう。

農家の女の贅沢は限られているが、男なら人に言えない金の使い道は山ほどある。

バブルがはじけてすべては煙のように消え去った。あれから二年で本社に転勤したのであとは知らない。

そう。知らないのだ。担当の時はむきになって追いかけるくせに、担当をはずれるとととたんに興味を失う。

伯父が、第二次世界大戦の戦記物と見るとどんな本でも買って執念深い目で読んでいた。戦争好きなのだろうと、伯父のそういうところがあまり好きではなかった。もう三十にもなったある時、七十に手が届こうとする伯父に聞いた。いまだに戦記物を読むのは何故？

伯父は答えて言った。自分は戦争には行かずに済んだ。ただ先輩や知り合い、当時の日本人たちがいろんなところに行った。彼らがあの後どうなったのか、気になるんだ。あの時進行していたいろいろな作戦が、それに携わった人たちがどんな末路をたどったのかを、その時代に生きていた者として——伯父は少し照れて、言った。知っておきたいんだと。

いろんな部隊がいろんな戦地に行った。伯父はそういう兵士が戦地に赴くときの顔を見ている。伯父には部隊はただの「部隊」でなく、生身の人間の集まりだった。戦時中は戦闘の進行状況を新聞やラジオ、風の噂で、聞き知っていた。それが終戦で情報はプツンと切れた。部隊は、そして部隊にいた一人一人の人間はどこでどうなっていったのか。

伯父の行為が興味ではなく弔いであると気づいたのは本当に遅かったと、亜川は今でも、伯父を嫌った気持ちのあった時期を悔いる。そして、事件、事故に対して伯父の半分も愛情を持っていない自分を自覚した。

データでは駄目なのだ。顔を見る。膝でもいい。そうして初めて、事件が情報でなく、生になる。

放置されたスキー場から車で三十分ほど山道を登った。

車が走っていなかった時代、この山深い里は夕方ともなれば真っ暗になっただろう。村は貧乏で、道も狭かっただろう。おまけに冬は雪で覆われる。右も左もわからなくなる。白く吹雪《ふぶ》く山ばかりだ。車の三十分は歩けば一日がかりの距離だ。

畑はほとんどない。田んぼ——それも棚田ばかりだ。出産も、葬式も、病気も、災害も、その度に彼らは膝突き合わせ知恵を絞って乗りきった。そうやって千五百年、「孤立」と「結束」の歴史を刻んできた集落がここには点在しているのだ。それを車で三十分で登って来るとき、人と人の間に間違いが生まれる。

車のすれ違いが難しい細い道が多かった。その細い道のほとんどが舗装されている。三国峠を切り崩してしまえ。そうすれば新潟に雪が降らなくなって新潟は雪の苦しみから抜けられる。切り崩した土は海に運んで、新潟と佐渡をつないでしまえ——田中角栄がそう言って特別に愛着を持った新潟は、彼のおかげで陸の孤島からは脱却できた。それでも一時間半に一本しか電車の通らない無人駅に、ホームに下りるだけのためにまっさらのエレベーターが設置されているのを見た時、この、ごく限られた人間しか使わない道路に融雪パイプを敷きつめるということが、正しい国家政策だったのかとも、その道を通りながら複雑に思う。

当たりをつけて車を止めた。

アスファルトが切れた先には畦道《あぜみち》が続き、農地が広がり、針葉樹が黒々と群生している。貯水池に紅葉した山がくっきりと映り込み、うねうねと続く畦道にススキが淡く花咲くように揺れている。道沿いにある小さなお堂は、堂守がいるようには見えないが、雑草一つ、ごみ一つない。背中に色づいた山を背負っているだけだ。山に一歩入れば、暮れ時の木漏れ日が光り、濃い緑の針葉樹が林立して、乱生するススキの淡さが少女の微笑みのようにはかなげで艶っぽい。家もアスファルトの道もない。桃源郷という所があるのなら、多分このような風景だろう。

亜川は何度も立ち止まった。井原の家が見つからない。そして止まるたびに、目に映るものに目を奪われた。

秋の山里の美しさ。群生する薄いピンクのススキの美しさ。紅葉した雑木林の美しさ。常緑樹の森に低く尾を引くようにかかる薄い雲の美しさ。

いたるところに墓がある。田んぼの横にも、道の中腹にも。見晴らしのいい場所には「海軍衛生上等兵吉野吾平」や「陸軍歩兵伍長勅令勲八等野村登一」の墓が立っていて、昨日墓参されたように綺麗に磨かれてある。農作業の行き帰りに磨いているのだろう。戦死が一族の誉れであった時代がここにはいまでも残っている。

もう日は傾いていた。夕日の中、山の中腹に隠れるように寄り合った見覚えのある集落を発見した。

あれだ。

亜川は西日を真っ向から受けながら、山の中腹に向かって歩き出した。

真鍋は笹本弥生の事件の犯人探しには興味を示さない。八十五歳のばあさんを誰が殺していても読者は大した反応を示さないだろう。ただ闇市上がりってのがいいじゃないか。

「日本の歴史の恥部だよ」と真鍋は言ってみた。美智子は反応しない。

「では、日本のある時期の現実」

美智子は知らん顔をして中川とゲラの手入れをしている。真鍋は真ん中に首を突っ込んだ。

「被害者はあくまで被害者だ。加害者にしてみせろと言う気はないんだよ」その上——ちょっと声を大きくすると、体をのばした。

「犯人は決まったようなものだし」

中川が美智子に頭をすり寄せるように原稿を見ながら、言った。

「新聞記者が一人、会田良夫を洗っているそうです」

真鍋は間髪入れず、割り込んだ。「警察は？」

美智子が答えた。「彼までは手が回らないみたいです。笹本健文にアリバイが出たから、それを潰すのに忙しい」

アリバイはないうちはいいが、申し立てたものが嘘だとわかると犯罪を白状したほどの価値がある。だから警察は今頃躍り上がってアリバイ潰しをしている。

「だから会田良夫は今のところ、ノーマークです」

中川が念を押す。「でも会田良夫の犯行の可能性は薄いですよ。動機がないから」

それでも会田良夫を調べている記者がいると聞いてから、真鍋は落ち着かない顔をし始めた。立ち上がる美智子に「今日はどこ」と聞いてくる。犯人には興味はないくせに、出し抜かれるんじゃないかと思ったとたん、編集長の心臓はウサギの心臓ほどになってしまう。美智子の友人の子供が飼っていたウサギは、犬に追いかけられて坂道を駆け降りただけで、心臓麻痺を起こして死んだ。娘は泣いて、泣いて、しかたがないから翌日学校を休ませたと言うので、中学にもなって甘やかし過ぎだと美智子が言うと、あなたはあの号泣を見てないからよと友人が答えて、電話口で思わぬ口論になったから、ウサギの心臓がいかに小さいかを覚えている。

ノーマークの会田良夫を追っている新聞記者は犬。それを聞いた真鍋はウサギの役回りだ。

「笹本弥生がグランメールに入所するまで三十四年間、笹本家の家政婦をしていた女性がいるんです。彼女に話を聞こうと思っています」

そして彼にささやかな安堵を与えた。

「家庭環境に健文の笹本弥生殺人の動機が隠れているかもしれませんよ」

ふむ。可能性の薄い会田良夫を追いかけている記者は無駄骨かもしれん。いまごろ真鍋はちょっとそんなことを考えて人心地ついている。その間に編集室を抜け出した。

一階のエントランスを抜けながら美智子は中川に携帯電話をかけた。

「さっき、会田良夫を洗っている記者がいるって言ったわよね。その記者って、東都新聞の神奈川支局の亜川ってデスクでしょ。中川くん、誰に聞いたの」

「三浦さんがそう言っていましたよ。名前までは言っていなかったけど。デスクが県警キャップを頭越しして記者と直接やりとりするものだから、県警キャップが愚痴っていたんだそうです」

美智子は考えた。自分がこの事件の何に興味を持とうとしているかといえば、弥生という一つの時代標本だ。だからかつての笹本の家の家政婦に会いに行こうとしている。

ではあの記者は何を考えて出歩いているのか。笹本弥生にもう一人孫がいたという、他社より抜きんでた情報を握っているのに、有効に活用しようとはしない。そのおばあさんに会ってみたくなったんです——そんな人を食ったことを言ったままだ。

「その記者のこと、調べられない?」

「経歴とか、学校とか?」あとはなんだと暗に聞く。

結婚相談所の身元調べじゃあるまいし。素行や趣味なんか調べられたって仕方がない。調べられるとも思わないけど、中川くんって、勘と要領はぴか一で、冷戦時代のＦＢＩじゃないけれど、対象の冷蔵庫の中身だって、調べてくるかもしれないと思わせるところがあるから油断できない。

「経歴と、彼が関わった事件、および彼が書いた記事、彼が携わった仕事について」

中川が「はい、了解」と返事をした。それはお気に入りの骨を投げられた犬を連想させた。追走、ジャンプして、決して逃がすことのないその本能は、追走することそのものに喜びを感じるのだ。彼がとってても事務的な時は、実はとってもエキサイトしている。もちろん足で調べるなんてことはしやしない。パソコンのネットワークが彼の有能なるしもべだ。

美智子は時計を見た。そしてタクシーを止めた。

2　金魚鉢の金魚

滝川典子《たきがわのりこ》は一九六二年から笹本弥生がグランメールに入る一九九六年まで三十四年間、笹本家の家政婦をしていた。今は都内の公営住宅で独りで暮らし、週に三回、バスを乗り継いで公営の老人ホームの清掃のアルバイトに行く。

現場では半分惚けた老人のことを「まだら惚け」という。そういうのが一番やっかいだ。眠っている時に起こしては悪いと思い、遊戯室で歌を歌っている間に部屋に入って掃除を済ませた。そうするとその九十七歳の「まだら惚け」が館長に言いつけた。

「あの女はあたしが留守の時を狙って部屋に入っていく。あたしの財布がないのよ」

財布は館長が預かっているから入所者の手許にはない。ないものは盗みようがない。館長がそう説明すると、九十七のババアはあたしを呼びつけて、館長にこう言った。

「この女はこれが初めてじゃない。この前もね、饅頭をね」女はその皺《しわ》だらけの、血管の浮き出た腕を振り回した。

「二つ、ふたぁつおいていたの。そしたら、一つになっているのよ。あの女が食べたのよ」

女の薄汚れた鞄の中に入っていた饅頭なんぞ、頼まれたって食べやしない。それでも女は両手と両足を同時にぶるぶると震わせた。

「この女はいつだってあたしの鞄の中を見ようとするんだから！」

女は部屋から出てくる時、薄汚れた鞄の上に布団を山のようにかぶせて出る。財布にいくら入っているか当ててやろうか。九百八十六円だ。預かり台帳があるからわかるのだ。

九百八十六円のために人を盗人呼ばわりするのか。

女は事務室なんぞ「一歩も、いぃっぽも」入ったことがないから、預けた覚えはなく、盗まれたのだと主張する。ばあさんは確かに事務室に入ったことはない。職員がばあさんの部屋で財布を預かったのだから。だから事務室に一歩も入ったことがないのは事実だろう。

「まだら惚け」はあたしのことが気に入らない。

でもあたしはどうすればいいのかわからない。

笹本弥生が殺されたとニュースで聞いた。豪勢な老人ホームで死んだのだ。

ばあさん、いい気分だっただろう。あたしは六十二歳にもなって他人様の下の世話をして、鞭《むち》で叩かれるように暴言を浴びている。

金を作ったものは勝ちだ。

笹本弥生のニュースを横目に見ながら、ホームに行くためにバスに乗る。まだら惚けはそんなのばかりが集団になって、オルガンの音に合わせて手をたたき、歌を歌う。典子はそっと個室に入ってごみ箱のごみを集める。鼻をかんだ後のティッシュ、何度も使い回したようなビニールラップ。テーブルの上にある湯飲みは汚れて、ベタベタしていそうで指一本触れたくはない。

笹本弥生はきれい好きだった。

「滝川さん、お茶飲んで行かない？」帰りがけに職員が声をかけてくれた。老人たちの家族が時々お菓子を差し入れてくれるのだ。普段から、典子はそういう誘いを断る。物欲しそうに見られたくないからだ。多分、物欲しそうな顔をしていると思うから。しかしその日はそれとは別に断らないといけない理由があったので、いつもより少し澄まして答えた。

「ごめんなさい。ちょっと用事があるもので」

あら、残念と、典子の断りなどなかったように、和やかなお茶の時間は続く。

木部美智子という記者から自宅に電話があったのは昨日の夜のことだ。

笹本弥生が殺されてから、取材と称していろんな人が聞きにくる。家政婦は勤めた家で見聞きしたことは話さないものだ。第一金貸しの家で家政婦をしていたと、いまさら誰にも知られたくはなかった。あの家でのことは一生誰にも話すまいと思っていた。それが昨日は――あの「かわいそうな被害者」のことを誰かに話したいと思ったのだ。

多分、長い間誰かとまともに話をしていなかったからだと思う。そしてその女の声が、へんな猫なで声でも、いかにも世馴れしたふうな、人を小馬鹿にしている感じでもなかったからら。いや。あの時そんなことまで考えて了解したんだっただろうか。

近くのファミリーレストランで落ちあった。

化粧っけのない利発そうな女だった。歳のころなら四十前後。スラックスにタートルネックシャツを着て、あたしは色気で人生を歩む必要はないのとでも言いたげだ。本当はそんな女は好きではなかったが、この際どうでもよかった。

まともな人間と話がしたかった。

「ええ、勤め始めたのは二十歳でしたよ。笹本さんは四十三歳でお嬢さんの慶子さんはまだ八つでした」

女は典子の生い立ちを少し尋ねた。それが、典子を思っていた以上に饒舌《じょうぜつ》にしたのかもしれない。自分のことを聞かれたことなど、なかったから。

でも人に話すほどのことはない。太平洋戦争開戦の翌年に生まれ、中学を卒業すると既製服を作る工場で働いた。十九の時に母が病気になったので工場を辞めた。一年の闘病の末母が死んだ時、復職を考えたが、ミシンはもう嫌だと思いついた。

「五十人ほどが縦横に並んだミシンを黙って踏むだけだから。機械の一部になったみたいですからね。そしたら知り合いが、家政婦を探しているからって紹介してくれた」

住み込みだったが、家政婦もできないことはないだろうと思った。女の記者にはとりあえずそう言った。

本当はそんな簡単な理由じゃなかった。

十五の時からミシンを踏み続けた。朝から晩まで無駄口を聞かずに手許だけを見てペダルを足で規則的に動かす。夏は商品に汗が落ちないように手拭いを鉢巻きのように巻いた。冬はストーブが置かれたが、底冷えがして足が凍えた。忙しい時期には十二時間ぶっ通しで踏み続けた。ミシンの振動が身に染みついて、四年目には部屋に入るだけで車に酔ったような気分になっていた。母が病気した時にはミシン踏みがやめられるのが嬉しかった。

「母は戦前、短い間でしたけど、浅草にある呉服店で働いていたことがあったんです。奥さまもその呉服店で働いていたらしくて。それが縁で母が死んだ時あたしに笹本の家政婦の仕事の口をきいてくれる人がいてね」

戦中、贅沢は敵だったから、上等な反物から金糸銀糸を抜いたのだ。母たち数人が手仕事で丁寧に抜いていった。生前母はよくその話をした。

「せっかくきれいに織り上がった反物から金糸銀糸を抜くのは哀れではあったけど、おしゃべりをしながらの手仕事は楽しかったと言っていました」

寝たきりの母の看病は大変だった。愚痴を聞き、わがままにつきあい、時には怒鳴られ、時には怒鳴りつけ、下の世話をし、体を拭くために洗面器の水を替え、シーツを洗う。世の中は高度成長時代の幕開けだった。典子は時々縁側で姫鏡を覗いては、そこに映る化粧っ気のない自分の顔を見た。

それでもあのミシン踏みよりはましだと思った。ただ、金の入ってくる道がなくなっていた。中学を出てすぐ飴屋に住み込みで就職していた弟が借金をして帰ってきた。なんで借金をしたのか言わなかった。生活費で蓄えは段々に減り、その上弟は「ねぇちゃん、俺、死ぬ」と言う。金を作ってくれなかったら死ぬというのだ。

だったら死ねと何度も思った。母のおしめを洗いながら、そんなことで死ねるんなら死ねと思った。けば立った古い畳の上、母の眠っている横に座り、夜中に母の寝間着の仕立てをする。チクチクと針を動かしながら、明日の食費の心配をする。それでも父が生きていて、母が元気なら、弟だってこんな思いはしなくてよかっただろうと思うと、イライラした。洗い晒《ざら》しのシーツをそのまま破ってしまいたいと何度思ったかしれない。でも破ったら、新しいのを買わなくてはならない。だから薄く黄色くなったシーツを洗い続けた。

母が死んだあと、弟と二人きりになった。

笹本の家の女中の話を聞いたのはその時だ。

やくざが出入りする売春宿の女主人のところなんて、行きたくはなかった。それでも金を借りる先がなかった。弟は借金したのではない。勤めていた餡屋から金を盗んだのだ。少しずつ返しているから、店主は警察には言わないでいてくれる。でももうその時には、蓄えも底をつき始めていた。

金の算段をするのが辛かった。

親じゃないから大したことはしてやれないし、あたしにはあたしの生活がある。でもせめて借金だけは返して、弟を身軽にしてやりたいと思った。

あとは死ぬなりなんなり好きにすればいい。これで身一つの人生にしてもらう。

笹本弥生に前借りを申し出た。

弥生は、縞《しま》模様のハイカラな着物を着て、髪にはパーマをあてていた。想像では着物の襟に白い晒《さらし》を縫いつけてこめかみに黒い頭痛膏を張り、少ない髪を団子にして時代後れな差し簪をしているものと思っていたので、驚いた。

顔も上げられないで俯くのを、まるで品定めでもするように上から下までじろじろと見られたことを、その視線を恐ろしく感じたことをいまでもよく覚えている。

日本最長とか言って、北陸トンネルが開通した年だ。戦後十七年が経っていた。

笹本の家には黒塗りの自動車があった。敷地の中を隠すように塀が高かった。

「大きな松の木があってね。黒板塀がぐるっと続いているんです。その上にちょんと枝振りのいい松が顔を出していてね。しゃれた家でしたよ。そのころはもう、売春からは手を引いていましたよ。警察の取り締まりがきつくなっていたから」

弥生のつけた家政婦の条件は、美人ではないこと、口の堅い事の二つだった。その代わり賃金は弾んでくれた。前借りを申し出ても、出し渋ったことはなかった。

「奥さまは言葉はきつかった。でも人柄はそれほど恐ろしくはなかった。言葉は奥さまより回りの人が汚かったね」

今でも夢に出てくる。どんな言葉だったかは思い出せない。一つ一つが隠語のようであり、その上「あのおじいさんが」と言う代わりに「あのくたばり損ないが」と言ったり「死なない」が「死にくさらん」になったりと、代用語がちりばめられていて、それが弾丸のような速さで行き交うものだから、汚い言葉であるということはわかっても、覚えられないのだ。

典子は貧乏をして、中学しか出ず、父も母も早くに失ったが、両親は働き者で、まじめな人間だった。母は病気になってから、時々独り言のように死んだ父の恨み言を言うようになっていたが、弥生の回りの人たちが使うような言葉を使ったことはない。縫製工場の監督も時に彼女たちを叱ったが、そのような言葉づかいは聞いたことがなかった。

「当時笹本の家の仕事は街金融と不動産業でした。担保にとった土地や建物を、仲介業者を通して高く売却したり、賃貸ししたりしていました」そしてぽつりと呟いた。

「ひどい毎日でした」

一九六二年。

冬の朝、弥生はあまりの悪臭に目を覚ました。便所の臭いだ。それが充満しているのだ。弥生には、何が起きたのか、すぐに察しがついた。飛び起きると、玄関に走った。臭いはむせかえるほどに強烈になっている。

朝はまだ明けたばかりだった。門を飛び出すと、下肥えが塀に桶一杯分ほどぶちまけてあった。

まだ形のあるものはべったりと黒塀に張りつき、流れ落ちながら、吸盤がついているようになお張りついている。泥のように溶けた糞尿は壁全体に飛び散り、跳ね返りは道の中央まで届いていた。

人影はない。ぶちまけて、逃げたに違いない。

大して驚きはしなかった。嫌がらせには慣れてしまった。米一俵借りに来たつもりの人間に、代わりに家を取り上げるような商売だ。似たようなことはしょっちゅう起きる。

黒塀に、半紙に赤の墨で「死ね」と書かれた紙が何十枚も張りつけられていたこともある。家の門から枝をのばしている松の木に、四人揃って首を吊られたこともある。全部明け方だった。人が寝静まった時間にやってきて、半紙を張る。首を吊る。

見ている間にも大きな人糞がずるずると塀を流れて落ちていく。職人風の男と女が連れ立って歩いてきた。異様な臭いにこちらを見て、塀の人糞に気づくと、男はあからさまに鼻を覆い、女は何事か男に耳打ちし、足早に過ぎた。

時間がたつと人通りも多くなる。何より黒板塀に染みがつくのがいやだった。いつの間に出てきたのか、住み込みの女中が寝間着に綿入れを羽織って、ぶるぶる震えて立っている。

「刺し子とバケツ持ってきて、綺麗に洗い落としな」

女中の典子は真っ青な顔をなお青くした。

弥生はおとなしそうな娘を住み込みで雇った。中に立った人は、足袋職人だった娘の父親は戦後の食糧難の時代に栄養失調で死亡したと言った。

「この人の死んだ母親はあんたが昔勤めていた武蔵屋呉服店に出入りしてたんだよ。なんだか縁があるじゃないか」

本所深川あたりは職人の町なのだ。職人ならごまんといた。二、三度行けば出入りしてたと言いたがる。浴衣一枚買ったって「お得意様」の理屈だ。弥生が滝本典子を雇ったのは、そんな理由ではなかった。口が堅いこと、器量が悪いこと。彼女はその二つの条件を満たしていた。小柄で、まだ「小便臭い」。その上身寄りがなく、道楽を知らず、すなわち世の中の楽しみを知らず、借金まで申し出ている。賃金を弾んで望むだけ前借りをさせた。利息の話も隠さずした。複利の利息計算なんて理解できないことはわかっていたが。

女中は自分の母親の下の世話を一年やった。錯乱した母親は最後は自分の排泄物を投げつけたと聞いた。だから塀の糞尿を洗い落とすぐらい、慣れた仕事のはずだ。いや、慣れていなくったって知ったこっちゃない。

「染みを残すんじゃないよ」

口数の少ない女だった。話し相手がいないから、ただでさえ陰気な女はなお口数が少なくなる。何十枚も赤い墨で「死ね」と書かれた半紙を張られた時も、塀についた糊を昼までかかって懸命にたわしで擦《こす》り落としていた。糊がなかなか落ちなかったのだ。

黒板塀に傷がついたので職人に塗り直させてその費用を給金から引いた。だから今度は塀に傷がつかないように、雑巾で丁寧に洗い落とすだろう。学のない子に手際よく仕事を覚えさせるには、我が身の損得に跳ね返らせるのが一番だ。

あの時も、紙が風に舞うたび口々に「死ね」と言われているような気がした。その怨念《おんねん》を怖いとは思わなかった。ただ憎く思った。あたしが借りてくれといったんじゃない。貸してくれと頭を下げてくるから貸してやるんじゃないか。これこれの利子がつきます。かわりにこれを担保に取ります。返せないときには担保をいただきます。そう、ちゃんと説明だってする。それを、返す段になると人間、人が変わってしまう。布団一枚だって人に返すのは惜しいんだ。金が入ると、家族でいつもより派手に飲み食いすることは考えても借りた金を返そうとは思わない。そりゃ確かに、貸す金に対して担保は大き過ぎるかもしれない。はじめから名義を書き換えさせるのは少しやり過ぎに見えるかもしれない。でもそれも、返しさえすれば済む問題じゃないのか。

首を吊った家族だってそうだ。戦前はロシア文学をやってた学者か知らないが、借りた金は返すのが人間の筋だ。それを、首を吊った妻は右手に黒真珠の指輪をしてやがったんだ。寄越せというと「義母の形見ですからどうぞこれだけは」そう言った。ご大層な文学をやっていた男と結婚した女は、金貸し風情がその一族の持ち物を持つということは、倫理通念に反すると言っているのだ。

痩せた亭主は浴衣一枚で、襖の向こうでその話を聞いていた。赤狩りで公立学校を追われた学者だ。子供が二人もいながら、食えない。だったら人夫仕事でもすればいい。妻はその身を売ればいい。食うとは、生きるとはそういうことだ。

その襖の奥に何があるかを弥生はよく知っていた。

翌日、トラックでその長屋に乗りつけた。

襖を開けると、そこには壁一杯に本が並んでいた。床がたわみ、抜けそうだった。洋書と呼ばれるものも多くある。ほとんどは変色して、端が朽ちていた。多分、古本屋で一冊一冊丁寧に選んだのだろう。亭主にとったら命の次に大事な本だ。インテリというのは舌でうまいと感じるより、脳の中で何かを理解する感覚を喜ぶ人種だから。

「そこの古本、トラックに積み込んどくれ」

亭主は真っ青になって立ち上がった。しかし震えながらも、その口調だけはしっかりとした理性的なものだった。

「それは」――いや、取り乱していたことは確かだ。

「それは待ってください。お願いします。それは」

金を返せない男は負い目を感じ、腰から下が震えるように興奮しても弥生のような無学な人間の腕を摑むことさえできない。

「それは貴重な本なんです。だから」もっとしゃべりたかったのかもしれないが、弥生が無表情に見返すと、その先の言葉も消えた。

妻が駆け込んで来た。そして震えるようにして、指から指輪を外した。

「今日のところはこれで」

文字通り、弥生にすがりついていた。

小さな水晶を回りにあしらった直径一センチ五ミリほどの黒真珠が、金の台の上に乗っている。前から欲しかったのだ。弥生は妻の前で自分の指にはめた。妻の指には映えた真珠が、妙に薄汚れて見えた。それでも満足だった。インテリ先生のお母さまの物を我が物にしたということが。

弥生は指輪に見とれたまま、人夫たちに声を張り上げた。

「さぁさ、さっさと積み込んどくれ。そんなもんでも屑屋に売れば、ちっとは金になるだろ。虫食いの紙でも量が多いから」

妻は泣き伏した。

亭主はそこに正座したまま、ぽたぽたと涙を流した。膝頭をじっと押さえ、肩を震わせて。あそこまですることはなかったかもしれない。指輪は正当な値段をつけてやればよかったし、本は屑屋でなく古本屋に持っていけば亭主も安心しただろう。

でもそれは、この家族が自分ですることではなかったのか。

三週間後、まだ日が昇るか昇らぬかの時間に、女中の典子が飛び込んできた。布団の端に腰でも抜かしたように倒れ込み、がちがちと歯を震わせて、奥さま、奥さまと繰り返す。

「松の木に」

ぶらんと下がった八本の足が目についた。木琴のように段々と短くなっている。骨張って瘦せた男の足。小さく瘦せた女の足。小さな子供の足が二人分。

あの四人が首を吊ったのだ。それもわざわざ弥生の家の松の木で。

中学に上がったばかりくらいの男の子は丸刈りで、小柄で、洗い晒しのランニングシャツを着ていた。六歳ぐらいの女の子は丸襟の白いブラウスを着て、紺の襞《ひだ》スカートをはいていた。お人形がぶら下がっているようだった。

亭主の洗い晒しの浴衣のすそがふわっふわっとはためいて、同じ方向に亭主の髪も揺れる。

妻は髪を結っていた。

伸びきった首も、飛び出しそうな目玉も、弥生は恐ろしくはなかった。死にたくて死ぬのだからいいではないか。――火達磨になりながら死んでいった女の姿がいまだに目に浮かぶ。やっとはいはいできるほどの子供が、半焼けの若い女のそばで、泥水の中にうっぷして死んでいる姿を思い出す。真っ白な、傷一つない幼児の肌。かすりの着物を短く着て、よく太った足をポンと放り出し、体を二つに折るようにして顔だけを泥水に浸けていた。

この学者の夫婦は、二人の子を首を絞めて殺し、夜のうちに自分たちが殺した子供を抱いてここまで来て、松に綱をかけて、輪っかに我が子の首を通し、我が手で吊るしたのだ。夜逃げする屈辱より、子を殺して恨みを晴らすことを選んだ。

黒い金庫だけになっていたあの呉服店の最後が目に浮かぶようだった。段々熱くなるのを、あの、人を疑うことを知らぬ主人は「ここなら大丈夫だから」と皆をなだめて力づけて。皆も聞き分けよくじっと我慢して。そうやって防空壕の中で蒸し焼きにされて、最後は体に火がついて。気がつけば防空壕の外も火の海。下の坊はまだ小学二年だった。あの狭い壕の中で家族四人が生きたまま焼かれるしかなかったんだ。

生きる道を絶たれるってのは、そういうことを言うんだ。

警察を呼んだ。「なんでお宅の前で首を吊ったんでしょうね」なんて遠回しに厭味を言いやがるものだから、「その女の奥歯の銀はあたしのもんだからね」と言ってやった。

「死人の銀歯まで欲しいのかい」

「死んだら銀歯が銀歯じゃなくなるとでも言いなさるかい?」そして警官をジロリと見た。「どうせ焼き場の男が盗むのさ。だったらあたしの方が権利があるってもんだろ」

　あの時の唖然《あぜん》とした警官の顔。

「ねぇ、おまわりさん。あんたはあたしをそんな目で見るけど、借りたものを返さないのは泥棒と同じですよ。どうせ首くくるんなら、その前に髪でも血でも売って、利子ぐらい払うのが日本人でしょ。その死体についているものはポケットの小銭まであたしのものなんだから、間違えないでくださいよ」

　女中は――典子はそんな時にもじっとあたしの横に立っていた。だからいまさら糞尿ぐらいで騒ぎはしない。

「慶子が起きるまでには綺麗にしておくんだよ。臭いのわけを聞かれたら、肥えたごを担いだ人夫がここで転んだんだって言っときな」

　典子は頭と顔に手拭いを巻いて、塀を洗い始めた。

　弥生は日の当たる縁側の椅子に座り、あの黒真珠の指輪を指にはめ、日にかざしてみた。黒に灰色と黒の絵の具をねじりあわせたような微妙な模様が入っている。

　健造は弥生の体には触れようともしない。あの男もあたしが買ったも同然、あたしの稼ぎで遊び、あたしの金で組でいい顔をして、兄貴と慕われるようになって、健造は猫のようにあたしの足下にいるようになっていた。猫は飼い主になつくんじゃない、家になつくんだ。時々戻ってくるだけで寄り添いはしない。

籍は入れた。それが、弥生の出したたった一つの条件だった。弥生は思っていたのだ。籍を入れた男と女には、米兵が金をケチってアイラブユーと言いながらするものとは違う性交があるにちがいないと。そこには射精だけのために男が有らん限りの智恵と金と暴力を使うものとは違う、神聖な、心の安らぐ何かがあるものだと。そしてそうやって結ばれた二人は、片割れが死んだ時、片割れはまるで自分の足を一本、手を一本もがれたようにその行方を探すのだと。

しかし健造は弥生を求めてはこなかった。二人が子をもうけるには長い月日が必要だった。腹が膨れると、なおさら健造は外に出た。弥生のその腹を見たくないとでも言うように。弥生は一人、腹をさすり、人目のないところでいだき抱えた。

生まれたら、父ちゃんはお前を抱いて飯を食ってくれるからね。肩車して動物園に連れていってくれるからね。こんな仕事はやめようと言って、手堅い商売を探してくれるからね。

健造が川向こうの酌婦の元に通っているのは知っていた。弥生が売春を手がけていた時に使っていた女だ。十四で初めて身を売って、まだ二十二歳だ。それでも弥生は大きな腹を抱えて、荒くれどもを仕切ったのだ。

それがあの、学者の妻はどうだ。学のある男に愛されて、義理の母から由緒のある指輪をもらい。綺麗な言葉づかいをして。

あの女は、初めにその指輪を利息がわりに出せと言った時、目の端で、あんたなんかが持つもんじゃないって顔をしやがった。あんたは金を持つのはいいけど、金以上の価値のあるものは、その身にふさわしくないと。

学問も。

愛情も。

だからあの夫婦が憎かった。初めから、追い込んでやる気だった。黒真珠は、弥生に、学問のある人間に勝ったということを味わい尽くさせてくれた。学問のある夫と二人の子供に恵まれて、清く正しく幸せに生きている女など、この世にいてはならないのだ。

弥生は満足だった。あの親子が自分の家の松の枝で自殺したことも、下肥えを塀に掛けられることも。

八年前、三十五歳にしてやっと生まれた子供は娘だった。

でも健造は抱き上げようとはしなかった。

健造は離れに住み、一人で食事をし、釣りをしたり飲み屋に行ったりする。時々自分で車を洗う。愛撫するように、丁寧に洗うのだ。出入りは裏口からした。最近ではすれ違うこともない。すれ違ってもそこに弥生がいるような顔もしない。彼は雑種の犬を一匹飼っていて、それだけを家族と決めているように可愛がっていた。犬をなでる健造の大きな手。優しげな眼差し。下駄を履いた大きな骨張った足の甲。犬が尻尾を激しく振ると、機嫌を取るように何度も頭をなでてやる。弥生はそれを遠目に見ながら、何度声をかけようかと思ったかしれない。それでも自分と健造の間にはガラスでも張られているように、姿は見えるのに手を伸ばすことも声をかけることもできなかった。冷たい、指先の冷えるガラスだ。

その日も同じだった。

生まれたばかりの娘の顔を見ると、健造は黙って離れの自分の部屋に入っていった。弥生はその日、夜中に一人で泣いた。一晩泣き明かした。

弥生は今、黒真珠の指輪を眺める。あの女は愛されていた。それが許せなかった。

慶子は私立の小学校に入れた。ずいぶん寄付をした上に、組の上の人に無理を言ってもらった。その時弥生は気がついた。

金があれば名士になれるということ。

慶子にそれなりの婿を取り、充分に金がたまったら潮を見て仕事を合法化するのだ。孫の代には身代の発祥は忘れられて、名士になれる。門の外で首を吊られ、下肥を塀にぶちまけられた女の家が名士に化けるのだ。「死ね」と半紙に何百枚書いても、あたしのこの生活を壊すことはできない。あたしの夢——

いつか名士になる。

それから弥生は返済が滞れば病人が寝ている布団でもはぎ取った。貸した家に目を光らせて、正月に娘に着物を新調したら、若いのを連れて乗り込んで散々暴れさせた上で、着物を持ち帰った。

弥生は、自分が留守の間、健造が慶子を可愛がっていることを知らなかった。

慶子は健造の顔を見るとニマっと笑ってはいはいして寄っていく。健造は足下にやってきた慶子をそのがっしりとした手でしっかりと抱き上げて、お尻を小さくポンポンと叩いて機嫌をとる。それに合わせて慶子が足を蹴ってリズムを取る。健造が自分の離れに子供用のおもちゃを――振ると鈴の鳴るものや、木製の積木や腹を押すと音の出る抱き人形などを揃えて遊ばせていることなど、知らなかったのだ。健造の犬の尻尾を慶子が引っ張る。犬が迷惑そうな顔をして健造の陰に隠れる。

闇市の時代に水汲みをしていた会田良一も、健造のところに碁を打ちに来ると、慶子に碁盤を引っかき回された。鼻をつままれ、耳を引っ張られる良一は十九の青年になっていた。

弥生は慶子を大切に育てた。

家庭教師をつけて、服は舶来の生地で特注させた。髪を伸ばして三つ編みにし、黄色いリボンを結ばせた。グランドピアノを買い、ピアノの先生は毎週家に呼んだ。慶子の友達が来ると、ケーキとコーヒーをふるまった。子供たちはコーヒーを珍しそうに眺め、匂いを嗅ぎ、残して帰った。慶子の耳に弥生の仕事のことが入らないように、学校にも黒塗りの車で送り迎えさせた。ピアノの発表会のドレスは医者の娘のものよりも派手で高価だった。大きな白いリボンで髪を結わえ、白い靴下に黒いエナメルの靴を履く慶子は人形のようだった。私立の中学に入れ、金のかかる短大に入学させた。

だから慶子が妊娠したと知った時には。

慶子は十九になっていた。相手の男は、短大の近くの大学生で、慶子は母に「もう間にあわないの」と小さな声で言ったのだ。

慶子を部屋に呼んだ。

襖を閉めた。

一年前からつきあっていたこと。お互い遊び半分ではないこと。月のものが遅れているのは気づいていたが、まさかと思っているうちに間にあわなくなっていたこと。

「産もうと思っているの」そして見たこともないほど蒼白な顔をして、同じほど蒼白な母の顔を見つめた。

「時代が違うのよ。慶子はもうおかあさんの言う通りにはなりません。結婚して、この家を出ます」

——「あのくろんぼ、金、渋りやがったんだ」

目の前にはチェックのスカートと白いブラウスを着て、染み一つない真っ白な靴下を履いた娘が座っている。しかしその時弥生の脳裏にはあの女の顔がぽっかりと浮かんでいた。黒ずんだ顔をして、目の回りに隈を作って。あの女は子供ができたことを考えたくなかった。メンスがなくなった意味を頭の中から締め出して、むしろ仕事を休まないで済むと考えていた。ストッキングを履いて、街に立ち続けた。そして堕ろせない時にまできていた。女は、米兵の「アイラブユー」を思い出し、訪ねた。兵士は肩をすくめただけだ。あの言葉は金を払わずにさせる方便、限られたひとときをより歓楽的に過ごすための方便。女によっては、それで無料で長期間やらせることもあったのだから。そういう女は「あたしには米兵の恋人がいる」と吹聴した。それで組の若いのに殴られた。ただで便所になる奴がいるかと、若いのは言った。

便所――誰にでもやらせる女。

安くしとくよと言う女たちの赤い口紅が浮かんで、シュミーズ一枚で黒人米兵の性器の話をしながら笑い、せんべいを食べる女の姿が浮かび、場所がなくて弥生がそろばんをはじく隣の部屋を商売に使わせた時の、女の鳴くような、笑うような、わざとらしい媚《こ》びた声――悲鳴のような――歓喜のような。ただ、男を喜ばせるためだけに研究した声。せんべいをかみ砕きながらげらげら笑う女の声と耳の中で重なる。そして女たちはなんの臆面もなく股を開く。金のためでなく、異国の男の体臭が嬉しくて。

ばいた。

めすいぬ。

べんじょおんな。

反射的に弥生は慶子の髪を摑んでいた。

それまで弥生は慶子に手をあげたことはなかった。それが今、髪をがっしりと摑んで引き回していた。慶子は悲鳴をあげた。

しかし娘の悲鳴など聞こえなかった。放そうとしない母に、角を摑まれた牛のように、慶子は恐怖と痛みで泣きさけびながら振り回された。

白い靴下が畳の上を引きずられて滑っていた。

「娼婦にだって金くらい払うというのに、お前はその男にただでやらせたんだ。お前は喜んで股ぐら開いて、便所になったんだ」

腐った死体を、それでも歩いて突ついて父を探した母がいままた蘇っていた。一度も涙を見せず、懸命に死体をひっくり返し続けた母。母は「父ちゃんは寄席にでも行っていたんだよ」と弥生に言った。だから浅草で焼いた身元不明人の骨を木箱にもらったのだ。逃げ回り、妻と子を思い死んでいったと思うより、げらげらと笑いながら幸せなままに死んでいて欲しかったから。

慶子が「おかあさん」と絶叫して、弥生は摑んでいた手を離した。

この世には二種類の女がいる。使い捨てにされる女とそうでない女だ。その頂点に「女であることをいとおしんでもらえる女」がいる。弥生は両親の名にかけて「使い捨てにされる女」でだけはあるまいと思い、しかし自分が「女であることをいとおしんでもらえる女」でないことは若い時から気づいていた。だから「使い捨てにされる女」を使い捨てることで「捨てられる側」に回らない人生を選んだ。女たちを搾取する側に居続けることに執念を持ち、そうやって築いた全てを注いで娘を「いとおしんでもらえる女」にしようとした。それは子を腹に抱えてひとりぼっちで腹を摩《さす》った時に身のうちに灯った悲願だったのだ。だから林檎《りんご》の実を育てるように大切に包みくるんで育ててきた。

ところが包みを開けたら娘はすすんで男にしなを作るただの街の女になっていた。

慶子はもう動くこともできずにその場に泣き伏している。

男が女の体を「いとおしむ」ためでなく求める時は、男の体の中にあるあの化け物が外に出たがっている時だ。そいつは白い粘ついたものの中に住み、そいつが女の体の中に移ることを望む時、男は女をたらし込む。

この娘の腹の中にも――あのねっとりした白い物の中にうごめく化け物が――慶子の腹の中に住み着いて。あたしの宝物を穢《けが》して。あたしの夢を――あたしの悲しさを嘲笑《あざわら》って。

べんじょおんな。

再び弥生は慶子の腹を蹴りつけていた。慶子は両手で腹をかばって這いつくばった。身をよじるそのすきに弥生は腹めがけて白い足袋で蹴りつけた。二度、三度と。

慶子が逃げようと畳に手をついた。チャンスだった。弥生は本当に、その腹の中のものを蹴り殺そうと思ったのだ。

その瞬間、弥生は後ろから抱えられてしりもちを着き、したたか腰を打った。典子が後ろから弥生にしがみついていたのだ。亀が転がるようにころがったまま、弥生は女中の手を払いのけようとした。典子は死に物狂いで弥生の胴を放さなかった。

腹を押さえてのろのろと廊下まで慶子が逃げた時、弥生は大の字になって天井を見つめた。

「もうおかあさんの言う通りにはなりませんだと？」天井に向かって叫んだ。

「誰のおかげでおまんま食って、きれいなべべ着ていると思っているんだい！　誰のおかげでお嬢様づらできると思っているんだい！　誰のおかげで――」

涙がつうっと頬を流れた。不意に呉服屋の子供たちの黒焦げの死体が思い出された。母が死んだあと、正月はいつも呼んでくれる優しい家族だった。戦争が終わって、皆、蟻のように地面に這いつくばった。蟻のように働き、蟻のように簡単に踏みにじられた。

一杯のすいとんの温かさが身に染みた。

棒切れのようになってみんな死んだ。呉服店が残してくれた反物を拝んだ。

弥生は座り込んだ。髪はほつれ、着物の前をはだけ、帯も外れかけ。弥生は一人薄暗いあたりを見回した。

「あたしは一度だって女に渡す金を、約束以上にピンはねしたことはない。金を貸す時にはちゃんと利息の説明をした。食い物の残りはそこらのガキにくれてやった。女が孕んだら、階段から蹴落としたりせずに、ちゃんと闇で病院へ連れていってやった。首くくった女がいないのはうちぐらいのもんだった。時代が変わった？　時代が変わったら、働かずに誰かがおまんまくれるのかい」

そしてどこへともなく、大きな声で怒鳴りつけたのだ。

「親を汚い物を見るように見るんじゃないよ！」

声は庭を抜け、離れまで響きわたったはずだった。それでも屋敷は静まり返り、犬さえ鳴かなかった。

子供の父親は、慶子の親の家業を知って驚いた。弥生が、娘を傷物にしたのだからそれだけの覚悟はあるんでしょうねと詰め寄ると、青年はぶるぶると震えた。翌月にはその一家は隣町に引っ越していた。

それからしばらくして健造が弥生の部屋を訪ねてきた。二十年ぶりだと思う。

健造は立ったまま、弥生を見下ろした。弥生はそろばんを弾きながら言った。

「ほら、昔世話になった医者がいたろ。終戦直後、うちのパンパンたちの子供を堕ろしてくれた医者。今じゃ立派な産婦人科の看板を掛けてる。あそこに頼むよ。死産ということにしてもらう」

健造の声を聞いたのは何年ぶりだろう。彼はあの、ちょっと聞き取りにくい低い声で言ったのだ。

「生まれた子は良一に引き取らせる」

良一——闇市で水汲みをしていたあの少年。彼はそれからも弥生の雑用をしながら大きくなった。そして弥生に金を借りて小さな商売をしては、失敗した。たまに成功すれば、大きくしようとして、最後には失敗した。いまでも健造を訪ねてくる。弥生のところには羊羹《ようかん》を持って利子だけは間違いなく払いにくる。

良一に毎月利子が払えるはずがない。健造が都合してやっているのを弥生は知っていた。その良一も若い綺麗な娘と結婚して、二人して羊羹を持ってくるようになっていた。

「良一はうちに三百万円ほどの借金があるんですよ」

「それをちゃらにして、養育費を五百ほど載せてやれ。そして、二度と顔を見せるなと言い含めればいい。良一の嫁は子ができない。慶子も相手が良一夫婦ならあきらめがつく」

弥生は顔をあげた。

「がき一人に八百万円の損かい」

健造は言った。

「このうえ子殺しと言われたいか」

結局慶子にはその医院で子を産ませた。男の子だとは聞いたが、弥生は顔も見なかった。生まれた子供を医者から引きちぎるように取ると、初乳も与えさせずに、まだよごれたままのその子を産着にくるんで廊下に連れ出そうとして、医者に止められた。医者が体を拭き、哺乳瓶で少し乳を飲ませるのが待ちきれぬほど不快だった。

弥生は医者からもぎ取ると、廊下に走った。

廊下には会田良一が妻の弓子と並んで立っていた。

子を突き出すと、良一がしっかりと抱き留めた。

「早く行っとくれ！」

良一と弓子は弥生の顔を見ると、うんとしっかりと頷いて、大事そうに抱えて病院のロビーを出た。

気に入らないことが起きるのはいつも早朝だ。女中が新聞を取りにいった。新聞を読むのは弥生の欠かすことのない朝の習慣だった。姿を消して戻ってくるまで、判で押したように三分。それより早くても遅くても、弥生は聞く。「どうした、今日は」。だから女中は機械のように三分で戻ってくる。

それがその朝、三分たっても戻ってこない。弥生は裏口を見やった。黒板塀がわずかに開いて、典子が半身道に出て外を見ている。

苛立った。この典子という女にも、新聞が届かないことにも。昨日赤子を「処分」した。

だから今日は、何事もなかったように過ごしたいのだ。

典子を呼ぶ苛立った自分の声など聞きたくなかった。だからしばらく待ったがまだ戻ってこない。縁側から下りると裏口まで行った。何も羽織ってこなかったので思ったより寒い。

典子に並んで立つと、典子が呟いた。

「奥さま、あれ――」

典子が指さす方には、十メートル程向こう、電柱があった。その電柱の陰に隠れるように、良一と弓子が立っていた。

足下には旅行用の大きな鞄が二つ、置いてある。二人はきちんとした服装をしていた。そして弓子の腕には、座布団を二つ折りにしたようなものが大切そうに抱かれていた。

それを見た瞬間、弥生の頭に血が昇った。

あの赤子を――あの赤子を大事そうに抱えて。

生きてうごめいている赤子。慶子の子。あたしの孫。母に似ているかも、父に似ているかも、健造に似ているかもしれない。でも決して認めてはならない赤子。

出ていけとわめきたかった。でも近所の手前、絶対にできない。弥生は中に駆け込むと、防火用のバケツの水を力一杯持ちあげた。取って返して、もどかしさに身悶えしながら、木戸から会田夫婦に向かってぶちまけた。頭からずぶ濡れにしてやりたかった。でも飛沫《ひまつ》すら届かなかった。もっと腹立たしいのは、水を掛けたのが弥生だと気づくと、二人が、弥生を無視して、何事もなかったようにまた、同じ方向に揃えて顔を上げたことだ。

二人は離れの二階をじっと見つめていた。

弥生は典子に小さく声をあげた。

「塩を持っておいで！」

その時だった。夫婦が身を正し、その方向に一礼したのだ。

三十秒ほどだっただろうか。

典子の持ってきた塩は間に合って、水よりも遠くに飛び、頭を下げた夫婦の頭にかかったような気がした。夫婦は合図をしたように息を合わせて顔を上げた。

離れの窓が少し、開いていた。二人は名残惜しそうに、その隙間を見つめた。

良一は大きな荷物を二つ、両手に持った。二人は座布団を二つ折りにしたようなその「もの」をいとおしそうに覗き込む。良一の後ろ姿が安堵に満ちていた。小さくなる二人の後ろ姿に、弥生は、塩を投げ続けた。

離れの二階の窓が閉まった。

一九七四年、昭和四十九年のことだった。

「――塩を持っておいで」と典子はぼんやりと呟いた。

「あたしはいまでもあの言葉が忘れられません」

記者がテーブルの上に置いたボイスレコーダーは動き続けていた。典子は自分が見たことだけを話した。この記者の役に立っているのかどうかよくわからない。記者は自分からあれこれ問いはしなかったから。

　でもあの当時、黒塗りの車があるということがどれほどの金持ちを意味するか、この記者にわかるだろうか。春には畑には下肥の臭いがした。糞尿は便所の壺に溜められた。壺が一杯になっても回収車が来なければ、自分たちで酌み取って、深夜にこっそり川に捨てた。子供の頃、便所の敷板は湿って腐ってたわんで、用を足す度にこのまま下に落ちるのではないかと怯えた。

　典子は新しい煙草をとり出した。

　煙草を初めて吸ったのは二十五歳の時だ。弥生の吸いさしをこっそりポケットに入れて、部屋で火をつけた。追い出されないようにと弥生の視線ばかりが気になって、朝から晩まで探してでも仕事をした。親も居ず、娘らしい話をする相手もいない。酒を飲んでみようかと思ったこともあったが、金はないし、盗み飲みして見つかったらくびになるかもしれない。弟にはこっそり小遣いをやった。なぜだかあの時には、弟だけには生きていて欲しかった。灰皿から持ち出した煙草は折れ曲がり、伸ばしたって三センチほどしかない。三畳の自分の部屋の電気を消し、壁に向いて折れ曲がった煙草をくわえて、その先に火を点けた。吸い込むと、潰れた煙草の先が鼻先で赤く光った。

　その赤を綺麗だと思ったのだ。

　苦く、まずかった。湿った藺草《いぐさ》の匂いだった。それでも吸い込むたび、煙草の先が赤く花火のようにぴかぴかと輝くと、鶏頭の花を思う。それを眺めているのが好きだった。

いま、この女はあたしのことをなんて下品なばあさんだと思っていることだろう。あのまだら惚けのように、こんな女なら九百八十六円のためだって人の鞄を荒らしかねないと思うかもしれない。

どう説明してもわかってもらえはしない。たった一つのあの鶏頭の花の美しさ。

「慶子さんはそれから奥さまに逆らわなくなりました。でも慕うこともなくなりました。慶子さんの結婚相手の俊文さんも、奥さまが見つけていらっしゃいました。それは家政婦を雇うのと変わらない要領でしたから、口の堅い、分を心得た、おとなしい人でした。奥さまのすることに口を出さず、奥さまに逆らわず、奥さまの金を使わない人。趣味さえなかったです。奥さまは自分の仕事の手伝いをさせていました。俊文さんは税理士の資格をお持ちの大学出だったんです。それで不動産の管理とか、帳簿の整理とか。その頃から、奥さまの仕事が裏稼業でなくなってきたんです」

典子は煙草に火を点けた。

「それでも慶子さんと俊文さんは仲がよかったんですよ。離れに二人で住んでいました」

大きな母屋は奥さまだけ。こぢんまりした離れに健造と慶子夫婦の三人が住んだ。

「慶子さんが結婚した一九七七年はお父さんの健造さんの亡くなった年でしたよね」

典子は自分の記憶を先回りされているようで、少し気味悪かった。この記者のいうように、慶子お嬢さんが結婚したのは弟が三十歳になった年だったからあたしが三十五。あたしと慶子お嬢さんは一回り違ったからお嬢さんは二十三歳の時。弟がほんのしばらくだったけど印刷工場に職を得て、巨人の王貞治が世界のホームラン王になった年。

「旦那さんは癌でした。でもほんの半年ほどだったけど、入り婿の俊文さんとお酒を飲んだりして、幸せそうでした。健文さんが生まれたのは旦那さんが死んだ翌年でした。慶子さんは、おとうさんに見せてやりたかったって、泣いたから。それで旦那さまの『健造』と若旦那さんの『俊文』から『健文』ってつけたんです」

健造が死んだとき人は健造の死を悼んだ。小さな葬式だったが碁や釣りや飲み仲間たちがきて焼香をし、弥生とは立ち話さえせずに帰っていった。弥生は淡々と喪主をこなした。

「不思議ですよね。そういう時の奥さまはなんだかとっても上品で賢そうに見えました。きりっとして写真を抱いてね。どことなく」典子は言葉を探した。

「誇らしいんです」

「誇らしい？」

記者は不可解な顔をしている。これをなんと説明したらいいのかよくわからない。

あの家に居心地がよかった所があるとすれば、かつては売春の元締めをしていた人たちであるというのに、湿ったにおいが、男女のにおいが全くなかったことだ。弥生は出入りの男に様子を繕うことは一度もなかった。そして健造は弥生とまるで行き来がなく、弥生という人間に全く関心を示さなかった。男女関係がなくても夫婦ならありそうなにおい——淫靡《いんび》でも、不潔っぽくてもいいから、男の肉と女の肉が互いに違うにおいを出し合って奇妙な、いたたまれなくなるような空気を作り出すということが、まるでなかったのだ。

弥生は晴々と夫を見送った。妻の顔をしていた。

「奥さまは旦那さまをとうとう囲い込んだと思ったんでしょうね。死んでお友達とも離れて、飲み屋の女ともう酌を交わすこともなく、ただ自分の許にだけいるようになったと思うのがよかったんじゃないでしょうか」

「弥生さんは健造さんを愛していたんでしょうか」

愛する。

愛するってなんですかと記者に聞きたかった。

弥生は健文を可愛がった。同じ娘の腹の中にいながら、蹴り殺されようとした赤ん坊と、娘の手から取り上げんばかりに可愛がられる赤ん坊がいる。健文の小さなこぶしを見ながら、あの時の弥生の瞳を思い出す。ありありと殺意のある――踏みつぶしてくれるという脂ぎった欲情の目。白い上等なおくるみにくるまれた赤ん坊を見て、典子は複雑な思いが胸をよぎったことを思い出すのだ。

典子は、わたしにはわかりませんとだけ答えた。わたしには、奥さまの考えていたことはわかりません。

「健文さんが生まれた三年後に、慶子さんの夫の俊文さんも死亡していますよね」

典子はそれが三年後だったかどうか、いろいろ考え合わせてみないと思い出せなかったが、この記者がそう言うのだからそうなのだろう。

「ええ。なんの病気かは知りませんが、病院で亡くなりました。病院の廊下の端で、まだ二十七歳の慶子さんは、しっかりと息子を抱き抱えたまま、声も立てず、ただ涙ばかりを流していました。スリッパを履いた素足が頼り無げでねぇ」そして典子はポツンと呟いた。「慶子お嬢さんにしたら、俊文さんといた四年間だけが、幸せだったでしょうねぇ」

その頃になって、典子は取材を受けたことを後悔し始めた。あたしの人生は結局あの家が終わるのと同時に終わってしまった。人生にどんな楽しみがあるのかも知らないまま。奥様に内緒でこっそり煙草を吸った。それだけのこと。その後も灰皿の中の吸いさしを盗んでは吸った。あのまだら惚けはあたしのそんな本性を見抜いているからあたしを嫌う。

手を叩き笑うことのなかった、あたしの一生。

それは確かにあたしのせいだったかもしれない。でもあそこを出て、どう生きたらいいのかわからなかった。金に追われるのが怖かった。

ねぇちゃん、俺、死ぬ。

あたしは開戦の翌年に生まれて、中学を出て四年ミシンを踏んだ。父はあたしが十歳の時に死んで、母は一人で二人の子を育てて、あたしが十九の時に病気になり、父に恨み言を言いながら、痩せて、死んだ。あたしは母の下着を洗いながら、金のことばかり考えていた。病院への支払い、家賃の支払い、食費の算段。弟が店の金を盗んで、店の主人が来た時、店の主人は大層怒ってはいたが、家の様子を見て少し口調を変えた。あたしと弟と弟の学校の先生とでただ頭を下げた。

少しずつでも返してくれれば――飴屋の旦那さんはそう言って帰った。

弟は盗んだ金を一円も持っていなかった。友達にそそのかされて盗んで、その友達と一日町を歩き回って、翌朝目が覚めたら金も友達も消えていた。弟はあたしの前で伏して泣いたのだ。刑務所には行きたくない。ラジオでは植木等が「こつこつやる奴はご苦労さん」と歌っていた。スイッチを切ってラジオを床に投げつけた。転がったラジオを拾ってまた投げつけた。

あたしがあの家の家政婦になったのは、小さな弟が両親を亡くしてたった十五歳で人生に躓くのはかわいそうだと思ったから。でもあたしがこんな人相になって、煙草の味だけを覚えて、老人ホームの婆さんに盗人呼ばわりされて、それがそもそも弟の、ほんの数回会っただけの「友達」が持って消えた金のせいだったとは、誰も思わないことだろう。

あたしでさえ忘れかけていた。

因果。

典子は若かった弥生を思い出す。体の小さな弥生。計算が早かった弥生。典子とは親子ほど年が離れていた。弥生が典子に手を上げたことは一度もない。口汚く罵《のの》られたこともない。弥生は、家の中に典子という他人がいることをよく忘れていたのではないだろうか。思い出すのは月に一度給料を払う時だけ。

封筒をテーブルの上に差し出されて、押しいただき、部屋に戻る。封筒の中身は見なくてもわかっていた。三千円入っている。給金のうち、残りは借金の返済に廻されるのだ。それで足りなければ前借りをするだけだ。それはまた新しい借金になる。

弥生は明細を入れ忘れることはなかった。古い借金とその利子と、新しい借金とその利子と。細かい計算書がいくつも入っていた。初めの借金の元金ほどは払っていた。しかしほとんどが利子の払いに消えた。それに新しい前借りの返済が加わる。

ここを出て——と典子は思うことがあった。

もう前借りはやめて、弟にも小遣いは渡さないときっぱりと言い渡して、返済仕切ってしまおうか。そうすれば自由の身になれる。結婚もできるかもしれない。知り合いと呼べる人ができるかもしれない。

でもこの家を出て、気弱で病弱な弟を抱えて、もし結婚できなかったら、またシーツを洗いながら、夜には内職をして、それでも明日の食費の心配をする日々を送らないといけなくなるかもしれない。

ねえちゃん、俺、死ぬ。

父も母も死んで、誰にも甘えることができなくて、弟は本当に不安だったのだ。人様の金を盗んで、牢屋《ろうや》に入らないといけないかもしれないと聞いて、泣いた。

ひいひいと泣く十五歳だった弟。母に似て病弱で、餌《えさ》を運んでやらないと死んでしまいそうな雛のような弟。

古い父親のジャンパーを着て、駅の隅で典子を待つ。泥で煮染めたような布のジャンパーは少しゴワゴワしているが織りが細かくて温かいのだ。それを弟が着ると、肩が落ちて袖は指の先が隠れるまである。頭が小さくて、その上五分刈りなのでひどく貧相だ。千円入った封筒を渡すとちょこんと頭を下げる。ついでににぎり飯も渡す。笹本の家の釜の飯だからただだ。外で食えばそれなりに金がかかる。

弟はそれも懐に入れる。

中学校しか出ていない。保証人もいないし、手に職もない。そんな弟が定職に就けないことを典子は責めることができなかった。

あたしが辞めても弟に仕事があてがわれるわけじゃない。

この記者はあたしの話から何か成果を得るだろうけど——それがなんなのか到底あたしなんかにはわからないだろうけど——あたしは結局一層惨めになるのかもしれないと典子は思った。

「俊文さんが死んだあと、奥さまが慶子さんと健文さんを養ったんです。奥さまは以前にもましてお金を惜しみませんでした。特に健文さんには物を買い与えて。お嬢さんがちゃんと躾《しつ》けをしようとしても、まるで頓着しなかった」

弥生は健文がウィンドーの中を覗いただけで、その視線の先にあるものを買い与えた。自転車は五台並んだ。合体型ロボットは山のようにあった。運動靴は一足三万円もするブランド物を、新しいデザインが出る度に買ってやった。健文は、子供には不自然な高級腕時計をし、ブランドもののストラップを出始めの携帯電話につけ、最新の変速ギアつき自転車を持っていた。

慶子は弥生の買ってきた真新しい靴を見つけると捨てた。「あるものを履きなさい。まだ使えるのに物を粗末にするんじゃありません」

靴も自転車もゲームも、慶子は弥生が買い与えたものを見つけると何度も捨てた。慶子は本を買ってきて、時間を決めて読み聞かせた。それでも弥生は健文に物を買い与えた。捨てられても健文は抗議はしない。これは母と祖母の戦いだということを知っていたから。

記者は息を止めて聞いている。

「それで健文さんとお母さんは関係がうまくいかなくなったんですか」

典子は首を振った。

「健文ぼっちゃんは最後まで弥生奥さまにはなつかなかった」

変速ギアの自転車を持っていても、坂道は友達に合わせて押して歩いた。友達の安物の自転車と一緒に草むらに放り出してボール遊びをした。弥生が買ってくる腕時計が友達がしているものと違うと気がつくと、友達と同じものを母にねだった。小学校も高学年になると、弥生から物をもらうことを嫌がるようになり、いつも母を目で探す子になっていた。

「こんなの誰も持っていない」——弥生がブランド物の財布を買い与えた時の健文のせりふだ。健文は押しつけられた財布を持ったまま、縁側の角に立ちすくんでいた。

「ないものの真似をしなくてもいいのさ」弥生は強い視線で健文を睨み、突き返させることをさせなかった。その強い視線のままに、優しい、粘りけのある声で言った。

「大きくなったら格好のいい車も欲しいだろ。高いのだと家が買える値段だよ。ピカピカの靴を履いて、そんな車を乗り回したらきっと気持ちがいいよ」

典子は覚えている。庭にはツツジが綺麗に咲いて、強い日の光が庭を明るく照らしていた。健文が悲しそうな顔をして縁側に立っていた。

「中学に入った頃には、母親にもおばあさんにも口をきかない子供になっていました」

あの、腹を蹴られた日から、慶子お嬢さんは母親を極度に恐れていた。獣を見るような目で母を見、お嬢さんは時々神経をおかしくした。そりゃわかるような気がすると典子は思う。典子は、弥生がどんな人間か、女中に入ったその日からいやというほど見てきたし、典子自身が大人だったから、他人として受け入れた。第一、あたしには頼りないけど当たり前の家族がいた。弟と駅前でうどんを食べたりする時、妙に嬉しく肩の荷が下りたりしたものだ。でも慶子お嬢さんには弥生奥さましかいなかった。短大に入って初めて母を「普通じゃない人」と認識したけど、お嬢さんの世界はその母親が半分を占めていたのだ。あの二十歳の時、母が自分を激しく罵って、狙って腹を蹴ろうとした日、慶子は自分の頭の中の半分を握っていた母が、自分が考えている人とは違うということを初めて思い知らされたわけだが、それでも頭の半分は結局母に握られたままなのだ。一人では何も決められないように育てられてきたから。

　結婚して俊文さんはお嬢さんを当たり前の世界に引き戻してくれて、慶子さんはあのままいけば頭の半分を摑んでいる母をそこから追い出して、そこに夫なり、自分なりを住まわせて、最後には母親から脱皮できたと思うけど、夫は死んで、慶子さんは頭の半分を取り戻すことができなかった。慶子さんは奥さまの口から当たり前の人間の言葉が出ること、特に奥さまが上品に振る舞ったりするのを見たりすると、裏切られた瞬間——髪の根元から血が出るほど引っ張られた時の恐怖を思い出し、頭の半分にいる母との折り合いがつかなくなって、時々吐いたのだと思う。慶子さんは吐いたり、泣いたりした。

典子は話しているうちに奇妙な気分になった。目の前の記者が、目玉だけになり、典子の頭の中に器用に入ってきているような気がしたからだ。

不思議な気がして典子は記者の顔を見つめた。大きな黒縁のメガネを掛けた、化粧っ気のない、働き者の顔だ。着飾ることのない女は昔はよい嫁になるといわれた。そのうち田舎者だと蔑まれるようになった。記者は昔自分たちがよいと信じてきた「強く素直な」顔をしていた。

あたしが思い出すこの光景が彼女に見えるだろうか。

典子は思い直した。

見えるはずがないじゃないか。あの黒板塀の中の三十四年は、他人様にはなかったと同じ。

あたしという人間は、いなかったと同じ。

灰皿が一杯になっていた。ウェイトレスが慣れた手つきで灰皿を取り替えていった。

「健文坊ちゃんが十五になった時、慶子さんはマンションを借りて家を出るって言い出したんです。仕送りはいらない。だからもう健文に関わるなと言いました。十九歳の時以来、初めての反抗でした」

それまで、健文は学校だけはきちんと通っていた。それが休みがちになり、深夜に友達と出歩いたりし始めていた。

「奥さまがいくらでも小遣いをやるものだから、悪い友達が坊ちゃんから離れなかったんです。坊ちゃんはお金を持っていたためしがない。奢《おご》ったり取られたりしているって、お嬢さんは悩んでいました。このままだとろくでもない道に入る。それで決心したんです」

お嬢さんが奥さまの前にひれ伏すように手をついて、長い間お世話になりましたと挨拶した。あれからもう二十年も経つというのに、もしかしたら蹴られることを覚悟していたかもしれない。だって、蹴るんなら蹴れというみたいな、そういう覚悟がその毅然とした格好にはあったから。あたしはそれを廊下の端から覗き見ていた。廊下の端であたしもどきどきして聞いていた。

奥さまは冷やかだった。引き止めもせず、怒鳴りもしない。

台所に逃げ帰って、あたしは考えたものだ。お嬢さんは暮らしていけやしない。マンションの家賃がいくらだか知っておいでなんだろうか。生活に月々決まった金がいるということの重圧を知っておいでなんだろうか。

あたしはその時もう五十一歳になっていた。弟は四年前に死んだ。四十二歳で、死んだ時には失業者だった。母と同じ、胃癌だった。その入院費もまた全部奥さまに借りた。奥さまはただ「手のかかる弟だねぇ」と言っただけだ。時々弟を病院に見舞った。弟は「ねぇちゃん、俺、死ぬ」と言ったあの日のことを覚えていなかった。そんなこと、言ったっけと青白い顔で笑った。

「母ちゃんもこんなに腹が痛かったんだろうか」

「うん。とても苦しんで、痩せて死んだ。今みたいに薬にいいのがなかった時代だから」

弟は真剣な顔をして「今はありがたいな」と言った。それから何を思ったのか――多分病院のベッドの中ではすることがなくて、いろいろなことを考えるのだろう。俺が病気でなくて、作業現場での事故死だったりしたら、ちょっとは金が入ってよかったのに、同じ死ぬのに、最後まで金がかかるよなと言った。あたしが、本当だと言って笑ったら、隣の人に「あんた、冗談でもそんなことを言うもんじゃない」と本気で怒られた。あたしはその人にごめんなさいと謝った。

弟の度重なる入院を金の心配することなくさせてやれたことには感謝している。でも奥さまのおかげで食べ物の心配も寝るところの心配もしなくて済んだのは、いいことだか悪いことだかわからない。人間が生きていくということがどういうことなのか。あの塀の中のお屋敷を出て初めて考えた。ミシンの振動に耐えられなくなった十九の時。母の汚れたシーツを洗いながら、弟に「死ぬんなら死ね」と思ったあの日。塀を出たら、盗人よばわりされる日日が待っていた。

あたしにはあの家を出てからわかったんだ。奥さまが平然とお嬢さんを出した訳が。

必ずまた自分の許にひれ伏すと思っていたこと。

すいませんでした。暮らしていけません。そう言って泣きながら許しを請うこと。奥さまはそれを待っている。

そのはずだったというのに。

慶子さんは浴槽の中に沈んで死んだ。

「慶子さんは小さなマンションを買ったんです。頭金とかは、亡くなった俊文さんの残したお金でまかなったんですけど、俊文さんも弥生奥さまの下で働いていたもんで、大した金なんかなかった。すぐに働かなくちゃならなくなる。慶子さんは三十九歳になっていました。その上働いたことなんてないんです。旦那さまの古いお友達が見かねて簡単な事務仕事をさせてくれて、わずかだけど給料をくれた。それに慶子さんは泣いて喜んだんだから。それでもお金のやりくりなんかしたことのない人でしょ。ほんとに」

奥さまはあたしの新しい借金に、また律儀に利子をつけて、明細書を給料袋の中に入れていた。もう天引きではなくて、あたしが奥さまにお金を返しに行くようになっていたけど、とにかくその明細が入っている間は、どんなことだって言われたことはやらなきゃいけなかった。奥さまはマンションのローンも、食費も坊ちゃんの学費も一切出さなかったけど、「健文さんにね」と言って毎月封筒をあたしに渡した。

健文さんに「さん」をつけるのを聞いた時、たった一度だけど、このあたしでさえ奥さまを殴りたくなった。「べんじょおんな」と罵ったその口で「健文さん」と言う。なぜということはないけど、殴りたくなった。

その封筒にはたっぷりとお金が入っていた。多分五十万円ほどだ。奥さまは慶子さんには生活費は一円もやらずに、健文さんに毎月それだけの小遣いを渡していた。

　意地が悪いのは、慶子さんがそれを知っていて、健文には小遣いを渡さないでくれと言い、はい、わかりましたと奥さまが言い、慶子さんは「おばあさんから小遣いをもらってはいけません」と「そのために家を出たんだから」と健文さんに言う。でも家の中にはお金は全然なくて、贅沢に慣れた健文さんが、疲れ果てた母と、空の財布に、不安を募らせる。その全部を見越して、母が稼いでくる何倍もの金を、健文さんに小遣いと称してやることだ。

　表向きは内緒だが、それを受け取っていることを母も知っている。健文さんはそれでお昼ご飯を食べて、ゲームセンターでゲームをして、時々冷蔵庫の中を一杯にする。冷蔵庫が一杯になっているのを見た慶子さんは、「これを買うお金はどうしたの」とわかりきったことをヒステリックに問い詰める。わかりきったことを聞かれて、母のために買ってきたのにと思い、つい「ばあさんの金だ」と健文さんも答えてしまう。堰《せき》を切ったように母はものを投げたり暴言を吐いたりして、健文さんは家にもいられなくなって、ゲームセンターに行って「ばあさんの金」をまた使うのだ。

　そういう健文さんの罪悪感と慶子お嬢さんの徒労感を全部見越してあたしにその封筒を渡しに行かせる。

「健文さんは黙って受け取りましたか？」

「時々突き返しました」

「そういう時はどうしたんですか」

「下駄箱の上に置いていきました。結局、健文さんは学費もそこから出していたんです。慶子さんも知らないはずもないだろうけど、金がないんだからしかたがない」

典子はのろのろとしゃべった。

「金がないということはそういうことなんですよ、記者さん。教員の奥さんも、ロシア文学を勉強した博学の夫を育てた母親からたった一つ受け継いだ形見を金貸しに渡さないといけなくなる。ロシア文学なんか勉強して哲学なんかを教えることのできる人が、大切な本を屑屋に売られて涙をぽたぽたと流さないといけなくなる」典子は顔をあげた。

「二人の子供の首を絞めて、死体になったその首を、自分たちが作った輪っかの中に自分たちで入れて、吊るしたんですよ。そういう金の力を奥さまはよくご存じだった」

あの慶子さん親子を追い詰めるなんてこと、奥さまには赤子の手をひねるようなものだ。

一年半後、健文さんが十六の夏、慶子さんが死亡した。

「知らせを受けた時、なぜだか奥さまは驚きませんでした。台所の食卓に腰掛けて、ぼんやりとどこかを見つめて――」そして典子はぼんやりと遠くを見つめて、言った。「その鼻先が、フンと笑った」

「笑った？」

典子はごくりとつばを飲み込んだ。――ふふんと笑った。目がギラギラしていた。あの奥さまの目の、古いエンジンオイルみたいなぎらぎらした輝き。

「警察がね」とあたしはわざと質問をかわす。

「大の大人が風呂の中で溺れるだろうかって言ったんです。発見したのは健文さんでした。ゲームセンターから明け方に家に帰ってきて、そのまま自分の部屋で寝た。翌朝母親が起きてこないので探したら、浴槽の中に沈んでいた。家には鍵がかかっていたし、争った跡もない。遺書もない。そうすると人も面白そうに同じようなことを言いました。大の大人が風呂の中で溺れるだろうか。というのはそのころ健文さんの素行が悪かったから。親子の仲が悪く見えたから」

典子は、あの時の弥生の目や、フンと笑ったあれは、錯覚かもしれないと思うのだ。それとも、自分が死に追いやった娘、いまさら泣くわけにもいかない。フンと笑って見せるしか、奥さまだって心の置き所がなかったのかもしれない。

「でもお嬢さんはお酒も飲んでいたし、睡眠剤や安定剤をいつも飲んでいた。酒を飲んで、つい薬を飲み過ぎたんだろうってことで落ち着いたんです」

典子はとても疲れたと思った。この記者に話をしていると、何度も死んだ弟が出てくるのだ。

俺がねえちゃんを身売りさせたんだなぁ。いつもそう言った弟だった。出てくるのは死ぬ前の痩せた弟ではなくて、二十五、六のしょぼくれた弟だ。金もなくて仕事もなくて、あたしが住み込みだったものだから、三畳の部屋でひとりぼっちで暮らした。あれもどこかでいい目を見ただろうか。

あたしの知らないうちにこっそりいい目に会っていたらいいんだけど。

「健文さんはどんなお子さんでしたか」

健文ぼっちゃんが容疑者になっているのは知っている。

「わがままで、お行儀も悪いし、人が来ても挨拶をするのを聞いたこともない。それでも嘘をついたり、人のものを盗《と》ったりするような、小狡《こずる》いところはありませんでした」

小学生のころはプラモデルを無心に組み立てていた。楽しそうには見えなかった。それを見ていると、台所の隅の隅まで磨き上げる自分に重ねてしまうことがあった。

そういえば算数の計算問題も、漢字の書き取りも、健文は懸命にやった。誰かに褒めてもらおうというのではなかった。普段あたしの、風呂場の黴《かび》を擦り取る時の気持ちに似ていたんだろう。

「会田さんはご存じですよね」と記者が聞いたので、典子は頷いた。

「あたしより七つ年上でした。利子を返しに来るときはいつも羊羹一本、風呂敷に包んでいました。いつも糊の利いたぱりっとした真っ白い開襟シャツを着て、小柄だけど、バネの固まりみたいな筋肉質な感じで。旦那さんは会田さんを弟みたいに可愛がっていた」

会田さんは来ると奥さまに、畳に頭を擦りつけるように挨拶していた。それに奥さまが何か言う度に、頭をまたぺこ、ぺこと下げていた。

そのうち夫婦で来るようになっていた。妻は良一より一回り小柄で、でも綺麗な人だった。夏には白いレースの日傘を差して二人で現れて、二人揃って頭を下げた。

「二親のない子があの戦後の混乱期を、十やそこらからモク拾いや水汲みをして、小突かれて、野良犬みたいに追い払われながら、屋根のない所で寝て育ったんですもの。冬は風にさらされても、かたかた震えるしかない。そういう頃に旦那さまから受けた恩義を忘れないでいたから、金を借りる時はいくら高い利子を取られても奥さまの所で借りて、夫婦揃って羊羹を持って利子を返しに来たんです。旦那さまが見かねて、奥さまに返す利子を、会田さんにそっと手渡していたこともあった」

典子はのろのろと話した。

「あの朝、二人は挨拶に来ました。離れの旦那さまの部屋を向いて。奥さまは塩を撒《ま》けってもう、大変でした。でもじっと離れの旦那さまの方を見て。一礼すると、行ってしまいました」

喉の奥に何かが詰まったみたいで、言葉を止めようとしているのがわかる。

彼もまた一生懸命利子を返して、羊羹まで毎回持ってきたというのに。

「慶子お嬢さんが亡くなった時、奥さまは会田さんの消息を調べたんです。そしたら会田さん、その八年前に自殺していたって」

「その朝から会田さんとの交流はなかったんですね」

「なかったと思います。郵便物はわたしが受け取りますし、電話もわたしが取り次ぎます。連絡があればわたしにわかります」

「そのあと、子供の行方を探すような素振りはありませんでしたか？」

典子は首を振った。典子の喉にはいよいよ大きな固まりが押し寄せていた。それまで会田良一のことなんか忘れていたというのに、思い出すと、何かにがっしりと鷲摑みにされたように身動きが取れない。

「健文さんは奥さまが老人ホームに入ってあたしが仕事を辞めることになった時、借金を棒引きにしてくれて、住む所も必要でしょとおっしゃって、五十万円くれました」

典子はやっとそれだけ言った。

「十八歳の健文さんがですか？」

典子は頷いた。「奥さまの顧問弁護士になった若い弁護士さんが、そう言ってくださったそうなんです。三十四年も働いて、全然預金がないというのはあんまりだからって」

慶子さんが死んだのはもう十年近く前の話だ。その時にあたしは泣かなかった。弟が死んだ時も、ちょっぴり涙を流しただけだ。あの黒板塀で囲ったお屋敷にいた間、三度の食事を与えられ、金を借りても返す心配をしなくてよくて、家中の誰も慰め合ったり喜び合ったりすることがなく、だから泣くこともなかった。会田良一が自殺していたと聞いた時、あたしは多分泣かなかった。

俺がねぇちゃんを身売りさせたんだなぁと弟は言った。結婚もせず、男も知らず、友達もおらず、だから外食を楽しんだこともない。奥さまが気まぐれに買ってくださった着物や日傘。世間の光景のすべてがガラスの向こうを流れていった。

「あたしは羊羹を持ってくる会田さんのあの姿を覚えていたから。かわいそうだと思ったの。どうしてこの世の中はこうも不公平なんだろうって」

突然土砂崩れでも起きたように気持ちが崩れてしまって、涙が頭中をとっぷりと漬け込むほどに溢れてきて、目の所だけでは出ていくのに間に合わず、もう溺れそうになるほどに、むせんだ。

考えれば奥さまは、嘘もつかなかった。人をだましもしなかった。たくさんの人に憎まれてきたけれど、それに動じることはなかった。

奥さまは殺されてしまったけれど、あの人はどんな死に方をしても気にしちゃいないとあたしは思う。

だって充分生きたから。

思いのたけ、生きたから。


木部美智子は疲れていた。滝川典子が社会にすれていず、忠実な語り部であったからだろう。弥生は電動芝刈機のように、触れるものすべてに血を流させながら突き進んでいった。それがひどく生々しく伝わってきたから。

家に帰るとパソコンにメールが入っていた。それから留守番電話のライトが点滅していた。パソコンのメールは中川からだった。

東都新聞神奈川支局次長　亜川信行
東京都出身。一橋大学経済学部卒業

一九八五年　東都新聞入社　新潟支局勤務（県警、新潟市政担当）
一九八八年　東京本社社会部（警視庁担当）
一九九二年　同　　政治部（首相官邸、外務省担当）
一九九九年　同　　　外信部（ワシントン特派員）
二〇〇一年　休職
二〇〇二年　復職　　神奈川支局次長
追伸　タイムズにいたこともあるという話もありますが、そこのところはわかりません。友人に元東都の記者がいて、主に彼が聞き込んでくれたものを中心に、あっちこっちから寄せ集めると、こんな感じになります。さほど正確ではないかもしれませんが、だいたいのところこんなもんでしょう。硬派の政治部記者で、花形記者（古い言葉ですね）だったようです。東都新聞を離れて長い彼も亜川記者のことは知っていましたから。休職の理由は不明。復職が本社でないことを考えると、何か事情があるのかもしれないが、どうせそのうち本社に呼び戻されるだろうとその元記者は言っていました。
いらぬ話ですが、独身です。

エリート街道まっしぐらを絵に描いたような経歴だった。どうしてああも好き勝手に動いて苦情が出ないのかと思っていたが、これで得心がいった。本社とのパイプも太い。いつか本社に戻り出世すると思えば下手に喧嘩もしたくない。あの男、何があったか知らないが、能力をもてあまし、特別扱いをいいことに、支局で適当に仕事をこなしているというわけだ。

美智子はメールを読み直しながら電話の留守番機能の再生ボタンを押す。固定電話の留守電に入れてくるのは浜口くらいなものだ。彼は携帯のメールも伝言も嫌いだ。メールは打つのが面倒だから。伝言は聞きかたがわからないから。「俺、ほんとはアナログ人間なの」

彼ならまた酒の誘いだろう。だったら今日はご相伴に預かろう。

泣き崩れた滝川典子を思い出す。彼女のような人生があり、こんな華々しい経歴を持つ男がいる。なんだかよくわからない割り切れなさに胸がどんよりとするのは、多分とっても疲れているからだ。

そんなことを考えていたら、留守番電話から聞こえてきたのは聞き慣れぬ声だった。

〝東都新聞の亜川です。名刺をいただいたんで、電話しました。家政婦、収穫ありましたか。笹本健文のアリバイについて交換できる情報があります。ご連絡ください〟

待ち合わせたのは十一時過ぎだった。

そんなに高い飲み屋じゃなかった。煤と喧騒《けんそう》にまみれたところではなく、食べ物の種類は少ない。酒の種類は多い。亜川は端に座り、「いつもの」なんて言わずにきちんと焼酎の名前を言った。ボトルが出てきたから、常連に違いないのに。

美智子は亜川に話した。

「弥生さんが娘の慶子さんのお腹を蹴ったのは、なぜなんだろうって思ったんです。一瞬、夫から相手にされない弥生さんの、若い男女の中でとり行われた情交に対する嫉妬《しっと》じゃなかったのかとも思った。でもやっぱり違うと思う。本当に『やり逃げ』させた娘の不甲斐なさにはらわたが煮えくり返るほど怒ったんだと思う」

美智子は言葉を切った。そしてまた語り出した。

「慶子さんという人は、聞いていると、とても普通のお嬢さんなんですよ。前に出ず、我慢強く、地味なんだけど、強い愛情を芯に持っている。『健文』という名前は父の健造と夫の俊文から一字ずつ取ったんだそうです。父と夫と、自分と息子と。慶子さんは家族を愛していた」

「子供の頃は親は絶対で、神様みたいな存在だけど、いくら箱入りでも、大学に行く頃にはそんな魔法も解けますからね」

美智子は頷いた。

「恋愛をして母以外の人間と深く触れ合った。彼女は懸命に羽ばたこうとしていたのだと思う。俊文という人は、慶子さんにとって唯一自分を救い出してくれる人でもあった」

亜川は呟いた。「その夫も四年で他界した」

「夫が死亡した時、病院の片隅で、三つになった子供を抱えて泣いていたそうです。声も立てず、ただ涙ばかりを流していたと、滝川さんは言いました。泣いても泣いても涙の種が尽きず、慶子さんはたぶん、抱えた息子の温かさに慰められ、慰めてくれたその温かさにまた夫の影を思い、亡くしたことを思い出す」

慶子は健文をきちんと育てようとした。それは亡き夫への愛情の証だ。夫婦の意地だ。

亜川はしばらく黙っていた。

黙ってじっとどこかに視点を合わせ、考えている。焼酎の中の氷がカランと鳴った。それからしばらくして、亜川はふっとその顔に笑みを走らせて「なるほど」と呟いた。

少し醒《さ》めた笑みだった。

「なんですか」

「いや」と美智子に向かい言いなおした時は、いつものゆったりとした彼に戻っていた。

「健文って男は別の大学の中国語科にいながら二十六歳にもなって専攻違いの考古学に没頭していた。それがなぜだかわかるような気がすると、今思ったんです」

グラスの氷をからりと回す。

「ブランドの財布を突きつけられた十二歳の健文はあわれですよ。ばあさんはくれる。でもそれをもらえば、母親が怒る。お母さんの言うことの方が正しいと思っている。でも一方で、母親が祖母に頭が上がらないってのも知っていた。貰うこともできない。捨てることもできない。何かを言い返すこともできない。健文ってのは、いろんなことをうやむやにしながら、母親とばあさんの間で、スポンジみたいにつぶされたり膨らまされたりして。そりゃ親ともばあさんとも口をきかない子にもなる。グレなかっただけ、立派な忍耐力ですよ」

低く音楽が流れていた。薄闇に目が慣れると、レコードが壁の棚一面に置いてある。居心地がいいと思っていたら、このレコードの音色のせいだったのかと気がついた。

亜川がまた、ぽつりと言う。

「健文は自分のおばあさんの仕事も薄々知っていたでしょう。近所が自分の家のことをどう思っているのかも知っていた。健文はおばあさんがきらいで、母親が不安定で、どちらとも距離を置かざるを得なくて、ひとりぼっちだった」そして独り言のように呟いた。「だから考古学の発掘にあれほど没頭したんだなってそう思ったんです」

黙って美智子を見る。

「笹本健文、アリバイを出したでしょ。堂本明美が考古学研究室を仕切っている田辺の女だったから、言わずに済むものなら言いたくなかった。それが健文の用意した言い訳です。でも田辺つよしと堂本明美というのは、警察が内偵中の、研究室が関与する詐欺のキーパーソンなんです。それに古物商が一人絡んでいますけどね。大学自体は関係はしていないと思われる。でも内部にはまだ数人、その詐欺行為に加担、もしくは黙認していた人間がいたと思われるんです」

美智子は驚いた。「考古学研究室にですか」

亜川は頷く。「笹本弥生は健文と金のことでよく言い争いをしていたと言われているでしょ。それが、田辺の詐欺がうまくいかなくなった頃に一致する。警察に目をつけられて、田辺はうまく動けなくなっていたんです。よその大学の研究室に協力するなんて、そんな趣味みたいなことに、なぜそれほどむきになって健文がのめり込んでいったのか。田辺の言われるままになぜ金を注ぎ込んだのか」

そして美智子の顔を見た。

「そこが唯一の居場所だったから。失うのが怖かったから。計算ドリルと同じですよ。考古学は彼にとって意味のないことであり、だから煩わしくなかった。その上そこには彼の生い立ちを知らない仲間がいて、通訳としてともに動くうちに初めて連帯感や達成感も味わった。そういう中で彼は初めて自然体でいる自分を見つけた」

そう言われれば林田は、健文が高校の頃と変わっていたので驚いたと言っていた。

「どんな詐欺なんですか」

「もしもう一度会田良夫に取材をかけることがあれば、同行させてくれませんか。僕の予定に合わせて」

美智子はムッとした。彼はすぐに取引を提示する。他の人ならいざ知らず、彼がそれをすることに美智子は子供じみた不快を感じる。

「滝川典子のお話、提供したと思いますけど。第一、永井記者が直接取材したがっているんじゃありませんか」

「永井にその気はありません。仮に彼が取材したって、何が取れるとも思わない。あれは見えるものしか見ない。それを育てるのが仕事でしょと言われそうですが、まあ、今回はその部分は放棄」

「じゃ、ご自分で取材なさればどうですか。休日にアポイントをとって。フロンティアじゃ、東都神奈川支局のデスクがノーマークの会田良夫を調べてるって聞きましたよ」それで真鍋はおろおろしたのだから。

「うん。調べてはみました。が、今回は収穫なし。時間が悪かったんですね。だって村に誰もいないんですよ。お婆さんには敬遠されるし」

新聞社のデスクは紙面の全てを取り仕切って本社とのやりとりをし、情報が入る朝の十時頃から紙面が決まる夜の十一時まで机から離れられない。通夜さえ参列できないのがデスクなのだ。亜川がほんとうに自分で動いているとは思っていなかった。

「何を調べたんですか」

「うん。履歴書に沿って事実確認と、新潟のあの村に行って、本人確認。東京での動きには不審な点はありません。履歴にあったのはたったの一社ですから、不審でありようもない。新潟がくせもの。すっかり人口が減って、スキー場のあたりだけおしゃれなホテルやペンションが建って。あとは古くからの農家。どの家にも大根が干し柿みたいに吊ってあって、スキが芸術的にたくましくて、所構わず墓があって、どの墓もピカピカに磨いてあって」

美智子は待った。でも亜川の話はそれだけだった。

「で、彼が会田良夫だという確認は取れたんですか」

「だから、時間が悪かったんでしょ。道には腰の曲がった元気なお婆さんしかいない。人の顔をじろじろ見るばかりで、僕が誘拐犯にでも見えたんでしょうかね」

「井原の家は」

「行きました。でも八重子という本家の嫁さんは僕の記者証を見るなり、顔も上げない。追い払うように手を振って畦道を向こうに歩いて行ったんです。追いかけて、前に回ってと散々やってみたんですが——時間が悪い。夕方のさびれた農地って、独特なんです。彼女がその農地に入っていく。追いかけようとするんですが、なんというのか」と亜川がぼんやりと考えている。

「農地そのものが僕の進入を拒むんです。農地には魂がありますね」

「要は」と美智子はなじるように亜川をじっと見た。「確認できなかったと」

「だから言ったじゃありませんか。収穫なしだって」

「写真を見せることもできなかったんですか？」

「見せましたよ。目の前に突き出して」

「で、なんて」

「無視されました」

「見たのは見た」

「ええ。見ました」

「なら無視されたって、知っている人の顔を見せられたか知らない人の顔を見せられたか、その表情の見分けくらいつくでしょ」

一瞬、亜川にすきができた。一瞬の後、亜川はまた繰り返した。

「時間が悪かったんです。何せ西日で。逆光で」

うさん臭そうに亜川を見た。亜川は平然として、たっぷりと焼酎を入れたロックのお代わりを作った。それを美智子の前に置く。

それから自分の分も作る。

「あなたは、自分で会田良夫さんから話を聞き出しなさいと言う」

美智子はうんと頷く。納得して亜川は続ける。

「しかし、思うに、男と女には役割がある」

「どんな」

「話す義務のない人間から話を聞き出すのは女の役割。ふてぶてしい、人を人とも思わぬ人間から無理にでも情報を聞き出すのが、男の役割」

「――それ、恫喝だと思いますけど」

「うん、つねづね思うに、世間にはいろんな言葉の使い方がありますよね」

らちがあかなかった。

でも考えれば悪い話ではない。協力して多く情報を集めたほうが得だし、新聞と雑誌は棲み分けがはっきりしているから、あとで困るようなことにもならない。また、彼は裏切りとも呼べる方法でスクープをものにするタイプには見えない。知らぬ間にそれをしてしまうのはいつだってあたしの方なのだ。

美智子は、近いうちに取材すると思うので、その時には亜川のスケジュールを確認すると伝えた。

「金庫の底に、何かを張りつけていた形跡が残っていたって聞いたんですけど、その後それに関して何か入っていませんか」

ああ、あれと亜川も思い出す。

「わからないそうです。鍵型のもの。あるいはロザリオ型の貴金属。その域を出ない」

「糊についていた残留物から材質ぐらいわからないんですか」

「なんでもできるのが警察の科研捜査だと思いがちなんですけどね。わからないんだそうです。テープに付着しているものは白い繊維ぐらいで、他に残留物がないらしい。少なくとも鉄ではないというぐらいしかわからない」

髪の毛一本から犯人が割り出せる時代だと思っていたのに。

そういえば二十一世紀の夢で現実化したのはインターネットと携帯電話ぐらいなものだ。でもアトムのような感情のあるロボットがいたら大きくならない子供を抱えているようで面倒だと最近では思う。

そう言うと亜川は笑った。

「あれはスイッチ一つで静かになるからいい。僕はいとこの子が三つぐらいの時、あんまりうるさいから背中にスイッチがついていればいいのにと思ったことがある。ついてないからしかたなく電車を見に鉄橋まで連れていった。電車を見るとぴたっと静かになるものだから」

鉄橋にしがみつくようにして、走っている電車を見つめる小さな男の子を想像していた。かわいかった。

亜川は鞄から、大きな紙の束を取り出して美智子にくれた。

「三時間かかります。読んだら返してください。勝手に記事にしたら、水木という若い記者がとても悲しむだけでなく、僕、クビになりますから、そのおつもりで」

修学院大学の詐欺事件に関する膨大な量の資料およびレポートだった。


——なら無視されたって、知っている人の顔を見せられたか知らない人の顔を見せられたか、その表情の見分けくらいつくでしょ。

木部美智子は気づいただろうか。あの時返事をためらった短い時間に。

井原の家は山の中腹にあった。出てきた八重子は弓子の弟の嫁に当たる。乾いた分厚い皮膚をして、力仕事に鍛えられたがっちりとした肩をした農婦だった。もんぺをはき、頭には風除けとも日焼け止めともとれる、スカーフのついた帽子をかぶっていた。彼女は亜川の顔を見るなり迷惑そうな顔をした。まるで彼がなんのために来たのかを知っているかのように。

木部美智子に話したことはまんざら嘘ではない。いや、ほとんどが事実だ。

「ここの娘さんだった弓子さんのご子息の、良夫さんについてお話を伺いたいんです」

全く。インタビューにかけては自信があったのだ。亜川さんにかかると、なんだかみんな、話をしはじめるんですよねー。そうだよ、見ていなさいなどと言いながら、いつ、どこで、相手が誰であろうと、臆することなく、凛々しく、我が方に正義ありという態度をゆったりと漂わせて、話を聞き出したものだ。

ところが彼女には通用しなかった。取材を成功させる本質は詰まるところ相手の自己顕示欲だ。それが全くない人間なんていない。でももしそんな人間がいたとすれば――あの日の俺のような目にあう。彼女は俺を完全に無視した。そして家の前の黒く肥えた土を長靴で踏みしめながら、下りていった。

山は西日を受けて輝き、針葉樹は濃い緑色で、紅葉した木々は天から舞い降りた妖艶な女たちのようにその針葉樹にまつわり、深い緑を際立たせ、沈もうとする日の光はその隅々までを照り返らせていた。その中に、長靴を履いた農婦が一人、背中を丸めて下りていく。

亜川は追いかけた。彼女が下りていく道は明らかによそ者を拒んでいた。それでも彼は下りたのだ。

「見てください。これ、弓子さんが連れてきた良夫くんですか」

彼女は間違いなくそれを見た。いかに西日であろうとも、スカーフつきの帽子をかぶっていたって、木部美智子の言うように、その瞬間を見逃すようでは記者じゃない。

彼女は見た。それも、首も、肩も、どこも動かさず、簡単に言えば見たということをこちらに悟られないように、しかしその目玉は写真に吸いついた。

確かに吸いついた。

そして彼女は写真から目玉をそらし、歩いたのだ。

「あれは弓子さんの子じゃなかったから」

それが、彼が得ることのできたただ一つの言葉だった。

苦肉の策に思いついたのは、寺だった。ねじくれた柿の木の下で、住職の娘は亜川に茶を出し、菓子を出し、話を聞いてくれた。彼女も弓子を知ってはいたが、十七年前にここに暮らしていた少年のことになると、記憶があやふやになった。もちろん面識もない。

「いたのはいたんよ、そんげ子が。井原のせがれと同学年だから、二人もいっぺんだと、井原の家も金も要ったろう」

その息子も今は東京暮らしだと言った。

「父ちゃんだったら知ってるだろうけど。その子なら毎年、井原の家の人たちと重ならないように気を使いながら、墓参りに来ていたそうだから。でも父ちゃん、今遊びに行ってるからねぇ。研修の名目で、タイに」

「いつごろまで来ていたんですか」

「そうだねぇ。三年くれぇ前までじゃねぇろっか。父ちゃんなら知ってるんけどねぇ」

八重子さんというのは元々口の重い人で。まあ、愛嬌がないというのか。働き者なんですけど。旦那さんより年が二つ上でな。井原のおばあちゃんが、年がいった方が働き者だいうて八重子さんをもろたていう話で。

「不思議だが。いつらったか、おんなじことを聞きに、弁護士の先生がおいでんなりました。その時も父ちゃんがいねて」

亜川は思い出した。深沢が新潟の弓子の実家に行ったと言ったことだ。人がいないので苦労して、結局、寺で話を聞いたと言った。

深沢はここまで来たのだ。

この細い道を歩き、山を登った。たぶんこの縁側で同じように茶をふるまわれ、話を聞いた。

「良夫くん、何かあったんですかねぇ」

寺の娘は頼りない顔をした。深沢は名刺を渡し、住職が帰ってきたら必ず連絡をくれるように頼んだ。そのあとで、ふと思いついた。

「その弁護士さん、僕が言ったように、ご住職が帰ってきたら連絡をくれとは言いませんでしたか？」

「いいえ。ずいぶんお疲れのご様子で。ありがとうございましたと言い、弓子さんの墓に手を合わせて帰られました」

「――墓に手を合わせたんですか？」

「はい。信心深いお人で」

「深沢と名乗りませんでしたか？」

寺の娘はにっこり笑った。「そんげお名前でした。黒い上等なコートを着てて。その人も記者さんとおんなじ、この丸い男の写真を見してくれました」

ここいらの人は、人は悪いことはないんですけど、知らん人が村の中をうろうろしていると、日頃そんなことがないものだから、警戒するんです。まあ、気を悪くしないで。

彼女はそう言うと、干してあった大根を二つ、くれた。

井原八重子がなぜ、グランメールの会田良夫の写真を見て、本人でないと言わなかったのか。「あれは井原の子でなかったから」。だから何事にも関わらないというのだろうか。弓子の連れていた子がどんなことになっていても、興味がないと言いたいのだろうか。

亜川は三年、新潟にいた。彼らは言葉少ないが、決して冷たい人間ではなかった。ただ、トラブルを極端に嫌がった。おしなべておとなしいのだ。強情我慢でもある。

あの強い視線は、間違いなく写真の主が誰であるか――少なくとも弓子が連れてきた良夫という少年であるかどうかは、確認したはずなのに。

八重子に、会田良夫になりすましている男をかばう理由があるというのだろうか。

「あの男、偽者ですよ」――俺がそう言ったら、木部美智子はどんな顔をするだろうと亜川は思う。確証はあるんですかと言うだろう。

確証は、ない。

あの「会田良夫」もふけるにふけられないのだ。出奔すれば容疑がかかる。ふける危険と居続ける危険を天秤に掛けている。自分が一人で行けば、あの男に感づかれそうな気がするのだ。犯罪者の嗅覚は動物なみだ。木部美智子は知らないから、彼は危険を感じない。

亜川は思うのだ。

深沢はその事実に気づいているのだろうかと。

村に人がいないから、寺に行った。そう聞けば、ついでのように聞こえる。しかし実際に歩けばわかる。よっぽど執着がない限りあの寺を目指したりはしない。あの排他的な土地で、人に会うことがなく、たまに見かけてもよそよそしい視線で眺められれば、逃げ出したくなる。新聞屋の俺でさえ、来たことがあるから踏みとどまれたが、そうでなければ井原八重子に否定された時点で帰っていた。

木部美智子は風呂で足の指の間まで丹念に洗った。洗い立てのパジャマを出して、着た。今日あったことを考え、整理し、整理仕切れないものを頭の中の引き出しにしまった。それからベッドの端に座ると、亜川から預かった紙の束を取り出した。

修学院大学がらみの古物詐欺事件のレポートだ。

二〇〇〇年八月、一人の男性が『修学院大学考古学部長』という物々しい判子が押された「認定証」のついた古物を持って修学院大学にやってきた。この古物を人に見せたら偽物であると一蹴されたのだが、ここにある判子は偽物ですか、本物ですか。男性は古物の買い値は言わなかった。ただ、タイの奥地で買い求めたとだけ言った。うちにはそんな判子はない、第一「考古学部」という部は我が大学にはないと言うと、男性は帰っていった。

古物に偽物話はつきものだ。大学側はその時はそれ以上の追及をしなかった。

それが二〇〇一年から二〇〇三年にかけて、同じような問い合わせが数件来た。吉岡教授は事務長に呼び出されたが、見せられて「こんな判子、いつお作りになったんですか」と聞き返した。吉岡にそんな器用な嘘がつけるはずもない。大学はとりあえず事態を文部科学省の管轄である科学研究費事務局に報告し、事務局は情報として保管した。

本格的に増えたのは二〇〇三年以降だ。その度に大学は「うちとは関わりがない」と言い、吉岡教授もまた「自分の名が悪用されている」と困惑した。不安を感じた事務局の人物が水木記者の知り合いだったことから、相談を受け、水木が事件を知るところとなる。

水木はまだ科学研究費事務局が文科省に事案を上げていないと知ると、県警に相談するように強く進言した。事務局は大学の体面を考えて躊躇したが、対応が遅れた方が大学の信用が落ちると説得、結局事務局は神奈川県警刑事部捜査二課に相談した。県警が内偵を開始したのが昨年の十月のことだ。水木は事態を社に報告、大学の関与の有無がはっきりするまで記事にはしないという方針で継続取材を許されて、水木の取材が始まった。

取材すると、被害者は存在した。しかし被害届は出されない。買ったところが中国の田舎の露天商、タイの奥地の土産物屋、ミャンマーの民芸品店などであり、また観光客は多かれ少なかれ金銭感覚が麻痺していて、外国で偽物の古物を摑まされたことを笑い話にはしても警察沙汰にはしないのだ。第一、彼らは土産物を買った正確な地名さえ覚えていなかった。

そんな中、修学院大学文学部今村助教授の論文盗用が発覚した。静岡の大学院生からインターネットによる告発が届いたのだ。それにより、過去五年分、十二本の今村助教授の論文に関して秘密裏に調査がなされた。十二本のうち五本は六十パーセント以上が盗用であり、六本は、四十パーセントから六十パーセントまでに盗用が確認された。盗用のない一本は、真摯《しんし》ではあるが面白みのない論文だった。

今村は吉岡教授の考古学研究室のある史学科に在籍している。そして今村が論文を発表した後、その成果を踏まえて科学研究費の申し込みをするのは田辺つよし助手だった。彼の申請書にある「使用目的」と「使用意義」はよくできていて、研究に有益だと思えるものばかりだったので、文部科学省は彼の申請を優先的に通していたという事情がある。

論文盗用については大学側で処分を検討するのが通常だ。だが度重なる修学院大学の認定書のついた偽物の古物の件にまつわり、大学絡みの詐欺の可能性を考慮し、県警との協議の結果、いまのところ盗用の発覚は今村助教授には伏せられている。

神奈川県警は去年十月の内偵開始時点で科学研究費事務局に来ている苦情について把握はしていた。しかし正式な届けが出されていない上、国際的な捜査が必要となるため、犯罪立件は極めて困難であり、警察も積極的には動きにくいと思われていた。

しかし今年八月、県警に、ある被害届が提出された。古い土器をまとめて購入したが、それらが、説明とは全く違い、価値のない物だったというのだ。

仙台の喫茶店の店主には古い土器を集める趣味があった。代々受け継いだ土地に土器を飾る「ミュージアム」を作りたいと思っていた。知り合いの古物商から耳寄りな話があり、現物を見に東京まで行った。二十点ほど見せられた。大して魅力は感じなかったが、うち八点を二百万円で購入した。それを見た旧知の大学の先生が青ざめて「鑑定して貰うように」と勧めたので東北大学に鑑定を依頼したところ、中国やネパールなどの田舎で使われている土器のカケラだろうと言われた。「犬に飲ませる山羊の乳なんかを入れるやつです」

業者に二百万円の返還を求めたが、らちがあかない。考えてみれば相手が大学の先生の鑑定書を持っていたので信用した。ところが大学は「関わりがない」と否定した。だったらこれは詐欺である。

彼は被害届を出した。

喫茶店の店主が提出した「鑑定書」が、科学研究費事務局に寄せられた苦情に付随する「鑑定書」と同一であったことから、県警は組織的な詐欺事件であると断定、ようやく本格的な捜査を開始した。

資料はまだ半分も読んでいない。細かな説明、写真、膨大な取材テープの起こし。中国側の書類、そしてタイの古物商の営業許可書。それを手に入れるまでの経緯。

古物にまつわる詐欺事件は昔から跡を絶たない。しかし大体は立証が困難であることからもわかるように、その道のプロが指南するものだ。しかしこれは違う。大学職員自らが率先して、子供がスーパーで万引きをするような隙だらけの犯罪を行っていたと思われる。事実なら、社会に与える影響は大きいだろう。全国ニュースは間違いない。抜きネタならうまくすれば一面に行く。水木記者が事務局に、神奈川県警に相談するように言ったのは、事務局が文科省に報告し、それにより文科省が動けば、事件は警視庁の管轄になり、神奈川支局の出番がなくなるからだ。水木記者は水際で記事を神奈川支局に確保したのだ。

主導したのは二人。修学院大学の田辺つよしと古物商を名乗る遠藤。遠藤と現地の古物商との関わりが捜査で明らかになるのに時間はかからなかった。中国側の土産物屋は、隠す義理も必要もなかったからだ。

大学側の関係者として今村、吉岡、そして経費の管理をしていた大学非常勤職員に、堂本明美の名があった。

堂本明美という名を美智子は見直した。健文はこの堂本明美をアリバイの証人にしている。ということは、弥生殺害にこの詐欺事件が絡んでいる可能性があるということだ。

だから亜川は美智子にこのレポートを見せたのだ。

水木記者はレポートの最後に自筆で「遠藤が逮捕されるのは時間の問題です」と書いていた。

唐突に、美智子は肌があわ立つような感覚に襲われた。

若さ――追い詰めたという興奮。水木の自筆の一行には、記者としての誇りと達成感が漲《みなぎ》っていた。

時計を見た。

もう四時を回っていた。

美智子は資料を丁寧に元の袋に入れると、また丁寧に自分の鞄に入れた。

亜川を通して、間違いなく、水木という記者まで返さないといけないから。

横になって眠りにつくまでの短い時間、考えた。

かつて美智子にも漲っていた、真実を掴み出したいという渇望。それを高々と上げた時の喜び。世の中と対等に向き合っているという自負。それは時にとんでもない行動を取らせる。過ちであることもある。しかし結果的にその思い込みや自負心が若者を、社会を支える人間へと育てる。

新聞記者でいるのもよかったかもしれないと、美智子は思った。人間は年を経るに連れ、社会に新鮮さを感じなくなるが、社会に向かって疾走するときどきの若者を通して見れば、そこには別の見え方があるだろうと、思ったからだ。

ふと、笹本弥生のことを考えた。

彼女は懸命に生きたのだろうが、結局自分の見ている場所しか見ることがなかった。思い込みや自負心による過ちが若者に許されるのは、彼らが力を持たないからだ。彼女が有り余る力を持って突き進めば、血を流し倒れるものが現れる。

彼女は自分の過ちに気づいただろうか――

朝、美智子は東都新聞社の下で亜川を待った。彼が出てきたので天気の話をした。

それから水木記者のレポートを返した。

「よく調べましたね」

「これを摑んでいるのはうちだけです。水木の機転で彼がそう仕組んだんですから。これだけ調べていれば神奈川支局が全国に先駆けて報道するのも可能です。県警キャップには事実上この事件一本に集中するよう指示しています。これに比べれば笹本弥生の事件は結局は遺産相続絡みの私怨ですから、続報、逮捕でさえも社会面扱いを抜けることはありません。どんなに背景が複雑でもね。だから県警キャップは、自分を頭越しにして僕が永井の笹本弥生殺人事件に口を出すのも、永井に手が回らない自分へのサポートぐらいに思っている。僕の行為も黙認されているわけです」

なるほど。普通なら手下の記者と自分の頭越しに直接やりとりするのをキャップが黙っているわけはない。

「でも詐欺事件、デスクがそんなに無関心でいいんですか？」

「放っておいても水木は記事をものにします。そのためにキャップもついている」

第四章

1　笹本健文逮捕

その日は天気がよかった。

修学院大学助教授今村満男は久しぶりに何も考えずにぼんやりと座っていた。なぜだか日常離れした平穏さがあった。こんな時にもしかしたら大地震がくるのかもしれない。

でもやってきたのは地震ではなかった。

電話を受けた時、今村は膝をがくがくと震わせた。頭の中が白くなって、廊下の板が浮いたり沈んだりして見えた。

「先生の所にも、もうすぐ取り調べの刑事が来ますよ。だから話を合わせて――」田辺はそう言ったが、今村は遮って、小さな声で叫んだ。

「合わせるも何も、僕の知らないことじゃないか」

田辺の甲高い声が冷たく響いた。

「なんとかしてくれって言ったのは、今村先生ですよ」

電話を切ったあと、雲の上を歩くようなふわふわした足どりで居間に行くと、ソファに座った。

築三十五年の木造住宅だった。庭は妻が草木を育てていた。妻はシステムキッチンにしたいと時々漏らしたが、その度に「無理ですよね」と笑った。それでもこの慎ましい生活を不服に思ったことはない。

太った商人は田辺が連れてきたのだ。商人は発掘についてきた。田辺にはただ、古物商ですと紹介された。古物商だから古いものに興味があるのだと思った。

その古物商の遠藤と田辺がひそひそと話をしているのは何度か見た。遠藤が年代物の土器によく似た物をたくさん持っていたので「どうしたんですか」と問うと、田辺は「金石併用期のものに似ているでしょ」と言ったから「特徴は摑んでいますね」とは言った。でもどう見ても、土産物用の量産品だった。中国滞在中に二人がそれを土に埋めて、帰りに掘り出すのを見た時「なんのためにそんなことをするのか」と聞いたら、田辺は「売るんですよ」と言った。

わざわざ割ったものだ。「誰が買うんですか」と今村は呆れたが、二人は笑っていた。「物好きっているんですよ、先生」

田辺は吉岡教授の名前の入った「認定証」をたくさん持っている。五年前に東北大学の先生から鑑定を頼まれたものに、吉岡教授が自分なりの鑑定をして「自分はこれをパン・チェン後期の赤鉄鉱彩色ものであると思う」と書いた。それを田辺は、部分部分切り取ってオールマイティな「認定証」にして、コピーしているのだ。それには見たこともない大学印が押してあった。はじめは「なんですか」と聞いた。でもそれからは聞けなくなった。

研究費を落とすのに、田辺は上手に根回しした。代わりに英語で論文も書いてくれた。今村は、自分の名前で出したその論文の一部が、スイスの小さな考古学雑誌にあるのを見つけた時、何が起きているのかわからなかった。書いているのはベルギー人の学者だった。別の時にはインターネットの中に似た記述を見つけた。田辺が書いてくれた論文の日付と比べて、ネット上の文献の方が六カ月早いことに気づいて、やっと事情が飲み込めた。

彼は盗用を繰り返しているのだ。

田辺を問い詰めた。しかし彼は、あの甲高い声で言ったのだ。

「じゃあどうやって研究費を取る気だったんですか」

田辺は寄せ集めの情報や嘘でうまく論文をまとめた。そしてそれを今村の名前で出して、研究の実績にして、研究費を取っていた。

「そうでもしないと、すぐに金は底をつくんですよ」

田辺が来るまで、金は作ろうとは思わず使うまいと頑張ってきた。研究室の電球一つ替えるにも躊躇したのだ。彼が来て、発掘旅行でもなんでも、行きたい所へ行けるようになったが、長い間そのからくりに気づかなかった。

「誰のおかげで好き放題の研究三昧ができると思っているんですか。それとも吉岡教授に、もうお金がないからやめましょうと言いますか？」

　確かに資金について田辺に「なんとかならんかな」と言ったことはあった。彼が器用に工面するのを何度か見かけたから。でも金を作るということがこういうことを意味していたとは。田辺に詰め寄られて、今村は激しく狼狽したのだ。

　今村には吉岡と二人で土を触っている時間だけが至福だったのだ。他に取り柄はない。吉岡は悲しむだろう。そして「ではわたしの家を売ろうか」と寂しそうに持ちかけるだろう。彼に発掘をやめろというのは、今すぐに老いさらばえて、十年かかる老化を三年に縮めて、死ねと言うに等しいのだ。日溜まりの中に座り込み、一心に土を掘る彼は、子供のように幸せそうで、見つけたものの一つ一つについて日が暮れるまで講釈を聞かせてくれる。

「これはパン・チェン中期の白色彩陶だよ。形状は弥生式高坏に似てるが、それより千年以上古いんだ」そんな時の夕日は喩えようもなく美しくて、土がひっそりと人類の過去を抱いているということは喩えようもなくロマンチックだった。世界中でただ吉岡教授と二人きりで過去を手に感じる。そういう時、今村は生まれ生きた自分の人生の全てがちっぽけに思え、人の営みの全てから解放されるのを味わうのだった。

――金がないから研究はやめましょうと言いますか？

　今村は部屋を出ていく田辺を黙って見送るしかなかったのだ。そしてその日から、田辺は一層露骨に「金作り」をするようになっていた。

　初めてあの「認定証」のコピーに見たことのない大学印が押されているのを見つけた時、

今村はこわごわ聞いた。

「大学印、どうしたんですか?」

「判子屋で作ったんですよ」

「判子屋で作った大学印と、吉岡先生の認定証のコピーで、何をするつもりなんですか」

田辺は今村の顔を見つめなおし、ねっとりと聞いた。

「本当に聞きたいのですか?」

答えることができなかった。田辺はそれを見透かすように言った。

「大丈夫です。判も偽物で、認定証もコピーなら、ぼくらがやったとは思われない。たちの悪い古物商が紛《まが》い物《もの》を高く売りつけるために捏造《ねつぞう》したとしか思いません」

「調べられたら——誰かが警察に訴えて、調べられたらどうするんだ」

研究室に西日が射して、見慣れたキャンパスは美しかった。生徒は若く、廊下にはダンボールが積み上がり、階段の足下の窓には『開けないでください。鳩が入ってきます』と張り紙がある。今村はここ以外で暮らしたことがない。たぶん妻を愛するよりもこの場所を愛していた。田辺は逆光になって、小さな四角い顔が黒く見えた。

「誰も訴えません。古美術を集める素人はね、自分の眼力を信じていたいんですよ。偽物かもしれないと気づいてさえ、決してそのことについては考えようとしないものなんです。わざわざ、もしかしたら偽物ですかなんて聞いてくる人間はいない。そんな慎重な人間は、こんなもんに五万円も払いませんよ」

こんなもの――土器は神聖なものだ。遺跡と同じ価値があるのだ。田辺の言葉に胸が痛んだ。しかし五万円と聞いた時、そんな痛みなど吹っ飛んだ。

「五万――なんの価値もない陶器のかけらを五万で売りつける気か」

田辺は笑った。「七万でも十五万でも。しかし田辺は言ったのだ。買い手は金を払いたがるそうですよ」

やめてくれと今村は呟いた。

「大丈夫ですよ。国内なら危ないかもしれないが、中国の田舎町とか、韓国の北部とか、ネパールやインドなんかに並べるだけです。買い手は秘境巡りが好きな自尊心の強い人間ばかり。第一いかがわしい店で買ったのだから、自分の責任だと諦めるでしょう。仮に調査したって、店が否定すれば終わり。だいたい秘境巡りをする『高尚な人々』は、五万や十万のために問題なんて起こしません」

返す言葉がなかった。そして田辺に逆らえなくなっていった。

ときどき判子押しを手伝った。ときどき現地で土器を土に埋めるのも手伝った。変に知識のある人間にはこの「古い土」が効果がある。間違いないと小躍りして喜ぶのだという。

ときどき、牛の糞をなすりつけた。

吉岡教授は向こうで「おーい」と手を振って嬉しそうに呼ぶ。「金石併用期の製銅施設の遺構がある。たぶん、ある」

息子は私立の大学にしかいけない。上の娘は留学を希望している。下の娘は大学院に進むと言い出した。停職にはなれない。そうやって五年の月日が流れたのだ。

公衆道徳を破ったことはない。スーパーに行っても買い物のカートは必ず決められた位置に戻した。駐車禁止の場所に車を停めたことはなかった。注意書きは読み、その注意を忠実に守って生きてきたのだ。

——先生の所にも、もうすぐ取り調べの刑事が来ますよ。だから話を合わせて。

そんな器用なことはできない。知っていること、見てきたことを話すだけだ。停職になる。それでも吉岡先生に害が及ばなければそれでいい。あの先生はぼくらが裁判を受けることになっても、気の毒そうな顔をして、それでも一人とぼとぼと発掘現場に向かうだろう。

誰かが彼を守らなければならなかったんだ。

妻が不思議そうな顔をして「あなた」と呼びかけた。

「あなた。田辺先生の電話、なんだったんですか。そういえば最近、田辺先生、おいでにならないわねぇ」

二時間そこに座っていた。妻は食事の用意をするために台所に立った。息子は予備校から帰ってくると、自分の部屋に上がった。

今村は立ち上がると、縁側から手入れの行き届いた庭を見た。それから突っかけを履いて、物置まで行った。

古くなった戸は開けるのも閉めるのも堅い。開けると、奥まで黄色い光が差し込んだ。

深い決心はなかった。ただそれしか思いつかなかった。見回すと、田舎から貰った玉葱《たまねぎ》を吊るすロープが床の上に放置されていた。娘の古い学習机も椅子と一緒にしまってある。

真っ直ぐ差し込んだ西日の先に、ちょうどロープをかけるのに格好の梁まであったのだ。学習机の椅子を引き出すと、その上に乗り、ロープを二重にして梁にかけた。時間がたってはいけないと思った。今すぐ——そうしないと、そうしないと。

今村はロープを首にかけた。椅子を蹴る一瞬、

——死ぬのが嫌になる。

そう、自分の中から声が聞こえた。

あと〇・三秒、これが自分に死をもたらす行為だということに気づくのが早ければ、椅子は蹴らなかったと思う。死ぬのは嫌だった。逃れたくて、身をよじった。それが逆に、彼に早く死をもたらした。

西日が、動かなくなった彼のくるぶしを照らした。

突っかけがストンと落ちた。

今村の自殺の報が警察にもたらされると同時に、錯乱した今村の妻から田辺にも知らせがいった。——夫が首を——あなたは何を——電話で——電話で。

田辺はそうですかと言い、まだ何事か口走っている今村の妻の電話を切った。

今村が自殺した。じきに古物商の遠藤にも警察の手が回るだろう。遠藤は容疑を認め「収益の六割を田辺助手に渡した」と供述する。そうすれば自分も逮捕される。大学の名誉を傷つけ「教養人」に対する社会の信用を失墜させた破廉恥な人間として世間から追放されるだ

ろう。

その時田辺はある男を思い出した。それは若い新聞記者だった。直接取材を申し込まれたこともある。その後も身辺を調査している気配を感じていた。他に仕事を山ほど抱えているだろうに、すげなく追い返しても、収穫がなくても、彼は歩き回った。背の低い小柄な男だ。鞄を後ろに斜め掛けして、肩紐に引っ張られてネクタイはいつも横にずれている。

名刺を引っ張り出した。

東都新聞神奈川支局社会部記者　水木直樹

突然、この男に話しておこうと思った。密かな自負心を。自分の奇抜なアイデアが人をまんまと欺いていった時の、あの快感を。警察で話したら軽蔑の眼差しを受けるだろうから話さないだろう、そんなこもごもを。なぜなら彼が誰より自分に興味を持ってくれた人間であったような気が、その時したから。

電話をすると、水木は取るものも取りあえずやってきた。かかとのすり減った靴。酔っぱらいに絡まれて小突かれていそうなひ弱な肉体。

かつての自分がそうであったように。

「教養」の二文字に憧れる人々を騙すのがいかに簡単であったかを、彼は記者に語った。水木は興奮して、ボイスレコーダーを使っているのに、懸命に書き取った。

田辺が、大学印を押した吉岡教授の「認定証」をつけて古物商に渡したのは、量産品のみやげ物のかけらだけではなかった。遠藤と田辺は中国山間部にある集落を訪ね、陶器製の器で古いものや汚れたもの、ひびの入ったもの、特に仕上がりの稚拙なものを買った。「特徴のあるものはだめなんですよ。逆にばれる」それに泥を塗り込み、改めて拭き取る。それらを古物商が、中国にある自分の土産物屋の奥に並べていた間は、発覚する確率は極めて低かったはずだ。「うるさ型の客が、いかにも通を装って、大通りから一本入った古物商まがいの土産物屋に足を踏み入れ、奥の暗がりに並べられた『土のついた土器』の前に立ち止まったら、もう売れたも同然だった」と田辺は、勝ち誇るように語った。現地の店員が中国語で「お客さん、お目が高いですね」と話しかける。

「全部マニュアルがあるんですよ。それを特定の中国人店員だけに仕込んでおくんです」

これは貴重な品で、本当は店頭なんかには並べられないんです。日本の大学の先生が認めたものですよ。仕込まれた中国人店員は偽の大学印の押された「認定証」を奥から持ってくるのだ。ゆっくりと見せて大切そうにしまい込む。客が土器を手に取り、興味深げに眺めている間は口を出さない。客がそれを大事そうに陳列台に戻したら「こんなもの、うちでも滅多に入らないものですよ。日本の大学の先生に鑑定して貰ったら、本物でした。それで書いて下さったんです」低い、静かな、そしてゆっくりとした中国語で話しかけるのだ。口伝えの神話でも話すように。

「中国語がわかる日本人観光客はいません。少しばかりの単語がわかれば御の字なんです。それでも詐欺の成功法は、そこにある偽物のストーリーがあたかも事実であるように、決して手を抜かないことなんです。だから中国語で話さないといけない」

観光地の客は金銭の感覚を失っている。そして一部の観光客には、自分が確かにそこに行ったという記念は、特別の思い入れの持てるものでないといけないのだ。近代化されていない町で「古い土器を高値で買う」行為は、「自分の、眠っていた芸術性が目覚めた」ような錯覚をもたらす。彼らは喜んで買っていった。

「それを」と田辺は淡々と話し続けた。古物商から預かった露店の店主が、目抜き通りの土産物屋に並べ始めた。他のみやげ物と値があまりに違うと目立つので、少し値段を下げた。すると客層が変わった。観光客たちはそれを持ち帰ると、本物かしらと亭主に見せたり、娘に見せた。

『おかあさん、だまされたんじゃないの』

「それが、崩壊のはじまりでした。『金額に見合う価値』というものがこの世に存在すると思っている人たちのせいで、幻想とロマンはしゃぼん玉のようにもろく破れたのですよ」

水木は田辺のその最後の一言を聞いた時、鉛筆を動かすのを忘れた。

「ぼくが言うことでもないけど、写真、撮らなくていいんですか」

水木は慌ててカメラを構えた。

十月二十日午後四時、田辺は任意同行を求められ、水木に見送られてパトカーに乗った。

そして警察で、修学院大学助手、田辺つよしは全てを認めた。

同じ日、堂本明美、古物商遠藤もまた警察に呼び出され、事情聴取のあと、逮捕された。

『学問の府、堕ちる』

十月二十一日。警察発表より半日早く、水木のスクープは自殺した今村と逮捕された田辺の大写しの写真とともに、東都新聞の社会面トップを飾った。全国ニュースだった。

テレビを含めて報道各社は、翌日になっても警察発表の域を出なかった。大学の正門を写し、出入りする学生を捕まえてマイクを向けた。被害者の肉声どころか、被害者の確定さえできない。わかっていることは偽の判を作り、偽の鑑定証を発行して、アジア諸国を中心として国際的な詐欺を少なくとも五年は繰り返していたこと。発掘の調査隊に発掘品の売買を目的として商人を同行させていたこと。調査費用の申請に虚偽があったこと。費用を獲得するための論文に盗用部分が発覚していること。代表者、吉岡教授の経歴。各報道機関は事件の構造どころか、主犯さえ決めかねていた。だから多くの報道機関は、大学の研究室の役割と今回の事件との関わりを、一般的な事例を引いて類推することで、当日の枠を埋めた。「今回の事件が大学の開放性に普遍的に関わる問題なのか、別の次元の問題、すなわち『犯罪』を目的とした人間たちに悪用されただけであるのか」

その中で東都新聞の、自宅で事情を語る「主犯格」田辺の写真は異彩を放った。もちろん記者との一問一答は文句なしのスクープだった。続報もたっぷり溜め込んでいる。支社をあげて喜んだ。水木は興奮して真っ赤になって原稿書きに追われている。支局長は水木をバックアップした亜川の判断を評価し、亜川は水木の肩を叩いて、うん、よく粘ったな、犯人本人からの取材だ、本社から賞が出るよと労《ねぎら》ったが、内心では別のことを考えていた。

大学詐欺事件は笹本弥生殺人事件と、堂本明美という一点でリンクしていた。しかしそれこそが笹本弥生殺人事件の行方を左右する。犯人が誰であるかということを。

「堂本明美が健文のアリバイを証言した裏に、今度の詐欺事件が関わっているとしたら、詐欺事件発覚を受けて事情は変わったはずだ」と亜川は電話で美智子に言った。「もし堂本明美が健文のアリバイに対する証言をひっくり返したら、健文は元の容疑者に逆戻り。でもその時には、前の何倍もの容疑を掛けられての容疑者復帰です」

美智子は言った。「それが違うんです。警察は健文犯人説を捨てるかもしれない。それほど二人の証言は一致し、崩しにくいようなんです」

「口裏は合わせるものだ」

「二人はケーキを食べたと言ったそうです」この情報は東放系の制作会社の浜口というプロデューサーから入ってきたと美智子は言った。ほぼ供述調書通りだと言っていたが、「ほぼ」ではなく「そのもの」ではないかと思う。彼にリークしているのは事件の間近にいる人物で、情報があんまり生なので浜口自身が扱いに困り、自分に流してきたのだろうと美智子は前置いた。

「別室で、まず、なんのケーキだったかを聞いた。健文はモンブラン、明美はチーズケーキ。それぞれに何を飲んだか聞いた。二人は紅茶だと答えた。その次に、その紅茶に何を入れたかと聞いた。口裏を合わせるのはそのあたりが限界です。『覚えてない』そんなもんでしょう。たとえ覚えてなくても、不自然ではない」

「答えたんですか」

「堂本明美は、『自分は何も入れなかったが、笹本くんはミルクを入れた。冷蔵庫に牛乳の小さな紙パックがあって、底にほんの少し残っていたのを入れた』。対して健文は、『明美はたぶん、何も入れなかったと思う。自分は、ミルクを入れたいと思ったが、コーヒー用のクリームを切らしていて、冷蔵庫の隅に古い牛乳が残っていた。迷ったが、入れた』。時間も一致したんです」

亜川は言葉もなく聞き入った。美智子は続けた。

「最後に捜査官が、その牛乳の紙パックをどうしたかと聞いてみたそうです。健文は、空になったので、キッチンのシンクの所に置いたと答えた。明美は、『台所の流しの所に置いてあったので、中をすすいで切って広げて、調理台の上に置いた』と答えた」

そして亜川に、考える時間を少し与えた。

「口裏合わせでここまで詳細に打ち合わせることができるものでしょうか」

電話を切ったあと、亜川に証言の生々しさが残った。苦労人の女は、牛乳の紙パックを簡単にごみにはしない。リサイクル用に洗って乾かす。

電話を掛けている間、永井が県警キャップに言い立てているのが聞こえていた。

「健文のアリバイは偽物です。彼がアリバイを持ち出す前日の十一日、健文と、堂本明美と、三田辺らしい男が深夜中野のファミリーレストランで会っているのを、警察は掴んでいる。三人で相談の上、健文はアリバイを持ち出したんですよ」永井はほぼ叫んでいた。「これは記者会見ネタじゃありません、若い刑事から直接ぼくが、ぼく一人が聞いたんです！」

永井は健文が逮捕された場合の下書きを持って立っている。

キャップが指示を仰ぐように亜川を見た。永井は水木よりすっかり出遅れて、傷ついた自尊心で胸が一杯なのだ。

「わかった。ただ、逮捕状が出るまで健文犯人説をうちの社が確信しているような論調は避けて。他社と横並びでいっといて」そして永井に釘《くぎ》を刺した。「いいな」

期待を込めて永井は大きく頷いた。

一方美智子の隣では、真鍋が、電話が切れるのを痺れを切らして待っていた。美智子が電話を切るなり言った。

「ページを増やすから大学詐欺と笹本弥生事件をねじって興味引く記事を書いてくれ。少々の憶測はオーケイだから。それから、林田。来週はワイド特集を組むから林田くんのインタビューも載せて。それから」と、真鍋は行こうとする美智子を呼び止めて念を押した。

「もし発売日までに健文のアリバイが崩れて、健文逮捕になったら、時間が許す限り差し替えるから。その予定稿も書いておいてください」

中川は、出遅れた大学詐欺の取材の人員手配に、電話を掛け続けている。

携帯には浜口から電話が着信し続けている。

笹本弥生の殺害事件が、大学詐欺に引っ張られていく。流されれば漂流をはじめる。お祭騒ぎは方位磁石を狂わせて、騒動が終わったあと記者はもとの立ち位置に戻れなくなる。

美智子は誰もいない会議室に入ると、笹本弥生の事件現場の写真を眺めた。彼女の八十五年が深層に根を下ろしている。彼女自身ではなく、弥生の生きた時間。彼女を核として、彼女が生きた時間に成長し続けたものだ。

大学詐欺の事件と笹本弥生の事件をねじる。健文のアリバイが崩れたら、逮捕を待って全てを吐き出す——それは健文の破滅を意味する。

美智子には、大きな影が見えた。

大きな、大きな、陰りだ。それは大きな木の影だ。育ちすぎた巨木の作る影。我が身の落とした葉を腐らせて豊かな土壌を築く。その養分を吸い上げてなお大きく育つ。鳥が来て実をついばみ、虫が来て餌を得る。日の当たることのない影の世界で、土は、そこに足をとられたものを、その熱と生命力の旺盛な細菌で分解し、我が身にするのだ。日を遮られ立ち枯れたものもやがて分解され、土に戻る。尊いものも、そうでないものも、区別はない。そうして樹は実をつけ、酸素を放出する。

滝川典子は弥生の巨大な木の恩恵に浴したかもしれない。典子の弟は弥生なしには天命をまっとうすることがなかっただろう。多くの命は彼女の大きな木に群がることでそのときどきを生き抜いた。その足下には腐葉土がある。

——さあ、そこに手を突っ込んでみなはれ。生きたネズミやら、腐ることのできんビニールやら。時には死体の断片すら出てきそうなこともある。

弥生は我が身から落ちたものを、自分の影により溶かしてしまう。慶子はもがいても立ち枯れるしかない木だった。慶子から落ちた健文もまた、弥生の影の下に命を得た。だから慶子はその影の外へ健文を出そうと血の出るような努力をした。彼だけは日の当たる場所へ。緑の新芽がのばせる場所へ。

慶子が死んだと聞いた時、ふふんと笑った弥生。初めて売った物は勤めていた呉服屋の焼け残りの反物と雛人形。売り上げで腹一杯すいとんを食べた。生死も選択できない。生き残ったものは生き方も選択できない——深沢はそう言った。ならば彼女の人生は悪魔に見入られたものだったのだろうか。

美智子には、涙を流しながら言った弥生の言葉が聞こえるような気がした。親を汚い物を見るように見るんじゃないよという、悲しい言葉が。

『笹本弥生』のファイルを開いた。そこには笹本弥生の筆跡を知りたいという美智子のために、会田良夫が持ってきてくれた栞が挟まれていた。

『長尾頼子』。数字が電話番号なら仙台のどこかだ。最後に1991という数字。

美智子は栞に記された番号を押した。繋がるかどうかを特に考えもせずに。

呼び出し音が鳴って、繋がった。

電話の向こうからは中年の女の声が聞こえた。

「長尾です」

美智子は名前と身分を明らかにして、そこに頼子という人物がいるかと聞いた。

電話の相手がわたしですけどと不安そうな声を出した。

「妙なことをうかがいますが、笹本弥生さんという女性、ご存じありませんか」

「あの——ニュースでやっている、殺されたおばあさんですか」

「はい。その方が栞の裏にあなたの名前と電話番号を書き残しているんですけど、何か心当たりはありませんか」

女性は「栞の裏」と呟いた。それから「ああ」と、膝を打つように思い出した。

「それなら二年ほど前のことです」

彼女の話によると、それは十三年前の夏に遡る。当時八歳だった息子が祖父母の家から一人、自転車で帰宅する途中で、車に当て逃げされ、子供は深い側溝に落ちた。それを見ていた親切な青年が子供を病院に送り届けてくれた。怪我は大したことはなく、その青年が車のナンバーの一部を覚えていてくれたので、犯人もすぐに捕まった。

「その男の人は急いでいて、わたしが病院に行った時にはもういなかったんです。お礼をしようと連絡先に電話をしたのですが、繋がらなかったんです。手紙も書いたのですが、宛先不明で戻ってきてしまって。息子は大学の法科にいるのですが、それが二年前、法律関係の雑誌に載っていたある弁護士の先生を見て、助けてくれたのはこの人だって言い出したんです。わたしはあわててお礼を言いに上京して。でも結局人違いでした。その時に、事務所に座っていらしたそのおばあさんが、事務所を出たわたしを追いかけてきて、さっきの話を聞かせてくださいって。その時、わたしの名前と電話番号を書き留められたんですが、それが栞の裏でした。鞄の中をかき回して、小さな着物地の巾着袋から、栞が出てきまして」

ニュースを見て、どこかで見たおばあさんだと思ったが、あの時のおばあさんでしたかと、長尾頼子は感慨深げだった。

弁護士——

「その弁護士の先生の名前、覚えていますか?」

「はい。深沢洋一という先生でした。十三年前の病院のメモにも深沢と書いてあったし、てっきり間違いないと思っていたんですけど」

「間違いだったんですか」

「はい。先生は、仙台に行ったことはありませんとおっしゃいました」。頼子は、お礼のお菓子も持っていったのに、人違いだと言われて途方にくれたと言った。「先生もはじめはびっくりなさっていたんですけどね。誰かがぼくの名前を使ったんでしょうって」

「ではその事故が一九九一年だったんですか」

「はい。七月十九日でした」

栞には1991と書き付けられている。「おばあさんはその年を確認したんですね」

「ええ」と長尾頼子は当時の困惑を思い出したように言った。

「そうです。何度も確認していましたから」

「すいませんが、笹本弥生さんとのやりとりを思い出して、できるだけ詳しく教えてもらえませんか」

「ええ、なんだか奇妙な感じでした。人違いがわかって、わたしはお土産も持っていたし、ちょっと途方に暮れていました。事務所の待合スペースのような所にあのおばあさんがお付きのような人と一緒に座ってお茶を飲んでいたんです。おばあさんにビルを出たあたりで後ろから呼び止められて、息子の話を聞かせてくれと言われました。あの先生はいい先生だから、自分の顧問弁護士になってもらおうかと思っているところなんだって。お年寄りを邪険にするのもなんだと思って、それでお話ししたんです。でも人違いだったというのがわからないらしくて。それでわたしの名前と電話番号を書き留めてしまったんです」

長尾頼子は、あのおばあさんが殺されたんですかと声を沈ませた。美智子は電話を切った。入れ替わりにまた浜口から受信する。

その受信音をしばらく聞いていた。誰もいない会議室に小さく音が響く。——二年前なら深沢が弥生の顧問弁護士になって六年経っている。なぜ弥生は嘘をついてまでその事故に執着したのだろう。

美智子は通話ボタンを押した。

電話の向こうで、浜口はなんでもいいから情報を流してくれと懇願した。浜口にも大学詐欺事件は唐突だったようだった。

堂本明美は笹本弥生が殺された日、笹本健文と本当に一緒にいたのか。

田辺つよしは四角い顔をした、背の低い、貧弱な体つきの男だった。髪をきっちりと分けワックスで押さえている。目は蛇を連想させた。陰湿なくせに癇《かん》が強く攻撃的。加えて冷静。

彼は堂本明美について、事務全般を任せていた女性であり、男女関係にあったことを認めた。

「一年ほど前、中国の露店にたむろするヤクザから因縁をつけられて、金で解決した。そうしたらそれに味をしめたらしく、同じようなことが何度も起きた。中国の露店から引き上げないといけなくなり、その上詐欺の被害届が何件か来ているというのは大学からも聞いていた。大学の聴取には、たちが悪い犯罪ですねととぼけたけど、限界だなと思った。遠藤はもうけが出なくなってくると別の販路を開拓すると言い出した。彼と関わり続けているのは危険だった。科研の事務局からも目をつけられ始めていました。吉岡教授がネパールの田舎に行く計画を立てているのを知ったのは、二カ月前でした。嬉しそうに、今度は八人だねって言った。『たぶん、現地の人を雇わなくてはいけない。現地の人を雇うと、いろいろな現地の話が聞けるから楽しいよ』今度の発掘は過去二年間の調査の仕上げでした。でも金の算段がつかなかった。もう二年も前から、膨張する諸費用に歯止めがかからなくなっていた。笹本健文は金を持っていました。まるで使い道を探しているように。

笹本健文に初めて会ったのは三年前でした。今村助教授が通訳に連れてきた。金の臭いをさせた嫌な奴だった。女にもてて、いい車に乗って。でもとにかく金離れがよかった。現地の飲食代を全額持ってくれることが何度もあった。今村先生と吉岡先生と笹本健文は仲がよくて。ぼくは金を作ってそこに置くだけのようなもの。三人にあるような友情には恵まれなかった。それでも吉岡先生は、ぼくと、夜明けまで空を見ながら話をすることもあった」

田辺はそこで、その四角い顔を捜査官に向かって、くいっと上げた。

「一晩ですよ」

そして再び俯いた。

「ぼくはいままで、自分を避けない人間に会ったことがなかった。吉岡先生は夜空を見上げながら話をし、先生の話を聞きに学生が先生を囲んだ。ぼくの話も吉岡先生の一部のように、注意深く聞いた。——人の輪に入れたのは初めてでした」

それからまた淡々と話し出す。

「ある時、新しいパソコンが欲しいなぁとぼくが呟くと、翌月笹本くんが新しいのを三台寄付したんです。『田辺先生、パソコンが欲しいって言っていたでしょ』って。それが彼とまともに話した最初だったと思う。初めは直接金は要求しなかった。電子顕微鏡や、粉砕機や、そんなものを買ってくれました。信じないかもしれないけど、彼は金を使いたがっていた。ぼくには智恵がある。彼には金がある。彼はぼくのことを少し」そして言葉を切ると、ちょっと微笑んだ。「尊敬していました。ちょっとしたベンチャー企業のようなものだと思っていたんでしょう、それからぼくのしていることが詐欺だと気がついた時には、彼もこのゼミの楽しさ——星の下で、異国のキャバレーのいかがわしい電灯の下で、共に笑い、浮かれ騒ぐことにはまっていたんです。それは吉岡先生の無垢《むく》な人柄があってこそでした。先生のためであると思えば、全てが浄化されて、最後にはなんの罪悪感も残らない。笹本くんはキャバレーでも、つきあいだけで、女には触りませんでした。彼は吉岡先生の従順な信徒でしたから。彼は先生や彼を囲む人たち――日雇いの作業員や、学生、古物商、なんでもいいんですけど、そういう人たちと夜空の下で話をするのが好きでした。本当に土にはまっていった。

ぼくには好都合でした。金回りはどんどん悪くなる。それでも笹本くんに一声掛ければ金を振り込んでくれました。適当な嘘でも、彼は疑うことなく――いや、まるでぼくらに金を提供することを楽しむように、都合したんです。渋るようになったのはこの半年でした。ばあさんが怒っているのだと言いました。それがこっちの、古物商のトラブルと重なったんです。彼もぼくも、乗り越えようと必死でした。笹本くんはネパールの発掘調査の金と古物商のトラブル解消に必要な三百万円を、立て替えると言ったんです。あの電話はその話でした。三百万は大丈夫なんだなと言った。すると彼が『はい、その件については大丈夫ですから』そんなことを言ったんです」

そして、田辺は言った。

「笹本くんのおばあさんが殺された十月三日深夜に、堂本明美が笹本くんと一緒にいたというのは、嘘です。三日から四日未明にかけては、ぼくが明美と一緒にいたんです」

冷たい、どことなく楽しそうな声だった。

「明美はぼくの雑用をしていました。家庭の事情でどうしても就職しないといけなかった。ぼくは就職について世話をすると言いました。鞄や靴も買ってやった。高級なレストランで食事をしたり、高級なホテルにも泊まった。ぼくのことが好きだと言いました。おとなしい顔をしているけど、性欲が強いんです。というか。いろんなことをしてくれるんです」

彼はもう一度「ぼくのことが好きだった」と繰り返した。目がぎらつき、ぴくぴくと下顎の筋肉が痙攣《けいれん》した。それからまた、目を伏せた。

「十月九日の深夜でした。笹本くんから電話がありました。このままでは犯人にされる。そうしたら、金は渡せなくなる。ばあさんが死んだと聞いた時、これで金がこちらに流れ込んでくるようになると思っていたから慌てました。笹本くんにアリバイを作ろうと思った。それで思いついたんです。ぼくと明美がうんと言えば、彼にアリバイが作れる。明美を貸すよ。君、彼女と一緒にいたことにすればいい。

十一日、笹本くんと明美を呼び出して、ファミリーレストランで計画を話しました。君、笹本くんと一緒にいたことにしてくれ。研究室のためなんだ。ぼくに隠れて、笹本くんと浮気をしていたということにして。

明美は真っ青になり、笹本くんの顔を見た。笹本くんも青い顔をしていました。ぼくはすぐに帰りました。事件のとばっちりを受けたくなかったもんで」

田辺の供述は捜査本部を混乱させた。もしかしたら田辺が笹本健文を道連れにしようと嘘をついているのではないか。そんな疑念さえ抱かせた。なぜなら田辺の供述はその端々に、笹本健文に対するなみなみならぬ嫉妬が渦巻いていたから。

鍵は堂本明美が握った。

そして彼女は黙秘を続けた。

「詐欺と殺人、泥沼の修学院大学」

美智子は真鍋に原稿を送った。

十月四日未明、神奈川県湘南の高級老人ホームで発生した笹本弥生さん（85）殺害事件が思いがけない展開を見せている。

十億円の財産を巡る殺人事件だと憶測され、笹本さんがもう一人の孫を探していたなど、噂が先行していたこの事件が、ここに来て、二十日に修学院大学今村満男助教授の自殺という形で表面化した大学絡みの大規模詐欺事件に、不気味にリンクし始めたからだ。

笹本弥生さん殺害の最有力容疑者と思われる、唯一の相続人である孫の男が、この修学院大学を舞台にした詐欺に関与していたことが発覚、事件は混迷を深めている。

男性には事件当日アリバイがある。しかしその日この男性と一緒にいたとして彼のアリバイを裏付けている同大学非常勤職員堂本明美（26）は、修学院大学が関与する詐欺の主犯としてすでに逮捕されている同大学助手田辺つよし（44）と並び、事件の金庫番といわれる主要人物で、彼女もすでに逮捕されているが、田辺が笹本弥生さんが殺害された日について「堂本明美は自分とマンションにいた」と供述した。

殺された笹本弥生さんの孫の男も詐欺の主犯グループに関係しており、日頃からその生活は学生とは思えない派手さだったと近所の住民は証言する。また、被害者が入居していた高級老人ホーム、グランメール湘南でも、孫の男性と弥生さんとの口論はよく聞かれており、事件二日前の一日金曜日にも、争う声を多くの入居者が聞いているという。

孫の男は連日任意の事情聴取に呼ばれているが、今のところ逮捕の動きはない。物証、目撃証言とも確かなものがなく、凶器も発見されていない。また、グランメールに侵入した経緯など不明な点も多く、本人もまた、アリバイをひるがえしてはいない。捜査当局は笹本弥生さん殺害事件に関しても、田辺の関与の可能性も含め、慎重に捜査する構え。なお、事件の鍵を握る堂本明美は依然黙秘を続けている。

今後彼女の証言によっては事件は大きな進展を見せる。

亜川が、水木記者が撮った田辺の写真の一枚を提供してくれたので、それも取り込んだ。メールで原稿を流すとすぐに真鍋から電話がかかってきた。真鍋は写真を喜んだ。

「載せていいんだろうね」

「了解済みです」

「出はどこ」

「東都新聞」

「よくやった」彼の声が小躍りしている。

「警察が笹本弥生殺しの容疑者として田辺つよしを考えているというのは本当ですか」

「少々の憶測はいいと言いましたよね」

真鍋があわてて「はは」と乾いた笑いを繕った。美智子は加えた。

「まんざらないこともない。もし健文のアリバイが崩れなければ、田辺は嘘の供述をしたことになります。実際、弥生が死亡して一番喜ぶのは健文の金を吸い上げていた田辺だという解釈もできるんです。健文のことで相談があると言えば、弥生はこっそり裏口を開けたかもしれない。事件当日、田辺はいつになくおしゃれをしていたそうです。いつもは着ない真っ白なワイシャツを着て香水をつけていた。誰かに会いに行ったのは確かです」

真鍋は「会田良夫は？」と問うた。

「コピーの原本は偽造ではないと鑑定が出ています。弥生自身がコピーを会田良夫に渡し、原本は自分で保管していた。その原本を犯人に破棄された。というのが今のところの当局の読みです。おばあさんが死亡しても彼の許には一円の財産も入ってこない。捜査陣が彼の役割を重視しないのはその一点に尽きます」

「彼——原本を持っているんじゃないの？」

一瞬間が開いた。

「だったら殺す必要がないでしょう」

真鍋は言い返せないが、納得もしていない。

「なんだかあとからあとからいろんなものが放り込まれて、何がなんだかわからなくなって手がつけられない」

さあ、そこに手を突っ込んでみなはれ。生きたネズミやら、腐ることのできんビニールやら。時には死体の断片すら出てきそうなこともある。——また星野の言葉を思い出した。

堂本明美は黙秘を続けた。

田辺は、堂本明美が黙秘していると聞いて怒り狂った。

堂本明美に、そして笹本健文に会わせろと、声を上げて暴れた。

疑惑の針が健文に一気に振れたのは、二十一日のことだ。犯行当日深夜零時、グランメールのそばで笹本健文の車を目撃したという証言者が現れたのだ。

目撃者は事件翌日からオーストラリア旅行に行っていた二十三歳の男性で、翌朝が早いので空港近くの友人の家に泊まろうと三日深夜に現場付近を走行中、健文の車を目撃した。昨日帰って初めて事件を聞き、申し出た。FMラジオが時報を流した直後だったと言った。続けてホームの裏の草むらからすりこぎが発見され、午後、弥生の首を折った凶器であると断定された。グランメールの調理室から持ち出されたものだ。で、すりこぎには弥生の部屋の金庫から発見されたのと同じ、白い繊維が付着していた。

それを聞いた瞬間浜口は「やった！」と声を上げたものだ。健文が逮捕されれば、実名といままで溜め込んだ録音と画像が解禁になる。浜口は画像を編集して待ち、三浦を始めとしてライターたちもまた、書き上げた記事をメールに添付し、送信ボタンを押すばかりになっていた。

警察が健文逮捕に踏み切れないのは健文と明美の供述が一致しているからだ。

堂本明美は三日から四日に掛けて笹本健文といたのかそれとも田辺つよしといたのか。

しかし堂本明美は頑強に黙秘を続けた。

美智子は林田から借りてきたアルバムを見つめた。

林田の言うように、田辺つよしと笹本健文を天秤にかければ、たいていの女なら健文をとるだろう。しかし堂本明美は田辺に就職の斡旋を切に期待していたわけで、『あんなに気合の入った田辺先生とのデートをそう簡単に袖にはできません。ねちねちと理由を聞かれるし、根に持たれるし。被害者意識と猜疑心が強いですからね』

美智子はアルバムを閉じた。

どうあれ、すくなくとも四日朝七時半には堂本明美は健文のマンションにはいなかったということだ。いれば、わざわざ林田をたたき起こして欠席を伝えたりしなくてよかったのだから——そう思った瞬間、美智子は「あっ」と声を上げていた。

背中がぞわっとした。

林田に電話をかける。彼が電話に出たとき、美智子は前置きなしで聞いた。

「事件の朝、笹本健文からの電話は七時半だったたって言ったよね。確かに七時半だった？」

「時計を見たんです。寝起きだったものだから。その——前日四時までレポートの作成に追われていて。あの」と林田はしばらく間を置いた。

「正確にはたぶん、七時三十五分です」

美智子はありがとうと言って電話を切った。それから美智子は健文に電話をした。

健文は部屋にいた。話したいことがあるから、部屋で待っていてくれというと、健文は元気のない声で了解した。

フロンティアの発売は二日後だ。記事の差し替えは間に合う。

「真鍋編集長、木部です。至急カメラマンを一人、笹本健文のマンションの前に回して、わたしが行くまで車の中で待機させてください。いま、報道陣は堂本明美や今村助教授の取材に追われていて、健文のマンションの前は手薄なはずですから。目立たないように。それからあの特集記事、差し替えの準備をしておいてください」

真鍋はいつになく真剣な声を出す。

「何があった」

「健文のアリバイは嘘です。本人から自供を取ります」

真鍋はくどい質問はしなかった。一息置くと、聞いた。

「何時になる?」

時計を見た。十時だ。「十二時——」そう呟いて、それからはっきりと答えた。

「一時には原稿を送ります」

タクシーの中で亜川に電話した。

「来られないでしょ」

亜川はじりじりとしていたが「いま離れられない」と答えた。

「永井を同行させてくれ」

「断るわ。あとでテープをあなたに聞かせる」

美智子はその時初めて気づいた。自分は新聞と組んだのではない。亜川という男と手を組んだのだと。

マンションの前でカメラマンと合流した。オートロックが解除される。美智子はカメラマンと目を合わせると、エレベーターに乗り込んだ。

笹本健文の部屋はニューヨークの高級マンションを思わせた。カーテンのかかった薄暗い部屋で、健文は疲れ切った顔をしていた。

パジャマのズボンをはき、襟ぐりの伸びたランニングシャツを着て、ズボンは右側だけが膝までたぐり上がっている。髭《ひげ》は伸びて、瘦せて力ないのに目ばかりがぎらぎらして、不眠症患者を思わせた。美智子の連れてきたカメラマンを見ても特に反応もしない。

「林田くんに頼みごとをしましたね」

健文はぼんやりと聞いていた。

「親族に不幸があったから大学にいけないことを伝えておいてくれって」

健文はああと思い出した。それを見て、美智子は続けた。

「それ、七時半だったんです」

健文にはなんのことだかわからないようだった。それで美智子は続けた。

「事件が警察に通報されたのは八時八分なんです。電話に出ない弥生さんを心配して部屋に係員が向かったのが八時。その数分後に事件が発覚し、通報された」

しばらく間があった。

それから健文の顔に血が上った。健文は恐ろしいような眼力で美智子を見つめ続けた。

「あなたは職員が警察に通報するより三十分も前に、笹本弥生さんが殺されていることを知っていた」

健文の身体が震え始めた。彼の知る真実が、身体の中からいま飛び出そうとしている。

「堂本明美は田辺つよしの詐欺行為について、全て話したようです。あなたの関与については『知っていたかもしれないけど、その意味は全然考えていなくて、悪意はなかったと思う。笹本くんは田辺先生の詐欺で金銭的に得をしたところは何もない。むしろいつも巻き上げられていた』と言っています。彼女は自分のことも包み隠さず話して、彼女の協力で捜査は大変スムーズに進んでいるそうです。それなのに、こと十月三日の話になると、耐え忍ぶように黙っている」

美智子は健文を見つめた。

「あなたたち二人の供述はぴったりと合っている。ではそれはなぜなのか。それは、その供述が事実だからです。他には考えられない。あなたと堂本明美は、堂本明美の言うように、一緒にマンションで過ごしたということです。でもそれは十月三日ではないはずです。堂本明美は、ここまできてもなおあなたを守ろうとしているんです。我が身ではなく、ただあなたを。あなたは、彼女一人にその荷を負わせるつもりですか」

かたくなに人間不信を貫こうとした健文だ。彼は友人関係を築き、保つのに、金を介するしか思いつかなかった。それは彼自身が金をかけてもらう愛情しか知らなかったから。しかし健文は母の愛を受けて育った。覚えていなくても、父にも愛された。愛を知らない子ではない。そんな愛情があるということを忘れていただけで。

　健文は肩を落とした。

「堂本明美さんに伝えてください。僕は本当のことを話すから、君も本当のことを話してくださいと。真実は——真実は、真実でしかないのだから」

　そして顔を上げた。

「嘘をついていたのは僕です。田辺先生の言う通り、あとから田辺先生の申し出で、アリバイを工作したのです」

　カメラマンがシャッターを切った。

「あなたの言う通り、明美は田辺先生に隠れて僕とつき合っていました。あの供述は事件の二十四時間前、十月二日の話です。それを一日ずらした。だから供述は一致するんです。供述が一致している限り、彼女は僕を守り通せると信じているのだと思う」

　堂本明美を愛しているという自覚はなかった。明美は目立たない子でした。気がつくと田辺の詐欺の片棒を担がされていた。秘密を共有し始めて、田辺が体を求めてきた時、明美は拒否できず、拒否しなければならない積極的な理由もなかった。関係を持ったのはただそれだけの理由でした。そして僕も、彼女とはその程度の関係のつもりでした。僕のためにここまで耐えてくれるとは思わなかった。

「僕が大した気もなくつき合っていたからって、彼女も同じだとは限らなかったんですね」

　彼女にはかわいそうなことをしたと呟いた。

それから健文はもう感情を荒立てることはなかった。憑《つ》き物《もの》が落ちたようだった。

田辺はもう一度だけ金を都合してくれと言った。これをしないと前の三回の結果が出せない。つぎ込んだ金は無駄になり、吉岡教授はまた無能呼ばわりされる。自分のアルバイトはちょっと苦しいんだ。君にばかり頼るが、もう一度だけ工面してくれ。

少し遠いところに視線を落とすのは、正確に話そうと焦点を過去に合わせるからだろう。彼は静かに淡々と話した。ときどきカメラマンがシャッターを切る。

「十月三日のことでした。夕方四時頃祖母から電話がありました。『財産のことで話しておきたいことがある。今日、夜の十二時にグランメールに来るように。ただ、内緒の話だからそのつもりで』前日、三百万円のことで大喧嘩をしていた。ばあさん、また俺の機嫌を取るつもりなのか、それとも追い詰めるつもりなのか、どっちかだろうと思いました。会田良夫のことについては僕の異父の兄だとばあさんが言っているのは耳に入っていました。でも本気にしていなかった。それも僕の気を引く手なんだろうと思っていました。祖母が本気で俺に財産をくれないだなんて、考えたことがなかった。

グランメールのドアは音も立てずに開いたんです。フロントには誰もいなかった。そのまま部屋まで上がりました。

祖母の部屋には鍵は掛かっていなかった。ドアは初めからほんのすこし開いていたんです。部屋に入ったら祖母が死んでいた。金庫が開いていて、あたりが散らかっていて。気が動転した。幸い誰にも会っていない。内緒の話だと言っていたから、僕がここに来たことを知っている人はいない。そう思うと、とっさに逃げていた。

自分が殺したのではないから、初めは怖いとは思いませんでした。ただ、なぜグランメールの玄関ドアが音もなく開いたのか。それを思うとひどく不気味な気がした。そして会田良夫が別の遺書を持ち出した時、はめられたとわかった。

指輪が車から出てきた日の夜、田辺先生に、アリバイがないから疑われていると話しました。祖母が死んでいるのを見たことは言いませんでした。吉岡研究室は好きだった。田辺先生のことはメンバーとしては認めてはいたけど、個人的には嫌いでしたから。彼は、遺産が入らなくなるということは、もう資金が回せなくなるということかと聞きました。そうだと答えた。

田辺先生から電話があったのは、その二日後だったと思います。ぼくの女と会っていたことにしろ。ぼくの女と秘密に会っていたと言えば、アリバイを隠していたことを不思議に思われないからって。それで金が入るんだねって念を押されました。僕ははいと言いました」

ドアは音もなく開いた——誰かが健文を通すために開けたということだ。

その誰かはその時間に健文がグランメールに来ることを知っていて、玄関ベルの音量を細工し玄関ドアを開けた。警備システムに精通していたということだ。グランメールの調理室のすりこぎを持ち出せる人物であり、彼女の背後に簡単に入り込める人間。

「なぜ届けなかったんですか。指輪が出てきて、仕組まれていると思ったのなら、その時点で本当のことを言うこともできた。なぜ嘘をつき通そうと思ったのですか」

「それは」と健文は言葉を飲んだ。

フローリングの上に膝を揃えて座り、そのひざ頭をじっと押さえていた。重い薪の束を背負っていて、本当はもうその背がたわんで折れそうだというように、彼は前のめりになって耐えていた。

「死体を見て動転しました。朝、深沢さんから祖母の死亡を知らせる電話を受けた。深沢先生にはあったままを言うつもりだった。でも深沢さんは僕に落ち着くように言ってから、こう言ったんです。

被相続人に危害を加えたり、遺言書を書き替えたり、被相続人の死亡を知って報告しなかったり、そんなことがあるとあなたに遺産がいかないんですよ。大丈夫ですね。

愕然《がくぜん》としました。何も言えなくなった。電話を切ると法律書を調べました。被相続人の死亡を知っていて報告しなかった場合、相続権がなくなると書いてあった。

ばあさんの死体を見て逃げ帰っただけで、相続権がなくなるなんて知らなかった。それで話せなくなったんです。僕は、見なかったことにしないといけなかった――」

アリバイは嘘です。でも信じてもらえないかもしれないけど、ばあさんを殺したのは、本当に僕じゃないんです。

そして美智子を見つめて、言ったのだ。ばあさんは死んでまでなぜ僕にこんな仕打ちをするのでしょうと。

笹本健文は警察に出頭した。そして自分の知る限りを話した。

健文の告白を聞いて、堂本明美は泣き伏した。そして健文の告白が真実であると告げた。

本当は、事件の朝、笹本くんから電話がありました。

ばあさんが殺されていた。でも自分は事件には関係がない。もし、嫌疑をかけられてどうしようもなくなったら、僕のアリバイを偽証してくれないか。なるべく迷惑はかけない。

わたしは愕然としました。三日の夜は田辺先生に呼ばれて、一緒に過ごしたから。

「そういうと、笹本くんは『そうか』と言ったまま、黙り込みました。それから『わかった。この話はなかったことにしてくれ』って言ったんです。だから田辺先生からアリバイの偽装を持ちかけられた時には驚きました」

気味が悪かった――

十月二十二日。

神奈川県警は笹本弥生殺害容疑で笹本健文を逮捕した。

健文は深沢洋一に弁護を依頼し、深沢は了解した。

2　グランメールの男

派手な生活。金の無心そして詐欺事件への関与――笹本健文には打出の小槌《こづち》のようにネタがある。

弥生が自分に遺産を残さないかもしれないと気づいて逆上、絞殺。その際なぜアリバイぐらい作っておかなかったかといえば、多くの場合、殺人は衝動的に行われるものであるからだ。それが証拠に、健文の言い分は陳腐極まりないではないか。体はでかくとも幼稚なのである。テレビでは、最近この手の男が増えていますよねと、女性のコメンテイターは隣の男性コメンテイターに同意を求める。

しかし唯一事件の解説と同時に容疑者笹本健文の逮捕直前の言い分を記者との一問一答で載せ、弁護士に付き添われて出頭するところをカメラに収めたフロンティアは、記事を健文の孤独を中心にまとめ、駅の売店では早朝に売り切れが続出した。

真鍋はフロンティア出版の役員に呼ばれた。売れるというのは実に喜ばしいことだが、この記事は加害者に寄り過ぎているのではないか。被害者の尊厳を軽視しているようにもとれるのだが、このままこの路線を守れる読みがあってのことだろうね。

真鍋は答えた。人間には生い立ちとか環境とか時代とか、いろいろなものがあって、いま起きていることどもは結果であり、かつまた何かの原因になるわけです。犯罪は断罪することに意味があるのは第一段階であり、その犯罪を産んだ背景を同じ人間として理解する、もしくは理解しようと努めるところに、人間の、人間たるゆえんがあるのであり、むしろ他社と横並びに悪者探しに血眼になっていないことにお褒めの言葉を賜りたい。

戻ってきた真鍋からその話を聞いた中川は感心した。

「なんとでも言えますねぇ」

真鍋は得々として返した。「なんとでも辻褄《つじつま》を合わせてみせるのが編集長の腕じゃないか。理屈はあとからつけるものだ」

真鍋が美智子の記事に不安を覚えていないかといえば、彼も内心ではかなりビクついていた。犯罪が確定する前は、皆と同じように逮捕された人間をこき下ろしておけばいいのだ。無罪だったとしても、それはそれ、皆がしたことなんだし、その場合は誤認逮捕した警察に矛先を向ければ済む。

木部美智子はどうしてこれほど笹本健文を擁護したのか。

真鍋が恐る恐る尋ねた時、美智子は簡単に答えた。

「笹本健文が言ったことをそのまま書いただけです。そして集めた事実を客観的に並べた。それが他誌と違っていたというなら、他誌が情報を充分に収集できていなかったというだけのことですよ。あたしだって手許に何もなきゃ、横並びします」

すると急に、真鍋が不安な顔になる。

「健文の母親が死んでいるんだけど、あれを掘り起こすってことはないよね」

「慶子さんの死亡当時、電話台のメモには日付と時間が綿々と書きつけられていた。精神の不安定な人は薬を飲んだことを忘れて、飲み足していく傾向があるんだそうです。それで、渡した薬が予定より早くなくなるようであれば、医師は患者に、薬を飲んだ時間を記録しておくように言うんだそうです。そのメモは安定剤を飲んだ時間のメモで、それが、彼女が日頃から薬を必要以上に飲んでいた証拠になりました。慶子さんは安定剤や睡眠剤を常用しながら、毎晩お酒もかなり飲んでいたようです。全体を総合して、当時警察は事故と断定しました。少年の頃のことですから、簡単には活字にできません。それに」と美智子は続けた。「もしそれに触れたら『廃除』と書かれたあの遺書に触れないといけない。すると会田良夫に言及せざるを得なくなる。健文犯人説一本で行きたい雑誌なら、母親の死には触れませんよ」

「で、木部くんは健文一本で行く気がない」

安心した真鍋はちょっと断定して見せて、美智子の顔色を見ている。

もし健文が犯人なら、彼はどうやってグランメールに入ったのだろう。彼の言う通り、入り口が開いていたというようなことでもない限り、入れない。

「何もあたしは彼の逮捕前のインタビューを取ったから同情的なんじゃありませんよ」

「じゃ、なんなんですか」

あの遺書のコピーからは指紋が発見されなかった。誰かが手袋をして指紋を残さないようにコピーを取ったのだ。

「どことも同じ。模様眺めです」

そして立ち上がる。

「今日はどちら」と真鍋が聞いてくる。

「笹本健文の情報を集めに、深沢法律事務所です」

美智子を見送って、真鍋は中川と顔を見合わせた。

「木部さんがつっけんどんな時は、何か腹に持ってるんですよ」

「うん。ということはもう一回ばーんと売れるということだな」


深沢は疲れた表情をしていた。ポツポツとパソコンに入力していたが、美智子を見るとやめて、応接セットの椅子を勧めて、自分も前に座りなおした。受話器をあげてコーヒーを二つたのむ、それから、健文が否認するから保釈が成立しないと嘆いた。

「彼は同じことを言うだけです。新しい遺言書を書いているということは知らなかった。弁護士がいるというのに、そういうものを会田良夫が持っているというのはどう考えてもおかしい。彼がばあさんから金庫の番号を聞きだし、殺害して、俺に罪を被せるためにわざわざ金庫の中にあったものを俺の車に入れたんだ。彼はただ、そう繰り返すんです」

「深沢さんは彼の言うことを信用しているんですか」

深沢はちょっと困った顔をした。「まあ。取りあえず」

「だとしたら別に犯人がいるということですよね」

黙っている。

「誰だと思われますか」

深沢は苦笑した。「ずいぶんストレートですね」

それから口調を変えた。「僕は弁護士であって、検察官ではありません。誰がやったかを考えるより、彼が言いたいことを筋を立てて言いなおすのが仕事ですから」

「彼が弥生さんからお金が貰えない状態になれば、暮らしていけると思いますか？」

「思いますよ。頑固で我儘《わがまま》なのは認めます。しかし忍耐強く、約束は守りますし、責任感もある。つき合えば良さのわかってもらえる青年です。彼は金があるから派手に暮らしていますが、派手に暮らすことが好きなのではありません」そうしてほっと、息をついた。

「誤解されやすい子なんです。冷血に見られがちですが、社交が円滑にできないだけで、情がないかといえば、そんなことはない」そして表情を和らげた。

「だからあなたが書いてくれた記事を読んで、少し救われました」

美智子は、さっきまで深沢が打っていたキーボードを見つめた。

「ずいぶん打ちにくそうですね」

「不器用で」

「右手だけ不器用なんですか？　左手は普通に動いていますよね」

深沢は笑った。

「さすがに観察していますね。右の出来が悪いんですよ。それで左手でカバーをするんですけど、疲れましてね。手が疲れると肩が凝る。で、ぽちぽち打つんです」

「手が疲れると肩が凝るというのは確かですよ。凝りは頭に上がって、終《しま》いに血圧が上がります」

それから美智子は聞いた。

「率直にいって、先生は会田良夫さんについて、どう思われますか」

「孫であるかどうかですか？」

「いいえ。人物のことです」

深沢が要領を得ない顔をする。彼の顔は確かに記憶に残る。それは顔だちが端整だからだと星野弁護士は言ったが、そうではないと美智子は思った。彼の顔は左右対称なのだ。生まれたての子供のように。

「わたしは会田さんのインタビューをなんども聞き直しました。戦争体験を体験者は話したがりません。言葉にしようとすれば、もう一度その状態に我が身を置かないといけない。悲惨な体験をした人は生理的にそれを避けるからです。わたしは滝川典子さんにも取材をしました。長い間笹本弥生さんの家の家政婦をしていた女性です。彼女は弥生さんに感謝しながら憎み、軽蔑しながら尊敬していた。自分の人生に転がる矛盾を理解することも分析することもできないで、原因は自分の愚かさにあると思い、その愚かしい自分という殻に閉じこもって、社会に心を開かない。自分の人生のあり方が理解できない彼女の話には胸が痛むような哀愁がある。会田さんには、それがないんです」

　深沢が美智子を見つめていた。目の奥が輝いていた。

「健文さんは確かにわがままです。でも彼が憎めないのは、生きた言葉で語っているからだと思う。そこに感情があるからです。でも会田良夫さんの言葉には共感や同情を感じる隙がない。まるでセメントを塗ったみたいに言葉がこなれている」

　深沢は美智子を見つめ、一息ついた。

「健文くんはいつも、どうして会田良夫の言うことを信用するのかと怒ります。でも僕が調べた限り、彼の話に嘘はないんです。それ以上には、僕は彼に興味がない。世の中には不器用な人がいます。それは、健文くんのようにあまりにも感情があからさまだという不器用さもあれば、自分の言葉で語ることができずにいつもそれらしい聞いたことがあるような言葉でしか語れず、あなたが今言ったように、結果的に同情も共感も得ることができないという不器用さもあるんでしょう」

　深沢はつねに会田良夫の弁護に回る。しかし本気ではない。「それ以上には僕は彼に興味がない」というのは、これ以上にない切り捨て方だ。いろいろな場面で、深沢は会田良夫を弁護しながら、誰よりも冷たく突き放す。自覚的に弁護し、しかし感情的には嫌悪しているのだ。しかしなぜ、会田良夫を弁護し、かつ嫌悪するかについては、彼は決して覗かせようとしない。

「笹本弥生さんは会田良夫さんのことを、本当はどう思っていたのですか」

深沢は美智子を見つめた。それもまたほんの一瞬だった。しかし確かに、その目の奥が輝いた。何かが彼の記憶を刺激して、それにより抑えた感情が息を吹き返す。そういう時の彼の記憶とは、なんだろう。

「笹本さんは戦災も震災も体験したんでしたよね。何か聞いた話はありませんか」

「あなたが言うように、戦争で苦労した人は戦争の記憶を話したがらないものです」

そうかもしれませんねと美智子は言葉を返した。

「滝川典子さんの語る笹本弥生さんの人生は想像していなかったものでした。深沢さんはさっき、わたしが書いた記事について、少し救われたと言いましたね。うちの編集長も、記事が容疑者寄りであることを気にしています。わたしは編集長にも話したのですが、決して健文さんを擁護したのではない。ありのままに書いたんです。私は笹本弥生に『闇市で成り上がった』という印象を裏切るものを求めていました。滝川典子さんのお話は衝撃的でした。わたしが甘かったのかもしれない。でも人間の生き方に正義というものが貫かれていて欲しいというのは、偽らない気持ちです」

深沢は美智子から目を逸らせた。

「戦争が彼女を変えたのでしょうか。それとも彼女が残忍な人間だったのでしょうか」

残忍という言葉をわざと使った。深沢の反応が見たかったのだ。

ガラス張りの壁から走っている車が眼下に見える。西日の射す町を人が歩いていく。

「戦争が彼女の人生を決めたのは事実だし、戦争体験が及ぼした影響は大きかったでしょう。

笹本さんがたった一人で終戦を迎えたのは二十六歳の時ですから。話を聞いたことはあります。でも気持ちのいい話ではありません」

「話してくださいと言えば、話してくれますか」

深沢は顔を上げなかった。それは苦しい言い訳をしているようにも見えた。

美智子は待った。もう待つしかなかった。道行く車がライトをつけ始めた。

「――いいですよ。聞きたいというのなら」

深沢は顔を上げた。その顔は悲しげだった。大人のこんな顔を見るのは初めてであるような気がする。

「深沢さん、アメリカはね、とっても残酷な焼夷弾を落としたんですよ。屋根を突き破って落ちてくるのさ。ってね。僕はその話を忘れることができない。長い間、昼も夜も、忘れることができませんでした」

――深沢さん。アメリカはね、とっても残酷な焼夷弾を落としたんですよ。

屋根を突き破って落ちてくるのさ。それが部屋の中で飛び散るのさ。そのあとに発火するんだ。家の中からね、火を噴くのさ。アメリカさんは来て帰るぎりぎりの燃料しか積まないでね、余った場所にたっぷりその焼夷弾を積み込んできたさ。夜の十二時だよ。寝静まった頃に、ものすごい低空でやってきたんだよ。警戒警報は鳴らなかった。空襲警報が鳴った時には爆撃はもう始まっていた。そうして二時間、落とし続けたのさ。空が昼間のように明るくなった。
あたしは当時一番大きな小学校に逃げ込んだのさ。鉄骨で、プールがあるのはそこだけだった。近所に仲のいい子がいてねぇ。千賀子っていった。その子も弟と二人、親のない子だった。当時は多かったんだよ。父親を戦争に取られ、母親が病死なんかすると、姉弟二人、身を寄せる親戚があったっていい顔なんかしやしない。結局危ないってわかっていても、東京に残るのさ。その千賀ちゃんといつも言っていたものさ。何かあったらあの学校で落ち合おうって。あの日、そこが安全だと思って、たくさんの人が来ていた。
あたりは火の海――深沢さん、火の海って見たことがないだろ。ただ燃えるんじゃない、ガソリン撒いた上に火をつけるんだから。人が、米俵に火がついているみたいに燃えるのさ。その火の海を、命からがら校舎まで走ってさ。途中の防空壕ももう人で一杯でね。鉄筋とコンクリートの校舎だけがあたしたちを守ってくれる砦だと思っていたから。
でもどの教室ももう人と――耐えられないような熱風で、教室の中はまるで焼けたフライパンだった。窓からは町の赤々と燃えるのが陽炎《かげろう》みたいに見えて。ときどきドーンと音を立てて炎が上がる。窓のあっちこっちからそれが見えてさ。そう思う間にも空ではすぐそこでヒューヒュルヒュル、ヒューヒュルヒュルって音がして。みんな死んだみたいに丸まって、怯えて震えているんだ。こんなところにはいられない。あたしは教室を出て。廊下を彷徨《さまよ》い歩いて。少しでも熱くないところを探して。怪我をして座り込んでいる人を踏まないようにして。全部が陽炎みたいにゆらゆらしていたね。目が痛くて開けてられなくて。なんだか夢の中で焼かれているみたいだった。でもあの座り込んでいる人たちは死ぬんだろうなって、わかっていた。本人たちも、わかっていた。早いか遅いか。苦しむか苦しまないか。それだけ。

アメリカさんを憎いとも思わなかった。あたしにはまだ、生きるか死ぬかは、やってみないとわからないことだった。若くて、病人連れでなくて、怪我をしていなかったから。プールには水が張ってあった。あたしはそこに飛び込んだ。もう、人が、棒をびっしり立てたみたいに一杯いたけど、あのフライパンみたいな校舎の中よりはましだと思ってた。

その直後だったよ。

校舎の窓が一斉に割れたんだ。そして全部の窓から火が、熱風みたいに、火が噴き出したんだ。火の塊になったのさ。あの鉄筋校舎が最後の頼みだったのに。そう思って皆、あのフライパンみたいな中で耐えていたのに。

窓が割れて火が噴き出してくる。わかりますか？　全ての窓から火の滝が頭の上に落ちてきたんですよ。轟々と音を立てながら。まるで巨大な火炎放射器みたいに。

あたしは必死で水に潜ったさ。でも息が苦しくて顔を上げる。そうしたら顔を火になぶられるんだ。充分に空気を吸えないままにまた潜る。体力もなくなるさ。そういうのがごまんといて、誰かが水の中からあたしの着物の裾を掴むのさ。引きずり込まれちゃいけないから、振りほどくのさ。でも相手は死にかけているから、また掴むのさ。もう一度振りほどいて、見たら、それは小さな男の子で、その子は沈んでいった。そしたらその子の背に、女の子が乗ったよ。見ればこれも小さい子で、そうしないとプールの底に足がつかないんだ。沈んだ子の上でつま先立ちして、その子は必死にプールの縁にしがみついていたよ。あの子の手が縁から離れて沈んでいくのは時間の問題だったろうね。防空頭巾なんかどこかにいってしまって、髪は焼けて縮れて。顔もすっかり火膨れして。親とはぐれていたみたいだったから、生き残ったってひとりぼっちさ。そんな自分の前も後ろもその子にはわからない。紫色の唇をして、死んだようにコンクリートのへりにしがみついていた。それがまた、ただでさえ北風の強い日でね。二、三日前に降った雪が解けずに汚れて道の端に残っていたような気温だったのさ。水の中は三度か四度か。凍りつくようだった。

深沢さんの小学校でもそうだったろうけど、プールって、前は浅いけど、後ろは深いんだよ。大きい学年の人が飛び込みができるように。立っているとね。後ろからあたしを引っ張るのさ。あたしを越して前に出ようとするんだ。あたしは一人分下がるだろ、そうするとまた誰かがあたしを引っ張る。そして前に出る。その分あたしは後ろに下がる。そのうち気がついた。足がつかなくなっていくんだ。みな、プールの後ろは足がつかないから、少しでも前に行こうと前の人をかき分けていたんだ。そうと気がついたらあたしも必死さ。前の人の着物を摑んで、その人より前に出る。また前の人の着物を摑んで、前に出る。越された人は後ろの、背の立たないところに送られるのさ。そして溺れる。水の深いところは足がつかないだけじゃない、本当に、凍えるように冷たかったんだ。自分が摑んで後ろに送った人間がどうなるかはわかっている。溺れて死ぬのさ。わかっていても、かき分ける。体力が尽きた奴《やつ》から後ろへ後ろへ送られて、沈んで。沈んだら最後、まだ息があってももうお終い。踏みつけられるんだから。空気がないってのはそういうことなんだから。理性も情もないんだ。空気を吸いたいんだ。轟々と顔を焼かれながらも、空気は吸わなきゃ体が納得しないんだ。顔を火で炙《あぶ》られて。冷たい水の中で窒息しそうになって。いいも悪いもあるかい？　誰も人を踏んでるなんて思っちゃいない。何を踏んでいるかもわかっちゃいない。

そうやって、知らぬ間に殺し合ったのさ。

やっと火の手が収まって、朝になって。

初めてプールの水を見た。

窓ガラスが吹き飛んだ時、ガラスの破片が頭の上から振ってきた。それがみなの顔や肩に突き刺さった。だから無数の死体の浮かんだその水は、煤と、泥と、血で、もう水ともいえない色だった。

あたしは四つのときに見た隅田川を思い出したよ。死体に埋まったあの川を。泥と、煤と、死体。

するとどんどん思い出すんだよ。広場の真ん中で立ったまま焼けていった人たち。死体の山の中に体半分ねじ込んで、丸出しになった尻だけ焼かれる女が身悶える様子。焼かれながら突風で片方に吹き寄せられて、そのまま焼け死んだ人の、山。踏んづけたとき、突然足を摑まれて、下を見たら踏んづけたのがまだ生きてる男の裂けた腹で、そいつがあたしの足を摑んで、大きく大きく目を見開いてあたしを見ていたこと。

頭の中に綺麗に整理されたアルバムみたいに見えるんだ。それがいまなのか、わからなくなってしまいそうだったよ。二十二年前

「かあちゃん」て呟いて、座っていた。朝だというのに空が真っ黒でねぇ。

ねえ、深沢さん。ずいぶんひどい話だと思うだろ。その焼夷弾はね、アメリカさんがとってもよく研究して日本の小さい木造の家が一番よく燃えるように作ったんだ。お利口な研究者たちが——あんたみたいなお利口な人たちが、目的のために、一番効果の上がる焼夷弾を作ったんだよ。

誰が悪いんだい？　プールに逃げた人かい？　弱った人を踏みつけた人かい？　焼夷弾を落とした人かい？　それとも焼夷弾を開発した人かい？

あたしはプールの底に、千賀ちゃんとその弟を見つけたのさ。防空頭巾をかぶっていたから、その柄でわかった。

あたしが後ろに押しやったのかもしれない。あたしがその頭を踏んだかもしれない。

二人は手を繋いでいた。馬鹿な。手を離していれば、どっちかだけでも助かったかもしれないのに。あたしはそう思った。

でも二人は手を繋いでいた。それはそれで、生き残るよりよかったかもしれない。そう思った時不意に、母が父を探して歩いた、その姿が目に浮かんだよ。

引き上げてやろうかとも思った。でもやめた。誰もふり返らない姉と弟さ。プールの中の

死体はそんな人たちばっかりなんだ。無数の、無名の死体なんだ。プールの中だけじゃない。燃え残りのボロ切れみたいな焼死体。黒いマネキンみたいな焼死体。川に逃げ入った人は両岸が燃えさかるのを見ながら凍えて死んだそうだ。焼死、溺死、そして凍死。
みんなただの死体なんだ——

「おばあさんはそんな話を僕にしてくれたんですよ」

そして深沢は美智子の顔を見、少し微笑んだ。

「そんな体験が彼女を薄情な金貸しにしたと言う気はありません。でも彼女と彼女の友人は鉄筋コンクリート建ての小学校の校舎を信じた。それは神を信じるのと同じです。自分たちの命を守ってくれる、一つの絶対的なものとして。でもそれはただの、コンクリートの塊であって、彼女たちの思いに応えるものではなかった。たぶんその時から弥生さんは抽象的なもの——愛情とか、道徳とか、そんなものを捨てたんじゃないでしょうか。

だから弥生さんには、闇市はある時期までは癒しになっていたんじゃないかと思う。神も仏もない世界。裏切りはゲームのように横行して、金だけが信頼できる唯一の価値。人間は等しく闇物資を買うという罪を犯し、そこにいる限り、この世にかつて下町と呼ばれた、人と人が結びついて穏やかに生きる世界があったことを思い出さなくてもいい」

深沢は眼下に何かを見るように、窓の下をぼんやりと眺めた。

「そういえば弥生さんはよく窓から町を眺めていました。微笑んでいるんですけどね。そういう時の微笑みは怖いんです。震災の時はまだ四歳だったそうです。彼女がいたのは深川あたりで、それも一番犠牲者が出た被服廠跡にいたらしい。数えきれない人が熱さと恐怖の中で焼け死んだ。東京大空襲は三月で、前日の雪がまだ残っていたそうです。そのときも火を逃れた先の川の水は凍りつくほど冷たかった。地上にいることも水に入ることも死を意味した。今の時代に生きるものに、そんな時代に身を置いた彼女が理解されないというのは、しかたのないことだし、笹本さんもそれについてなんの不満も持っていないでしょう」

戦時の手記はいくつも読んだことがある。しかし人間は、真実をそんなところに書き残したりはしない。人間には自分の神経を守る本能があるから。美智子はいま、そういう現実を突きつけられた気がした。

被害感情にうずもれた方が生きやすかったかもしれない。笹本弥生は抱えたものを消化できないまま戦後六十年を生きた。

「笹本弥生さんはあなたには心を開いていたんですね」

深沢がゆっくりと顔を上げた。

その頃、亜川は一本の電話を受けていた。

彼は耳を澄ませて注意深く聞いていた。

「間違いありませんか」

亜川の机の上のパソコンの画面には会田良夫の白く丸い、公家のような顔の写真が取り込まれ、映っている。彼はその写真を睨みつけながら、電話の声に聞き入っていた。永井が不安そうな顔で隣に立っていた。亜川が礼を言い、電話を切る。

「なんて言ってきたんですか」

「違うと言ってる」そう言うと、亜川は美智子の携帯を鳴らした。

「何が違うんですか」と永井が待ちきれないように聞いた。

「新潟の寺の和尚がな」その時電話が繋がったので、永井は、電話の相手に話す上司の言葉で事態を理解しようと、待ち構えた。


美智子は深沢に聞いた。

「長尾頼子さんて覚えていますか。二年前に先生を息子の恩人と間違えてお礼にいらした人がいたでしょ」

深沢はああと、思い出した。

「そういえばそんなことがありました。なかなか納得してくださらなくて」そして美智子に問い直した。

「でもなぜそんなことをお尋ねになるのですか？」

美智子は奇妙な気がした。そういえばこれまで深沢から何かを問い直されたことはない。

「弥生さんの遺品の栞の裏に、長尾さんの名前と電話番号が彼女の自筆で残っていたんです。

弥生さんから、そのことについて聞かれたことはありませんでしたか？」

一瞬の間があった。

「ええ。先生は人助けをしたんですってねと言われたような気はします。人違いだと言ったが、なぜでしょう、信じたがらなかった」

美智子の携帯に亜川から電話が入ったのはその時だった。

亜川は興奮していた。

「木部さん、驚かないでください。新潟の寺の和尚が帰ってきたので、会田良夫の写真をパソコンで送ったんです。そしたら和尚が、弓子の息子はこの子じゃないと言ってきた。四年前まで年に二回墓参りに来ていたそうです。だから間違えようはない。まるで別人だ。こんな小太りの男じゃないって」

そして亜川は力を込めて、言ったのだ。

「あの会田良夫、偽者ですよ」

携帯電話の声はよく漏れる。亜川の声は深沢にも聞こえていた。

美智子はぼんやりと深沢を見つめた。深沢も美智子を見つめた。亜川は電話の向こうで言う。「あの男の話は作り物には思えない。本当の会田良夫しか知り得ないことをあの男はいやというほど知っている。二人の間に接点があったはずだ。木部さん、いま、どこですか」

「深沢さんの事務所です。待ってください、ヘルパーを採用する時には身分確認ぐらいするはずです」

「調べればわかることですが、おそらく会田良夫になりすまし、運転免許証の紛失届を出したんだと思う。作り直す時に写真は撮り直します。再交付を受けた時、彼は自分の顔が載った会田良夫の身分証明書を手に入れたんですよ。思い当たることがある。彼は運転免許を入手してすぐに清水運送で働いたんです。そこの社長が言った。大型の車もすぐに乗りこなしたって。あの男は大型車に乗る仕事をしていたということです。一方本物の会田良夫は、新潟を出てすぐに、清掃会社に勤めた。それから二、三アルバイトをしたあと、二十の時、免許をとって運送会社に就職したと和尚は言うんです。和尚はその会社の名前は覚えていない。でも、農協に出入りする会社だったと言っています。堅い会社だと、本人と一緒に喜んだと言っています。二人はどこかの運送会社で知り合ったんじゃないかと思う」

深沢がそれを静かに聞いていた。

全ての辻褄があっていた。男は笹本弥生の孫になりすまし、偽の遺書を書かせ、殺害して罪を唯一の法的相続者である笹本健文に被せる工作をした——真鍋は電話口で、芝居がかって自分を呪った。

「ああ、なんでいままでそんなことを考えてみなかったんだろう」

「それは、調べればすぐにわかるようなすり替わり方を大まじめにする男がいるだなんて、想像できなかったからですよ」

「どうだろう。寺の和尚が別人だと言ったぐらいで、別人だと証明できたことになりますか。

写真が一枚もなければ、法廷に持ち込めば、勝つ可能性もあったんじゃないのか」

「あったかもなかったかも。そんなことまで考えてやったとは思いませんけど。でも少なくとも、コピーじゃ無効だということぐらい知っていたでしょう」

「——わからんよ」と真鍋は言った。

「そうさ。わからん。あの男がコピーでも有効だと思っていたとしたら」

「それで殺害事件を起こして、笹本健文を陥れて、蓋を開ければ無効だと宣言され、誰にも相手にされなかったというんですか」

「世の中には馬鹿はいる。ごまんといるぞ。親を殺して火をつけて、ゲームセンターで時間潰しをする奴が実際にいるんだ」

そして真鍋は受話器を持ち直した。

「いいですか。笹本弥生のあのコピーの原本は自筆です。指紋は封をあけた時についた深沢さんのもの以外、発見されていない。もちろん、笹本弥生自身のものも。代わりに白い繊維の付着が発見された。それは草むらで発見された凶器のすりこぎに付着していた白い繊維と同様のものだ。思い出せば白い繊維は殺人現場にあった金庫からも発見されている。それが犯人がしていた手袋の繊維だと考えてみてください。犯人は、指紋が残らないように注意してコピーを取ったことになる。コピーをとる瞬間から、そのコピーが犯罪の一部をなすという自覚を持っていたということになる。それは」と真鍋は推理の絶好調にいた。

「笹本弥生を脅迫して書かせたということにならないか」

だったら間違いなく、殺すところまで計画して書かせたのだろう。

美智子も呪いたくなる。なぜ気がつかなかったのか。

それはひとえに、コピーでは効力がないからだ。しかし本当にそんなことを知らない人間がいるだろうか。殺しても、そんな遺言書のコピーを持っていても、自分に疑惑が向かないと思える楽天的な人間。

美智子は会田良夫の、あの作り上げられた言葉を思い出す。よどみなく語られた言葉だ。痛みなく語られた、過酷な体験の記憶だ。

真鍋の大きな溜め息が聞こえた。

「木部ちゃん、この展開、読んでた？」

「そんなはずないじゃないですか。読んでいたとすれば」――読んでいたとすれば。「東都新聞神奈川支局のデスクです。彼が新潟の寺に写真を送りつけたんですから」

亜川は初めから知っていたんだ。十八年前に見た少年が、あの、グランメールの男でないことを。だから新潟まで出向いた。しつこく深沢を挑発した。

彼の興味は笹本弥生の殺害犯ではなく、たぶん少年の行方だったんだ。亜川はあの男が偽者だと聞いた時、すでに、どこで入れ替わったかについて理解した。

――それで笹本弥生の事件を聞いて、ふいと、そのおばあさんの葬儀に行ってみたくなったんです。

彼は殺害事件を聞いて、葬儀に行き、二人目の孫だと名指しされている男を見た。「ほら、あの、受付にいる男性ですよ」関係者ならそう教えてくれただろう。彼はその男を見て愕然としたに違いない。そうして深沢弁護士のところに行くんでしょ、ご一緒させてくださいよ。お邪魔はしませんから。

彼はそこでしつこく深沢を挑発した。

――でも法定相続より遺言相続の方が優先される。あなたが強いて「手紙」と呼ぶ二通目の遺言がコピーでなかったら、会田良夫にも相続の権利は発生するのではありませんか。

――でも誰かが殺害したわけです。自然死でなく、事故死でもない以上。殺害の目的はなんだと思われます?

――手提げ金庫は軽い。物取りなら部屋を物色して、金庫ごと持って逃げる。ところが犯人はその場で開けて、十五万円の現金が入った封筒をそのままにして帰っている。犯人は何を探していたのでしょう。

美智子は思いつく。会田良夫は健文を犯人にするために「何かを探していた」という痕跡を残しておいた」のか、それとも本当に「何かを探していた」のか。

美智子は真鍋に言った。

「とにかく、あの男が何者であるかを調べてみます」

東都新聞神奈川支局では永井が走り回っていた。「本物の会田良夫の写真はないのか」と県警キャップから声が聞こえた。亜川は「写真はないが筆跡のわかるものならあるよ」と聞こえるように言った。そしてまた美智子に向きなおる。

「確かに、あの受付の男があの時の少年と別人だということは、気がつきましたよ。あなたが指摘したように、会田良夫として雇われている以上、ただ名乗っているというだけではない。間違いなく細工をしている。でもぼくのつたない記憶以外に、証拠がなかった」

「わたしに内緒にしなくてもよかったでしょ」

「僕は内緒にしたつもりはありませんよ。彼を見た。それがしっかりと記憶に残っていると、なんども言ったでしょ」

別人だとは聞いていない。

「それでことあるごとにあたしに情報交換を持ちかけて、大急ぎで情報を集めたんですね」

「僕だって気づいたのはあの葬儀の日です。大きな秘密を持つ身としては、焦ります」

「やっぱり秘密じゃないですか」

「深沢さんを少し押したらあの男が偽者であることは自ずと発覚すると思っていた。ところが深沢さん、全然そこには興味がなかったんです。僕だってある意味混乱しましたよ」

それにしてもと亜川は頭を抱えた。ここまでくれば会田良夫が偽者だったことに関して、亜川は警察に無断でスクープにしたかったのだ。いまだに「深沢先生に聞かれたんなら仕方がない」と恨めしそうだ。

深沢はすぐに警察に事実を通報した。警察内もいまごろ大騒ぎをしていることだろう。

「さっきの、筆跡のわかるものってなんですか」と美智子は棘《とげ》のある口調で聞いてやった。

「葉書です。もう隠しませんよ。初めから隠しちゃいませんよ。新潟に行ったことも寺に行ったことも、話したでしょ」

「じゃ、会田良夫を育てた叔母が、偽者の会田良夫の写真を見て、反応を示さなかったというのは、本当なんですか」

亜川は美智子をじっと見つめた。「そうなんだ。そこのところがわからないと言えばわからない。とにかくまだわからないことが多いんです」

亜川は一枚のコピーを美智子に見せた。それは一九九四年、十年前の年賀状だった。

「会田良夫から住職に送られたものです。ファックスで送ってもらったんです。実物はいまごろ、警察が持っていったと思う。ここに書いてあるでしょ」

農協に出入りする運送会社に勤めることになりましたと、書かれていた。会社の名前はない。差し出しの住所は東京だった。

「一九九四年には、会田良夫は東京に流れてきていた。里も親も同級生もない、孤独な青年です。そのうえ田舎育ち。人と知り合うとしたら、職場しかない。あの男とは、まちがいなく職場で知り合ったと思う」

そして美智子に言った。

「このアパート、調べてくれませんか」

「永井さんは？」

亜川は溜め息をつく。

「行かせましたよ。『とんでもないボロアパートでした。誰も彼のことは覚えていませんでした』彼が言ってきたことはそれだけです。他にも事件を抱えているんで、わからないこともないんだが、写真一枚撮るという気が回らない」

「筆跡」と言いながら記者がコピーを取りに来た。「コピーしてすぐ返して」と亜川が言う。声はすぐ喧騒にかき消され、亜川と美智子の会話は辛うじて二人の間だけで聞こえていた。

「この状態ではぼくは動けないんです」

「それで情報をフロンティアの記者に回すんですか」

「もちろん、フロンティアからのキックバックは想定していますから」

手が回らないのはこっちも一緒だ。そのとき美智子に、浜口の名が閃《ひらめ》いた。

浜口は美智子から連絡を受けると喜び勇んで、カメラマンを一人連れて事務所を飛び出した。

年賀状の住所は中野区新田町になっていた。新潟から逃げるようにして東京に出てきた会田良夫が独り暮らしをしていた場所。

そこにあったのは、永井記者の言った通り、ひどく老朽化したアパートだった。

カメラマンはビデオカメラを回す。

「フロンティアに一枚いれないといけないんだからね。それからあの東都のデスクにも。そのつもりで撮れよ」

しかし十年前の居住者のことは住民も大家も知らなかった。大家は記録を見て「会田良夫」は五年住んでいたと教えてくれた。転居先はわからない。

美智子は浜口に言った。

「都内の、農協に出入りのある運送会社に片っ端から当たってください。会田良夫が勤めた会社が必ずあるはずだから」

「ね。どれほど数があると思っているの」

「こんな貴重な情報を埋もれさすつもりじゃないですよね」

「木部ちゃん、いつものことながら、人使い、荒いよねぇ」

浜口は手の空いているADをかき集めた。中野区を中心に取りあえず六十ほどの農協から出入り業者を聞きだして、その一件一件に会田良夫という男が働いていなかったかを聞いていった。

浜口が探り当てたのは五時間後だった。「和田運送」という会社の社員が会田良夫の名前を覚えていた。

浜口はグランメールで会田良夫を名乗る男の写真を持って和田運送に飛んだ。和田運送の社長は、その写真を見て、ここで働いていた会田良夫とは別人だと断言した。

会田良夫は一九九四年から六年間勤めていた。辞めたのは二〇〇〇年の四月二十四日、月曜日だった。電話一本で突然やめて、そのまま荷物も取りに来なかった。真面目で誠実な男だったので、奇妙なことだと思ったと、社長は言った。

あとのことはわからない。社長がそう言った時だった。物珍しげに集まった女性従業員の一人が、浜口の持っている写真を見て、身を乗り出した。

「この子、うちに勤めてたことあるよ、ほら、この丸顔」

女性は事務所から青い割烹着《かっぽうぎ》のような事務服を着た中年の男を呼んできた。男は写真を念力を送り込むように見つめていたが、やがて言った。

「この男、松井保です」

松井保。

浜口は車に駆け込むと、美智子に大声で電話をした。

「割れた！　あの偽者の男の氏名、松井保！」

フロンティアの編集室では美智子とともに真鍋と中川が浜口を待っていた。浜口は松井保と会田良夫の履歴書のコピーを広げた。

「松井保は繁忙期のバイトだった。会田良夫の紹介で出入りするようになったが、評判は悪いよ。なんでも口で間に合わせる、時間や約束は守らない、手癖が悪い」そして浜口は三人の顔を見た。

「それが二人は同じ日に辞めている」

「同じ日？」

「そうなんだ。松井保もまた、電話一本で辞めて、そのあと荷物も取りに来なかった。辞め方まで同じなんだ。四月は忙しいんだそうだ。和田運送の事務の男は、松井についてはそんなもんだと諦めたが、会田良夫のことはちょっと信じられなかったと言った。会田良夫から電話を受けた事務員は、いつもの彼の声じゃないような気もしたと言ったそうだ」

会田良夫の履歴書には見たことのない男が写っていた。おとなしそうで地味な男。髪は濃く、ぼさぼさしていて、一昔前の学生のようだ。

これが会田良夫――

仕事は初めは清掃会社だった。半年ほど間をあけて、和田運送は二つ目の就職先だった。字が、住職が送ってくれた年賀状に似ている。上手ではないが読み取りやすい几帳面な字だ。

その場で美智子は亜川に電話をかけた。


裏取りしないと新聞には載せられない。それはテレビニュースも同じだ。

「別人だと確信をもって追いかけたのは亜川さん、あなたです。これ、どうしますか」

亜川の返答は明快だった。

「ここまできたら警察に任せるのが一番確かです。万端準備して、全部まとめて深沢先生に言ったらどうでしょう。あの人なら正確に当局に伝えます」

松井保つまり、会田良夫と名乗っている男が警察に呼ばれた時点で一気に記事にする、と活字組の意見が一致すると、浜口は異論なくそれに準じた。

浜口は持ってきた写真や資料の一切合切を片づけ始める。

「亜川記者のところに持っていって、事務所に戻ります。今日は徹夜ですよ」

その間に美智子は深沢の電話を鳴らしていた。

「会田良夫は町田にある和田運送という運送会社を二〇〇〇年に退社、以降行方は確認できていません。現在グランメールで会田良夫を名乗る男について、彼が二〇〇〇年当時、同じく和田運送で働いていて、会田良夫と同日退社した、松井保という男に極めて似ていると、和田運送の事務の男性が言っています。松井保の履歴書には写真がありませんから、確認はできませんが、履歴書の字は、グランメールに提出されたものと非常によく似ています」

「松井保」

丸い、どこから始まったともどこで終わるとも判然としない、女子高生の書くような字。

「はい」

それから深沢の声が携帯から聞こえ始めた。

「彼がグランメールに提出した履歴書の職歴に、清水運送という会社があります」

「はい。東都新聞の記者が行って勤めていた事実を確認しました」

「僕も弥生さんから相談を受けた時に、確認に行ったんです。清水運送には彼が写った写真が数枚ありました。その中に、車のフロントにもたれて、さも得意そうな写真があったんです。本人の車じゃないかと思った。写真にナンバープレートが写っていたんで、その写真を預かりました」

ナンバーがあれば持ち主は割れる。弁護士ならそれくらいのことはできる。――美智子は息を飲んだ。

「調べたんですか」

「ええ。はっきりしないが――」

松井保という名に記憶があるような気がすると、深沢は言った。

「とってあるはずなんです」

深沢は折り返し電話すると言った。

同日に辞めた会田良夫はどうなったのか。

「浜口さん」と美智子は言った。

「二人が和田運送に勤めていた当時のことを調べてください。いや、会田良夫のところだけでもいい。彼が住んでいたアパートに行って、引き上げた時の経緯を聞いてきてほしいんです」

浜口は急いで出て行った。

美智子は亜川に電話をかけた。

「電話でいいんです。あの男が孤児院にいたと聞いた老人から、もう一度話を聞いてもらえませんか。入居者たちはあの男の何かに薄々気づいていたんですよ。あたしではだめなんです。古い新聞記者たちはいまでも雑誌のライターを軽蔑していますから」

電話の向こうで短い返事があって、電話が切れた。真鍋が感心する。

「うまいね、人を使うのが」

美智子は真鍋の顔を見た。

「彼のような人間にわれわれが嫌われているのは事実ですよ、編集長。新聞は真実を伝えていくという自負がある。あたしたち雑誌は売れるものを作っているだけ」

真鍋は美智子に顔を近づける。

「じゃ、君はなぜ新聞から雑誌に来たんだい？」

それは——。それは日々発生する情報の中を溺れそうになりながら泳ぐことに飽き飽きしたからだ。正確な情報を発信する。しかし手を突っ込んで真実を摑み取ることはない。

「新聞流のモラルが嫌いなんです。あまりにも不自由で」

「うまく逃げるね」

「まんざら嘘ではありません」

「だから逃げ方がうまいっていうのさ」

真実への固執もしくは執着。あたしは社会の真実を掌《てのひら》に載せて、至近距離で鑑賞してみたかった。その臭いを、気配、音を。

記者が過去の事件に執着することは難しい。しかし亜川はした。美智子は履歴書に張ってある会田良夫の写真を見た。ぼさぼさ髪の、ニキビでもありそうな純朴な青年の顔を。

彼の執着は記者としての興味からではない。あの日の少年の身を案じる心であり、転じてあの会田良夫を名乗る男への憎悪でもある。だとすればそれは、この青年の生涯の一点と交差した人間としての、誠意だったと、美智子は思う。

そして誠意という品性は、擦れたライターには、育たないのだ。

浜口は和田運送で書き取った住所を手がかりに、四年前まで会田良夫が住んでいた場所を訪ねた。

そこは最初のアパートよりは少し良かった。家賃は三万円でトイレは共同、風呂はない。大家が直接家賃を集めていた。その大家は、会田良夫は突然いなくなったのだと言った。

四年前の五月の初めに家賃の集金に行った時、会田良夫は留守だった。その週、早朝と深夜に三度足を運んだが不在だった。電話をしても出ない。行くたびにポストのちらしが増えていた。今までに滞納したことはない。大家は気になって、居住者に聞いた。居住者たちも、最近見かけないし、部屋に帰ってくる気配もないと答えた。

四月の下旬の土曜日、隣人の一人が会田良夫と話していた。良夫は「友達の車でドライブに行く」と嬉しそうだったという。

「その人、まだ住んでいますよ」

浜口はその隣人を訪れた。五十過ぎの痩せた男だった。彼はその時のことを覚えていた。

「ちょっと心配したからね。警察に届けるかいって大家と相談したけど、結局そのままで」

どこにドライブに行くのかと聞いた。会田良夫はそれに返事をしたが、それがどこだったか、男ははっきり覚えていなかった。

「日帰りできる所だったよ。筑波山の、景色のいい道を走るんだよ。なんとかウェイっての、なかったかな」

そのまま会田良夫の姿を見ることはなかったという。

大家は三カ月待って、部屋を整理した。

「その友人って、誰だか知りませんか」

浜口は松井保の写真を見せた。隣人は見入っていたが、やがて一言、ああと声を上げた。

「そうだよ。この子。よく会田さんの部屋に遊びに来てた子ですよ。仲良くしていた。でもその日一緒に遊びに行ったのがこの子だったかはわからないけどね」


浜口から電話が入った時、美智子は仙台に向かう新幹線の中にいた。

「松井保の方は履歴書の住所はでたらめだ。身元はわからない」

「そっちはたぶん、深沢先生から出てくる。写真の車が松井保のものなら、特定できる」

浜口は「ああ」とうめいた。それから「いまどこ」と問う。

「新幹線」

「どこに向かっているの」

「仙台。——別の取材で」

また浜口は問い直さなければならなかった。「別の取材？　この、大スクープがとれようかという時にか」

ねえ、何があるんだよと浜口は聞いた。

「誰にも話さないよ。どこにも流さない。会田良夫を名乗っていたのが松井保っていう偽者だったたっていうだけで、うちは充分なの。だから何を調べているのかを教えてよ。別の取材のはず、ないでしょう」

ジャーナリストは聞き分けのない子供のようなもの。知りたいと思うと夜中でも飛び出すし、飛行機にも飛び乗る。湯気の立つような情熱に追い立てられてこそジャーナリストだ。大詰めに来た笹本弥生殺害事件を横目に、別の取材に行くなんて考えられないことだと、浜口はよく知っている。

「いいよ。あとでもいいから教えてよね」そう言うと浜口は引き下がった。浜口はいまから、集めた情報を撮ったテープを番組用に編集するために編集室に走り込むのだ。


美智子が待ち望んだ深沢からの電話はその後すぐにかかってきた。

「見つけました。写真に写っていたのは白のレジェンド。一九九二年型。現在の所有者は静岡県焼津市に住む浜田由紀夫という男性ですが、写真が撮られた二〇〇〇年当時の登録者は松井保です。ちなみに車はいま、静岡にあるそうです」

「あるんですか」

深沢は心持ち声をひそめた。

「警察が興味を示しているんです。健文くんが犯行を認めないことに加えて、会田良夫が偽者だったというのがかなりショックだったようで。警察の調べでは、彼が持っていた免許証は再交付だったようです。紛失したということで、二〇〇〇年、清水運送に勤める前に再交付を申請して受けとったものです」

亜川の推察通りだ。その時に写真を撮り直して会田良夫になったのだ。そして念を入れて、清水運送で働くことで会田良夫としての職歴を刻んだ。

「しかし会田良夫が現実にいた人間で、いまいる男が会田良夫とは別人だということになると、本物の会田良夫はどうなったのか、そしてなんのために他人になったのかということになります。それで県警はあわてて車の特定に入ったんです。車は売買されて、現在静岡にあるということで捜査員が現場に向かっているはずです」

深沢さん、と美智子は語りかけた。

「その車の、現在の登録住所の前の住所が松井の住所になります。それを調べてくれませんか。松井保について調べたいんです」

深沢が耳を澄ませた。

「捜査当局がそれを割り出すのは簡単なんです。だからもう割り出しているかもしれない。でもその車の、事件における役割はまだ理解していない。会田良夫は二〇〇〇年の四月二十二日までは確認されています。翌月五月の初めに大家が集金に行った時にはもう行方不明になっていた。四月の第四土曜日、彼の部屋の隣人は、会田良夫が『友達とドライブに行く』と喜んでいたと言っています。誰と行ったかはわかりませんが、松井保の写真を見せたところ、よく遊びに来ていたと確認しました。和田運送を電話一本で辞めたのは、ドライブに行った二日後の月曜なんです。彼にしては不自然な辞め方で、電話を受けた職員は電話の声についていて、彼の声ではなかったようにも聞こえたと言っています。そのまま身の回りのものも取りに来ていない。そしてその年の八月、毎年行く母親の墓参りに彼は現れなかった。会田良夫を名乗って会社に辞めると電話をしたのは松井で、会田良夫は松井とドライブに行ったまま、帰ってないということが考えられます。ドライブに行った翌日から会田良夫が消えたと知れば、警察は躍起になるでしょう。車の確保と同時に松井保の身元を調べ、場合によれば身柄を確保する。でもここまで事件を追い詰めたのは警察じゃない、あたしたちです。取材する時間が欲しいんです」

「あなたがそうしてほしいと言うならそうしましょう。警察の捜査にしてもいまさら一分一秒を争うわけではないでしょうから。でも」と深沢は言う。

「その車が犯罪に使われた可能性があることを話さないと、見落とすことがあるかもしれませんよ」

松井の車に残されているかもしれない何らかの痕跡――。しかしそれを話せば松井は事情聴取の名目で任意で引かれるだろう。悪くすればそのまま逮捕状が出る。そうなれば話を聞くチャンスは失われる。

「松井保はどうしていますか」

深沢は困ったように答えた。「僕にはわかりません」

折り返し電話をすると言い、切った手で亜川に電話をした。電話をしながら、クモの巣のようだと思う。電波が地上を覆い尽くして、いつでもどこでも誰とでも。

亜川はちょっと寝ぼけた声で電話に出る。真鍋にポーズがあるように、彼にもあるのだ。

驚いても、喜んでも、虚を突かれても、瞬間時間が稼げる。それだけ油断のならない仕事だということでもある。美智子は浜口から聞いたことを正確に繰り返した。それから、深沢が松井保の名前をすでに特定していて、その住所をいま調べているということ。それを警察より先に自分に知らせると約束したこと。そしてやっと尋ねた。

「松井保はどうしていますか」そう。これはこの事件を職域としている人間に発するべき言葉なのだ。

「警察が朝からぴったりとついている。永井とカメラマンを送り込んだら、永井の奴、目立ってうろうろしたんだろう、刑事に怒鳴られたらしい。カメラマンは手慣れたものだから、グランメールから十五メートルほど離れて知らん顔をして立っているよ。カメラマンが言うには、もう一人似た奴がいるって。お宅じゃないの。テレビカメラじゃないから、雑誌か新聞だって」

「他社は？」

「まるで気づいていない。当局も慎重に動いているし、まだ修学院大学の詐欺事件に目を奪われている。自殺者が出ているからね。松井の存在に気づいているのはお宅とうちだけだよ。いまどこですか」

「新幹線の中です」

キャッチホンが鳴った。発信者『深沢洋一』。美智子は話を急いだ。

「深沢さんに、会田良夫失踪前後の事実を当局に知らせるのを待ってくれと言ったの。あなたならどうする？　その猶予時間に、松井保に突撃取材する？　それとも身柄拘束に合わせて載せるための、彼の実像を調べる？」

「後者。だって松井保には警察が張りついていて、近づけやしない。第一あなたが感じているかどうかはわからないが、あの男は天性の嘘つきだ。突撃して、彼が嘘をつく様子をインタビューしても、映像なら意味があるが、記事にはならないよ」

――あの男は天性の嘘つきだ。

「ありがとう」と言うと同時に美智子は深沢の電話を拾った。

本当に、地球は手鞠《てまり》のように電波の糸でぐるぐる巻きにされているに違いない。もし電波にわずかでも体積があれば、光が遮られて地球は真っ暗だろう。電波に臭いがあれば、人間は意識を失うだろう。もし微量でも人の脳を狂わすものが出ていたら、百年後には人類は滅亡しているだろう。そうならないように人類は電波から身を守るためヘッドプロテクターなんてものを開発してそれで身を防御しながら携帯電話を掛け続けていることだろう。白い宇宙マスクをかぶって縦横に携帯電話をかける地球人。

深沢の声が電波に乗ってやってくる。

「言いますよ。いいですか」

静岡県焼津市高尾町二―三
書き留めた。書き留めながら思った。

亜川の言う通りだ。嘘をつく松井保を流すのはテレビの領分であって、会田良夫を名乗った松井保について情報を提供するのが活字メディアだ。そして逮捕の写真を載せた隣に、より真実に近い記事が間に合えば、スクープだ。その時車両前方の電光掲示板に「まもなく那須塩原」と出た。

――ここで降りれば逆方向の静岡に戻るのに三時間。

仙台は後回しだ。美智子は広げていた資料を全部鞄の中に戻すと、鞄を引っつかんだ。

「深沢さん、警察に通報するのを、五時間だけ待ってください。それなら車を調べるのにも支障は出ません」時計を見た。午後二時になろうとしている。

「七時。午後七時に通報でお願いします」

わかりましたと深沢の声がする。

新幹線を降りると、向かいのホームで待つ。構内アナウンスのうるさい中で、浜口に携帯電話をかけた。浜口は着信が『木部美智子』だから電話にでたのだろう。そうでなかったらもはや少々のことでは電話には出ない。浜口が担当する東放系ニュースの放送開始は七時間後の九時。

「松井保は警察がマークしているそうです。七時に深沢先生が松井の身元に関することを警察に通報することになっています。そうすると逮捕に動く」

浜口は息を止めて聞いている。

「うちと東都のカメラマンはたぶんもう待機しています。松井保は自分が偽者だとばれたことに気づいていません。警察は慎重に張っていきます。テレビカメラなんて担いで行ったら追い返されますよ。若い記者が近づいただけで怒鳴られたそうですから。それから、くれぐれもうちと東都の邪魔はしないで」

逮捕前にワンショットでも松井保と話している場面が撮れればそれだけでスクープだ。直前映像ですなんて。話題がたとえお天気の話だったとしても。

「彼と話す時、くれぐれも、松井保の名前なんて出してはいけませんよ。あくまで笹本弥生殺害についての何かでないと。言わなくてもわかっていると思いますけど、彼が相手を突き飛ばして逃げないとも限りませんから。彼はいまグランメールで通常勤務をこなしているはずです。いらないお節介だけど、うまくすれば九時の放送には間に合う。くれぐれも、気取られないように。松井保や警察にもですけど、なにより他社に。これはフロンティアと、東都と、その系列の東放の三者のスクープです。お互い領域を冒さないように」

浜口は「わかった」と大きな声で言った。「ああ、木部ちゃん、大好きよ！」

東京に戻る新幹線が来た。

すいていた。東京まで約一時間。東京で東海道新幹線に乗り換えて、静岡まで一時間。乗り換えと、静岡からの移動時間を合わせて、四時間後には目的地に着いているだろう。亜川に焼津に向かっていると告げた。正確な住所を要求されたので、伝えた。

亜川はいまどこを走っているのかと問い、問いを変えて、東京発何時の新幹線に乗ったかを連絡してくれと言った。了解した。それから化粧室に行って、携帯電話を充電した。

静岡県焼津市高尾町二—三

十月の六時はもう薄暗かった。日の落ちかけた、鄙《ひな》びた漁村にあったのは、「ひまわり園」と書かれた施設だった。

コンクリートは黒ずみ、植物の手入れはいきとどいているとは言えない。台風で倒れたのだろう、大木が建物に寄り掛かって倒れたまま苔生《こけむ》していた。片づける金がないのか、この場に馴染んでしまったのか。雑草に覆われた澱《よど》んだ池には小さくて真っ赤な金魚が泳いでいる。安全柵は赤茶けてぼろぼろになっていた。

庭には大人用の自転車が三台。子供用の自転車が三台、吹き溜まりのごみのように寄り合っていた。玄関の蛍光灯は端が黒くなり、時折切れて、点滅していた。その下の古ぼけた鉄板のステッカーには「法務省保護司」と読み取れた。

「児童養護施設ですよ」

男の声がして、美智子はふり返った。

電気の陰になってよく見えない。

「孤児院で育ったというのが、本当だったんだ」

そこに立っていたのは亜川だった。

「どうやら面倒見のいいヘルパーだと思っていたのは施設側だけだったようだよ。彼は留守の部屋に入って、騒がれない程度に物を盗む。居住者は頼んだ安定剤を彼が持ってきた時には、寝る前に金目のものを鍵のかかるところに入れたそうだ」

あの男が甲斐甲斐しく施設内を歩き回るのも「泥棒の下見」みたいなものだと、元新聞記者の老人は語ったと言った。

だからあの時——健文が「お前のしていることは知っているんだぞ」と言った時、真っ赤になったのだ。

亜川は施設を見上げた。

「あの経歴が嘘だとわかって、だったら彼は施設にいたんじゃないかって思った。聞き込んだ話にリアリティがあったんだ。靴は年長者のお古なんで、自分じゃない名前が書いてあるとか、遠足のときは弁当箱に、巻き寿司を入れるような透明なプラスチック容器を使うんだとか。二十年前ならあっただろうと思うような話さ。それに、あの男の、判で押したような表情と言い回し。彼はどこかコミュニケーションの育ちにくいところにいたんじゃないかと思える。例えば大勢の中に埋もれてしまっていたというような。施設だと、ぴったりだった。自分は人から捜されない。だから人は人の行方を気にしないものだと思っている。彼には全体に、現実離れした安易さがある。でも忙しくてね。そのままだったんだ。考える端から考えたことが抜けていくんだから。で、あなたに聞いた住所を問い合わせたら施設だった」

「それでここであたしを待ち伏せしていたんですか」

「人聞きの悪いことを言わないでください。これでも待ち合わせたつもりなんですけど」

で、しつこく新幹線の時間を聞いたというわけだ。

「行ってみますか」と亜川が言う。

「本当に初めから、初めて見た時から、あの男の犯罪を暴くことが目的だったんですね。そういえばあなたはいつも彼を観察していた。記憶に自信がなかっただなんて嘘でしょ」

「時間がありませんよ。警察が来ちゃう」

通報があってから、少なくとも二時間は物理的に来られない。彼だってわかっている。

「彼に、孤児院にいたことがないかと直接ぶつけましたね。でもあの時あの男は顔色一つ変えなかった」

「そういうものですよ、犯罪者は。それより気づいていましたか。彼が本当に楽しそうに自分の不幸な身の上話をしていたことに」

美智子は亜川を見、ゆっくりと答えた。

「ええ。気づいていましたよ」

玄関ベルを押す瞬間、亜川が手を止めた。

「一つだけ教えてください。なんでこんな時に、東北新幹線に乗っていたんですか」

美智子が黙った。

「あの笹本弥生が書き留めたという栞の裏のメモ、電話番号の局番が022でしたよね。たしか仙台じゃありませんか」

そう言うと、亜川は美智子を見つめ、やがて呼び鈴を押した。

玄関が開くと、中から五十過ぎの男が顔を覗かせた。就学前と思われる小さな子供が三人、珍しそうに奥から覗き込んでいた。テレビの音が大きく響いて、子供の騒ぎ声がした。靴箱に収まり切らない靴が山になっている。

施設長の飛田《とびた》は写真を見て、十六年前までここで育った松井保であると言った。

クリスチャンだった飛田鉄男の両親が孤児の世話を始めたのは戦後すぐだ。三年目に「ひまわり園」として認可を得た。鉄男夫婦は二十年前に引き継いだが、年々国の支給金が減るので規模を縮小していると言った。現在、収容人数は十五名。うち未就学年齢児が六名。昔は中学を卒業するとほとんどが就職していたが、今は夜間高校や専門学校に行く。

「今は育児放棄された子供や、家の事情で親が育てられない子がほとんどです。半数の子はお正月に帰る家があります。うちの父親が園を開いた時とは事情が大きく変わっています。保がいたころは、少ない予算をやりくりして、二十人前後を抱えていたと思います」

食卓には端の破れたテーブルクロスがかかり、椅子は不揃いだった。学校行事の予定表が冷蔵庫から壁までぎっしりと貼りつけられている。食器棚の上には「非常用防災頭巾」と書かれた段ボール箱が三つ、並んでいた。「小学高学年№31―45」「小学中学年№16―30」「小学低学年№1―15」

大きなカレンダーには花丸が書かれた日があり「ちかこちゃん Birthday」と赤いマジックで書き込まれている。お約束と書かれた紙が二枚。一枚は「洗濯物はのばして洗濯機に入れること」。もう一枚は当番表で、空いたところに「しんや、さぼるなよ」となぐり書きされていた。

　中学生らしい女の子が台所に来た。流し台に行こうとしたが、飛田鉄男が、今日はいいからと遮った。

「ちょっとお客さんと話があるからね」

　少女は美智子と亜川の顔を見て、出ていった。廊下で、制止するような少女の声がした。

——今日は駄目なんだってば。お客さんだから。お姉ちゃんがお風呂に入れてあげるから。

　二本の電灯のうち一本が切れかけていて、痙攣するような瞬きを繰り返している。

　松井保。

　父親も母親もわからない。路上に放置されていた二歳ほどの幼児を、警察が保護し、以降中学を卒業するまでひまわり園で暮らした。

　別人の名を名乗ってある町に現れた。犯罪に関与している可能性が強い。そう二人の記者から聞いた時、飛田夫妻は沈み込んだ。

　二十年前の運動会のアルバムには、背の低い、よく太った松井保が、赤い運動帽を被り、眼鏡をかけて、はちきれんばかりに笑っている。

　亜川が聞いた。「どんなお子さんでしたか」

　妻は夫の方を見たが、飛田は黙って俯いたままだった。それを見て、また妻も俯いた。

　飛田は机の上に置かれた二枚の名刺をもう一度眺めた。二人の身元を確認するように。

　彼らは保の好ましくない過去を記憶している。それを名刺一枚でしか知らぬ人様に話していいものかと思い詰めている。その葛藤が大きいほど、松井保の「知られたくない過去」には重量があるということだ。

二人は待った。そして飛田はとうとう、何があったのかとは問わぬまま、重い口を開いた。

「あの子のことはいまだによくわかりません。素直で、気働きのできる子供でした。よく笑い、すねたりせず、叱られてもすぐに機嫌を直します。感情が豊かで」

そして飛田は顔を上げた。

「あの頃、園の中でよく物がなくなりました。園の子供がたまに親元に帰ると、日頃手にするようなことがないものを買ってもらいます。靴だとか、安物の腕時計だとか。お小遣いを貰う子供もいます。それがなくなるんです。当事者は泣いて、園は大騒ぎになります。そういう時、保は泣いている子を慰め、熱心に探しました。見つかる時もありました。高価なものほど出てきませんでした。現金がなくなった時には空の財布だけが出てきて。でもそれが」と飛田は言葉を切る。

「そういうものが普段素行が悪いとか、乱暴な子供の持物から見つかるんです。彼らは顔色を変えて、知らないと言うんです。少女の一人は、園の子のものなんか盗まないと言いました。うらやましいけど、盗んだりしない。それが原因で園を出ていった子もいます。妻は子供たちの言い分を信用しました。育てていると、人を殴るのと、鞄の中から金を取るのと、どっちの悪さをする子かはわかるし、訴える表情からでもわかる。彼らじゃないと。でも現にそこから出てくる。どういうことなのか、わかりませんでした」

ある時保は紛失物を見つけると、「あった」と声を上げ、みなに見せた。友達に渡して、よかったなと肩を叩いた。その夜、飛田の妻は、風呂で、一緒に入っていた幼児から「保兄ちゃんがあそこに置いた」と聞いた。「だから保兄ちゃんは見つけることができたんだね」と湯船の中でにっこりと笑った。

「見たのは五歳になったばかりの子でした。でも子供たちの間では、保は嘘つきで通っていた。園の子供たちは大人の身勝手で傷ついています。だからなかなか心を開いてはくれません。そしてその子供社会の中では、保は気味が悪いと言われ、気の荒い子からは苛められてもいました。でも僕らには、優しい、気のよくつく子供としか見えなかったんです」

学校では、よほどでない限り施設の子は嘘をついても問い詰められることはなかった。教師は彼らの背負ったハンディキャップに同情的で、叱ることより励ますことの方が大切だと思っていたから。しかしそれは園の子は嘘をついても仕方がないと諦められているのであり、飛田は教育を受ける権利を侵害されているとさえ感じた。飛田は子供の頃から、園の子供が問題を起こすたびに、周囲の人々が彼らに哀れみの視線を投げるのを見てきた。学生時代、友人たちは飛田には対等にものを言った。対して、戦災孤児や、その後の、引き取り手のない子供と園で暮らしながら、外部の人々の、彼らに対する視線の弱さと白々しさ、そしてそこに時としていわれのない嫌悪と軽蔑が入るのを否応なく見てきた。

「施設の中でも、九時の消灯のあと、布団の中に懐中電灯を持ち込んで勉強する子もいました。でもそういう社会性を持つのは愛されて育った経験を持ち、自分が施設で暮らさなければならない理由を理解し、得心した子供たちなんです。ただ『親のいなかった子』は、手本にするものも反抗する相手もなく、社会性を身につける機会がない。そのうえ上の子のものを譲り受け、下の子に回すのが当たり前の園の生活では、所有するということが本質的にわからないんです。人のものと自分のものの区別がつかず、争いは毎日です。だから施設の子のことを、他の子供たちと同じですと胸を張るつもりはありません。しかし子供たちはいつも、成績の悪さも、お行儀の悪さも、そしてその後の生き方が下手なことも、全て彼ら個人の資質のせいにされた。僕の親友は一度だけ『言いたくはないけど、同じように園で育っていて、お前は勉強はできるのに、他のやつらは勉強ができない。だから育ち方の違いじゃないということだよ』と言ったことがある。でもそれは違う。僕は親の仕事の都合で園を生活の場所にしていただけです。他の子供たちはそうするしか生きていけないから、園にいたんです」

園の子が小遣いを貰えないから、自分も貰えなかった。園の子が七五三に着物が着られないから、妹も着せて貰えなかった。誰より多分自分が目の前にいる親の愛に飢えていたと思う。それでも園を継いだのは、親がいない子供たちが受ける理不尽さを知ってしまったからだ。自分たちのわずかな助けで社会までたどり着ける子供が現にいるということが、飛田鉄男を父親と同じ道に歩ませた。

「だからそういう子供たちのことは理解していたつもりだったんです。それがあの子だけは」と飛田は言葉を止めた。

「あの子」とは松井保のことだ。

事件は保が中学二年の時に起きた。その年の担任は情熱のある若い女性教師で、彼女は信念を持って園の子供を特別扱いしなかった。

「ある日学校から呼ばれました。保が友達の金を盗んでいたんです。現行犯でした」

そのころ度々クラスでお金がなくなっていた。先生は取りあえず、現金を学校に持ってこないように言った。しばらくすると、給食費を間違えて持ってくる子が突然増えた。袋を開けたら、千円足らなかったとか、五百円足らなかったとか言い出す。いままでにないことだった。

「先生は、一旦はどこかで落としたのだろうと誤魔化したそうです。もちろん子供たちは納得しません。子供たちが朝、給食費の袋を見せ合って、全額入っているのを確認するのを見て、このままでは犯人探しが始まると思った。それで先生は、お金がなくなった日について調べました。どの日も体育の授業があったんです。先生は体育の時間、空になった教室の、カーテンの中に隠れていたそうです」

がらんとした教室に二十分ほど息をひそめていると、後ろのドアがからからと開いた。入ってきたのは体操服を着た松井保だった。

保はまっすぐに、自分のではない机に行った。机の横には鞄がぶら下がっている。彼は鞄を持ち上げ、机の上に置き、開けた。知らない人が見れば自分の鞄を開けている子供にしか見えないと彼女は思った。

保は鞄の中をより分けていく。彼の手が止まり、しばらくすると彼は鞄の中から千円札を一枚抜き出していた。

鞄を元に戻し、千円札を延ばし、それから自分の運動ズボンを後ろに引っ張ると、千円札を尻に張りつけるように後ろからパンツの中に入れた。

「パンツの中だと調べられないと思ったんだ」と亜川が呟いた。

飛田は頷いた。「先生からその話を聞いた時には頭の中が真っ白になったようでした。それでも保は認めなかったんです」

美智子は問うた。「認めないとはどういうことですか」

「自分の鞄と間違えたと言った。先生にも、呼ばれた私たちにもです。自分の鞄だと思って、間違えてあけた。そう言って、譲りませんでした」

「パンツの中に隠したんでしょ」

「はい。それでもそう言い張るんです。それどころか問い詰めるほどに話ができ上がっていく。初めは自分の鞄と間違えたとだけ言っていたのが、最近給食費がよくなくなるから、心配になって確認に帰ったのだと言い出しました。保の給食費は前日に納めています。そう指摘すると、まだ収めていないと勘違いしていたと言いました。ちょうど体育の授業を休んでいる時、給食費のことを思い出し、なくなっていないか確認に行って、間違えて人の鞄を開けた。お金があるのを見て、なくなったらいけないから、パンツの中に隠した。

見つかった時、保は、自分が疑われているなんて思いつかないというような顔をしたそうです。それから段々と涙を浮かべ出し、懸命に、潔白だと訴え続けた。体育の先生に確認したら、保は物がなくなったどの日も体育の授業を休んでいました。それでも保は泣き落としをしたんです。

私たち夫婦は帰り道、園から物がなくなっていた、あの頃のことを考えていた。保がやっていたと考えれば腑《ふ》に落ちた。でもそれでは保が、私たちが知る保ではなかったということになる。私たちはこの十三年間、誰を育ててきたのか。話をして聞かせたり、叱ったり、褒めたりして育てた、その相手は何者だったのか。私たちの愛情や手間を、あの子はそれほど平然と無視し続けてきたというのか。私たちの頭の中には保との歴史があります。それは半日の出来事で簡単にひっくり返せるものではない。でもついさっき、臆面もなく嘘をつく保がいたという事実は動かせない。確かに腑に落ちたという気持ちと、それでもまだ信じられないという気持ちと。

私たち夫婦には、慰め合う言葉も、確認し合う言葉も見当たらなかった。

保は帰ってくると私たちの部屋に来て、間違いだと訴え続けました。ひどく興奮していました。わかったと言っても納得しない。泣いて、怒って、ヒスを起こして。出ていったかと思うと戻ってきて、自分を信じてくれないのかと、また一から始める。そのしつこさに、少しずつ納得がいき始めた。全部保がやっていたことなんだと。彼は自分の真実が嗅ぎつけられたことに、いままで感じたことのない恐れを感じていたんです。私たちも疲れ果てた。どうにか寝かしつけたのが深夜の二時でした。

その一カ月後のことでした。今度は警察から呼び出しがあったんです」

交番の椅子に保は心細そうに座っていた。警官が二人。そして彼らのそばには、顔見知りの近所の本屋の主人が気難しそうな顔で、腕組みして立っていた。

万引きの現行犯だった。呼び止めた保の懐から未払いの漫画の本が三冊出てきた。

飛田鉄男は覚悟を決めた。保はまた聞くに耐えない言い訳をするに違いない。今度こそ、信じるか信じないか決めないといけない。いや、信じるか信じないかについて、保にはっきりと通告しないといけない。

「保は僕の顔をじっと見ると、ただの一言も言い訳をしませんでした。店主に『ごめんなさい』と謝ると、あとはただぼんやりと座っているんです。死んだような目をして。

気味が悪かったのは、彼がその翌日も翌々日も、平然とその本屋に行くことでした。眺めて帰ったり、買って帰ったりするんです。まるで万引き事件などなかったような顔をして出入りしていました」

亜川が俯いたまま、首を振った。しばらく沈黙があった。

「学校には行きましたか」と美智子が聞いた。

「きちんと通いました。遅刻したこともありませんし、欠席したこともありません」

「それから生活態度は変わりましたか」

「いいえ。何も変わりません。幼い子供の面倒もよく見ましたし、鼻唄を歌いながら妻の肩も叩いてくれた。私たちが事件のことを忘れるのが何より正しいのかと思うほどでした」

「中学を卒業してから菓子職人の見習いを三カ月で辞めてますね」

飛田鉄男は頷いた。

「はい。菓子職人というのは保が言い出したことでした。突然、綺麗な和菓子を作る職人になりたいって。それからは熱に浮かされたように言い続けたんです。白い餅に鶴の模様を綺麗に載せたい。鶴のくちばしは淡い紅で、羽を広げたようにして、饅頭を、鶴の後ろにある月に見立てるんだ。

僕らは学校の先生と相談して、やっと引き受けてくれる店を探しました」

松井保は独り暮らしをしたいと言い、飛田夫婦はアパートの敷金を工面した。少しずつ返すという約束だった。しかし彼は一週間目には無断欠勤し、結局三カ月で辞めた。「その仕事先の人が言う保の態度は、まるで別人の話を聞くようでした」と妻が言った。

時間は守らない。見え透いた嘘をつく。注意するとうなだれて聞き、素直に返事をするが、例えば道具のしまい方一つでも、何度注意しても言った通りにやらない。「聞く気があるのか」と追及すると子供のように悲しい顔を作る。でもやっぱりやることは変わらず、嘘が通らなくなるとただ黙り込むだけになった。あの根性は直らないと匙《さじ》を投げる職人に、店主は、まだ十六だからと取りなしたが、

「ある日突然来なくなった」

飛田は保を訪ねたが、布団にもぐり込んだまま、「行きたくない」を繰り返すだけだった。

美智子が聞いた。「言い訳はしましたか」

「いいえ。しませんでした。どんな嘘をつくのだろうと思って見ていましたが、なんにも言いませんでした。辞める理由さえ言わなかった。それからいくつかアルバイトをしていたようですが、ある日アパートを引き払い、それきりです」

亜川が気の毒そうに言った。

「はじめからアパートの敷金が目的だったんですよ。引き払うと返金されるでしょ。手っとり早く金が欲しかったんですよ。もしかしたら店の金庫も狙ったかも知れない。一週間あれば、盗めるかどうかぐらいはわかりますからね。無理だと踏んだんでしょう」

「私もそう思います。多分あの子には靴職人でも畳職人でも、なんでもよかった。鶴の饅頭の話は、テレビでやっていたドキュメンタリーのセリフを真似たものだったんです。偶然見た再放送で、若い職人が保と同じことを言っていました。深夜、妻に呼ばれて、二人で並んで見ました。やりきれない思いでした」

美智子が聞いた。「なぜ交番では素直に謝ったんでしょう」

飛田は俯いた。

「それが私たちにもショックだった。私たちなら騙し通せると思ったのだと思います。交番では、素直に謝った方が得だと計算したんでしょう」

――テレビの番組なんかで、若い職人が棟梁に怒られているのなんかを見ると、羨ましくて涙が出てくるんです。

美智子は松井保に取材した時の彼の言葉を思い出していた。保は誠意を持って仕事をしなかった。だから愛情をもって叱られるはずもない。それでも、彼は美智子の取材に、わざわざ叱られる職人の話を持ち出した。羨ましくて涙が出ると。

「でもその、菓子職人になりたいと言った件《くだり》は、ただ金を引き出すのだけが目的だったのでしょうか。嘘をつくこと自体に陶酔していたというようなことは感じませんでしたか？」

わかりませんと首を振った。

「あの子が自分の嘘を認めたことは一度もありません。園の生活の中でどれほどの嘘をついてきたのかわかりません。あの子が和菓子屋を辞めたあと、いろいろ考えました。それでも、まるでわからないんです。もし作り話なら、どこからが作り話なのか」

亜川が独り言のように言葉を挟んだ。

「彼はまるで手遊《てあそ》びするように嘘をついているということになる」

そして美智子を見た。

「物語の主人公になって演じるんだ」

架空の物語を、本当にあったことのように。

本当に会田良一という父がいたように。

本当に母が最後まで自分を愛していてくれたように。

――家族の方には悪いんですけど、ここにいると、本当の家族を持ったような気がするんです。老いた父と母の世話をしているような気がする。

彼は、菓子職人になれば自分にも濃厚な人間関係が「回って」くると思っていた。その夢は破れたが、自分の中では、仲間にかわいがられた修業時代がすぐそこにあったように作り替えていたのではないだろうか。もちろん「遊び」であり、嘘だ。だが、塗り替えていたから、嘘をついているという自覚を持つことなく、美談として美智子にその夢を語る。彼は自分の現実を取り込むことなく、他人の話を取り込み、その話の主人公になる。ときどき、そんな自分を現実化したいと思うのだが、決してそれはできない。なぜなら彼は誠実に物事を行うとか、自分の意志を自覚するということを行ったことがないため、おそらく、全ての行為が動物的——即物的であり、論理性に欠け、目先の利益に左右されたもの——になる。自分をコントロールする術が体得できていないのだ。

そこには彼が抱えていた孤独が張りついている。彼なりに、自分が何者であればいいのかわからないという、孤独だ。園長は、なぜ自分がここに来なければならなかったのかがわかっている子は社会性を持つと言った。二歳で保護された彼には、わからない。

「虚言癖を身につけたんですね」と美智子は呟いた。

飛田はその時沈痛な目をした。

「園の子は嘘をつきます。よい子でいることも、悪いことをするのも、園の大人の気を引きたいからです。子供にとって、誰かの関心を引き一対一の会話をするというのは発達上不可欠なんです。普通の家庭なら、すこしごねたら大人の目は自分に向く。でも園ではそうはいかない。彼らは、自覚はありませんが、必要にかられて嘘をついているのです。でも保のはそういうのとは違う。あれの嘘は——」と飛田が言葉を切った。

亜川が言った。

「犯罪者の嘘ですよ」

時計がカチコチと音を立てていた。

美智子は静かに尋ねた。「今の話を法廷で証言しますね」

飛田は苦しそうに俯いた。

「法廷で証言する僕を見て、保が裏切られたとか、悲しいとか思ってくれればまだいい。彼はなんとも思わないでしょう。彼は僕らに特別な感情をいだいていない。僕は彼に、自分がどんな人間であるのかを直視してほしい。まっとうな人間というものがどんなものかを考えてほしい。まっとうな人間の真似をしていただけではまっとうな人間とは言えないのだということを、いまからでもいいからわからせてやりたい」

美智子は飛田を哀れに思った。彼はまだ保の親なのだ。ただ飛田だけが保の実像を知り、人として対している。でもそれは、松井保には決して届かぬ愛情だった。

二人が園を後にする時、警告灯を点灯させていない警察車両と行き違った。

「朝までどうしますか」と美智子が聞いた。亜川は笑った。

「時間を計算しましたよ。帰る手だてがなくなることぐらい、見当はつく」

あの時ぬっと現れた亜川の後ろに、東都新聞の社用車が止められていた。

「帰ったら大急ぎで書き始めなきゃね。なんてったって大スクープですから」

彼は笑った。「警察発表より先に真実を書くなんて、何年ぶりだろう」

そして美智子に聞いた。

「仙台は、日を改めますか」

美智子はとても疲れていた。

宗教に熱心な親を持つ子が親を殺して家に火をつけた。その「宗教」というのが、敵に回すと面倒なところだから、真鍋は掲載の中止を決めた。あの事件の、陰気で友達のいない、テレビゲームの好きだった少年。あの事件は真鍋の言うように、子供がどうしようもなかったから起こった事件だったんだろうか。あの親でなくとも、彼は何かをしでかしたんだろうか。

「松井保の虚言癖が自己責任というより何かの犠牲だとすれば――」

美智子の呟きに亜川のこたえは躊躇《ためら》いがなかった。

「自己責任です」

亜川はシートベルトを探す。

「悪い傾向だと思う。マスコミも、新聞も、みなが競って弱者や問題行動を起こした人の視線に立ち、共感するために、問題の背景の一部分をとり出し巨大化させて、事件の実情を変形させていく。みなが、自分の理解できる部分だけを取り込み、自分の庭の中で処理して、わかった気になる。涙して安心する。それでもどうにもならないことは別のもののせいにして、例えば環境や社会のせいにして、決して責任を個人に戻さない。口当たりは良いでしょう。何より人を攻撃しなくていいから、楽だ。攻撃するというのは大変なことです。人を批判すれば、お前はどうなのだと言われる。だから批判しないいんです。あの浜口という男の番組のキャスターなんか、その最たるものですよ。あなたまでそれに毒されているんですか。松井保の犯罪を彼自身に帰せず、社会のあり方にその理由をみいだそうとするなら、それは人間の意志と知性への冒瀆ですよ。醜いことは醜いと見極める強さを失ったらいけないんです。我々報道の前線が率先して物事にフィルターをかけるようになったら終わりです」

——みなが競って弱者や問題行動を起こした人の視線に立ち、共感するために、理解できる部分だけを取り込み、自分の庭の中で処理して、わかった気になる。涙して安心する。

美智子は不意に、自分の最近の疲労感の原因をその言葉の中にみいだした気がした。

背景を探る。加害者を人間として立ち上がらせる——真鍋の要求に、美智子はいつの間にか醜いものを醜いままに見てはいけないという暗示を自分にかけていたのかもしれない。背景を調査し分析することと、理解し共感することとは違う。理解したり共感したりしてはいけないことだってある。いや、理解、共感の範囲を逸脱したことは、逸脱していると分析するべきなのだ。子供を虐待する親の背景を分析してもいいが、共感し理解できるように文脈を巧みにし、誰にでも起こり得ると結論することは、自堕落なのだ。

確かに真鍋は親殺しの少年の事件を個人の資質に帰した。美智子に、加害者の背景をうまく書けとは言わなかった。

亜川はギアを——それはギアのある古い車だったのだ——入れた。

「見ててごらんなさい。彼の本性が暴かれる」

そうだ。本物の会田良夫はどこに行ったのだ。そして松井保は本物の彼しか知り得ないことをなぜあれほど知っていたのか。

「僕は彼に同情なんてかけらも感じません。それではじっと耐えて座っていたあの少年があわれだ」そして亜川はゆっくりと言い足した。

「親友だと思っていた男に裏切られ、殺されたあの少年がね」

携帯電話をかける。

「永井か。今どこだ。会社。はい。あのね、松井の写真、撮れた？ 確認して。撮れてなかったら朝イチでグランメールに行って、なんでもいいから松井の写真を撮れ。警察が張りついているから、遠くからでいいから。望遠で。なるべく自然に見えるやつ。生活感のあるの。撮ったら、出さずに持っておくんだぞ。おれがいいと言うまで、持っとけ。わかったな」

美智子は自分の携帯を取り出していた。

「永井くんでは少し頼りない」美智子はそう言うと、フロンティアの専属のカメラマンを呼び出した。言うことは同じ。「いまからグランメールに行って、警察が動く前に、働いている松井保の写真を、望遠でいいから、間違いなく何枚か撮っておいてください。真鍋編集長へはあとでわたしが報告します。もうそんなに時間がないはずだから。撮ったらフロンティアに出しておいてください。お願いします」

亜川は愉快そうに笑った。

「何がおかしいんですか」

「いや、確実に獲物を仕留めるタイプだなって思ってね」

東都新聞の車はギアの切り替え音を響かせながら東京に向かって走り始めていた。


十月二十九日、神奈川県警は公文書偽造の容疑で松井保を逮捕した。

同時に県警はその日のうちに担当者を新潟まで派遣して、調べさせた。

会田良夫が十二から十五まで育った新潟の家は、会田良夫の母親、弓子の弟が家業を継いでいた。その嫁である井原八重子は、松井保の写真を見せられて、弓子の子の良夫ではないと言った。良夫に最後に会ったのはいつかと聞かれ、捜査官に答えた。

「二〇〇〇年の四月です。それからあれはぷっつりと来ねようになった」

やがて八重子は重い口を開いた。

あの子は家を出たあとからも、四月と八月には母親の墓に参っていました。おれはその時、新幹線の駅前でいつも落ち合って、話をしました。弓子さんはいまわの際に良夫に実の母の話をしたそうです。それを良夫はおれにだけ話してくれました。だから父ちゃんも知らねぇ話です。えらい金持ちの家で、でも金貸しや売春宿を商って儲けた家らしいと言うた。『おれの父親の名前はもう誰も知らんそうや。おばあさんは生きておるけど、実の母は死んで、父違いの弟が一人おる。おれより四つ下や。私立の高校に行ってる、ボンボンやで』。

良夫のことを聞きに来たのは、刑事さんを入れて三人目です。一人はつい最近のことで、新聞の記者さんでした。もう一人は十年も前のことでした。十年前の男いうのは、東京からきた興信所の男で、初めは会田良一さんとうちの弓子さんの消息を聞きました。良一さんは自殺して、弓子さんも大阪で病死したと言うと、その男は、二人の間に子供がいたろうと言って、息子の良夫のことを聞きたがりました。うちにはいねぇって言って帰したんですが、良夫の実の母親が死んだ年が、その探偵が来た年に重なった。そいで気がついた。その金貸しばあさんが良夫の消息を確認しようとしたんだと。

弓子さんも良一さんも、街金融の借金で殺された。何もかも吸い上げたのは街金融だ。おれには、金貸しや売春屋をやっているおばあさんというのがものすげ恐ろしく思えた。そんげもんに良夫を関わらせたら、えらいことになる。

おれは良夫に言いました。もうその家には近づくな。自分で働いて、働いた分だけで生きていけ。お前は捨てらいた子だというのを忘れたらだめだ。今名乗り出たら、財産狙いと思われる。そいでもお前には、その家の子だということを証明するものが一つもねぇんだ。捨てらいた子に味方のいるはずもね。金の面倒ほど怖いものはねぇんだから。その家の子だというのは、忘れて、絶対に、誰にも言うたらだめだ。お前は律儀な子だから、どんげ面倒や災難に巻き込まいても、惚けみてぇに言うなりになる。誰もお前の味方はいねんだぞ。世の中には、お前の想像もつかねような恐ろしい人間がいる。だから絶対に、そんげあこぎな金持ちの家に近寄ったらだめだ」

おれは、良夫が書いた書き付けを探偵の男に渡したことを悔やみました。

「お前のことを人が探すかもしんね。おれもその家の人がお前のことを探しに来ても何も言わねから、お前ももう、近づくな」

八重子が念を押したら、良夫は笑ったという。大丈夫や。おれのお母ちゃんは死んだあのお母ちゃんだけやから。

「おれかて金の心配はもうこりごりや。貧乏には慣れてるし、苦にもならん。人さまに迷惑をかけんように、こぢんまり暮らすから」

そいでな。記者さんが来ても、おれは知らねと言い続けたんです。ぜってぇに、しゃべらねんだと思って。

「書き付けってなんですか」

「それは――」井原八重子は乾いた声で言った。

「弓子さんの葬儀の日に、親戚全員の前で良夫に、わたしは財産を受け取る人間ではありませんというのを、書かせたんです」

良夫は「なんと書けばいいのですか」と問うた。十五歳の子にそんなものを書かせるのが憚《はばか》られるのか、八重子の夫でさえ、なんと書けとは言わなかった。そのくせ全員が、彼がそれを書き終わるのを身を乗り出すようにして待っていた。

良夫は困惑して八重子の顔を見た。

十二の時から母に代わって育てた子だ。困った時にはおれの顔を見る。おれは宿題でも教えるように丁寧に文面を言ってやった。良夫は言われるままに、丁寧にそれを書いた。漢字がわからなくて良夫が手を止めると、待ちかねるように誰かが書いて見せた。良夫はそれを見ながら書いた。

血判を押しとけと言ったのは、八重子の夫の叔父だった。そしてそれに誰も異議を唱えなかった。八重子は台所に行き、縫い針の先を焼いて、それを良夫に渡した。良夫はそれを人指し指の先に刺し、しみ出てきた血を右手の親指に塗りつけて、紙の上に押した。

あとでみなが、あの書き付けはおれがむりやり書かせたと言っているのを聞いた。

「仕方がねぇことです。嫁はそういう役回りだから」

それは長い間箪笥の引き出しの奥にしまってあった。

「十年ほど前、その探偵の男が来た時、父ちゃんが、もううちには関係ねぇ子だというのを納得させるために、あの血判の押された書き付けを見したんです」

男はいったん帰ったが、また翌日現れて、「昨日の紙のことですが」と言い、三十万円を机の上に置いた。——そんなものがなくても、良夫さんはもう、井原さんの家の財産に対して相続権はありませんよ。

「その書き付けです。父ちゃんは金と引き換えに男に持って帰らした」

捜査官はそれもメモに書き留めた。

捜査官は丁寧に問うた。「良夫さんの話で気になるようなことはありませんでしたか」

「いいえ。特にありませんでした。話すいっても、顔見るだけです。お茶と、一番高い駅弁買ってやって、新幹線の改札の横のベンチで十分ほどだけですっけ。仕事にも慣れて、友達もできて。もう二十六だから、女の子の友達の一人くれぇできたかと思いましたが、そんげ様子もねかった」

「同性の友達のこと、何か聞いていたことはありませんか」

八重子は顔を上げた。

「そう言えば。仲のいい友達ができたと言っていました。その子も両親のない子で、ちょっとだらしねぇところはあるけんど、同い年だから楽しいって。おれは、その友達にも実の親のことは言うなよって釘を刺しました。良夫は困った顔をして、八重子おばさんは人を疑い過ぎるって、不満そうでした。『もう言わねよ』って」

「もう話していたということですね」

「それが、あの子が来ねぇようになったことと何か関係あるんですか」

八重子は思い詰めた顔をした。「東京から来た記者さんも、その男の写真を持ってました。おれは怖くて、知らねと言いました」

良夫と連絡を取っていたことは父ちゃんにも話していませんでした。私も良夫もあの家ではよそ者でお互い他人ではないような気がしていましたから。それが母親の弓子さんの墓参りにも来なくなって四年が経ちます。刑事さん。良夫になんかあったんでしょうか。

そのころ一九九二年型の白いレジェンドは神奈川県警に運び込まれていた。

血液中の赤血球にはヘモグロビンというタンパク質が含まれている。ルミノール発光試験液をふきつけると、ヘモグロビン中のヘムという鉄錯体を触媒として反応し、青白く発光発色する。原理は蛍の発光と同じだ。新しいものより古いものの方がより発光する。その反応の感度はよく、血液が五十万倍に薄まっていても、発光は現れる。反応は二回までが限度だ。

そして暗い所でなければ発光は確認できない。

鑑定用の暗室に運び込まれ、高機能カメラがセットされた。

部屋を暗くしてルミノール発光試験液を車内に向かって丁寧に噴射した。

反応はなかった。

鑑識官はトランクを開けた。再び噴射した。

トランクの一番奥に、ぼんやりと丸く光が浮かんだ。

トランクの奥の右側だった。

同時にそこから左方向にも青い光がゆっくりと浮かび始めた。大きな蛇がとぐろを巻いているように見えた。

やがて発光体は輪郭を表し、その大きさは長さ一メートル、幅五十センチに及んだ。

崩れたS字を描いている。特にS字の頭部分の発光が大きく、はっきりしていた。

まるで、いまでもそこに誰かの頭があるように。

そこに、今でも、誰かが膝を抱えた格好で横たわっているように。

第五章

1　否認

　松井保は会田良夫殺害を否認した。それどころか取り調べの初めの五時間は自分が会田良夫だと主張し続けた。井原八重子が別人であると言っていることが、自らを会田良夫であると主張するのに、なんの障害にもならないと思っているようだった。取調室の中で、背中を丸め、机の端をぼんやりと見つめ、小さな声で、しかしはっきりと、言った。

「履歴書には嘘を書きました。放浪していたというのがかっこいいような気がしたから」

　決して捜査官と目を合わせようとはしなかった。

　捜査官はひまわり園の古いアルバムを机の上に置き、開いてみせた。そこには二十年前の写真がある。色白の、ぷっくりと太った少年が、半ズボンをはいて楽しそうに笑っていた。

「これは松井保という少年だ。二歳頃、ひまわり園という施設に引き取られた。君は、この少年ではないのか」

松井保はチラとその写真を見たが、そのままま た俯いた。

「君は飛田園長にも、自分は松井保ではないというつもりなのか」

問題の車のトランクから血液反応は出た。しかし会田良夫の死体はない。だから刑事事件としては成立しない。彼が会田良夫のことをよく知っていて、彼が会田良夫を名乗ったのと同じ頃、彼の生活圏内にいた会田良夫が消えてしまったというだけだ。松井保は追及を受けるうち、それに考えを及ばせたものと思われた。三十日午後、松井保は唐突に前言を翻した。

「ぼくは確かに松井保です。勝手に住民票を取り寄せて免許証を偽造し、会田良夫になりすましました。でも殺したりしていません」

そして会田良夫との出会いを話すのに、今度はなんの戸惑いもなかった。

知り合ったのは中野の工事現場だった。十七の時だったと思う。それから仲よくなった。家賃滞納で追い出されたり、電気を止められたりしたとき、会田良夫のアパートに転がり込んだ。彼は嫌な顔一つしなかった。朝までいろんな話をした。

「会田くんが和田運送を辞めたというのは知りませんでした。ぼくは二〇〇〇年の四月にあそこにいかなくなったんです。特に不満があったわけではないけれど、ひとところに居つくのが苦手だったので」

捜査官は二〇〇〇年四月、和田運送を辞めたときの経緯を問い詰めた。

「和田運送に会田良夫を名乗る電話で退職すると連絡があったのが四月の第四月曜日だ。その二日前の土曜日、会田良夫が住んでいるアパートの住民が、彼がドライブに行くと話していたというのを記憶している。彼は車を持っていないので、車を持っていた誰かと行ったというわけだ。その日から彼の姿を見たものはいない。その二カ月後の六月、君は会田良夫を名乗って清水運送に勤め始めた」

しかし松井保はクスリと笑った。

「それは会田くんが引っ越そうが、少なくとも年に二回、あるところには必ず姿を現していた。彼はどこに引っ越したんでしょ」

「彼はどこにも現れなくなった」

捜査官は松井保を見つめた。その表情が微妙に変わったからだ。松井保に初めて不安が過《よぎ》った。

「どこだか知っているかね?」

いつもより間を開けて、彼は答えた。

「わかりません」

「彼は君に話したことがあると思うがね」

保は黙っていた。くるくるとその小さな頭の中をネズミが走るように考えているのが、何か見落としたものはないかと走り回っているのが、見えるようだった。

「会田良夫は十五で母の実家を出たあと、四月と八月には必ず新潟の母の墓に参っていた。聞いたこと、あるだろ」

うろうろしていた保の視点が一点に定まった。

「思い出したか。それが」と捜査官は保の前に両手をついて顔を寄せた。

「二〇〇〇年の四月で途絶えた。二〇〇〇年四月を最後に、欠かさず年二回訪れていた母の墓参りに訪れなくなった」

するとと今度は、松井保がはっきりと捜査官に顔を上げた。

「お母さんの墓参りに行かなくなったからといって、ぼくが殺したことになるんですか」

「当時君の所有していた車のトランクから血液反応が出ている」

「知りません。身に覚えがないことです」それからどことなく頼りない顔で言い足した。

「新しい持ち主が犬か猫を轢いたのを乗せたんじゃないですか」

トランクの中に残る血液反応を起こした死体を車の中に運んだ人間は、血の滴るままにそれを車に運び込んだ。死体はおそらく頭蓋骨を激しく殴打され、頭は陥没していただろうと鑑識は言っている。後頭部から背筋に沿って流れた血が、運ばれる間に衣服に伝わり、全身を血に染めた。彼はそのままトランクの奥に押し込まれ、運び込んだ人間は手前にものを置いて隠し、また、転がったりしないように安定させた。

丁寧に洗ったかもしれない。しかしトランクはカーペット敷きで、血液はそこに、形のまま にしがみついていた。

いつでもその姿を蘇らせることができるように。

しかしそれが誰のものであるのか。

確かに会田良夫にはなりすました。でも殺したりはしていない。トランクの血のことは知らない。会田良夫とは仲がよかったが、彼が和田運送を辞めたことは知らなかった。刑事さんが言う日、会田良夫と出掛けたりはしていないと、松井保と名が変わった丸い顔の男は言った。このままいけば、その言い分を一蹴することはできない。

彼はそれを見越している。

取り調べは連日深夜にまで及んだ。

「君は会田良夫が笹本弥生の孫であることを知り、会田良夫を殺害してなりすまし、笹本弥生の遺産にありつこうと考えた」

保は黙っている。捜査官は続ける。

「二〇〇二年、介護士としてグランメールに入り込んだ。弥生に近づき、会田良夫から聞いていた家族の話をする。八十五歳のおばあさんを騙すのは簡単だった。おばあさんは本物だと思い、孫の健文への不満も相まって、九月二十七日、会田良夫に全額残すと遺言書を書き替えた。しかしいつまた書き替えるかわからない。仮に書き替えなかったとしても、弥生の死後、相続権のある健文がそれを通すかが不安だった。君はそこで、二つの問題を同時に解決することにした。笹本弥生を殺害して健文を犯人に仕立てる。君は笹本弥生に言って、深夜健文を呼び出した。そうやって、彼のアリバイを無くさせたんだ」

話が笹本弥生殺害のことに及ぶと、保はずっと黙っていた。一言も弁解せず、抗うこともなく、顔色を変えることもない。心臓が血液を送り出すときにはドクンドクンと音がする。彼にはその音がない。何を言われても小川のようにさらさらと血液が流れている。

逮捕から五日目の十一月三日午後十時、彼はそのサラリとした顔で言った。

「実はぼくにはアリバイがあるんです」

目は膨らんだ頬と瞼に挟まれて、ほとんど確認できない。ただ、顔全体が笑っているように見えた。その顔にはぬめりがある。変温動物を思わせる。脂肪が多いので、ものを言うのに、動く顔の筋肉が脂肪に埋もれて、特殊効果で口だけ動かしているようだった。

「毎月第一日曜日に留守になる部屋があるんです。最上階の703号室。グランメールの隣には看護師寮があり、その部屋から寮の更衣室が見えるんです。毎月第一日曜日には、合鍵を使って703に入って、更衣室を撮っていました。あの日は第一日曜日だったので、犯行時間、ぼくは703号室にいたんです。ぼくのビデオカメラを確認してください。画像に日付が残っているはずです」

捜査官は少し驚いた。

ビデオカメラの日付や時間は設定でどうにでもなる。ここに及んで持ち出すアリバイにしては、あまりに情けない。それでも松井保は澄ましている。

「調べてください。調べればわかることだ」

松井保の押収物にハードディスク内蔵タイプのデジタルビデオが入っていた。

捜査官たちは部屋に集まり、再生した。

二〇〇三年九月から録画は始まっていた。時間は決まって午後十一時ごろから午前一時ごろまで。

看護師たちは二十四時間シフトだから、人は出入りしていた。更衣室には薄いカーテンがかかっていて、女性の形をした影が頭から何かを被って着る様子や、脱ぐ様子、ストッキングを脱ぐ様子、ときにはカーテンの隙間から女性がはっきりと映り込んでいる。ピンク色の制服と白いサンダル。それを彼女たちは何の躊躇いもなく脱ぎ落とす。

捜査官の一人が呟いた。「働き者だと評判を取れば、深夜に施設内を歩いていても怪しまれない。こういうことが目的だったんだ」

九月、十月、十一月、十二月。

二〇〇四年一月、二月、三月、四月、五月、六月、七月、八月、九月。

しかし録画はそこまでだった。

「十月は」

捜査員が困惑気味に答えた。

「ありません」

肝心の十月分がない。一体なんのための告白なのか。狐に摘まれたような気分で捜査官たちは事実を伝えた。それを聞くと松井保は真っ青になり、次には真っ赤になった。

それから猛然と立ち上がると、叫んだのだ。

「俺を犯人にしようとしているんだな！」

松井保は取り押さえられるまで暴れた。

「俺を犯人にしたいんだ。俺を犯人にするつもりなんだ。俺になすりつける気だ。俺を――

「我々が消したと言いたいのか」

俺を――」

松井保は激昂《げっこう》した。

「他にないじゃないか。俺はあの日、間違いなく703号室にいたんだから！」

彼は捜査官たちをすさまじい形相で睨みつけた。そして泣き出したのだ。

あの部屋の老人は元航海士で、部屋にはいい酒を置いていた。とても自分たちが買えないような酒だ。それを飲みながら撮影するのがいつもの楽しみだった。

いい色をしたウィスキーで、蓋を開けるとツンと高級な匂いがする。薄めずに、舐めるようにして飲むと、頭の芯にジンと来て、この部屋の――入所費六千万円のマンションの主《あるじ》になった気がする。こんないい酒を老いぼれた爺さんが毎日飲んでいるのはもったいない話だって。

あの日は底に五センチほどしか残っていなかった。酒がなくなっていると侵入がばれてしまう。そう思い、少しずつ注意して飲みながら、いつものように撮影を始めたのは十一時ごろだった。

確かに初めの数分はカメラを回したのだ。眠ってしまい、目覚めたのは四時だった。

「本当なんです」

703号室の上田慶次郎は、話を聞いて、初めは驚き、次には得心したように大きく頷いたが、やがて首を傾げた。

「そうです。いつも娘の家から帰ってくると、酒が減っているような気がして。それで酒の量に印をつけておくようにしたんです」

「減っていましたか」

「はい。九月のときは減っていました。でも思い違いだったらいけないので、もう一度減っていたら言おうと思って、ボトルの写真を撮っておきました」

「それで十月はどうでしたか」

「それが全然減っていませんでした」

「間違いありませんね」

「はい」

「十月にはどれぐらい酒を残して行ったのですか」

「半分ぐらい。ラベルの上に合わせておきましたから」

老人はまだ三分の一ほど入っているその瓶を見せてくれた。半分のあたりに黄色いラインがある。底に五センチあった酒をちびちび飲んだという松井保の証言とは明らかに食い違っていた。

浜口は興奮していた。彼の筋書きはキャスターの喜びそうな、かつ、視聴者が納得するものであり、警察発表とも食い違うところのないものだった。なにより、彼が松井保について溜めたテープと原稿の全てがドラマチックに消化できる。すなわち、どこのニュース番組より、充実した番組になり得るということだ。

「松井保は自分に有利に遺言を書き替えた笹本弥生の殺害を計画、理由をつけて、彼女に健文を呼び出させた。職員たちに睡眠薬の入ったお茶を飲ませた上で、事務室へ行くと言い残し、弥生の部屋を訪れる。隠し持っていたすりこぎで背後から弥生の喉を圧迫、殺害して、事前に聞き出していた番号で金庫を開け、中から弥生の黒真珠の指輪を取り出し、部屋を適当に散らかした。それからドアをわずかに開けた状態で部屋を出て、フロントのベルの音量をゼロに絞り、健文を待ち受けた。健文が到着すると、フロントからの操作でドアを開け、彼を部屋に通す。あたかも健文がなんらかの目的を持って人に知られないように侵入したという筋書きを成立させるためだ。健文は部屋のドアは開いていたと言っている。部屋に誘い込まれた健文は、死体を目撃し、裏口から逃げ帰る。これで健文にはアリバイがないという状況を作り上げた。とどめに、黒真珠の指輪を健文の車の中に放り込む」

浜口は得々としている。しかしその瞳の奥に不安が揺らめいている。美智子は彼の不安を言ってやった。

「ただ一つの証拠もありませんよね」

はいと浜口は同意。

「で、結局コピーでは遺産も入らない」

それには浜口が答えを用意していることがわかっていた。予想通りの答えを言ってくれる。

「それはね、たぶん後でどこかから出てくるんだ。そういう筋書きなんだ。取り調べの中で、このままでは嘘をつく足場がないことに気づいた。そこで人に罪をなすりつけてきた経験から、逆に、自分が誰かから罪をなすりつけられているという筋書きにすれば、どこまでも無罪を言い張れる。でもよくできているよねぇ」

感心する浜口に、美智子は釘を刺す。

「松井保の逮捕容疑は公文書偽造。運転免許証の偽造に関わる微細なものです。逮捕といって騒ぐけど、殺人容疑の逮捕状は、笹本弥生はおろか会田良夫についてさえ、出ていない」

美智子はカレンダーを見つめた。

捜査当局も苦境に立たされている。笹本弥生殺害容疑ではすでに笹本健文が逮捕されているからだ。松井保を同じ笹本弥生殺害容疑で逮捕することはできない。かと言って健文を釈放し、松井保逮捕に踏み切るには、動機が不確かな上、物証もない。

「会田良夫殺害容疑で逮捕できればそこから切り崩せる。しかし死体がない」

車のトランクから出てきた血液型はB型で、三年から一年前のものだということしかわからなかった。会田良夫は血液型さえわからない。車のトランクから血液反応が出た時には、仕留めたと思ったものを。

亜川と昼食を共にした。近くのラーメン屋で、メニューは各種ラーメンと餃子と炒飯という、注文を悩まなくていい店だ。昼過ぎだったので、すいていた。それぞれラーメンと、亜川は加えて餃子を一皿注文した。美智子の前にもラー油の小皿を置く。情報交換するはずが、美智子は物思いに耽《ふけ》る。それで亜川は一人でラーメンをすする。

「なに考えてるんですか」

「会田良夫のことです」

亜川の、手の動く速度が落ちた。

「彼、殺されていると言いましたよね」

そう言われて亜川の手が完全に止まった。

いつ、どこで、どんな風に殺害されたのだろう。美智子は彼を知らない。彼はシルエットであり、殺されながら美智子に人一人分の重さを伝えることができない会田良夫という男は哀れだった。美智子に見えるのはただ、汗だくになりながら血だらけの親友の身体をひきずり、車のトランクに押し込むあの丸顔の男だ。

美智子に見える松井保には悲しみも煩悶《はんもん》もない。開き直りも嫌悪もない。——彼は会田良夫をどこかに遺棄し、車をきれいに洗った。

どんな心境だったのだろうと思うのだ。ただ泥汚れでも落とすように洗浄したのだろうか。それとも自分の行いの痕跡を洗い流したかったのだろうか。そこに彼がしがみついているのがこわかったから。

美智子の脳裏に二つの保が交差する。

亜川は再び箸を動かし始めた。餃子を摘む。

「永井からの報告なんですけどね。事件が一段落ついたあとの追加記事のために、永井は当時まだ『会田良夫』だった松井保を調べていたらしいんです。それでも彼が偽者だと見破れなかったわけで、本人としてはいろいろ落ち込む材料が多いんですけどね」

亜川は大皿の餃子を一つ取ると、美智子の小皿に入れた。それが自然だったので、美智子は箸を伸ばす。

「だから永井は逮捕される前の、ノーマークの彼を追いかけていたことになるんです。その当時の記録を眺め回して、僕のところに持ってきた。わからないことがある——そう言って。わからないというのは、彼の休日の過ごし方なんです」

餃子を食べながら、亜川を見た。眼鏡が少し曇った。

「朝起きるとパチンコ店に行く。昼飯は決まって近所のラーメン店。それからが問題なんです。彼、電車に乗るそうなんです。電車で筑波の山奥まで。電車を降りると、レンタカーを借りて、二十五分ほど山道を走る。直線にするとわずかだと思うと言うんですが、上がったり、下がったり、迂回したりしながら走る。道は細いし、曲がりくねっているところもあり、徐行しながらの走行です。ところがトラックなんかが頻繁に走っていた形跡がある。轍《わだち》の痕がしっかりしていて。要は、彼が、休みのたびに人があまり行かないところに車で分け入るってことなんです」

「そこに何があるんですか」

「何もないんです。何もないところに立って、十五分ほど見つめて、帰る。山の上の方で、結構風が冷たいそうです」

話は要領を得ない。興味を引くようにそう話しているのだろうと思っていた。

「何を見つめているのですか」

要領を得ないのは美智子の気を引くためではなく、彼自身がわからないためだと、その時判明した。

「それが、わからないと永井のやつは言うんです。景色を眺めているって。僕は、そんなとのために筑波くんだりまで行って、レンタカーを借りて、二十五分も走るかって聞いた。片道三時間はかかります。それでものの十五分いただけで帰路につく。すると永井は言うんです。とてもじゃないけど十五分以上は無理な所なんです。なんでって聞くとね、臭いんですって。まず強烈に目にしみる。頭痛がして、それ以上いるとたぶん耐えられなくなる」

「臭い？」

亜川は頷いた。

「ちょうど見下ろす位置に、不自然な山がある。木や草の生えていない丘陵。ビニールなんかがパタパタしていて、臭いはそこからくるんじゃないかっていうんです」

そして美智子を見つめた。二人とも食べるのをやめている。

「永井くんはたぶん、産業廃棄物の不法投棄ということを、言葉でしか知らないんですよ」

「実は僕もそう思う」

二人は見合った。お互いに、頭の中を整理するために。

「そこに、産業廃棄物の投棄場はあったんですか？」

「書類上では認可のおりた投棄場はありませんでした」

「トラックの轍は古かったといいましたよね」

「ええ。たとえ不法投棄場でも、使われていればそこいらにトラックの数台は止まっているものですからね。いくら永井が物知らずのぼんぼんでも気づくでしょう」

また二人は見合った。今度は、相手の考えていることが、自分の考えていることとどこまで一致しているのだろうと考えながら。

美智子が言った。

「松井保は人里離れた、もう使われていない投棄場に、片道三時間かけて、休みごとに行って、十五分眺めて帰る。目が痛くて頭痛がするというのは、毒性のあるものが投棄されているということです」

「思い出の場所でしょうか」

「それとも、何かの確認」

美智子は言った。

「その両方かもしれない」

亜川はもう少し詳しく話した。

「彼はその場所に立つと、いつも同じ方向を見るそうです。その視線の先にはドラム缶が並んでいる。初めに行った時には遠くて判然としなかったので、二回目には望遠鏡を持っていって、確認した。するとその中にね」と亜川は心持ち顔を寄せた。「ベレー帽を被ったドラム缶があるっていうんですよ」

美智子はもう冷えた餃子を大皿から直接口に運ぶ。

「永井くん、とても瑞々《みずみず》しい感性を持っているじゃありませんか」

亜川はちょっと残念な顔をした。

「そう。でもベレー帽なんて、風でひとっ飛びですからね。よく見たら、石だった」

「石を載せたドラム缶？　彼が休みごとにそれを見に行くっていうんですか」

少し、ぞくっとした。

「ね。永井は苦労した二人目の孫の美談が欲しかった。だから彼の行動の意味がまるでわからなかった。彼に殺人の容疑が掛かって初めて僕のところにこの話を持ってきたんです」

二人は黙り込んだ。

「行ってみませんか」

美智子はじっと亜川を見つめた。

「行ってみたいです。でもちょっと待ってください。先に片づけたいことがあるんです」

「構いません。僕も簡単には動けないから」

美智子は亜川が自分を注意深く観察していることに気がついた。

松井保が休みごとに確認しに行くドラム缶の中身より、もっと気になることは何か。亜川がそれを考えている。

美智子は翌日、再び仙台へと新幹線に乗った。

十一月七日午後四時。

M井銀行A瀬支店を、深沢弁護士が笹本健文からの委任状を持って訪れていた。捜査官が二人同行していた。

「笹本健文さんが同席できないため、捜査官に同行いただきました。ご了承願います」

「ご苦労さまです」

遺言執行者は財産目録を作るために貸金庫の中を確認する。貸金庫は銀行に保管されている鍵と、契約者が持参した鍵の二つをもって開けられる。依頼人から鍵を預かって単身でくる弁護士もいるが、深沢は依頼人の同伴なく来たことはない。騒ぎの最中でもあり、依頼人の健文の代わりに捜査官に立ち会いを求めるというのは、堅実な弁護士の行動だ。出迎えた支店長は、型通りの挨拶のあと、深沢と二人の捜査官を貸金庫へと導いた。

「貸金庫を開けるのは久しぶりですね、深沢先生。記録では、五年ぶりでしたよ」

「こんな形で来ることになるとは思いませんでした」

「本当に。笹本さんとは長いおつき合いをさせていただきました」

貸金庫は引出し式を始め種類がある。笹本弥生の借りていたのは五十センチ四方の開き戸型だった。支店長が上の鍵穴に鍵を入れ、回した。その下の鍵穴に深沢が、笹本弥生から預かっていた鍵を入れて回した。

チッと軽い音がして、貸金庫が開いた。

国債、土地の権利書と保険証書が十数枚。それらが机の上に並べられた。一番奥から木製の箱が出てきた。

　古いものだ。バスケットのように手提げがついていて、鍵穴がある。

「なんですか」と捜査官が聞いた。「金庫ですよ」と深沢が答える。支店長が言った。

「これを入れるためにわざわざこの一番大きな貸金庫をお借りになったのですよ」

　金庫には鍵が掛かっていた。捜査官が取っ手を引っ張ってみた。蝶番《ちょうつがい》が緩んでいて、しゃれこうべが歯ぎしりでもするようにがくがくとした。思案して、いったん深沢が持ち帰り、明日改めて、捜査官立ち会いのもと、事務所で開けることにした。小さな木箱は深沢の車の助手席に収まった。

　事務所では事務員の野田が帰り支度をして待っていた。笹本弥生の貸金庫の中に金庫があって、鍵がないものだから、預かって帰ったと言うと、野田は笑った。金庫の中に金庫とはあのおばあさんらしい。ひょっとしてそれを開けるとまた金庫が入っていたりして。

　野田と深沢が壁に掛かった絵に手をかける。

「もっと軽い絵にしましょうか」と深沢。

「いつでもお手伝いしますから」と野田。

　絵が取り外されると、鋼鉄製の金庫のドアが現れた。

　あとは一人でやると言って野田を帰した。

　残っていた弁護士も帰っていった。

　深沢は金庫を開けた。

美智子が深沢から電話を受けたのは、翌八日、朝の八時だった。

「昨日弥生さんの貸金庫から古い金庫が出てきましてね。鍵がなかったのでいまから警察の方に同席してもらって壊すんですけど、木部さん、どうします?」

前日遅くに仙台から帰ってきて、眠れないままに朝を迎えた。行きたいところも調べたいこともあった。それでも深沢の声を聞いた時、彼に会いたいと思った。

「同席していいですか」

深沢は九時に事務所に来てくださいと言った。

美智子はフロンティアの中川に電話した。彼の声は寝ぼけていた。

「中川くん、メモを取って」

メモを探す音がする。「はい」と中川が言ったので、美智子は言った。

「一九九一年七月十九日の東北新幹線の運行状況を調べてほしいの」

中川は書き留めながらまた「はい」と言った。あとの「はい」は習性のようなものだ。彼がいかに礼儀正しく仕事をしてきたかということがしのばれる。

電話を切った。他にも頼みたいことはあった。中川は口の堅い、信用のおける男だ。彼はいつもつるんでいる上司の真鍋にさえ、言わないでくれと言えば言わないでおいてくれるだろう。しかしそうすれば中川と秘密を分かち合うことになる。

秘密。

あたしの仕事はその「秘密」を世間に暴くことではなかったか——。

美智子が九時に深沢の事務所に着いたとき、来ていた捜査官は彼女を見て少し驚いたが、何も言わなかった。深沢の机の上には釘抜きが一本、置いてあった。

それから銀行のバッジをつけた男が二人、入ってきた。

「さて。始めますか」

深沢は壁の絵に手をかけた。左側は持ち上がっているのに右側が上がらず、絵が傾《かし》いだ。

美智子は手を貸そうとする捜査官を制するように絵を掴んだ。重いとは感じなかった。

金庫が現れると、銀行員が「アメリカ映画の中にでてくる仕掛け金庫みたいですね」と感嘆した。

美智子は深沢の右手を見ていた。古くて長い傷がある。

深沢はその右手を金庫のダイヤルに触れて、回す。音はしない。そして扉が開く。音はしない。

人指し指がダイヤルから少し浮いていた。そして傷は、その人指し指から手の甲を抜けて手首に向かって走っていた。注意して見ないとわからない傷だ。

金庫の中には棚があり、その棚も仕切りで区切られ、区切りの一つ一つに整理されて物が置いてあった。

「まるで銀行の貸金庫ですね」

「貴金属から現金まで預けたがる人がいるので、管理が大変なんです」

深沢は金庫の奥に手を入れると、木製金庫をとり出した。
机の上に置く。
とても古いものだった。
「闇市で仕事をしていたころから使っていたものだそうです」
耳元で振った。
「かさかさと乾いた音がします。中は紙だけですね」それからやにわに眉を寄せた。
「カタカタともいっている」
深沢は机の上に置き直すと、釘抜きを取り、金庫の蝶番のわずかな緩みに差し込んだ。
少しひねると、バリッと乾いた音がして、蓋が外れた。
古い写真。
手紙が三通。
白い封筒が一つ。
茶色い封筒が二つ。
小さな古い木箱が一つ。
それで金庫は空になった。
写真は写真館で撮った白黒写真で、和服を着て立っている男は健文に生き写しだった。
「健造さんですよ」
手紙は古いもので、触ると破れてしまいそうだ。

木箱は掌に収まるほど小さなものだ。中には紐がかけてある小さな壺が入っていた。長い間解かれていないらしく、ほどくと、紐は針金のように元の形のまま崩れなかった。

中には灰が入っていた。

箱の裏には『笹本与二』と書かれている。捜査官が「遺灰じゃないですか」と言った。

白い封筒には『深沢法律事務所』と印刷のある便箋に『預かり証』と手書きで書かれていて、金額は三千万円、下には深沢の署名がある。深沢はそれを行員の座っているテーブルの上に置くと、壁の金庫にもう一度手を入れて、中からアタッシュケースをとり出した。帯封が巻かれた現金が詰まっていた。いまでは旧紙幣になっている一万円札だった。

「古いですね」と行員が呟いた。

「笹本さんが前任の弁護士のところから七年前に持ってこられたものです。確認してください」

行員は帯封を千切ると、ぱさりぱさりと音を響かせて扇の形に広げ、数えていく。もう一度別の方法で数え、二度数えると、形を整えて新しい帯封で巻き、糊づけして、日付印を押し、自分の印鑑で帯封に割り印をする。二人は馴れた手つきでそれを繰り返した。古い帯封はごみ箱に溜まっていった。

「手紙は三十年以上前のもののようです。財産目録に含むものではありません」要りますかと深沢は捜査官の顔を見る。「持っていくなら押収目録を書いて、置いていってください」

捜査官が慇懃《いんぎん》に「結構です」と辞退した。

茶色い封筒が二つ、残っていた。一つには、呉服の反物のタグが何十枚も入っていた。針金の通った紙製で、その一つ一つに墨で値段が書かれていて、裏には『武蔵屋呉服店』と判が押してある。もう一枚の茶封筒の裏には、探偵事務所の名の判が押してあった。行員は札を一心不乱に数えている。美智子は、ごみ箱に増えていく古い帯封を見つめていた。深沢は中の便箋を引き出した。そして深沢の顔つきが変わった。

捜査官がのぞき込んだ。

そこにはまだ幼さの残る字が書き付けてあった。

わたくし会田良夫は、昭和四十九年に会田良一、弓子の間の実子として届けられていますが、井原の血縁ではありませんので、今後とも一切の権利について放棄します。

一字一字しっかりと書かれている。最後に、親指の指紋のような黒いしみがあった。

捜査官の顔色が変わった。

美智子は尋ねた。「なんですか」

深沢はなんども読み直していたが、やっと口を開いた。

「弓子さんが死亡した時、まだ十五歳だった良夫くんに、財産の放棄を要求して一筆書かせたと言っていたことがあったでしょ。これ、その現物ですよ」

確かにその字は、和田運送に提出された履歴書の字と似ている。

「じゃこの黒いの」美智子は色の変わった指のあとを見つめた。

「血ですか」

「そうです。会田良夫の血液です」

捜査官は変色して真っ黒になったものをじっと見つめていたが、深沢の言葉を聞くや、半ば奪うように取り、「お借りします」と一言残して出ていった。

行員が「三千万円を確認しました」と言ったのはその直後だった。机の上にはまっさらの帯封が巻かれた三十個の札束がきっちりと置かれていた。深沢はその三千万円で健文の口座を作るため、用意していた書類に記入し始めた。美智子はごみ箱の中の帯封を一握りつかみ取り、そっとポケットに突っ込んだ。

やがて行員は、三千万円の現金と書類を持って帰っていく。深沢は二人を見送ると、三千万円の預かり証に赤いサインペンで「移行済み」と書き込み、その下に、名義を換えて銀行に預金した旨を明記して、日付と自分の名前を記入し、封筒に入れ直した。

「それ、どうするんですか」

「一応健文くんに返します。本当は彼が同席するはずだったんですから」

それから、捜査官の出ていったあとを見つめた。

「あの血液からDNA鑑定ができれば、松井保の車のトランクの血痕が誰のものか実証できる。少なくとも、会田良夫の殺害については、松井保は関与の否定はできないでしょう」

「取れるでしょうか」

「わかりませんね。古いですから」

　弥生の金庫の残骸が、割れたクッキーのように、粉を散らして卓上にあった。深沢は小さな木屑まで丁寧に拾い、袋に入れた。それから机の上に広げた写真や手紙を全部まとめて、移行済みの預かり証の封筒と一緒に袋に入れて、全部を一回り大きな袋に入れ直した。灰の入っていた木箱を元通りに紐で括《くく》ると、それを最後に丁寧に入れた。

「笹本与一って、たぶん弥生さんのお父さんですよ」

　深沢は捜査官が忘れていった、念書の入っていた封筒を裏返して眺めた。

「でも考えたらかわいそうですよね。たった十五歳ですよ。母親が死んで、天涯孤独になって。誰かが慰めるのが普通なんだけど、彼はいままでいた家からさえ、他人であると一筆書くよう迫られた」

　深沢は金庫のドアを閉めた。

「なんのために生まれてきたんでしょうね」

　そうしてしばらく黙り込んだ。

「笹本さんは非道なこともしたかもしれない。それでも僕は彼女を悪人だとは思わない。ベトナムからの帰還兵は人生観が変わるという。彼女は震災と空襲の両方を経験した。彼女はときどき昔話をしてくれました。松井保が話すような活力に溢れたものではなかった。

　東京大空襲の翌日は空一面に薄い煙が覆っていて、無残な――無残なとは彼女は言わなかった。死体があからさまに転がされていて。ああ、お天道様には関係のないことなんだなと思ったそうです。勤めていた呉服屋の人たちは防空壕の中で蒸し焼きのように焼け死んだ。中には四人いたそうです。でもどれが誰だかわからない。死んだら土に還るというけれど。こんな還し方があるものかと思った。それに四歳の時に擦り込まれた大震災の記憶が重なったんでしょうね。母親は帰ってこなかった父親を探して死体をひっくりかえし続けたといいますから。その父親に似ていたのがあの健造さんで、その健造さんに似ているのが、健文さんなんです。

母親が引っ張るからついていく。死体の山をよじ登り、生焼けの人の肉も踏みつけて。破けた死体の腹に足がはまったりもした。それでも母親は立ち止まろうとはしない。母親が摑んだ手首に痣《あざ》ができて。

二十数年経って、彼女は同じ光景を見た。勤めていた呉服屋は、黒い金庫だけが焼け残っていたそうです。彼女はそれに水をかけて磨いた。墓石に見立てたんでしょうね。でも供えるものもなくて。家に雛人形があったのを思い出して、取りに帰って、金庫の前に供えた」

「金庫の前に雛人形――」

深沢は、物思いに耽るようにぼんやりとしたまま、答えた。

「ええ」

美智子は武蔵屋呉服店と書かれていたタグを思い出していた。

「闇市で一番初めに売ったのは反物だと言っていましたよね。それはその呉服店のものだったんですか?」

「ええ。最上品を取っておいたものだと言っていました」それから目が覚めたように美智子を見つめた。「なぜですか?」

彼はほとんどものを聞き返してこない。その彼が美智子に問い直すのはこれで二度目だ。

「大空襲の日に、プールの中で一晩を過ごした弥生さんは、一番にその呉服店に行き、焼け死んだ家族を見て、雛人形を飾り、五カ月後の終戦のあと、焼失を免れた反物を売って身を立てた。彼女はその呉服屋の家族に強い思い入れをもっていただろうと思ったんです」

深沢の目が、絵に移った。まるで美智子の言葉に反応したように。

若い鹿が水を飲んでいる。木漏れ日のある初夏の森の、静寂の池に口をつけ、水を飲む。足の付け根の肉は逞しく、細い足は俊敏そうで耳はピンと立ち、首はしなやかに長い。

「いい絵ですね」

「あなたは前にもそう言いましたね」

「単純だけど、若い鹿の豊かな未来が見えてきそうな気がします。若くて怖いもの知らずなものだけが持つ勇気や行動力、そして安息」そして美智子は深沢を見つめた。

「この絵をいいと言ったお友達って、宮田さんですか」

深沢の視線が美智子に戻った。そして微笑んだ。

「宮田はこの事務所に来たことはありませんよ」

「ええ。そうでしたね」

深沢は気を取り直すように机の上を片づけ始めた。

「あの血判でDNA鑑定ができるといいですね」

「笹本弥生さんは松井保のことを自分の孫かもしれないと言った時、どうして深沢さんにあれを見せなかったんでしょう」

深沢は答える術がないように、微笑んだ。「わかりません。忘れていたのかもしれませんね」

机に鍵をかけ、鞄を下げ、コートを手に持った。黒の上等なコートだ。

「僕としてはどちらでもいいんです。これでやっと終わったのだから。面倒な遺言人でした」

そう、深沢は言った。

美智子はその日、笹本健文に手紙を書いた。

『釈放おめでとうございます。深沢弁護士から受けとる、貸金庫の中のものを、わたしが行くまで決して、何一つ無くさないでください。フロンティア 木部美智子』

美智子はその手紙を、健文のマンションの郵便受けに入れた。

八日午後五時。

会田良夫の念書は鑑定に回された。「最優先にしてくれ」と電話で捜査官は怒鳴った。

松井保の車の中に残っていた血液が、発見された「念書」に押されていた血判のものと一致するとの報告が捜査本部にもたらされたのは、九日午後五時だった。

同九日、トランク内の血液が会田良夫のものであることを突きつけられると、松井保はあっさりと会田良夫との関係を話した。

松井保の供述。

会田良夫は家族の思い出をよく話してくれました。その話を聞くのは楽しかった。ぼくは正確な年齢も知らない。戸籍の生年月日の欄には「頃」としか書かれていない。

学校が楽しかったと良夫は言った。ぼくは毎日学校に通ったけど、学校時代の友達はいない。思い出といえば万引きで捕まってホームの人に連れて帰ってもらったことぐらいだ。体育の時間に友達の金を盗んでいるところを見つかったりもしたが、毎日学校に行った。気まずいとも思わなかったが、楽しいとも思わなかった。

良夫は学校生活を楽しそうに話した。ぼくは羨《うらや》ましいと思った。

ぼくは良夫には嘘をつかなかった。園の前に捨てられていたこと。親は名前も書いていてくれなかったこと。生年月日くらいは書いていて欲しかったこと。

いつだったか、盆や正月には親元に帰る子がほとんどだというのに、自分には生年月日さえない、ぼくはよっぽどいらない子だったんだなと、大した気もなく言ってみた。その時良夫が、実はぼくの実の親もぼくのことが目障りだったんだと言い出した。自分は養子で、実母の顔も知らない。ばあさんは借金を棒引きにして養育費もまとめてやるから、連れていって二度と現れないでくれと親に言った。

良夫と六年つき合って、初めて聞く話だった。

良夫は話してくれた。母親が死ぬ時、自分を枕元に呼んだ。その話をしたあと、実母の名前を明かしてくれた。金も残せず、面倒を見ることもできない。これから一人で苦労するだろうけど、先に死んで本当に申し訳ないけど。

良夫の母親はごめんねと何度も繰り返した。そして息を引き取ったと、良夫は言った。

良夫はそのあと、母親の実家で、財産はいらないという約束をさせられた。良夫は言われた通りにして、退学届を出して、母の里を出たと言った。

ぼくは涙が出て止まらなかった。かわいそうでたまらない。そんなかわいそうなお話のある良夫が羨ましくてたまらない。

良夫の父親が自殺する場面は毛布を握りしめて聞いた。母親が死んだ時には、自分が枕元に立ち「ごめんね」と言われているような気がした。ぼくが必死で聞いているから、良夫は丁寧に話してくれた。良夫は泣かなかったが、ぼくはぼろぼろに泣いた。そして二人で兄弟になろうと約束した。

兄弟は同じ思い出を持っているものだから。だからぼくらは兄弟になれる。そして兄弟になるには、もっと良夫の話を聞かないといけない。良夫の親がぼくの親になることができるまで。良夫の知っていることを、全部知ってしまわないといけないと思った。ぼくらはだから、話の尽きることなんかなかった。

でも話を聞くうち、良夫はその親に心底愛されていたというのに、ぼくは良夫の両親と手を触れ合ったこともないのだということが、なんだか不公平に思えるようになってきた。同じ兄弟なのに、良夫の両親はいまでも良夫のすぐそばにいて、ぼくには遠い。死んでしまっているから、手を伸ばしても届かない。

でも良夫にはそんな素振りは見せなかった。良夫が自分から遠ざかると、それは自分の両親も連れて遠ざかるのだから。それに、本当に、良夫と仲良くしたかった。ずっと離れたくないと思い、誰にも取られたくないと思った。

ぼくは良夫が風邪を引くと、食べ物を買っていってやった。良夫はぼくが金に困っていると、貸してくれた。夜は二人で町をうろうろした。意味もなく笑ったり騒いだりした。

二人でいることが楽しかった。ぼくはひとところで仕事を続けるのが苦手で、人はそれを責めたが、良夫だけは責めなかった。

良夫は和田運送で働きながら、夜はコンビニでバイトをしたり、休みの日は宅配や引越しのバイトをしていた。ぼくは良夫のバイト先にバイトに行くことが多かった。良夫がぼくのことをよくかばってくれたから。ある日、バイトの宅配の仕事の途中に、突然車を止めて、ポツンと言った。実の母も死んだそうだ。おばあさんももう歳で、老人ホームにいる。この近くなんだ。とっても金持ちで、ぼくのことを探しているらしい。井原の家に、ぼくの消息を尋ねて一度探偵が来たって。

ぼくは、その時には、井原の家というのがなんであるかももうよく知っていた。良夫のことならなんでも知っていたんだから。

ぼくは、申し出てみれば少しは財産がもらえるんじゃないかって言った。良夫はその時笑って「申し出てみようかなぁ。信じてもらえるかなぁ」って言った。でも全然本気で言ってる風じゃなかった。

「ときどきそのホームを眺めるんだ。あそこに自分の家族がいるんだなって」

　自分の家族がそこにいる——ぼくはなんだか夢を見ているような気がした。

　良夫は自分の本当の家族の名前を笹本と教えてくれて、ある家の前まで連れていってくれた。大きな松の木のある家。黒板の塀が高くて、その上から松の枝が伸びていた。

　良夫は、これがおばあさんの住んでいた家だと言った。この家にときどき宅配便を運んだ。当時はお手伝いさんがいたが、今はもう誰も住んではいない。ぼくのことを知っている人間が誰もいないんだ。父も、母も、実の母も。おばあさんはぼくの名前にさえ興味がなかった。まだこの家におばあさんが住んでいた頃、おばあさんに荷物を渡したことがある。おばあさんはサインをして、荷物を持って、入っていった。おばあさんを見たのはあれが最初で最後だった。おばあさんのいるホームで働こうかと思うことがあるんだ。

　名乗らなくてもいい。おばあさんから、ぼくを産んだ人の思い出話が聞けるかもしれない。そんなことをときどき考えるんだ。

　良夫がそう言った時、ぼくの頭の中はもう何かわけのわからないもので一杯になっていた。

　ぼくでもいいんだ。会田良夫がぼくであっても、そのおばあさんには全然構わないんだ。

だってぼくは会田くんの両親のことも、学校のことも、全部知っているし、だからぼくが孫であっても全然困らない。それどころか、会田くんさえ知らない、彼の実の母の話を自分の母の話として聞けるんだ。会田くんさえ知らない、実の家の話を、自分の家の話として聞ける。

そこでは自分のことのように泣いてもいいし、自分のことのように喜んでもいい。だってそれはぼくなんだから。

ぼく。

ぼくが松井保だなんて決めたのはあのひまわり園の園長だ。ぼくが誰であるのか、誰も知らない。生年月日さえない。それなのにぼくはこうやって生きている。誰だかわからないまま。

「それでぼくは会田良夫になろうと決めたんです」

それでもかれは会田良夫への殺意は認めなかった。それどころか、その死さえも認めなかったのだ。

車でドライブに行った先で、バックしたら、後ろにいたらしくて、気がつくと血だらけになって倒れていた。病院に連れていこうとトランクに入れた。

「どうしたらいいのかわからなかったから。助手席だと車が血だらけになるし」

翌日トランクを開けると「会田良夫」は消えていた。だから自分で病院に行ったんだろうと思った。
かれの頭の中には「辻褄」とか「現実性」という言葉は存在しないのかもしれない。笹本弥生殺しに関係がないとも繰り返し、弥生があんな遺言書を書いているのも知らなかったと言った。

十日、浜口は松井保の言い分をほぼそのままの形で入手した。美智子は供述書が生で流出することに嫌悪感を覚えた。しかしその価値は嫌悪感を充分に打ち消した。

——ぼくでもいいんだ。
会田良夫がぼくであっても、そのおばあさんには全然構わないんだ。だってぼくは会田くんの両親のことも、学校のことも、全部知っているし、だからぼくが孫であっても全然困らない。それどころか、会田くんさえ知らない、彼の実の母の話を自分の母の話として聞けるんだ。会田くんさえ知らない、実の家の話を、自分の家の話として聞ける。そこでは自分のことのように泣いてもいいし、自分のことのように喜んでもいい。だってそれはぼくなんだから——

松井保が弥生との思い出話をする時に見せた高揚が、ここに端を発しているように思う。彼は本当に、誰かになりたかったのだ。今いる自分が必然と必然が織りなす一本の時間帯の中にあるということ。自分が抜けては過去が終結せず、そして未来にも繋がらない。そういう「誰か」だ。

松井保は「会田良夫」という存在を愛し、だから彼になろうとした。そのために「人を一人殺すことも厭《いと》わずに」。

松井保には、その時すでに、会田良夫は、自分が会田良夫になるために邪魔な存在にすぎなかったのだ。

携帯電話にメールが着信した。中川からだった。

題名『一九九一年七月十九日の東北新幹線の運行状況の件』

本文　一九九一年七月十九日――

浜口が美智子をすがるように見ている。

彼には、手に入れたこの供述書をどこまで電波に乗せたらいいのかがわからないのだ。それをそれとなく探っている。美智子は携帯画面を見たまま、言った。

「そこにコンビニがあるでしょ。そこでコピーして一組ちょうだい。それから、その情報は、どう扱ったらいいのかよくわからないけど、わからない間は触るなってことよ」

そして顔を上げると、浜口の目玉を見据えた。

「それが流れ出て責任問題になったら、即クビよ」

浜口は道向かいにあるコンビニに向かう。美智子はもう一度携帯電話を見直した。

当日、JR東北新幹線管理室に悪戯電話がかかり、危険がないかどうかを確認するため、十六時半より運休。二十時五分運行再開。

真鍋は浜口が手に入れたコピーを二度、読み直した。

「なかなかだね。——良夫がそう言った時、ぼくの頭の中はもうなにかわけのわからないもので一杯になっていた。ここが明快な殺意の発端だろう。でもややこしいよ。松井保が会田良夫を殺害していたとなると、笹本弥生殺害についても当然容疑は濃厚になる。当局としては松井保を逮捕勾留して徹底的に調べたいところだろう。健文を釈放して一旦松井保を徹底的に調べて、それで出なきゃ健文を再逮捕という手もあるが、しかしあそこまで健文を犯人だと断定して追い込んだものを、釈放して誤認逮捕だとは騒がれたくない。その上健文の勾留期限はあと三日で切れるときている。起訴か釈放か」真鍋は美智子を見た。

「さて、どうすると思う？」

「正直言って捜査本部が健文を起訴するだけの物証を持っているとは思えません。恥をかいても今回は証拠不十分でいったん釈放するのが筋でしょう。でもこの松井の供述調書を浜口さんにリークした捜査官がもし本部のやり方に危機感を持っているから流したのなら、本部は強引にでも健文を起訴に持ち込む気かもしれません」

「犯人捏造ですか。だったら面白いね。ちんけな犯人を叩くより、警察を叩く方が面白いもの」

中川が口を挟んだ。「でも松井保には実益はありませんよね」

「ばあさんに偽者であることがばれた。しかし会田良夫になりきっていた松井保は、自分が会田良夫でないということを認めたくなかった。それで殺害」

「じゃあ遺言書はどうなるんですか」

　真鍋は中川を見つめてまとめて放り出した。

「こんな性格異常のような男の考えていることなど、本当のところ、わからんよ。ただ、彼が、会田良夫の殺害を認めなければ健文が立件される。そういうことだ」

　美智子は編集室を出た。十時に亜川と約束していた。筑波の山に行ってみるのだ。中川が追いかけてきた。

「メール、見ました?」

　美智子は振り向きもせずに答えた。「見た」

　中川はその素っ気なさが不思議なようで、追ってきた。

「そんな古いJRの運行、なんで知りたいんですか」

　彼がほんの少し、心配しているのがわかる。美智子はエレベーターの前で立ち止まると、下りのボタンを押し、ふり返った。

「いま真鍋さんの言った全て、捜査当局が悩んでいる全てが一度に解けるマジックがあると言えば、中川くん、知りたいでしょ」

　中川はじっと美智子を見つめ、神妙な面持ちで頷いた。エレベーターが開く。美智子はそれに乗り込むと、黙って中川の顔を見ていた。

　エレベーターのドアが閉まった。

亜川はあの、古い社用車に乗って待っていた。運転席には永井記者が座っていた。

車が発進する。

後部座席で、美智子はバックミラーに映らないように、浜口から預かったコピーを亜川に渡した。

亜川は黙ってそれを読み、同じように美智子に返した。

美智子は顔を寄せ、何食わぬ顔で聞いた。

「どう思いますか」

「本物ですよ、たぶん。かなり焦っていますね。事件が広がりすぎて、その上初動捜査で健文に絞りすぎて、他の捜査が間に合わない。それより」と亜川は美智子の顔を見た。

「何を調べに仙台まで行ったんですか」

彼にもまた、「別の取材で」と言ってみるのも悪くない。そんなことを美智子は思った。

亜川はあの栞の存在を知っている。だから長尾頼子に辿り着くまでは可能だ。問題は、その日付が何を意味するか、その日新幹線が止まっていたことがどういう意味を持つかを、理解するかしないかだ。この男なら――美智子がそう思った時、亜川がポツリと言った。

「がんこな人、僕、好きですよ」

混雑した東京の町を抜け、千葉に入ると車の流れはスムーズになる。松井保は電車で動いた。永井はそれを尾行した。車でのルートは知らないはずだった。それなのに彼の運転には迷いがない。たぶん、一人で何度も行ったのだ。自分の足で——亜川の言葉を守って。

車は順調に走る。

「それより僕には気になることがあってね。去年の十一月頃、会田良夫の話を聞きに、深沢さんが新潟の寺にも、清水運送にも行っているんです。二カ所とも、『仕立てのいい黒いコートをきた品のいい男性が会田良夫の話を聞きに来た』と言い、深沢という弁護士ですかと聞くと、そうそうと言うんです。それがね、和田運送にも男が現れている」

「和田運送?」

亜川は頷いた。

「僕らは寺の和尚に会田良夫からきた年賀状の存在を知って、農協に出入りしている運送会社にあたり、やっと和田運送を引き当てた。深沢さんは寺には行ったが、僕と同じで、和尚には会っていないんです。彼に、和田運送に勤めていた会田良夫を知る手づるはないように思う。でも和田運送の従業員が、今年の夏、松井保の写真を持った男が話を聞きに来たって言うんです。駐車場の端で、松井保の写真をドライバーの一人に見せ「この男を知らないか」と言った。「松井保という男だ」とドライバーが答えると、そのまま立ち去ったそうです。四十過ぎの品のいい男だって言うんです。誰だと思います?」

美智子には、深沢が手に取った黒いコートが蘇っていた。底光りするような深い黒だ。

「四十過ぎの男というだけなら雲を摑むような話じゃありませんか」

「そうなんですがね」と亜川は、気があるようなないような声を出す。

「僕は行く先々で『去年の十一月に同じことを聞きに男性が来た』と言われた。それによれば彼は名を名乗った上で『会田良夫という男について聞きたい』と言い、松井保の写真を見せていた。ところが今年和田運送に現れた男は名乗っていない。もちろん名刺も出していない。事務所にさえ行っていない。寺の和尚は、顔写真を確認したのは僕の送ったファックスが初めてだったと言っている。どこから割り出したかは知らないが、あの会田良夫が松井保だということを、今年の夏に気づいていた男がいたということになる」

そうして美智子を見た。

「ね。気になるでしょ」

「それは——」と美智子は答えた。

「単純に松井保を追いかけていた人間がいたということじゃありませんか」

「そうかもしれませんね。金を踏み倒したとかね」

そのくせ、言うのだ。

「その和田運送の男に聞いたんです。顔みたらわかりますかって。そしたらね」

「そうしたら？」

「わかるかもしれないし、わからないかもしれないって」

車は茨城県に入り、国道３５４号線を土浦の先で外れた。北方向に山が見えていた。永井は車を山道に乗り入れた。

二十五分走った。そこまでの景色は悪いとはいえない。ところが車が止まった時、車内に異臭が立ち込めた。車のドアに手をかけた永井に、亜川は血相を変えた。

「待て。ここでドアを開ける気か」

「じゃ、なんのために来たんですか。この先ちょっと歩くんですよ」

硫黄の臭いかとも思ったが、それだけでないのは確かだ。それにどぶの臭いと腐敗臭が混ざっている。覚悟してドアを開け、車を降りた。

前方に小高い開けた場所がある。そこに向かおうとした。三歩歩いて目が痛くなってきた。

「そのうち頭痛がするんです」

間違いなく毒物を不法に投棄している。

高台になっているところに出た。高台といっても土や岩でできてはいない。ちょうど雑草が芽を出すように、いたるところからビニールの切れ端が出て、ひらひらとしている。

「永井くん、君にはなんでこういう状況を記事にしてみようという発想が湧かないのかね」

「茨城支局には知らせました。返答がないだけです」

そうして永井はある方向を指さした。

「ほら」

高台の先はいったん谷のように下がり、トラックが二台通過できるほどの幅を開けて、再び山のように盛り上がっている。二百メートルほど向こうだろうか。その人造の山の中腹あたりを、彼は指さしていた。その先には、ドラム缶が寄せ集められていた。遠いので数は五十とも百とも見当がつかない。

その中に、確かにベレー帽を被ったドラム缶があった。灰色のベレー帽。

永井は持ってきた望遠鏡を美智子に差し出した。望遠鏡で見ると、ベレー帽に見えるのが大きな石であることがわかる。望遠鏡を亜川に渡した。彼は二度咳《せ》き込んで、やっとのぞき込んだ。

亜川は望遠鏡を永井に渡すと、ドラム缶地帯へと、廃棄物の丘を下り始めた。美智子もそれに続いた。そして道に下りきる前に、三人は誰いうともなくほぼ同時に方向を変えて、追われるように元の位置へと戻っていた。

「とても近づけないでしょ。今日は風がないんで、特にひどい。僕はもうちょっと近くまで行ったことがあるんです。目眩《めまい》がしました」

「こんなところに松井保は十五分も立っていたのか」

「顔色一つ変えません」

三人はもう一度ベレー帽を見下ろした。

彼が休みの日ごとになぜ往復六時間もかけてあのベレー帽を見に来るのか。

「永井。写真撮っとけ。あのベレー帽のドラム缶がはっきりわかるように、この廃棄場全体を撮っておけ」

永井が写真を撮り終えると、三人は争うように車へと退避した。


十一月十二日。

深沢弁護士の事務所の電話が鳴った。松井保からだった。深沢は電話を受けたあと、すぐに木部美智子に電話をした。深沢は困惑していた。美智子は答えた。

「松井は公文書偽造では容疑を認め、昨日釈放されたんです。勾留中に会田良夫の事件についてかなり追及を受けたんですが、逃げ切った。でも引き続き、会田良夫及び笹本弥生の殺人の容疑者でもある。警察も彼の動きから目を離していない。会田良夫殺害については、自白がなくて死体もないことから、逮捕状が請求できない。でも会田良夫殺しと笹本弥生殺しは連動する可能性があり、笹本健文の勾留期限が迫っていることと相まって当局はかなり焦っています。なんて電話だったんですか」

「『お願いがある。行った時に話す』と、それだけです。取りあえず三時に来るようには言いましたが。一体なんの用事なんでしょうか」

「同席しましょうか?」

「お願いできますか」

「願ってもないです」

三時に松井保はやってきた。

一週間前と変わったところはなかった。ちょっと気兼ねをした、人の良さそうな顔だ。やつれも見えない。二人をみるとひどく懐かしそうだった。美智子に、膝を揃えてお辞儀した。深沢を見ると、飼い主に会えた小犬のような眼差しを向けた。まるで彼が全ての災難を解決してくれると信じているようだ。

飲み物は何がいいかと聞かれ、オレンジジュースにしようかグレープフルーツジュースにしようかと松井保が思案している時、事務所の電話が鳴った。

電話の相手は神奈川県警の捜査官だった。松井保がそこにいるかという確認だった。窓から下を見ると、男が二人いて、一人が携帯電話を耳にあてている。

「はい。三時に約束しまして。——いえ、用件はわかりません」そう言うと深沢は、少し思案して、よかったら上がってきてくれと言った。下の男が携帯を閉じて、ビルへと消える。

松井保はオレンジジュースを頼んだ。

「いいんですか」

「どうせ彼が帰ったあと聞かれて捜査官に話すんです。その手間を省くだけです。同席してもらった方が早くて正確です。この寒空に下で待たせる必要もないでしょう」

しばらくすると二人の捜査官が上がってきた。二人は困ったような顔をしていたが、深沢が小声で説明をすると、遠慮がちに部屋の端の椅子に座った。

松井保はジュースが届くと、一心に飲み始めた。歩き疲れた子供のようでもあり、餓《かつ》えた遭難者のようでもある。彼は誰にも目をくれない。深沢は耳打ちするように二人の捜査官に留置場での松井保の様子を尋ねた。一人が困惑気味に答えた。

「勾留中から深沢弁護士に会わせろとは言っていたんです。弁護士なんだから、笹本健文にもそうしたんだから、ぼくにもしてくれるはずだって。彼の言い分では、証拠は全部警察が捏造したということです」

「もしかしたら、彼は僕に弁護を依頼に来たんですか」

「少なくとも留置場ではそんなことを言っていました。あの男はどういうわけだか先生に限らず、インテリはみな自分の味方だと思っている節がありまして」

その瞬間だった。松井保は飲んでいたストローを口から離すと、コップを持ったまま、いきなり言った。

「弁護士費用は笹本弥生さんの遺産で払います。ぼくを弁護してください」

深沢は彼に向かい合って座ると、やがて、噛んで含めるように言った。

「まず、僕はあなたの弁護は引き受けられないんです。笹本健文さんとあなたは利害を反する関係で、僕は笹本さんの弁護を引き受けていますから。それから、あなたは笹本弥生さんの相続人でないことがはっきりしたので、笹本さんの遺産は全く入りません」

するとと保は、コップとストローを持った、そのままの格好で目を充血させた。まるで今にも涙が流れそうだと思ったその時、本当に子供のように泣き出したのだ。

「弥生さんは、ぼくには世話になったから、残して上げると言ったんだ。もちろん全額じゃない、でも少しは、少しはくれると言ったんです」

深沢は慎重に問い直した。

「全額じゃなく——ですか?」

捜査官は固い表情で聞き入っていた。一人がメモを取り始める。が、ひどく怠惰そうだった。美智子は気がついた。松井保は取り調べの中で数限りなくでたらめを言ってきたのだ。

そのたびに捜査官は裏を取った。そのほとんどがその場逃れの思いつきだとわかって、彼の新証言にはうんざりしている。

「それは、あなたが偽者だと知ってのことですか。それとも、本物の孫としてですか」

捜査官が少し身を乗り出した。しかし保が泣きながら「わかりません」と言った時、乗り出した身を引いた。

松井保はまた顔を上げた。その時には目を少し、輝かせていた。

「では会田くんの件について弁護してください。それならできるでしょ」

会田良夫の殺害について松井保は逮捕されてもなんの不思議もないのだ。ただ当局は松井が一カ月やそこらは平然と否認し続けるだろうことに確信を持っている。物証もない。だったら逮捕してもまた証拠不十分で釈放ということになる。逮捕された時点で松井保の過去は一気に流出する。彼の過去と経歴は世間の注意を引くだろう。さんざん騒ぎになった上で、証拠不十分で釈放となった時には、新聞を初めメディアは警察の迷走を嘲《あざけ》るコメントに終始する。それで逮捕に踏み切れない。松井保はいつもと変わらぬというのに、捜査官はやつれきった顔をしている。

深沢は松井保をしばらく眺めた。

彼の話し始めは滑り込むように自然で、なんの話を始めたのかわからないほどだった。

「会田良夫くんは親友だったんでしょ。彼は君のことを信用していたから、自分のことをなんでも話した。君がそんなんじゃ、会田くんも浮かばれませんよ」

不思議なことに、松井保は思い詰めたように押し黙った。

「あなたがどうあれ、弥生さんがどうあれ、会田くんは一生懸命に生きたんじゃありませんか。アパートを借り、家賃を払い、与えられた仕事を一生懸命にやった。学歴も保証人もないけど、努力一つで職場の信頼も得た」

深沢の言葉は、言い諭すというより、彼自身が噛みしめるように、率直だった。

「あなたは確かに恵まれた生い立ちではなかったかもしれない。でも会田くんはあなたよりもっと過酷だった。それでも一生懸命に生きた。彼に死ななければならない理由があったのなら、いや、なかったというのなら。どちらにしても、彼が死亡に至った経緯を、知る限り正確に話すことが、いまとなれば彼への唯一の贖罪になるんじゃないですか」

深沢がそんなことを言ったのは、松井の往生際の悪さを見かねてのことだろう。松井保も内心は疲れ果てているのだ。

深沢は重ねて、会田良夫を母の墓へ――母の元へ戻してやろうと語りかけたが、押し黙った彼は、一層俯いた。深沢の説得に応じそうになる自分を懸命に抑えているのか、それとも懸命に聞いている振りをしているだけなのか、わからない。

少なくとも二週間前までは、彼は十二の時に父親が鉄道自殺をして十五の時に母とも死に別れ、職を転々としてグランメールにたどり着いた男だった。人は丸い顔にその苦難を重ね合わせていた。いま、彼は会田良夫ではない。しかし彼の後ろには会田良夫の人生がいまだに連なっている。首から上に松井保を乗せて、会田良夫がそこにいるのだ。

それは不思議な感じだった。

松井保が会田良夫の人生を借りたのではなく、会田良夫という青年が、この松井保の姿を借りたように思うのだ。井原八重子の人生と井原弓子の人生と会田良一の人生と滝川典子の人生と。全てを引っさげて人々の前に現れた。S字の発光体になった我が身の代わりに、松井保の姿を借りて。

我々が永遠に知ることのない彼らの人生を我々の前に広げるために。

会田良夫には顔がない。顔がない人間の人生は物語に過ぎない。物語の中の人間は物語のために存在するのであって、聞き手が消化する悲しみや痛みしか附帯させてもらえない。血を流してもそこに痛みを感じてはもらえない。松井保の身体を借りて初めて、会田良夫の悲しみは生身の悲しみになった。

そして松井保自身は自分の役回りをまるで理解していない。

生まれながらに多くのしがらみと事情を持ち、しかしたっぷりの愛情を受け、生い立ちに潰されずに生きようとした男と、生まれた時から名もなく生年月日もなく、自分の体内を埋めるものが何もなくて、嘘をつくことで辛うじて得られる「われ」を持つ錯覚だけを自分の支えにしていた男。

松井保は怠け者で嘘つきで、「ひまわり園」の人たちの愛情を理解する術《すべ》さえ持たないどうしようもない人間だ。嘘をついている時だけが彼が生き生きとしていた時であり、人のものを盗む以外に社会との関わりがない。それ以外の空白な自分は、真っ黒の闇か真っ白の箱の中にいるように、自分を映す鏡さえないから自分がいるということさえわからなくなるほどの、一人なのだ。それは「孤独」というものに進化する前の「虚無」かもしれない。彼は間断なく嘘をつき、見破られても嘘をつき、おそらくは、欲しいかどうかにかかわらず人のものを盗み、「われありき」を確認しなければならなかった。だから会田良夫に激しく焦がれた。

その存在の濃密さに。

美智子は思い出すのだ。笹本弥生の葬儀の日、深沢に手紙を渡しに行く時の彼の緊張を。松井保は嘘をつく時には震えたり汗をかいたりしない。彼は、会田良夫としてあそこに行って初めて「人が自分を信用する」という実感を味わった。彼は生まれて初めて責任を持って何かをこなそうとしていた。だからあれほど汗をかき、緊張したのではなかったか。

深沢は話し続けていた。

「会田良夫さんは十五の時から月に二万ずつ貯めていたそうです。食費を詰めて、遊びにもいかず。長い間勤めていたコンビニの店長も、和田運送の社長もそれを知っていた。毎月給料日には銀行の前でトラックを止めて同僚を待たすから。和田運送の社長はどこの銀行かも知っていました。そこでわたしは会田良夫の普通預金の出入りを調べたのです」

美智子は驚いた。いつ、コンビニの店長を訪れたのか。いつ、会田良夫の口座を調べたのか――

保は無神経に黙り込んでいる。彼を見つめる深沢の目には怒りがあった。

美智子は鞄の中のレコーダーに手を伸ばすと、スイッチを入れた。

「十年間、彼はこつこつと貯め続けていましたよ。一年に二十四万円。十年で二百四十万円。それが、和田運送を電話一本で辞める数日前、全額引き出されている。その払い戻しの伝票には、会田良夫と書かれている。でもそれは彼の筆跡じゃない」

捜査官の一人が顔を上げた。しかし深沢は構わなかった。

「あなたの字だ」

彼は強い口調を崩さなかった。彼にあるのは損得のない怒り。もしくは苛立ちだ。

「そして一方松井保――あなたにはローン会社に二百万の借金があった。それが全額返済されているんですよね」そして保をじっと見つめた。「やっぱり会田良夫くんが和田運送を辞めた直後に」

メモを持っていた捜査官の手が激しく動きだした。が、深沢は彼らの動きには全く頓着しなかった。

「不思議なことに会田くんも借金しているんです。三十万円。でも二百四十万円の預金があった彼が、たった三十万円の金を、なぜ街金融なんかから借りたんでしょう。街金融の怖さを身をもって知っていた彼が。会田良夫名義の三十万円の借金は、ちょうどあなたが街金融のブラックリストに載った頃ですよ。あなたには誰も貸してくれなくなった頃。そしてそれも、二百万のあなたの借金が返済された時に返済されている」

松井保は頑固に下を向いていた。

見てごらんなさい。彼の本性が暴かれる——亜川の言葉だ。

今、深沢が、仮借のない真実を、まるでメスを入れるように、すっぱりと開いてみせようとしている。松井保という人間の本当の「顔」——彼が会田良夫を殺して取り替えたいと願った顔が、ここにむき出しにされる。

「彼がなんのために金を貯めたか知っていますか。コンビニの店長が言っていました。母親の借金を返すんだって。井原のおばちゃんに、母ちゃんと父ちゃんの借金を返す。

母ちゃんは金ばっかりかかる人だった。若い時は癌で手術して、結婚しても借金抱えたまま実家に戻って、出稼ぎ先で病院で死んで。大した仕送りもできずに、井原のおばちゃんは俺の養育費も払った。それでも母ちゃんはかわいそうがられて、井原のおばちゃんは鬼みたいに言われた。母ちゃんは綺麗な人だったから。井原のおばちゃんは上手の言えない人だったから」

瞳の中の燃えるような怒りを別にすれば、深沢の口調は会田良夫が乗りうつったようだ。

「八重子おばちゃんはときどき泣いていた。いくら苦労しても、やっぱり嫁より娘の方が可愛いんだ。嫁より娘の方が大事なんだって。農家の長男の嫁は、何を耐えても当たり前なんだって。泣いているおばちゃんはかわいそうだった。金、返したいんだ、おばちゃんに。会田良夫はそう言っていたそうです。その話も彼、あなたにしたんでしょ？　そしてあなた、その二百四十万円をとったんでしょ。そして、殺した」

その瞬間、松井保の首の筋肉が固まった。

深沢は冷やかにそれを見つめた。

「あなたは消費者金融のブラックリストに載り、どこからも貸してもらえなくなった。そこで会田さんの保険証を持ち出して、三十万円を借りた。でも親友を装っていたから、彼の名義で作った借金の話はもちろん言い出せない。会田さんの通帳には二百四十万円あることも知っている。

初めは、会田さんの名義で作った借金の話をどう誤魔化すかを考えていたのではないかと思うのです。彼にその話をしなくていい方法を考えていた。あなたの家には二百万円の取り立ての電話が頻繁に掛かってきていたことでしょう。会田さんへの言い訳を考えながら取り立てから逃げ回るうち、彼の二百四十万があればと思い始めた。

借金取りから解放される。

でもそこであなたは考えたんです。せっかく通帳から金を引き出しても、街金に払ったら手許になんにも残らない。使えたらいいのに。

金が好きなだけ使えたらいいのに。

会田良夫に、ローン会社から催促の電話が入ったら友情は終わりだ。だからどっちにしても、終わりは時間の問題だ。莫大な遺産を持つ祖母の話も頭の隅から離れない。

そしてあなたは全てが丸く収まる方法を思いついた。

会田さんを殺して預金をとり、借金を完済して綺麗な身になる。そのうえで会田良夫を名乗っておばあさんの元に入りこもうと。

あなたが松井保であることにこだわるのは、街金の取り立て屋ぐらいのものだった。もし身元を嗅ぎつけられるとすれば、その線だ。だから借りた金など返したことのないあなたが、みすみす二百万もの金を返済のために手放した。

大事なことは、会田良夫の死体を発見されないことだった。死体が発見されれば彼の戸籍がなくなる。名前も生年月日もある彼の戸籍が欲しかった。あなたは彼を殺して金を懐に入れ、住民票を動かして戸籍を取り込んだ。清水運送の社長は、面接に来たあなたはひどく思い詰めていたと言いました。あなたはどこかで働いて会田良夫として履歴書にかける職歴を作らないといけなかった。だから必死だったんです。

別の人間になることはあなたには簡単なことだった。いや、楽しかったかもしれない。いつものろまの嘘つきと嫌われてきたのに、同じのろまの嘘つきなのに人はとても親切なんだ。のろまであるほど人が可愛がってくれる。用がなくても甲斐甲斐しく動いていれば働き者だと思われる。コツを覚え、愛されるキャラクターを手に入れたと思った。いままでの人生で一番幸せだったでしょうね。あなたは自分を嫌う目から離れることができて——いや、松井保という誰ともつかぬ人間から抜け出すことができて幸せだった。

もしかしたら本当におばあさんの遺産なんかどうだってよくなっていたのかもしれませんね。父と母の話ができる環境と、それを聞いてくれるおばあさんがいたから。

でもそこにも限界がきていた。おばあさんが弁護士に相談すると言い出したから。弁護士が入ると、おばあさんを騙すようにはいかない。あなたにはそれがわかっていた」

深沢は松井保を見つめ、同じ調子で続けた。

「言い逃れはできないんです。でも警察が証拠を突き止めるより先に事実を話したら、ちょっと刑が軽くなるんですよ。『反省の色』というのです。警察に事実を提示されるばかりだと、罪は重くなるんです」

それでも松井保は、首の筋肉を緊張させたまま、ただ耐えていた。――それはまるで寒さに耐えるようだった。顔を上げたらおしまいだとでも思っているように。

深沢は松井の耳元に顔を近づけると、なにか囁《ささや》いた。

なんだか血を吸う瞬間の吸血鬼を連想した。

深沢が松井保の耳元で何か言った時、松井保の顔がちょっと膨らんだ気がした。それからみるみる青ざめていった。

泥汚れを水で洗い流す瞬間を見るようだった。彼の顔は数秒のうちに蒼白《そうはく》になった。元が白いから臘《ろう》のようだ。唇はだらしなく開き、目は一点を見つめ、それが段々と見開かれた。目のまわりの筋肉が弛緩して目玉が落ちてくるのではないかと思うほどに。

いや、もう体中が弛緩しているようだった。

肉体が生理的に、全てが終わったことを悟ったかのように。

その直後、松井保は言った。

「はい。会田良夫くんはぼくが殺しました」

二人の捜査官の形相が変わった。

深沢が促した。

「子細を話してください」

松井は憑き物が落ちたようにおとなしく語り出した。

「刑事さんたちのおっしゃるとおり二〇〇〇年四月の第四土曜日のことでした。特別に金が入ったと言って、会田くんをドライブに誘いました。表筑波スカイラインを走ったら新緑がきれいでした。それから近くのドライブインで一番高い飯を奢りました。でもまだ時間が早くて、しかたなくまた町に下ることにしました。海が見たいと言われて、とにかく東に走った。夕方ごろ町の灯が見えて、今度はファミリーレストランで腹一杯になるまで奢りました。会田くんは心配そうでしたが、競馬で当てたと言ったらそうかと納得したようでした。それからゲームセンターでおもいきり金を使った。自動販売機で日本酒やビールを買って飲み、コンビニで山ほどスナック菓子を買って食った。泣きたいくらい楽しかった。それから港まで車で行って、ぼくは人気のない防波堤のそばで止めました。もう夜中の二時ごろになっていたと思います。ぼくが車を止めて、トランクの中に用意していた金属バットを持って下りると、会田くんは海に向かって、くつろいだ様子で座っていました。ぼくはその頭を、金属バットで振り切った。どんと鈍い音がして、会田くんは前に向かってゆっくり折れていきました。

生きていたかどうかはわからない。会田くんを引きずって車のトランクの中に入れました。重かった。こんなに重いのなら、やめておけばよかったと思うほど、重かったです。

彼を乗せて山道を戻りました。その山の近くに産廃処理場があるんです。認可されたんじゃなく、闇のです。半年ほど廃棄物の運搬のアルバイトをしていたので、知っていました。そこまで行って、会田くんを車から引きずり出して、裸にしました。用意していたドラム缶があって、それはぼくが缶詰みたいに半分だけ口を切っておいたんです。その中に入れて、――大変でした。会田くんは持ち上がらないから、ドラム缶の方を転がして頭から会田くんを押し込みました。それからまたドラム缶を転がしてやっと立ち上がらせました」

そこで彼は、これは決して言い逃がしてはならないというように顔を上げた。

「ドラム缶を立ち上げるにはコツがあって、端を持って回しながらじゃないと立ち上がらないんです」

そしてまた俯く。

「だから会田くんは逆さまに入ってしまい、足首から上が二本、にょきっと出ていました。それを押し込んで缶詰の蓋みたいに切った蓋を上から戻しました。それからバーナーで溶接しました。それから転がして、他の廃棄物のドラム缶と一緒に並べました。場所は筑波の山の中です」

松井保は主婦が魚を捌《さば》く順を説明するように、淡々と話した。美智子がいつも見る犯罪者の最後だ。動揺しながら自分の行為を告白する犯罪者を見たことはない。若い捜査官が真っ赤になって必死の面持ちで言葉を書き取る。

「そこにはものすごくたくさんのドラム缶があるんです。全部違法廃棄物で、それも有毒なんです。あたりにはものすごいにおいが立ち込めていて、業者も怖がって入っていかない。ぼくらバイトがいつも運ぶんです。ゴーグルみたいなサングラスをして。そうでないと目が痛くなるから。投棄場の中には三十分以上いないように言われました。でも言われなくても、とてもいられない。鼻から息ができないんですから。そこにドラム缶を持ち込むと、数日は肌が赤くなる。そこにはぼくらみたいなバイト以外、誰も来ないことも知っていました。

　ドラム缶は端を持って、回して移動させるんです。回すと、中で会田くんがごつんごつんと鳴りました」

「まだ生きていたかもしれないんですか」

　松井保は深沢の目を見つめ、「はい」と答えた。

「立ち去る時、振り返りました。生きていたらどうしようと思って。生きていたらあの中で目を覚まし、苦しみながら死ぬのだろうと思って。ドラム缶は普通は液体をいれるものだから、小さな穴が開いているんです。蓋を溶接しても、その穴からあのあたりの毒の空気が入ってくる。毒で死ぬのは苦しいだろうと思った」

　保は俯いた。

「バットを振り上げた時、会田くんは防波堤に腰掛けていました。

　楽しかったな、たもっちゃん――彼が星空を見上げてそう言った。ぼくは戻って――戻ってそのドラム缶の上に大きな石を置きました。それから車へと走りました。

　蓋は開かない。だからだいじょうぶだ。そう、思った」

部屋が静まり返っていた。

美智子はそっと尋ねた。

「なぜ石を置いたのですか」

保はじっと一点を見つめた。

「溶接したんですよね」

その瞬間保は一点を、目玉がとびでるほどに凝視した。

「会田くんがあそこにいて、ずっとあそこにいて。でも遠くからだとどれだかわからなくなって。石を置いて、あそこにいると思っておかないと、彼が出てきて、たもっちゃんって声をかけてきそうで。だから石を置いて、彼はあそこなんだからといつも思って。

彼は裸で、逆さで、あの臭くて息もできないところで――」

松井保がプツっと言いやめて、部屋が静寂に包まれた。

深沢は静かに言った。

「それを、もう一度、警察で刑事さんに言うんですよ。できますか？」

松井は死んだような目を深沢に向けた。

「それで罪が軽くなるんですよね」

深沢はうなずいた。

「自分で、自分のしたことを認めることが大事なんです」

松井はぼんやりと深沢を見ていたが、やがてほうけたような声で「はい」と同意した。それからどんよりとした目を二人の捜査官に上げた。

松井保は捜査官につき添われて部屋を出ていった。帰り際、年配の捜査官が深沢に頭を下げた。

ドアが閉まったあと、深沢はどんと椅子にもたれ、大きなため息とともに言葉を吐き出した。

「――まさかこんなところで自白するとは思わなかった」

深沢が松井保の耳に顔を近づけ、何かを囁いた。確かに、何かを言った。松井保が術に掛かったように語りだしたのは、そのあとだった。

「松井保に何か言いましたよね。なんて言ったんですか」

深沢はなんのことだろうという顔で美智子を見たが、すぐに「ああ」と気がついた。

「笹本さんから彼を調べてくれといわれた時、なんといって調べようもないから、休日の行動だけを探偵をつけて調べさせていたんです。彼が毎週筑波方面に行くというんですよ。朝起きて、パチンコをして、電車に乗って、レンタカーを借りて、筑波の山の中の廃棄物処理場に行く。それが二十分もいないんだそうです。そして帰って、またパチンコに行く。それを話していて思い出したんです。なんのためにそんなところに行っていたんだろうって。彼の話を聞くうち、突然思いついたんです。死体はそこなんじゃないかって。確信はなかった。ただ、もしそうなら、彼はあれで自分の損得には回転が速いようだから、観念するかもしれない。それで耳許で言ったんです。『筑波の廃棄物処理場』って。そうしたら、反応してしまった」

深沢は自分でも信じられないというように呟いた。

「――瓢簞《ひょうたん》から駒とはこのことだな」

松井保の供述通り、廃棄物のドラム缶の中の一つから白骨化した死体が発見された。

松井保に、会田良夫殺害容疑で逮捕状が出た。当局が笹本弥生殺害の第一容疑者を松井保にしたことは、笹本健文が不起訴処分で釈放されたことから、明らかだった。

2 亀裂

「容疑者浮上」

翌十一月十三日。警察発表を待たず、東都新聞は社会面トップに松井保という新たな容疑者の存在と入り組んだ犯罪の概要を公表し、筑波の不法投棄場の写真を載せた。まだ誰の手も入っていない、美智子があの時見たままのあの投棄場だ。山腹に整然と何かが並んでいて、その中の一つが、確かにベレー帽を被っているように見える。

――会田くんがあそこにいて、ずっとあそこにいて。でも遠くからだとどれだかわからなくなって。石を置いて、あそこにいると思っておかないと、彼が出てきて、たもっちゃんって声をかけてきそうで。

広角で写し過ぎて、ドラム缶が多量に放置されているということさえ見にくい。その中で帽子をかぶったドラム缶は小さく消えてしまいそうだ。

紙面には、駐車場の裏で片づけをしている松井保の姿も載った。これも永井が撮った物を採用した。かろうじて松井保が識別できる。それが逆に事件に現実感を与えた。

神奈川県警は会田良夫殺害容疑で松井保の逮捕を発表した時、「会田良夫」も「松井保」も何に関わる誰なのか殆《ほとん》どの記者がわからなかったことから、求められ、説明を加えた。

直後からニュース番組は事件の一報を流し、山にはブルーシートを張った現場に向かうカメラを積んだバンが押し寄せたが、すでに通行禁止になっており、足止めされたバンは列を作った。

事態を整理するコメントが出始めたのは午後三時のニュースからだった。ゴールデンタイムになると、どのチャンネルをひねっても、たくさんの捜査員が出入りする筑波の山腹が映っていて、コメントは複雑な事件をうまく整理したものになっていた。

浜口の番組でキャスターはこれ以上できないというような深刻な顔をしている。

「逮捕された松井容疑者は、笹本弥生さんの行方不明のお孫さんと偶然に知り合いになったことから、この計画を思いつき、孫である会田良夫さんを殺害、会田さんになりすましてグランメールで働いていたということです」

テレビには廃棄物処理場が画面一杯に映る。そこには有毒廃棄物、硫酸ピッチが多量に投棄されていた。硫酸ピッチは不正に軽油を製造する過程において生成される。皮膚に触れるとただれ、目に入ると失明の恐れがある。また水が混じると亜硫酸ガスが発生して吸い込むと気管や肺に障害がでる。有毒な上、違法行為の過程でできる物なので、結局不法に投棄される。

捜査員は防毒マスクと防護服を装着した。

テレビでは、その廃棄場にあった死体は死後三、四年のものと見られ、すでに白骨化しており、歯型などの身元確認の結果、会田良夫と判明した、との警察発表を現場記者が読み上げる。

現場は息もできないような強烈な臭気であること。有毒廃棄物はまとめて放置されていて、その場所から五百メートルは離れているこの現場でも、におってくる臭気のために、気分が悪くなるということ。私有地であるので長い間放置されていたということ。

地元の住民のインタビューとして「何度も役所に掛け合ったが、私有地だからと取り合ってもらえなかった。被害者には申し訳ないことだが、こんなことでもなきゃ誰も何もしてくれん」と流す。キャスターがスタジオで「ごもっともです」と大きく頷く。

松井保の顔写真がなんども映った。

浜口の番組のキャスターは唾を飛ばした。

「話がややこしくて、どこから説明すればよいのかわかりません。ただ、非常に計画的な犯行で、何より生き別れの本当の孫までを殺害して犯行に及んだという点は、もう許されないとしか言いようがない」

　どこから話していいのかわからないというのは、話がややこしいからではない。彼は、何をどうコメントすればわかった振りができるのかがわからないと言っているのだ。でありながら、自分の理解力のなさを棚上げして、あたかも、わからないものをわからないというところこそが「庶民」と目線を等しくしている自分のスタイルだと言わんばかりに、わからないと大まじめに丸投げしている。彼には解説する気がはなからない。解説したら馬脚を現してしまうから。彼は、他の局のキャスターたちのように、馬脚を現すことになったとしても、果敢に解説するというまっとうな道は取らず、「わからない」という言葉で世を憂いている風を装い、他と一線を画しているつもりでいる。それから取りあえず攻撃しても大丈夫だと見極めたところだけを鬼の首でも取ったように感情的に攻撃する。彼にかかると事件はバランスを狂わせ、問題点は曖昧《あいまい》になり、わかる話までわからなくなるというものすごさだ。

　警察に追い風だったのは、新たな事実が衝撃的であったために笹本健文の誤認逮捕が隅に追いやられたことだった。それどころではないのだ。ドラマチックに新たな容疑者が出て、健文が逮捕された時より怒りのテンションを上げないと格好がつかないから浜口の番組のキャスターは苦労している。しかし松井保は会田良夫に関しては自供したが笹本弥生殺害については否認をつづけているのだ。逮捕状も出されていない。もちろんキャスターは視聴者の代表として――一般視聴者程度の理解力を持って――新たな事実が次々出て、近々、松井が笹本弥生をも殺害していることがはっきりするだろうと踏んでいるから、今度こそ迷うことなく最大級のテンションで挑んでいる。

浜口はご機嫌だった。

「木部ちゃんには借りができたねぇ」

浜口の番組のキャスターが興奮しているのは、浜口が多くの情報を摑んでいるので、他局より抜きんでた報道をしている自覚があるからでもある。横並びでない分、間違っていたら、キャスターは矢面に立たされる。それで「番組の顔」は興奮している。

美智子は浜口に答えて言った。「さっそくだけど、利息分だけでも返して欲しいのよ」

浜口は美智子の言うことを懸命にメモにとる。美智子は最後に重々しく言い足した。

「あたしのこのお願いとあなたが調べた彼らの返答をあなたの頭から消去して欲しいの」

それを聞いて浜口は少し考えた。それから「なんだって」と問い返した。美智子は繰り返さなかった。ただつけ加えた。

「向こうの意識にも残らないようにそっと聞いて欲しいの。カラオケ二晩つき合うから」

「いいか。あのな、人の頭というのはな、携帯電話の通話履歴と違って消去できないようになっているんだ。だけどその話題に決して触れないということならできる。でも俺の頭の中ではずんずんと疑問は膨らむ。十年後、その理由を教えて。それまでなら蓋しとく」

美智子は了解した。どうせ浜口は、こんなことがあったということを十年先まで覚えていやしない。

それから美智子はごった返す神奈川県警を訪れた。

「二十分でいいんです。明日松井保と話をさせてください」

無理はわかっていた。しかしその担当捜査官は、深沢が保を自白させた時に同席していた男だ。そして彼を松井保と特定、通報したのは美智子だ。美智子には恩も義理もたっぷりある。なにより美智子が、後手後手に回った進捗状況をよく摑んでいるということを知っている。美智子はペンを持つ女なのだ。

「わたしは弁護士に同席します。目をつむってもらえますね」

捜査官は哀れにも追い詰められた顔をした。

「わたしが今回の事件の見込み捜査の顚末をありのままに書くと言えば、フロンティアは売り上げが伸びて編集長は喜んでくれますよ」

横を係員や報道陣が行き交っていた。長話は危険だった。

捜査官は了解した。

美智子は星野弁護士を言いくるめた。

「星野さんは松井保に選任されたということになっています。面会にあたしが同席するということで、話は通っていますから」

星野は苦笑した。

「警察を恫喝したらあきませんがな。ほんまに。土壇場で強引な人でんな」

まあ、その松井保とやらに会うというのも一興ですから、構いませんけど。

「そやけどなんと言われても、そのすってんてんの男の弁護は引き受けませんでぇ」

松井保に面会する朝、浜口から電話があった。

「二〇〇〇年に会田良夫が住んでいた町田のアパートにも、木部ちゃんが言うように男が話を聞きに来ている。夏でコートは着ていないが、身なりのいい男だったそうだ。今年の八月、暑い盛りだったと言ったよ」

「名乗ったと言いましたか」

「いや、言わなかった」

美智子は書き留めながら言った。

「もう一件ついでに頼まれて」


松井保は美智子と星野を前にして、悪びれた様子もなかった。

「そうです。おばあさんは言ったんです。あんた、わたしの孫のことを知っているでしょう。あんたのことは責めないから、全部黙っててあげるから。うちの孫はどうなったんだい。どこにいるんだい。だからぼくが偽者なのはばれていた」

「計画はすっかり失敗していたんですね」

保は頷いた。

「おばあさんが死んだ時は、むしろほっとした。だから深沢先生があの手紙を読み上げた時は、目玉が飛び出るほどびっくりしたんです。あの手紙は事件の五日ほど前、本当に笹本さんから預かったものです。なんですかと聞いたら、もしなんかあったら、深沢さんに渡してくれと言われた。おばあさんはグランメールの部屋の金庫に三億円入っていると言ったことがあります。ぼくはおばあさんの身の回りの世話をよくしていましたから、おばあさんはぼくの前で平気で金庫を開けたり閉めたりしていました。だから知っているんですが、金庫にそんな大金が入っていたことはありません。あそこには十四、五万の現金が封筒に入れられていただけです。そんな風でしたから、預かったときにはあまり深くは考えませんでした」

そして松井保は繰り返しアリバイを申し立てた。笹本弥生が殺された日、ぼくは703号室に侵入し、窓から見える看護師寮の更衣室をビデオカメラで撮影していた。ぼくのビデオには画像がのこっていたはずなんだ。なかったというのなら、誰かがそれを消したんだ。

「ぼくは本当のことを言います。なぜならいまが一番あんばいが悪いからです。誤解を受けて殺されようとしている。だから会田くんのことも全部しゃべった。ぼくは会田くんを殺してしまいました。深沢先生の言うように、三十万円の借金の話を彼にする勇気がなかったんです。保険証を勝手に持ち出して借りたなんて、あのまじめな会田くんには言えませんでした。そんなこんなで殺しました。深沢先生の言う通り、初めから笹本さんの遺産目当てでやったことではありません。殺すんだったらついでに遺産ももらおうと、そのとき思いついた」

「だったら、彼が笹本弥生の孫でなくても、殺したというのですか」

保は黙った。俯いて、考えた。

「笹本弥生の孫でなかったら、殺していなかったと思います。でも彼の部屋から保険証を持ち出しそれで街金から金を借りたことがばれれば、彼はぼくをいままでのように友達とは思ってくれなくなるでしょう。友達を失う。そう思った時、ぼくは——」

そして保はまた下を向き、考え、顔を上げた時には落ち着いた顔になっていた。

「ぼくは、彼はどうせぼくの前からいなくなるんだから、だったら死んでも同じだと思ったんです」

聞き入っていた星野が聞いた。

「三十万円を黙って借りたことが話せなかったことは確かだけど、どうしたものかなぁと思い、このままでは友達じゃなくなってしまうんだなぁと思い、それで」と星野は彼自身目まぐるしく考えながら、続けた。「確かに三十万円が引き金やったけれど、三十万円の問題だけなら、君が彼の前から姿を消せばよかったわけや。同じ友達を失うんでも、殺すことにはならなかった。でもたまたま彼が金持ちの孫やというのを考えた時に、どうせ会うことがなくなるんやったら、殺したって同じかなと、そう思いついた」そして松井保の顔を見た。

「——ということですかな」

松井保はもじもじしていたが、頷いた。

星野は加えて聞いた。

「会田良夫くんがたくさん預金を持っていたのは知っていたでしょ。彼が金持ちの孫じゃなくても、彼を殺して預金だけを取ろうとは考えなかったんですか」

その時、松井保ははっきりとかぶりを振った。

「いいえ。それは考えませんでした」

保は黙った。星野は彼を見つめ、少し時間を開けて、もう一度「なぜですか」と聞いた。

「なぜですか」

保が口を開いた。

「ぼくは会田くんが羨ましかった。母親や父親の話をたくさん持っていて、母親の借金を返そうとしたり、おばあさんのことを考えたり、実の母のことを想像したりして」そして黙り込んだ。

「君は会田くんになりたかったのですかな」

松井保は俯いたまま、小さく頷いた。「ぼくもそんな話がしてみたかった」

星野はそれを聞くと、うめくように背中を伸ばした。

美智子が聞いた。「おばあさんとのつきあいは楽しかったですか」

保はにっこりと笑った。そして明快な彼に戻っていた。

「はい。とても楽しかった。ぼくはおばあさんが好きでした。おばあさんもぼくが好きでした。木部さん、ぼくは死刑にはなりたくありません。なにかいい手はないでしょうか」

美智子は松井保を見つめた。

「弥生さんがグランメールの部屋の金庫に三億円あると言ったのですか」

「はい。でも本当はありませんでしたけど」

美智子は息を止めて松井の顔を見つめた。

「二年前、弥生さんが深沢弁護士を訪ねてきたご婦人を呼び止めて、いろいろ聞いた時のこと、覚えていますか」

「なんのことですか」

「弥生さんがあの栞にメモをとった時のことです」

ああと保は思い出した。

「あのあとぼくに電話帳で誰かを探すように言いました。どこかの弁護士で、昔からの友達だと言っていました。電話帳から探し出すと、おばあさんはすぐに電話しました」

「どんなことでしたか」

「覚えていません。『一九九一年のだ』としつこく言っていたことだけを覚えています。調べてくれとか」

「一九九一年の何かを調べてくれと、昔なじみの弁護士に頼んでいたというのですね」

美智子は仙台に行く新幹線の中で保のテープを聞き直していた。

松井保はある種欠陥人間だ。彼はしたいと思いついたことをして、結果的に発生したことを処理するために嘘をつく。その際働いているものは、身を守りたいという切なる本能だけだ。だから彼の嘘は陳腐でわかりやすい。嘘として未熟であることが、逆に彼の嘘が見抜きにくい理由でもある。

彼は提示されたことを追いかけながら嘘を組み立てていく。いわば崖っぷちの嘘だ。しかし彼がこのテープで話していることには、まるで組み立てがない。求めに応じてばらばらのままに答えている。会田良夫の殺人を認め、死体の場所を話した彼は、嘘が身を守る限界を超えたことに気づいた。「嘘をつく」必要のなくなった彼は気兼ねなく本来の自分を出している。

極めて自己中心的で、明快だ。泣いてみせることも相手の表情をうかがうこともない。一貫した稚拙さを持ち、興味がはっきりしていて、楽天的だ。

そして彼は殺人の動機を「孤独」だと言ったのだ。

弥生の告別式のときにずっと汗をかいていた松井保。彼は罪悪感を持たない。万引きを咎《とが》められた店に平然と出入りできたのだから。彼があの時、封筒の中身を知っていて、知らない振りをしていたのなら決してあんな大汗はかかない。

あの男は本当に知らなかったのだ。そして事件と関わることを恐れてもいた。会田良夫の殺害がばれるのがこわかったから。それでも封筒を深沢に渡したのは、信頼を得て頼まれた仕事への、小さな誇りだったのだと思う。初めて一人前の人間として「頼みごと」をされて、彼は、初めて仕事に対する自覚を持ち、それをまっとうしようとした。そんな使命感など持ったことのない彼は、それでひどく汗をかいたのだ。

あれが読み上げられて、健文の車の中から指輪が見つかり、健文が任意で連れていかれる時、保は廊下の端で放心していた。彼には何が起きたのかわからなかったから――

仙台は冷え込んでいた。新幹線の駅から仙台市民病院の看板が見えた。

長尾頼子は駅前に車を止めて待っていてくれた。古いが手入れのいい軽自動車だ。彼女は小柄で快活な主婦だった。車で二十分ほどの自宅に美智子を招き、お茶を出し、栞を見て、おばあさんがあの日書き留めたものに違いないと言った。

一九九一年七月十九日午後十時。当時八歳だった頼子の息子、太一が自転車で信号待ちをしているところを車に当て逃げされ、車で通りがかった男性によって病院に運ばれた。幸い、足の骨を折るだけで済んだ。ただ、頼子が病院に駆けつけた時には、息子を助けてくれた男性はもういなかった。とても先を急いでいたというのだ。そして彼女は美智子に一冊の雑誌を広げた。

法曹界向けに発行されている業界誌だった。毎号一人、弁護士の写真つきのインタビューを掲載する。

そこに深沢が写っていた。二年前の六月号だ。

「息子は法学部なので、偶然この雑誌に深沢先生を見つけたんです。かあさん、ぼくを助けてくれたのはこの人だって。わたしはもうびっくりしまして。当時の先生がまだあの病院にいらっしゃるものですから、見ていただいたら、そうそう、たぶんこの人っておっしゃった。それでお礼に伺ったんです」

「それで否定されたわけですね」

ええと、長尾頼子は答えた。

深沢は初めは驚いていたが、重ねて聞くと、にっこり笑って「人違いですよ」と答えた。長尾頼子は持ってきた手土産を置いて帰るわけにもいかず、持ったまま事務所を出た。その時背後からおばあさんに声をかけられた。おばあさんは「さっき事務所で話していたことを詳しく聞かせてくれませんか」と言った。長尾頼子が事務所を出る時、ソファでお茶を飲んでいたおばあさんだった。頼子はなんだか心細かったので、事情を話した。

「一九九一年の、七月の十九日なんですねと念を押して、おばあさんは事故の時間と病院の名前を聞きました」

笹本弥生は鞄の中を探していたが、何もないわと呟きながら栞をとり出した。それから連れていた男の人に「何か書くものはないの」と言った。ちょっと聞くとやわらかそうな声色だったが、ひどく命令的に聞こえて、このおばあさんはこの男性が気が利かないことに、本当はひどく腹を立てているんだろうなと、長尾頼子は思ったという。おばあさんはその栞に病院の名前と事故の日付を書き留めた。

「一緒にいたのはこの男性でしたね」

松井保の写真をみて、長尾頼子は頷いた。「ええ、この人だったと思います」

松井保の話の裏が取れた。弥生がそのあと知り合いの弁護士に電話をしたというのも事実だろう。

一九九一年七月十九日。――『一九九一年のだ』と弥生は言った。だとすれば、毎年行われているなにかだ。七月十九日に定期的に行われている何か。

「忘れておいでなんだと思うのです」頼子はそう言うと、机の上に一枚の紙を置いた。

そこには氏名、電話番号、住所が書き込まれていた。

「その男の人は逃げた車のナンバーを半分まで覚えていて、病院の人に知らせてくれた。でも新幹線に乗るらしく、ものすごく慌てていて、警察の人が来るのを待てなかった。それで病院の先生が、取りあえず名前と連絡先を書いてくれって言ったんです。その名前が」

そこに深沢洋一と書かれていた。

「だから間違いがないと思ったんです」

「電話をかけても繋がらなかった。お礼状を送っても該当住所なしで戻ってきたんですね」

長尾頼子は頷いた。

美智子はその走り書きを手にとった。「その人は新幹線に乗ると言ったんですか」

「はい」と頼子は答えた。「住所を書きながら『新幹線の時間があるから』と言ったそうです。それで看護婦さんが新幹線は止まっているといい、別の看護婦さんがもう動いていると言い、そんなこんなでとっても慌ただしかったって」

頼子は知らせを受けて病院に駆け込んだ時、明かりの消えた玄関で、病院から出ていこうとする若い男とすれ違ったという。背の高いその男は、俯き加減に、ひどく早足に歩き去って行った。二十一歳になった息子はいまでも、あのお兄さんは新幹線に間に合ったかなぁとときどき思い出すのだという。優しい、いいお兄さんだったと。救急車を待つ間、ずっと抱いていてくれたんだと。

「深沢洋一」と書いてあるのは癖のないきれいな文字だった。電話番号の末の8だけが筆圧が違う。そこだけ強い筆圧で8と書かれている。

9を8に直していた。

強く、強く、8に。

その日の夕方、郵便受けに入っていた手紙を見たと健文から連絡が入った。郵便受けを見たということは、家に帰っているということだ。美智子は健文に会いに行った。

健文は、痩せていたが元気だった。

「いまでは被害者なんですね。マイクを向けられて、今のお気持ちはとか、松井保に言いたいことはとか、テレビの向こうだけだと思っていた言葉をこの耳に聞いて」

田辺つよしの詐欺については、法廷で証言することになると言った。「今村先生には気の毒なことだった」と俯く彼には、祖母の事件より大学の事件の顚末の方が気がかりだ。

そして健文は、手紙を出した。

『釈放おめでとうございます。深沢弁護士から受けとる、貸金庫の中のものを、わたしが行くまで決して、何一つ無くさないでください。フロンティア　木部美智子』

美智子が郵便受けに入れた手紙だ。

「とってありますか」

健文は、深沢から預かった袋ごと美智子の前に置いた。深沢が、壊した木製金庫のかけらまでくれたと、健文は笑う。健文がいかに深沢になつき、信頼しているかが、いまになるとよくわかる。深沢には警戒することなくたてついたり甘えたりした。滝川典子の借金を棒引きにして退職金を払ったのも、深沢の進言に従ってのことだ。思えば健文が心を開ける相手といえば深沢しか見当たらない。弥生も深沢の言葉には耳を貸した。深沢は健文が好きな大学に行き、好きな勉強をすることに苛立つ弥生をそれとなくなだめ、試行錯誤する健文を見守ってきた。深沢が折りにつけ健文を擁護する言葉を言い続けていたのを、美智子は思い出すのだ。まるで容疑をかけられた彼のもどかしさを察しているように。

美智子は床に一つ一つを並べながら、健文のいつになくはずんだ声を聞いていた。

「中にはじいちゃんの古い写真があってね。ひいじいちゃんの灰の入った木箱もありました。ひいじいちゃんは関東大震災で死んだらしいんですけどね、死体は見つかっていなくて、あの灰は本当は誰のものだかわからないんです。それをひいばあちゃんがひいじいちゃんのものだと決めた。それにしてもそんなもんまで大事に持っていたんですね。話には聞いていたけど、初めて見ました」

「いままでは弥生さんの持ち物でしたからね」——美智子は、健文の幸せな気分を壊さないように当たり障りのないことを答えながら、手は精密な機械を触るように、静かに無駄なく動いていた。

「何を探しているんですか」

美智子は真新しい封筒を手に取った。そこには三千万円の預かり証が入っているはずだ。

「それ、もう無効ですよ。ただの紙切れです。金は深沢さんが銀行に移してくれました」

「ええ。知っています。銀行員を呼んで、三千万円の現金を数えさせて、あなたの通帳を作っていましたから」

中にはあの日見た通りの、「移行済み」と書かれた預かり証が入っている。美智子はその紙の中にある、深沢の手書きの「三千万円」という文字を見つめた。

「深沢さん、右の握力、弱いですよね」

「握力が弱いというより、使っていると痺れたみたいになって、利かなくなるんですよ。うっかり両手に荷物なんか持っていると、気がつかないうちに右のが滑り落ちていたりするんです。で、落として初めて落としたことに気づくんですから。交通事故で右手を複雑骨折したのが原因だそうです」

「事故はいつですか」

健文は困ったようだった。

「学生時代とは言いましたが、いつだか――」

「弥生さんもそれを知っていましたか」

「はい。一番初めに気づいたのはうちのばあさんでしたから。あの人はとにかくめざとい人で。何かの書類を手作業で書き写す羽目になって。深沢先生、三十分で作業ができなくなったって」

美智子は健文を見つめ続けた。「できなくなったとはどういうことですか」

「ペンを落としたそうです」そして不安を感じたように、聞き直した。

「なぜそんなことを聞くんですか」

美智子はおもわず目を逸らせた。「なんでもありません」

美智子はそれから、品物を見直した。

「これで全部ですか」

「ええ。袋でもらったものをそのままにしておきましたから、全部のはずですけど」

美智子は袋の中を覗き、封筒の一つ一つを確認し始めた。「もう一つ、茶色い封筒はありませんでしたか。古い反物の値札ばかりを集めて入れてあったのがあるはずなんですけど。墨字で一つ一つに値段が書かれていた」

健文は一息考え込み、困った。「これで、全部です」

美智子はそう言われて初めて、健文の顔をぼんやりと見つめた。

「弥生さんは戦前、浅草にあった呉服店で働いていたんでしたよね」

「そうです。戦災で全焼するまであしかけ七年ほど働いたと聞いています。あれで根は真面目で几帳面な人でしたから」

「なんて呉服店でした？」

「確か、武蔵屋呉服店。一家は大空襲で死んだそうで、その日にはいつも仏壇に手を合わせていましたから」

そうだ。武蔵屋呉服店だ。それにしても深沢は、なぜその値札だけを渡さなかったんだろう。

不意に肌が粟立《あわだ》つのを覚えた。理由はわからない。深沢の顔が浮かび、朽ちかけた値札が浮かび。

焼け残った金庫の前にお雛さまを供えた弥生。命日に手を合わせた弥生。そして深沢は、その店名を葬った。

――なぜだ。

「木部さん、本物の会田良夫という人の写真、持っていたら欲しいんです」

健文がそう言った。

「僕は会田良夫を名乗っていたグランメールのあの男にはなぜだか嫌悪感があった。でも異母兄弟の存在を認めたくなかったんじゃない。落ち着いたら井原八重子という人にも会って、死んだ兄の話を聞きたいとも思う」

そして内緒にしてくださいと前置いて、財産の半分は赤十字に、また「ひまわり園」にも残りのいくらかを寄付するつもりだと言った。

「人の役に立つのは一番嫌いだったんじゃないんですか」

取り乱した時とっさに出てくるのはいつも毒だ。善良な人間ではない。だからライターという仕事をしていて、健文という人間も嫌いではなかった。愚鈍を絵に描いたような松井保は嫌いだった。彼のことが少し好きになったのは、彼の孤独と悲しみが見えた時だ。

健文は、自分は何かの役に立ちたいというのではないが、飛田さんのような人や、孤児院の子供たちの苦労が少しでも少なくなればいいと思う。自分には偶然、当面必要としない金があるから、そうしようと思うだけだというようなことをたどたどしく言った。

「就職しようと思っています。就職しないと、人間関係ってできないんですよね。人間関係ができないと、いつまでたってもひとりぼっちで」

健文は、あの車も売るのだと言った。見れば、彼は洗い上がりのような顔をし、心持ち目が温和になっていた。

——弥生が望んだことはなんだっただろうか。弥生が、遺言執行人に託したかったことはなんだったか。

彼女は、父と夫の物を大切に持ち、勤めていた呉服店のタグを大切に持っていたように、健文の母のことも、健文のことも、大切に思っていたのではないだろうか。そして健文がうまく自分を表現できないように、弥生もまた、愛情の表し方がわからなかった。

意識の底がゆらゆら揺れる。

「この無効になった三千万の預かり証、預かって帰ってもいいですか」

健文は「ええ」と頷いた。美智子を不思議そうな目で見ている。

携帯にメール着信音が鳴る。

葛西からだった。以前連続幼児誘拐事件を取材していた時世話になった神戸の弁護士だ。

『ご要望のもの、パソコンに送付』——メールの画面を見つめて、美智子は健文に問いかける。

「弥生さんが死んで、あなたは犯人が憎いと思ったことはないんですか」

「不思議なことです。いまだから思うけど、ばあさんは俺たち兄弟のために死んでくれたような気がする。死んだ兄と、これから生きていく俺のために」

美智子は健文の顔を見つめた。健文は何を思う風でもなく、美智子を見返していた。健造が——弥生が愛した健造がそこにいるようだった。


グランメールの支配人は美智子を覚えていてくれた。

「事件当日、当直だった二人のうち、どちらでもいいんです。少しお話させてください」

支配人は男性職員を呼んできた。

やってきた男性に、美智子は聞いた。

「事件当日、深沢先生は、会田良夫はいないかと聞いたのですね」

「ええ、そうです」

「その時あなたたちは深沢先生にお茶を出しましたか？」

彼はきょとんとした。

「お茶は、いつ、誰が淹《い》れたのですか」

「お茶を淹れたのは僕です。先生がお茶菓子を机の上に置いた時、すぐにポットを引き寄せて、深沢先生の分と、お相伴に僕ともう一人の分。あわせて三つ、淹れました」

「はい。いつもその場でみなでいただきますから。十一時ごろって小腹がすくんですよ」

男性はちょっと恥ずかしそうに笑った。

「深沢先生がお茶菓子を持っていらした時、いつもお茶を淹れましたか」

「はい。でも探したといってもほんの数分でした。先生はすぐに帰られましたから」

「そのあとで会田良夫——松井保を探したのですね」

「はい、いままでもときどき持ってきてくださいましたよ」

「深沢先生はお茶菓子を持ってきたんですね」


タクシーを停める。

浜口は道まで出て待っていた。美智子はタクシーの窓越しに、小ぶりの段ボール箱を受けとった。宮田事件の資料だ。

事件当時、死亡した宮田弁護士の人となりを調べるために、浜口は取材班を宮田の実家まで送り込んだ。実家といっても、宮田が育った母方の家だ。宮田の父は東京大空襲で親兄弟を失った。疎開していた父親だけが生き残った。その父親が事業で失敗して家族は離散し、宮田は母方の実家に引き取られた。その家は宮田を可愛がったが、裕福ではなく、彼は肩身の狭い思いをして育った。宮田の両親は死亡している。伯母は、心中ではなかったかと言った。美智子もその伯母の話を聞きに世田谷まで行った。当時は、それは、特に美智子の気を引くものではなかった。

テレビプロデューサーの浜口にはビジュアルが必要だった。彼は宮田が親から譲り受けたというものを写真に収めた。結局放送には使われなかった。それらの資料の全てがここに入っている。

浜口はどうしていまごろこんなものがいるのかと聞いた。美智子は、活字の記者にはいろんなものが必要なのだと答えた。浜口は、活字活字って偉そうにと苦笑する。美智子はその中から見覚えのある写真を一枚とり出した。しばらく眺めていたが、浜口に見せた。

「この写真の現物、借りてきてくれませんか」

美智子の神妙な顔を見て、浜口はわけも聞かずに「わかった」と言った。

車の窓ガラスを上げる。浜口は美智子に「隠密行動する木部ちゃん、大好きよ」と手を振った。

中川から携帯にメールが入っていた。

『ご要望のもの、自宅にファックスしておきました』

家に帰るとファックスが数枚、吐き出されていた。

「司法試験受験者に対する取り扱い」

中川からのファックスだ。そこには視覚障害については全盲、強度弱視、弱視に分けられ、他に聴覚障害、そして最後に肢体障害があった。

身体に障害等があるため受験上なんらかの措置を必要とする受験者に対する受験特別措

置の取り扱いについては、下記の通りにする。

体幹または上肢の機能障害が著しいもので、筆記による解答が不可能な上に、発音に障害を有するため、意思伝達に著しく時間を要する者。

体幹または上肢の機能障害が著しい者で、筆記による解答が不可能な者。

体幹または上肢の機能障害が著しい者で、健常者に比し筆記速度が著しく遅い者。

体幹または上肢の機能障害により、通常の筆記による解答が困難な者。


…………


パソコンには葛西から深沢洋一の一九九一年当時の住所と電話番号が送られてきていた。深沢の走り書きの住所と葛西からのメールにある深沢の住所は番地だけがちがっていた。

直後に電話が鳴った。葛西からだった。

「深沢弁護士は一九九一年に司法試験に合格しています。当時の住所は送った通り。一九九一年の論文テストは七月の十七、十八、十九の三日間でした。深沢洋一という弁護士さんは東京会場でテストを受けています」

個人情報保護法に抵触する恐れのあることだった。それでも葛西は気にする風もない。

「わたしから聞かれたということ、誰にも話さないでくださいね」

葛西はいつものおっとりした声で答えた。

「はい、箱根のお山は高いから。うちはうちで手一杯です」

それは、東京のことは遠い所のことで、こっちはこっちで忙しいので興味は持たないということだ。

「テストが終わるのは何時ですか」

「確か五時過ぎです。多分、毎年、そうです」

葛西はなぜそんなことを問うのか不思議に思ったことだろう。しかし彼は何も聞かない。ただ、ひょいと声の調子を変えて軽やかに「弁護士は滅多なことでは人なんか殺さんですよ」と言った。

「毎日法律をいじくり回していて、犯罪人を多くその目で見ている。犯罪者の末路が身近なんです。だから弁護士の犯罪は、強制猥褻《わいせつ》か詐欺が限界です。我々は『和解』ということを知っている。早い話が節を曲げて合理的にことを済ますことに慣れているのです」

美智子は「そうですね」と同意し「ありがとうございました」と電話を切った。

床の上に集めた資料を並べ、眺めた。

見事に合った辻褄。一見、最後のピースの一かけらまでがそこに納まっている。

それから手帳を探し出し、電話を掛けた。

相手は長尾頼子だった。

「すいません。この前お話をうかがった木部といいます」

頼子はあの快活さを失っていた。

「あの話、別の記者が聞きに来ませんでしたか。男性なんですけど」

頼子は不安げな声で答えた。東都新聞の方が聞きに来ました。あなたが聞いたのと同じ話を聞かれました。わたしは大体のことは話しましたが、よく覚えていないと言いました。すいません、あなたがもう一度聞きに来ても、よく覚えていないと言います。息子を助けてくれたのが誰かは知りませんが、その男性はわたしの息子の恩人なんです。

美智子は息を止めて聞き入った。そして深呼吸して、電話を切った。

亜川は長尾頼子の言ったことの意味を知っただろうか。

知っただろう。年月日を正確に算出するのは記者の習性だ。亜川は自分の考えたことを星野に聞くだろう。星野は知っていることを丁寧に答えるだろう。その日がなんの日か。その上、浜口が仕事をしている放送局と亜川の新聞社は系列だ。浜口はいつだってネタを求めている。浜口が、美智子が宮田の資料を改めて求めた理由を亜川に尋ねても、不思議はないかもしれない。そこで亜川は、美智子が宮田の資料を集めたことを知る。

美智子は受話器を握りしめる。

窓からは東京の町が見える。東京の片隅の一部分。向かいのビルの三階のベランダには洗濯物が干してある。ベランダは古びた鉄筋で、使われなくなったものが雨ざらしになっている。日々、人が暮らす。昨日も、一昨日もそうだった。明日も、明後日もそのままだと信じて人は暮らしている。

真鍋は美智子の報告を聞いて言った。

「僕は編集長として衝撃的な記事は欲しいが、それは雑誌の売り上げをあげるためであり、皆が知っているように、社会に衝撃を与えたいとか、真実を知らしめたいなどという大それたことは考えていません。ここは一介の編集室であり、僕は一介の編集長であり、僕は一介の編集長として目の前にあるものを処理していくだけであり、長年知っている記者が一つや二つ間違った判断をしようとも、我々は平素からいやというほど間違った判断をしていて、命に別状はなく、それを思い悩むデリカシーもない」

笹本弥生は八十五年を生きた。彼女は懸命に生き、葉を繁らせ、その旺盛な生命力で激しく新陳代謝を繰り返し、不要なものを容赦なく落としていった。落ちたものは雨を受け、腐り、別の生命体の養分になる。生まれた生命体は適応し増殖するものもある。朽ちて、彼女の膝元にふさりとその死体を横たえるものもある。

腐葉土。

彼女は日本の混乱期の闇に抱え込まれ、大きく育ったのだ。彼女が育て、そして彼女をも育てた腐葉土。

――さあ、そこに手を突っ込んでみなはれ。

星野の言葉が蘇り、美智子は目をつぶる。腐って生暖かい土の中に手を突っ込んで、ぬめったその中に、生きたネズミや腐ることのできないビニールや死体の断片を摑んだとき、どうすればいいのだろう。闇に葬られたさまざまな事実に直面したとき。

井原八重子の悲しみを知ったとき。

飼い殺しのように青春を消費した滝川典子の存在を知ったとき。

顔を見ることもなく引き離される赤ん坊と母を知ったとき。

そして会田良夫が殺害されていることを知ったとき。

間違いのもとが確定できない。ならば何一つ間違いではないのだ。全てが必然なのだ。笹本弥生の基本にあったものが、体に火のついた人間は火達磨になって焼け死ぬという残酷な事実なのだから。

――こわいもんでっせ。

美智子は目をあけた。

いや。唯一の謎はまだ残っている。わたしはそれを知りたいと思う。

問題はあの男だ。あの男は嗅ぎつけて、追いかけてくる。足音も立てず、愚痴も言わず、呼吸も乱さず。

もうすでに、待ってるかもしれない。

先回りして。

美智子は電話のナンバーを押した。

「はい」

あの、半分寝たような亜川の声がした。


夜の十一時。

浜口は会議室を一つ用意した。それから、呼ばれるまで絶対に人をここに入れないからと、しっかりと約束して部屋を出た。亜川と美智子は彼の足音が消えてなくなるまで黙って座っていた。やがて亜川がポツリという。

「信用できるのか？」

「信用できる。あたしは信用できる人としか仕事の話はしないから」

手に入れた彼女の物証も全て机の上に並べた。そして最後に、浜口から持ってきてもらった写真の品を机の上に置いた。

亜川はそれを見たとき、思わず顔を引いた。

美智子は彼の様子を静かに眺め、自分の推理を全て隠さず話し出した。

彼はその全てをじっと聞いていた。

長い沈黙があり、やがて口を開いた。

「一人だと無期で済むかもしれない。でも二人なら、今回の事例だと松井保はまず死刑になる」そして美智子を見据えた。

「俺は松井の無期が死刑になっても、特に何も感じない。あんたみたいに、人間である限り、松井保と深沢洋一の価値は同じでなければならないと舵を意識的にとる気もない。毎日どれほどの真実が黙殺されているか、新聞記者になっていやというほど見てきた。いまさらお安いヒューマニズムに振り回される気はない。伏せろというなら俺は伏せるよ。ただ、深沢さんの口から真実が聞きたい」

松井保はドラム缶の中の会田良夫にいろんなことを語りかけ、報告していたのだと思う。

彼は会田良夫と同化したいと思いながら、会田良夫はドラム缶の中の死体でありだからもう決して自分とは同化できないのだということ、そして彼を死体にしてしまったのは自分なんだということをどこかで意識しつつ、それでも引き寄せられるように「彼」の元に通った。それはそんな松井保という人間が発生した理由を、彼の生い立ちに持っていくのは感傷だ。それはわかっている。でも美智子は、滝川典子の、松井保の孤独を恐ろしいと思うのだ。美智子は新聞から雑誌に媒体を変えた。新聞は権力の監視を旨とする。でも美智子は権力の監視より、人々が日常の根幹にあると信じている「共同認識」の怖さ、脆《もろ》さを見極めたいと思ったから転向した。真実とはときに過酷でときに美しく、そして醜い。虚飾を洗い流したその芯にあるものを見たいと思ったから。

人はあらゆること全てを知ることはできないし、あらゆること全てを体験することもできない。人は物事の真実を正しく相手に説明することすらできない。言葉の後ろに隠れた膨大な、その言葉に至る歴史を、人に伝えられない。感情を共有する。ただそれだけが、心の根から理解する唯一確かなものだ。亜川は十二歳の少年を見た。わたしは——

美智子に大空襲から一カ月後の焼け跡に立つ、小さな小屋の律儀な日本人の写真が浮かぶ。

二人は部屋を出ると、どうもありがとうと浜口に言った。彼は片手を上げただけ。振り向きもせずに「ヘイ」と返事をした。

外は寒かった。揃ってコートを身にまとった。

亜川が深沢に電話をした。深沢は事務所にいた。三人だけで話したいのだが、いまからそこに行ってもいいかと聞いた。深沢は了承した。

「変わった様子はありましたか」

亜川はあの、ちょっと低い声で答えた。「なんにも変わりません」

「一つだけ言っておきたいんです」

「なんですか」

「わたしはあなたの言う『お安いヒューマニズム』で彼にぶつけるのではありません。ジャーナリストなら、松井保と深沢洋一が人間として同価値であるという鉄則を忘れてはならないというのは紛れもない事実であり、自らにジャーナリストという職業を課す限り『お安いヒューマニズム』は行動や思考、発信の根源に欠けてはならないものです。でもわたしはその呪縛に囚われているのではありません」

「ではなんですか」

美智子は顔を上げた。

「真実を知りたいという、極めて個人的な欲望です」

亜川は彼女の顔をしばらく見ていたが、やがてふっと笑った。そのまま前を歩き出す。道にタクシーの灯が明るい。

「明日でもいいんですよ」と亜川が言った。

「今日、済ませます」と美智子が言った。

最終章

深沢は一人で待っていた。

二人を見ると受話器を上げる。「喫茶店、もう遅いからやっていませんよ」と亜川が言うと、深沢は苦笑した。そして席に座り直し、やっと二人の表情に気がついた。

彼は二人を気遣い、心配そうな顔をした。

真実に立ち向かうにはひどく体力がいる。

「笹本弥生の殺害について警察は起訴に持ち込める物証を得ることができず、苦労しているようです」美智子はそう言うと、深沢に顔を上げた。

「警察は物証を手に入れることはないでしょう。松井保は笹本弥生を殺害してはいない」

深沢がぼんやりと美智子を見た。

「わたしは笹本弥生はあなたが殺害したのだと思います」

磨き込まれたマホガニーの机。専門書の詰まった本棚。森の中の池に我が身を映す若い鹿の絵。物音はない。エアコンとパソコンのモーター音が低くするだけだ。

「あなたはグランメールにいる松井保を観察していて、彼に虚言癖や盗癖があることに気づいた。それだけでなく、彼が、毎月第一日曜日には留守にする703号室に入り込み、女子更衣室を盗み撮りすることも。だからあなたは犯行を、第一日曜に決めた」

深沢が注意深く美智子を見ていた。

「部屋の鍵は、松井に使えたなら、あなたにも使えた。あの日曜日、703の上田さんはボトルに半分の酒を残して部屋を出た。でも松井保は底に五センチしか入っていなかったと言った。あなたがボトルを取り替えたんです。そのボトルの酒には睡眠薬が混ぜられていた。あなたが少ない酒に睡眠薬を混ぜたのは、睡眠薬の濃度を上げて松井保をすばやく確実に眠らせるためです。松井保が部屋に入る前のことです。

十一時過ぎ、松井保はいつものように703号室に入り、撮影を始め、酒を口にした。あなたは松井保が703号室に入ったのを見届けて十一時十分、宿直室に行き、松井保の所在を尋ねた。あなたはその時お茶菓子を持っていっています。あなたは、差し入れがあれば彼らがその場でお茶を淹れるということを経験的に知っていた。彼らは三つ、お茶を淹れました。そのあとで松井保を探した。あなたはその隙に、二人のお茶に睡眠薬を入れた。

それからあなたは笹本弥生の部屋に行った。十二時前、背後から頸部を圧迫して殺害。金庫を開けて黒真珠の指輪を取り、残りのものを散らかした。

それからフロントに行き、玄関ベルの音量をゼロに合わせ、健文くんを待ち受けた。十二時に健文くんが来たのを受けて、フロントからの遠隔操作でドアを開け、彼を通す。あなたは部屋から逃げ出す健文くんを見届けたことでしょう。そのままあなたは703号室に戻った。計算通り、松井保は正体なく寝入っていた。その手からデジタルカメラを取りあげ、当日分の記録を消去し、彼の手に戻した。それから取り替えたボトルを元に戻して部屋を出た。だから上田さんは、十月は酒は減っていなかったと言ったのです。これで松井保が703号室にいた痕跡は消えた。あなたは宿直室に戻り、茶碗を洗い、薬の入っていないお茶を淹れ直し、睡眠薬の痕跡を消した。それから葬儀当日、弥生さんの金庫の中にあった黒真珠の指輪を健文さんの車の中に入れたのです」

深沢はぼんやりと聞いていた。

「まず嫌疑は健文くんに向きます。あなたが健文くんにアリバイがないように細工したのですから。おばあさんの死体を見た健文くんが逃げ帰ることもわかっていた。彼は祖母との関わりを無意識に避ける。仮に逃げ帰らず警察に通報したとしても、彼が第一容疑者になることに違いはない。あなたは逃げ帰った健文さんに対して、やましいことがなければ心配しなくてもいいと言った上で、相続権が失せる場合を三つ――すなわち『通報しないことで相続権が失せる』ことを吹き込んだ。

彼はこう言っています。通報しないことで相続権が失せると聞いて、弥生さんの死を知らなかったと言うしかなくなったと。それは健文さんにすれば、呼び出されたという経緯を話せなくなったということでもあった。彼は誰かが自分を陥れようとしていると思った。追い詰められて嘘のアリバイを作ろうと思ったとは、彼の言うところです。

あなたには、健文さんが嘘のアリバイを作ろうと、素直に真実を話そうと、どちらでもよかった。要は彼にはアリバイがない。彼は第一容疑者であり、しかし殺人を認めない。自然、捜査は暗礁に乗り上げる。

捜査の網は広がります。その広がった網の中に、必ず松井保が引っかかる。警察の捜査が入ったら彼が会田良夫に成り済ました偽者であることは必ずばれる。彼の身分偽造は実にお粗末なものだったから。

松井保は自分が笹本弥生を殺していないから、さして危機感がなかった。入居者の部屋に侵入していたことは、できることなら秘密にしておきたかった。松井保はのらりくらりと嘘をつく。それでも結局真実を話さざるを得なくなるわけですが、彼にすればそれで化けの皮は剝がれるが、少なくとも弥生さんの殺人に関しては無関係であることを認められるはずだった。その証拠をあなたは綺麗に消しておいたのです。松井保はあの時、自分を陥れるために警察が消したのだとまで言った。彼を襲った動揺と恐怖の大きさを物語っています。しかし所詮、狼少年の新たな嘘としてしか聞かれることはない。松井保は洗いざらい調べられるはめに陥った。そうなると彼に有利なことはただの一つも出てきません。あなたはそれを知っていた。

思惑通り警察は松井保による会田良夫殺しの捜査にも着手しました。あなたはずいぶんまどろっこしい思いをしたことでしょうね。当局がなかなか彼を追い詰めることができなかったから。

ここであなたは間違いを犯した。警察捜査のまどろっこしさに耐えかねて、もしくは松井保のふてぶてしさに我慢できなくなって。

松井が公文書偽造を認めていったん釈放された時、あなたの事務所を訪れた。あなたはわたしを呼びましたよね。たぶん、松井保とかかわるつもりがなかったから。すげなく追い返した、その現場を見せておこうとでも思ったんじゃありませんか？　あなたはいつだって、情報を公開することで身の潔白をアピールしてきましたから。

ところがあなたはしゃべりすぎた。会田良夫が和田運送に勤めていたということは、つい数日前にわかったことです。それどころかコンビニエンスストアに勤めていたのは、松井と知り合うよりも前なんです。会田良夫が母親の借金を返すために二万円ずつ貯金をしていたという話は警察だって摑んでいなかった。あなたは本来あなたが知っているはずのないことを話したんです。でも幸い、捜査官の誰もそれを問題にしなかった。彼らは有頂天だったから。あなたが引き出した会田良夫の死体の場所の自白が、彼の殺人行為を証明する唯一の決定打だったんですから。

それさえ自白させてしまえば。

松井保が会田良夫を殺していたことが、笹本弥生殺害について、松井保に決定的に不利な状況を生む。会田良夫を殺してまで笹本弥生の財産を奪おうとした松井保だから、笹本弥生の財産を奪うために笹本弥生を殺害したと断定しても無理がない。彼の自供をあてにしている捜査官はいません。彼の過去の状況から、公判になっても、状況証拠だけで審理を続けるという検察の方針に裁判官は同意せざるを得ないでしょう。会田良夫殺害を立証さえすれば、彼は笹本弥生殺害に関しても逃れられない構図になっていたのです。

それにはどうしても会田良夫の殺害だけは、認めさせないといけなかった。その焦り——義務感が、あの時あなたを暴走させた。そしてとうとう松井保はあなたの策に落ちた。

状況証拠はあなたが作る。そして彼の証言は取り上げられない。彼には逃げ道がない。そうやってあなたは松井保を笹本弥生殺害の犯人に仕立てたのです」

深沢はじっと最後まで聞き終えた。作り物の所作もない。大げさな驚きもない。ここにあるのは善良なる知識人の顔だ。

「なぜ僕がそんな手の込んだことをしなければならなかったのですか」そしてほんの少し、軽やかに言い添えた。

「僕には、弥生さんの貸金庫の中の手提げ金庫の中を見るまで、彼が偽者か本物かもわからなかったんですよ」

美智子は深沢から目を逸らさなかった。

「弥生さんは、慶子さんが死亡した時に、人を使って会田良一の消息を尋ね、会田良夫を十五の年まで追跡させています。あの念書はその探偵が見つけたものです。念書を見つけた時、探偵は一旦引き上げて、翌日三十万円で買い取りを申し出ている。弥生さんに指示を仰いだのでしょう。だからあの捺印の押された念書はその時にその探偵から弥生さんに渡されたはずなんです。でもあなたは弥生さんからそんな念書は見せられていないと言っている。忘れていたんじゃないですかと」

「ええ。そう言いました」

「わたしは考えていたんです。あなたがなぜあの筑波の廃棄物処理場のことを知っていたのかということを。確かに笹本弥生に調査を頼まれた時、松井保に半年間探偵をつけたと言った。経費は弥生さんが払ったんでしょう、それ自身は不思議ではない。でも休みごとに彼を尾行させた、その強い『疑惑』はなんだろうと思ったんです。それは疑惑というより興味と言うにふさわしい。

あなたは興味を持って松井保の生活を観察したのです。

あなたは車の写真を手に入れた。そこにナンバーが写っていたからだと言った。そしてあなたはその車の持ち主として松井保の名までもすでに特定していた。グランメールの会田良夫に興味を持ち、彼を観察していたあなたが、車の持ち主である松井保がグランメールの会田良夫と同一人物であるかないかを調べることなく放置するということがあり得るでしょうか。でもあなたはひまわり園は訪れていない」

深沢の顔色が変わることはない。美智子もそれぐらい覚悟はしている。これだけならどんないいわけだってできることだから。

「あなたがなぜひまわり園を訪れなかったか。和田運送の社長は、会田良夫が二万ずつ貯金をしていたという話を訪ねてきた男にしたのは、三カ月前、八月だったと言っています。その男は初めから『松井保という男が勤めていなかったか』と聞いたといいます。そしてその男は松井保と会田良夫が四月の同じ日に辞めたことを確認した。あなたが清水運送から写真を手にいれたのは去年の十一月です。和田運送を訪れたのは八月。だとすればあなたの言う通り、写真を手に入れてから九カ月もそのままにしていたことになる。それが突然調べ出し、八月の時点ですでに松井保の身元を割り出していた。わたしたちは新潟の住職から得た会田良夫の足どりから和田運送にたどり着きました。でもあなたは車のナンバーで調べた「松井保」の周辺捜査から和田運送に行き着いた。だから初めから松井保の名前を出したのです。男は名乗りもせず、名刺も残してはいない。清水運送では名乗り、名刺を渡したあなたが、和田運送では身元を隠した。そしてひまわり園には訪れることもしなかった。あなたがあのひまわり園を訪れなかったのは、笹本弥生の顧問弁護士の深沢は、松井保の正体を知らなかったという前提が必要になったからです。

　笹本弥生はすくなくとも最後には、松井保が孫を騙《かた》っているのだということを知っていました。八十五歳の彼女がどうやってそれを知り、なぜそれに確信を持ったか。深沢さん、あなたの言葉だったから、彼女は信用したんです。あなたは、彼は会田良夫ではないと報告した。それを聞いて弥生さんは松井保に『あたしの孫はどうなったんだい』と問いかけた。松井保が会田良夫と接点があったはずだと思ったからです。そんな弥生さんが、十年前のあの念書のことをあなたに黙っていたということがあったでしょうか。笹本弥生が三十万円で買い取った手がかりをそう簡単に忘れるはずはないんです。良夫が本物かどうか調べてくれと言った時、弥生さんは資料としてあの血の捺印がある書類を見せなかったはずがない。見せていたんです。だからあなたは初めから彼が偽者だということを知っていた。少なくともその筆跡から、ホームにいる会田良夫は弥生の孫でないということだけは確信していた」

息を止めて聞いていた深沢は、そこで初めて大きなため息をついた。

「お忘れのようですね。あの紙は貸金庫の中に入っていた。そしてあの貸金庫はこの五年、一度も開けられていない。僕が見るということはありませんよ」

深沢の表情を見届けようとするように、亜川がわずかに目をあげた。深沢はあくまで静かだった。

「大胆な推測をなさいますね。それにしてもなぜですか。なぜ僕が弥生さんを、そんな手の込んだことをして殺害する必要があったんですか」

「わたしは、預かり金は三千万円ではなくて、三億円だったのだと思っています」

少し沈黙があった。それから、深沢は了解するように軽く頷いてみせた。

「もしあなたのいうように、もともと三億あったのを僕が使い込んだのだとすれば、弥生さんの金庫の中の預かり証に記載された金額は三億円のはずです」

亜川はまた元の角度に顔を戻していた。傍観者の位置。第三者の位置。じっと机の端を眺めて聞いている。深沢は続けた。

「あの預かり証は貸金庫の中の、木製金庫の中に入っていた。あの貸金庫を五年間開けてないのは銀行の記録で明らかだ。念書も、預かり証も、この五年間一度もあの金庫から出ることはなかった」

深沢は丁寧に、言った。

「僕があれに何かするというのは不可能です」

亜川が深沢の言葉を味わうように、ぱたりぱたりと瞬きする。美智子は繰り返した。

「ええ、不可能です。だから銀行の貸金庫の中の弥生さんの木製金庫の中にはずっと三億円の預かり証が入っていたんです」

深沢が美智子を見つめた。亜川はそれを見ていた。

美智子はゆっくりと言う。

「弥生さんが殺された時、室内の金庫の中には三千万円の預かり証が残っていました。それは、弥生さん殺害時にあなたが三億円の預かり証をぬき取って、代わりに入れたものです。でもあなたの言う通り、三億円の預かり証はもう一枚、貸金庫の中にあった。健文さんは祖母の資産がいくらあるのかを把握していなかった。あなたの使い込みを証明する証拠は貸金庫の中のその預かり証だけだった。あなたには貸金庫の中の三億円の預かり証も三千万に取り替える必要があった。それには貸金庫を開けなければならなかった。貸金庫の鍵はあなたが保管しています。それでもいつも弥生さんを同伴していたあなたが一人で行けば事件が起きた時に怪しまれる。

あなたの言う通り、貸金庫に近づく手だてがなかったんです。

あの金庫を誰にも怪しまれずに開けることができるのは、弥生さんが死んだ時です。相続が起きればあなたには財産管理人として貸金庫を開ける権利もしくは義務が発生する。中には鍵の掛かった手提げ金庫がある。それを財産管理人であるあなたが事務所に持ち帰るのは不自然ではない。見届けさせるために、あの日わざわざ電話をかけてきてわたしを呼んだ」

深沢はうすぼんやりと尋ねた。

「僕が、預かり証の金額を書き替えるために笹本弥生を殺害したとでも」

美智子は深沢を見つめた。深沢は美智子の視線の強さを見て、やがて俯いた。しばらく考えて、やがて言った。元通り、落ち着いた声だった。

「あの木製の手提げ金庫は壊して開けた。鍵はなかったんです」

「壊したのは鍵がなかったからじゃない。鍵が見当たらなかったからです。鍵はあなたが隠し持っていた」

亜川が顔を上げた。

美智子は深沢を見つめ続けた。

「鑑識では、殺害された弥生さんの部屋の金庫の中には、何かをテープで張りつけてあった形跡があったといいます。ちょうど鍵のような形のもの。それが貸金庫の中の木製金庫の鍵だったのだとわたしは推理します。あなたは警察官立ち会いのもと、銀行の貸金庫を開けて、鍵がないからと中の手提げ金庫を持って帰り、翌日警察関係者の目の前で壊した。でもその前夜に金庫は一度開けられていたんです」

深沢はじっと美智子を見つめた。

美智子も深沢から決して視線を外すことはなかった。

「あなたは金庫を事務所に持ち帰った後、鍵を使って金庫を開けた。五年間入っていた三億の預かり証を抜き出して、代わりに新たに作った三千万の預かり証を入れた。その時に七年前に預かっていた会田良夫の念書も入れたんです。それから改めて鍵をかけた」

美智子は深沢を見つめる。「金庫を壊した時に出てくるのは三千万の預かり証と会田良夫の血判。あなたは血判を証拠にごねていた松井保に引導を渡した。そして三千万の預かり証に無効のサインをした瞬間、二億七千万円の形跡は綺麗に消し去られたのです。あなたは『僕としてはどちらでもいいんです。これでやっと終わったのだから』と言った――」

深沢の椅子は上質の黒い牛革だ。彼はそれにゆったりと背をもたせ掛け、軽く足を組み直した。ぎらぎら輝く目をしているのは亜川記者だ。

深沢はくつろいだまま、言った。

「――二億七千万の流用。あなたもジャーナリストならわかるはずだ。そんな大金を、何に流用するんです。僕が大きな家を建てましたか。外国に土地を買った？　どこかにギャンブルの借金がありましたか。それとも事務所は本当は火の車だった？　女に高価なプレゼントをするために必要だったとでも？　宮田弁護士が死亡した時も、今度の事件でも調べられました。不正があればどこかで発覚したはずなんです」

彼は諭すように言った。

「我々の扱う金というものは、財布に入っている消費を目的とするものとはまるで性質が異なる。流動物ではないんです。ブロックのようなものだ。抜けば、そこに穴が開くんです。想像できないでしょ。別のブロックを突っ込んでも、その新しいブロックにもちゃんと『元の場所』があってね。ちょうど人物を追いかけるように、金というのは歴史と必然性を持った、追跡可能な『もの』なんです。僕の守備範囲には、突然発生した二億七千万を収容するスペースはありません」

真摯な口調だった。それは真実だからだ。

「不当な流用は宮田弁護士にあったんです」

カツンと音がした。いや、音などない。そこにはただ深沢がいるだけだ。それでもカツンと音がした。

それは彼が抱え続けてきた石に美智子の言葉が当たった音だ。生涯決して消化されることのない石。吐き出すことのできない、石。

「宮田さんは真面目で情の厚い弁護士だった。世の中には誠実な弁護士を嫌う依頼者もいます。そういう人間を顧客に持つほうが儲かるという現実も一方にはある。彼は熱心でしたが、金儲けはうまくはなかった。刑事裁判の国選弁護人として働くだけでは報酬はわずかです。頼まれる仕事は金にならない仕事。たまに回ってくる金になりそうな仕事もうまく勝訴に持ち込むことができない。金で大体のことは片がつく当節、困っている人というのは言い換えれば金のない人。それでも彼は自分の信念を曲げなかった。困っている人のために、金がない人のために。勝ち目のない長期訴訟をいくつも抱え込み、事務所は回らなくなっていく。弁護士報酬は普通、二分割して支払われるそうですね。案件を受けた時に手付金を受け取り、勝訴すれば残りを受け取る。だから勝訴するのに時間がかかると、それだけ収入に空白ができる。新たに案件を取って手付金でなんとかまかなう。そうやって仕事を増やして馬車馬のように働かなくてはならなくなる。それでも回っているうちはいいんです。遺書によると宮田さんは容疑者の保釈のための保証書を出して、騙されて逃げられた。ほぼ同時期に、頼まれて共同保証人になった顧客が逃げています。彼はその負債も負わなければならなくなった。しめて八千二百万。銀行でローンを組んだ。そして今度はそのローンに追われ始めた――。初めて銀行の返済が滞った時、宮田さんはとうとう預かり金に手を出した。それが転落のスタートだったと彼は書き残しています。あとはおきまりのコースです。発覚しそうになると、街金に金を借りる。それで間に合わないと別の人のもので埋める。裁判ならなんでも、ひたすら仕事を引き受け、手付金を稼ぐ。深夜まで仕事をして、それでも手が回らずに敗訴する。事務所を開いて十年。彼が不正に手を染めたのが六年前。彼は帳面だけは合わせていた。そして必死で建て直そうと働いた。それでも六年。彼は疲れ切っていた。そんな時、ある福祉団体が彼の行為に気づき、契約を打ち切りたいと言ってきた。『あんたの人柄を信じていろいろ都合してきた。裏切られた』団体の代表者はそう、宮田さんに言ったそうです。そして他はもういいからと、預かり金の返済を要求した。でもその時には、彼の抱えた負債はもう二億五千万にも達していたんです」

宮田の転落の記録は調べていると最後には息が苦しくなった。この世に神がいるのなら、なぜ彼に手を差し伸べようとはしなかったのか。何度騙されても、彼は人を信じた。それは信じようという理性ではなく、彼が善人だったからだ。彼の善意と正義感は鎧兜《よろいかぶと》で固められていた。ある意味、彼は他人と自分の区別がつかない人間だったとも言える。

「宮田さんはその時死を決意した。疲れていた。なにより、『あんたに裏切られた』という一言が、彼を追い詰めたのだろう、申し訳なかったと、その代表者はのちに話してくれました。そして宮田さんはあなたに電話をした。思い出したんでしょう。あなたに大きな貸しがあったことを」

その瞬間、深沢の顔が歪んだ。不快なことを耳にしたように。彼は目を閉じ、深く息を吸って、そして元の物静かな表情に戻した。少し悲しげな影を残して。

美智子はそんな深沢の表情から決して目を離さなかった。亜川もまた、息を止めて聞き入った。

「都合してくれと言われた。あなたには断れなかった」

深沢は少し俯いて、それでも黙っていた。それは耐えるというより、静かに聞いているように見えた。彼女に見えた事件の形を。

わたしの見た事件――いつも美智子は突き当たる。生きて四十年の経験で推理するには間に合わないことがこの世には余りに多くある。人間の常識、人間の生きざまは、一人の人間が推理してしきれるものではない。深沢がいま、彼女にそう言ったような気がした。

　美智子は身を奮い起こした。

「仙台で一九九一年の七月十九日、自転車に乗っていた八歳の子供が車に当て逃げされました。事故発生は夜の九時すぎ。通りがかった青年が車を止めた。彼は救急車を呼びましたが、なかなか来ませんでした。しびれを切らした青年は車で少年を仙台市民病院に送り届けました。彼は少年を医者に引き渡すと、事故の状況と、ひき逃げをした車のナンバーの一部を告げて、立ち去ろうとした。医者は警察が来るまで待ってくれと呼び止めた。男性はそれをも振り切ろうとした。医者は、せめて連絡先だけでもと食い下がり、男性は受付の窓口にあったメモに名前と住所と電話番号を書いたんです」

　深沢は俯いた。間違ってはいない。長尾頼子の息子を助けたのは深沢だと美智子は確信した。

「子供の母親は深沢洋一というその青年にお礼をしようとしても、電話も通じず、お礼状も宛先不明で返ってきた。でも母親は二年前に、雑誌でその男性を見つけたんです。そしてお礼に来た。それが笹本弥生さんの栞の裏にあった名前の女性、長尾頼子です」

　深沢の表情がふと緩んだ。大きなお土産袋を下げてやってきた善意で固まった母の姿を思い出したのかもしれない。

「あなたは否定しました。わたしはあなたが書き残した住所と電話番号と当時のあなたの住所、電話番号と比べたんです。住所は番地だけが架空。電話番号は末尾一字違い。わたしはあなたの字だと思います」

美智子は深沢のどんな表情も見逃すまいと、彼を見つめた。

「正しい住所と名前を書こうとしていたあなたが、突然、身元を隠そうとしたのは、新幹線が止まっていることを知らされたからです」

ぼんやりと俯いて記憶を追う深沢の瞳が、その遠いどこかの一点を憎しむようにきらと光った。

「あなたはあの日、午後五時に東京にいなければならなかった。あなたの計算では、新幹線さえ動いていれば、四時間後の九時に仙台にいても不思議はない。だから医師に頼まれた時、子供のことを考えて連絡先を書き残す決断をした。でも新幹線が止まっていたと聞いて、五時に東京にいることは不可能になると気がついた。自分がここにいたことを伏せなければならない。そう考えたあなたはとっさに、書きかけていた住所の末尾を架空のものにし、すでに書き終えていた電話番号を一文字書き換えた」

9を8に。

あの強いペンのあと。

「その日が司法試験の論文テストの最終日だったから」

短い静寂。

長尾頼子が一九九一年の夏と言った時、美智子は、亜川がそれを聞けば記者の習性として無意識に計算することだろうと思いながら、半ば時間潰しに亜川のするだろうことをしてみた。年表を作り、それぞれの事項を書き込み、事件の関連を時間の推移から推理する。その年が深沢が弁護士資格を取った年に一致したことに気づいた時、

夏――チキドンの夏。

美智子は星野の言葉を思い出したのだ。

蒸し暑いチキドンの夏。

「運休したのは午後四時半。動き出したのが午後八時五分。あなたが目撃した事故が起きた時間は、その後の調べで午後九時二十五分ごろだったと判明しています。午後九時二十五分に仙台にいたあなたが午後五時に東京の試験会場にいることはできない。仙台にいたとすれば、あなたは試験会場にいなかったことになるんです。だからあなたは長尾頼子を思い違いだと追い返した。でもその日、事務所に笹本弥生がいた」

彼なら事務所を大きくすることもできただろうに、決してそうしようとはしなかった。

自分の資格が偽物だという自覚を持っていたから。

「笹本弥生はあなたが長尾頼子を追い返す様子に興味を持ったのでしょう。彼女はあなたのその」と美智子は彼の、筋を引いたように傷の残る右手を見つめた。「事故による右手の損傷も、だから右手が長時間は動かないことも知っていた」

そして美智子は顔を上げた。

「健文くんを弁護士にさせたがっていた弥生さんには司法試験に関する知識があった。だから気がついたのです。その日付と、時間の持つ意味に」

深沢は無意識に右手を摩った。美智子はそれを見つめた。

「筆記テストは過酷だそうですね。健康な人でも手が動かなくなるんじゃないかと思うほど大変なもの。あなたは誰かに代わりに受けて貰った。——宮田さんじゃなかったんですか？あの日、宮田さんはこの事務所に来て、金を都合してくれと泣きついた。あなたは『預かった金には手を触れない』。だから合併によっていまはもうなくなった銀行名の印刷された帯封の巻かれた三億の現金が、あなたの金庫の中では、弥生さんが持ってきた日のままに置いてあった。触れたこともなかった顧客の金を、彼に渡した」

深沢は顔を上げ、美智子を見つめ、ポツリと聞いた。

「何を根拠に——そんなことを考えたのですか」

「あなたは会田良夫を調べる時、ずっと身元を明らかにしていたのに、ある時を境に身分を隠した。それが宮田弁護士が死亡した七月です」

美智子は鞄の中から一枚の帯封を取り出して深沢の机の上に置いた。

「銀行員があなたの金庫から取り出した三千万円を数える時、百万円の札束を手に取る度にちぎってごみ箱に投げ捨てていたんです。ここに」と美智子は、もう一枚の帯封を取り出した。

「もう一枚の帯封があります。宮田さんの事故直後、散乱していたものの一つです。一九八五年の帯封が巻かれた札。S友銀行K町支店、検査員の出納印が田原。銀行の話だと帯封の綴じ目に割り印がわりに担当者が出納印を押すのは規則で、一九八五年の三月二十五日の出納担当者が田原という人だったから田原と押された。宮田さんが持っていた現金はその帯封を解かれていなかった。どこなら三億近い現金が帯封も解かれずに十九年も眠っていられるのか」

端の焼け焦げた帯封だった。美智子はその二枚を並べた。

S友銀行K町支店　田原　1985　3—25

「焼け残った現金の帯封はあなたが弥生さんのものとして預かっていた三千万の札束にしてあった帯封と、日付も銀行名も、担当印も、一致するんです」

深沢がゆっくりと目を瞑った。

深沢は黙っていた。何かを考え込んでいるようだったが、思い出したように、不意に笑いを浮かべた。

彼は失笑したように笑ったまま、しかし何も言おうとはしなかった。

「なぜ笑ったんですか？」

「——あなたはジャーナリストでたくさんの事件を見てきた。そのあなたからすれば、身代わりに試験を受けた男は、資金繰りに困った時、恩を売った男に、秘密をばらすと脅して金の無心をするんですね。ああ、なるほど、世間ではそうなのかと感心したんです」

美智子は慎重に椅子に座った。

「しなかったのですか」

「ええ。しませんでした」

「ではなぜあなたは金庫の金をわたしたんですか」

深沢はしばらく黙っていた。

「聞いてどうなるものでもないでしょ。僕を警察につき出す。それで終わりです。それとも」と、深沢は顔を上げた。

「その帯封だけで、他にはなんの証拠もないのですか?」

「もしそうだとすれば、あなたは真実を語りませんか」

深沢は少し微笑んだ。

彼の腹は決まっている。でもどちらに決まっているのかを、美智子は知ることができない。

「教えてください。なぜあなたは宮田さんにお金を都合したのですか。そんなことをすれば自分自身が大変なことになるのはわかっていたはずです」

深沢は美智子を見つめていたが、やがて言った。

「ええ。その通りですね。彼の自殺を止められなかったとしても、それは僕の責任ではないのだから。でも僕は、彼から疲れ果てた電話をもらった時――俺に何かあったら家族のことを頼むと言われた時、彼を事務所に呼び出した。嫌がるのを呼びつけたんです。そして憔《しょう》悴《すい》した彼を見て、金庫の金が浮かんだ」

深沢は美智子から目を離さなかった。射るような眼差しを彼女に向けたまま、呟いた。

「理由なんて」

それはどこか自嘲的だった。

彼はまた、静かな物言いに戻った。

「人間がいまの自分を肯定するために、もしくはいまの自分の言い訳にするために自分の過去を反復する時、ずいぶんしっかりした過去を作り上げていきます。でも記憶なんてそんなに確かなものじゃない。過去の自分がなぜそうであったかについて、全容を知っているわけでもない。同じように、行動の理由も、言えばいくらでもそれらしいことを言えるだろうが、実際にはあなたが望むような理由なんてないものです。理由は風景の一部のようなもの。そして風景は言葉にはできない。理由はもしかしたら本人にさえ、判然としないものなのかもしれない」

深沢は言葉を切った。美智子は続きを待った。

ここで聞かなければ、彼は一生真実を語ることはないだろう。

深沢は、美智子の思いの強さを理解したようだった。彼の重い口が、また開いた。

「ご存じの通り、宮田は苦学して弁護士になった男です。彼は不遇な人の話を聞くと本当に涙を流して泣くのです。困っている人を助けたい。助けることはできなくても、理不尽な目に遭っている人にせめて希望を与えたい。世の中は公平ではない。それは仕方のないことだけど、だからって座して眺めるだけが道じゃない。立ち上がってみる人間がいてもいいじゃないか。それが、彼が弁護士を志した理由でした。

だから彼は初めから、法の僕《しもべ》になる気がなかったんです。法律を守るのが目的ではなく、法を使い人のために働くのだと公然と言う男でした。ご存じないでしょうけど、そういうのは弁護士仲間では煙たがられるんです。チープな感傷だといってね。

その結果、預かり金に手を出した。結果からいえば確かに自覚が足らなかったといえる。彼を擁護するつもりはありません。ただ彼を見た時――」

深沢は言葉を切った。

「――言ったように、宮田は弁護士仲間とうまくやれていたわけではありません。孤立していた。助けを求める相手もいなかったでしょう。宮田は僕には遺書を書いているとは言いませんでした。でもこの部屋を出たら、まっすぐに死への道をえらぶのだろうと思いました。宮田に金を渡した理由――」

深沢は顔を上げた。

「あなたが言うように、僕は彼に弁護士にしてもらったのです」

――学生時代、僕らは仲がよかった。金のない宮田は僕の参考書で勉強したんです。

論文試験に危機感を持ったのは大学四年の時でした。初めて模擬テストを受けた時、愕然とした。二時間たった時、鉛筆が指から滑り落ちたんです。

先生が青くなって初めて、大変なことだと気がついた。

右手は、確かに、それまでより使える時間が短くなってはいました。医者に行っても、不自由なく使えるだけありがたいと思わないといけないと言われました。先生もいろいろ問い合わせてくれました。でも当時の司法試験のシステムは振るい落とし。なれるものならなってみろという世界です。みなさん同じ条件ですからと言われた。そうすると字って大きくなるんですよ。左手で書く練習もしました。でも、知っていましたか。

諦めました。

悔しかった。

その時宮田が言ってくれたんですよ。代わりに受けてやるよって。

俺が合格するまで特訓してくれ。そしたらお前の身代わりになってお前を通してやる。お前が俺を通すんだ。やましいことなんて、ない。

自慢になりますが、僕は成績がよかったんです。

彼が本当に自分の身代わりをしてくれると思ったわけではありません。彼が通ったら、自分が通った気になる。それで納得して、諦めよう。

秋には宮田は僕の分の願書を取ってきた。自分の分は取ってこなかった。「一次と三次は自分で受けろ。二次はお前の代わりに俺が受ける。俺は、お前が通ったら自分の分は来年受ける」

彼はこう言ったんです。自分の性格はよく知っている。自分は根性のない人間だ。いざという時に情けないんだ。もし自分が先に弁護士資格を取ってしまったら、もしかしたら深沢くんの身代わりになることが怖くなるかもしれない。そして見苦しい言い訳をしながら逃げるかもしれない。だから先にお前の分を受ける。

「お前はいい弁護士になると思う。親切だし、公平だ。俺なんかより、ずっと賢い。俺は本当に、神様は不公平だと思う。だからこうして申し出ている。俺は本気なんだ」

そう言われた時、僕の中で緊張の糸がプツリと切れた。

宮田が僕の代わりに論文試験を通過すれば、僕は僕の思う人生を踏み出せる。僕はその時本当に、彼の申し出が、自分に与えられるべき正当な権利であるような気がした。

宮田はヘアスタイルを僕と同じにしました。宮田は当時眼鏡をかけていて、当然僕の身代わりの時も、眼鏡をかけて受ける。だから僕も同じ眼鏡を買って、度のないレンズを入れました。お互いに似せあったんです。

二百人ほどの受験者に対して試験官は五人。試験会場では受験者は机の角に写真を置き、試験官はそれと同じ写真をあらかじめ渡されています。彼らは卓上の写真と手許の写真と、テストを受けている本人の顔を見比べながら回るのです。

似た写真ができるかどうか。試験場で二次試験を受けている宮田の姿が、提出した僕の写真に似て見えるかどうかが何より問題でした。

実際の僕らはさほど似ていません。

それがね。

奇跡というんでしょうか。偶然というんでしょうか。何枚か撮った僕の写真の一枚が、宮田に似て見えたんですよ。

彼はそれを持って、いつも行く、店先でコロッケを揚げている肉屋の店員に見せたんです。ほとんど口をきいたことのない店員に。証明書なんだけど、俺、こんな顔してるかなって。彼は写真を一目見て、手を止めることもなく素っ気なく言った。

「そう言われればそんなもんだよ」

それでも三日間ある二次テストを、発覚せずに受けおおそうだなんて、いまなら絶対に考えない。

でも僕らはあの日決行したんです。

僕は論文テストの始まる七月十七日の前日、十六日からずっと仙台の市街地のホテルに籠もっていました。出るのは弁当屋に食料を買いに行く時だけ。宮田は三日目、僕の泊まっているホテルに電話をくれました。「終わった。あとは結果待ちだぞ」って。いまでも彼のあの満足そうな力強い声と、その時目に映ったホテルの窓のカーテンの柄を覚えています。

あなたの言うように、その三時間後、事故を目撃したんです。

地名がわからなくてね。救急車が来ないのが、地名の読み間違いなら、いくら待っても来ない。電柱に張られた緑色の住所表示板は日に焼けて色あせて、その上あたりは暗くて。早く町を離れたかった。子供をそこに置き去りにしようと何度思ったかしれない。救急車は呼んだのだからあとは人に任せてと自分に言い聞かせた。でも地名を間違えていたら。間違えていたらあの子はあの人通りの少ない場所で、発見されるまで一人で耐えなければならない。大した怪我には見えなかったけど、もし内臓を破損していたら。手当てが遅れて後遺症が残ったら。内出血で死亡することだってありえる。

あれほど判断に迫られたことは後にも先にもあの時一度です。時間を計算しました。電話から三時間が経っていました。実際に新幹線に乗ったわけではありません。東京の試験会場から新幹線で二時間の距離なのだから、最悪身元がわかっても言い訳は立つと思い決心しました。東京から乗ってきた自分の車で病院に連れて行った。不安はありました。でも安堵の方が大きかった。少年を事故の不安と恐怖から解放してやれるという安堵です。だから看護師さんから新幹線が止まっていると聞いた時には血の気が引きました。すうっとね。ばれたら僕だけでなく、宮田も弁護士への道を閉ざされる。逃げ出さないといけないと思った。でもその時にはあなたの言うように、自分の連絡先をほとんど書き終えていたんです。いまでもよく覚えています。9を見つめてね。8に書き替えられるととっさに思った。いままでそんな細工をしたことはありません。悪いことをするというのは人目が恐ろしいものですね。9を8に書き替えるのに、からだ中がどくどくといった。それから洋一の一を二にしようかと思ったり、でも発覚した時に、書き間違い程度でないといけないと思いなおしたり。

深沢は笑った。

「必死ですよ」

それからまた、深沢は話し始めた。

宮田は無事、合格してくれていました。三次は自分で受けて合格しました。僕は彼より先に弁護士バッジを手に入れた。でもそれから彼をサポートするために一年間司法修習を延ばしました。彼が落ちたら法律家にはなるまいと思っていました。そして翌年、彼も受かったんです。

宮田は僕に、今後友人関係は断とうと言いました。僕が引け目を感じたり、恩義を感じたりすることのないように配慮してくれたんだと思います。

「僕は確かに深沢くんの役には立った。でも僕も同じだけ返してもらった。これで、貸し借りなしだから」

それからはお互い、極力関係しないように生きてきました。

彼が金にならない、人がやりたがらない仕事ばかりしているというのは、人の噂に聞いていた。人は彼をお人好しだと言い、要領が悪いと言い、人に乗せられやすいと言いました。夢中になると回りが見えなくなる。でもそれが彼なんです。彼は、自分の性格を承知で弁護士になった。アンデルセン童話の、冬を越す王子の銅像とつばめの話を知っていますか。王子は自分の剣の飾りをやり、自分に張ってある金箔を剝がしてやり、目玉のエメラルドを貧しい人に与えていくんです。結局協力したつばめは冬を越せないで死ぬんですけどね。彼はその銅像のように、人一人を助けるたびに自分が傷つくということを厭わない。器用に生きていく才能に恵まれていないことを知っていた、彼の自己肯定のあり方でもあったと思う。どうあれ、彼が身を削って困っている人の手助けをしようとしていたのは、紛れもない事実なんです。手さぐりでも自分なりに信じた職務をまっとうしようとしていた。

そんな宮田が死を意識するほどに追い込まれていた。

深沢は美智子を見つめた。

「なぜ笹本弥生の金を宮田に渡したか——それはそれより以前に遡る長い話を聞かなければなりませんよ」

亜川の低い声がした。

「いいですよ。時間はたっぷりありますから」

「ところで帯封以外に物証はあるんですか」

「ないと話してもらえませんか」

深沢は微笑んだ。

「物証がないのなら、話してもわたしにはなんの問題もない。でも帯封だけでここまでやってきはしないでしょう」

おばあさんが会田良夫——正確には松井保ですが、その彼のことを調べてくれと言ってきたのは、もう二年近くも前、彼がヘルパーとしてやってきて数カ月後のことでした。あなたの言うように、あの念書は七年前から僕が持っていました。

前の事務所で僕が初めて任された仕事が、慶子さんの遺産相続でした。おばあさんは僕のその仕事ぶりを見て気に入ってくれ、僕が独立する時、僕の顧客になったんです。

その時あの財産放棄の念書を見せられました。まだ幼さの残った字だった。血判が真っ黒になっていました。心が痛みました。「会田にくれてやった子に金をやらないといけないんですかね」

　あの時、おばあさんは、やりたくないからそう言ったんじゃない。やるべきだと言われれば、しょうがないという顔を繕って、彼にいくようにしたんじゃないかと思う。僕は若かったから、ただ法律的にはそんな義務はないと説明しました。おばあさんはその念書を僕に預けたんです。

　あなたの言うように、あの筆跡の違いは一目瞭然でした。だから初めから、彼が偽者であることは、僕とおばあさんにはわかっていたんです。彼はそんなものがこちらにあるとは知らないものだから、孫に成り済まそうとしていた。

　でもことはただの騙りではすまないものがあった。彼は会田良夫の名義の免許証を持っていたのですから。それだけの準備をしておばあさんに近づくのは財産狙いであることは明白で、だったらそこには犯罪の導火線がすでに引かれていることになる。

　僕は困惑しました。それであの男を観察するようになったんです。

　するといろいろなことがわかってくる。彼が勝手に鍵を持ち出して、寝入った老人の部屋を覗くこと。自分についてのいろいろなかわいそうなストーリーを、それぞれに秘密だと言いながら話し、同情を引いて満足していること。有閑老人というのはおしゃべりが好きで、少し意地悪です。彼らは内緒話を聞かせてくれるように、僕にいろいろな話を聞かせてくれました。会田良夫が甲斐甲斐しく老人の世話をするのはお小遣い欲しさだと言う人がいた。

常に仕事をしているように歩き回るのは入居者の行動を把握するためだと別の老人は言いました。僕が「善良な青年に見えますけどね」って言ったら彼らはなんと言ったと思います？

「あんな、善良を顔に張りつけたような人間がこの世の中にいるものかね、深沢さん」

第一日曜日に彼が703号室に侵入するというのも、お年寄りたちの噂で知ったんです。上田慶次郎さんは、外泊から帰ると、部屋の酒が減っているとグランメールの友人にこぼしていたんですよ。彼は松井保の仕業だとは知らなかった。でもその愚痴を聞いた中の一人は、松井保の仕業だと思い当たっていた。そして噂になって、そういう噂は低空飛行しながら飛び回る。

グランメールは、鍵の保管について、マニュアルは完璧ですが、実際の運用はマニュアル通りにはいかないものです。ご指摘のように、その気になればなんとでもなる。それで僕は去年の十二月の第一日曜日に観察したんです。

僕はまず宿直室に行きました。貰い物のお菓子を食べてくれという口実でした。彼らはすぐにポットを引き寄せ、人数分のお茶を淹れて「会田くんは上だな」なんて言いながら菓子を食べ、お茶を飲み、歓談する。僕は宿直室を出ると、703号室が見える通路の角で身をひそめたんです。しばらくするとエレベーターが開く音がしました。スタスタと軽やかな音でした。僕は身を引いて、足音が止まったところで顔を半分出して覗きました。703の前にはあの男が立っていた。手に何かを持っていたが、その時にはなんだかわからなかった。彼は左右を一度ずつ確認し、それから鍵穴に鍵をいれて、ドアを開け、室内に入った。彼は僕の視界から消えて、ドアは閉まりました。軽やかな足どりで廊下を歩き、なんの躊躇もなく、自分の部屋に入るようだった。703号室のドアが再び開いたのは二時間後のことでした。入った時よりなお軽やかな足どりでした。なんだかとっても楽しげで。手に持っているのはビデオカメラだとわかりました。一時十分でした。

翌月も同じ。事務室にいた彼は、十一時五分に全く回りの様子をうかがうことなくキーボックスからキーをとり出して、事務室を出ます。片手にビデオカメラを持ち、まっすぐに703に向かう。そして出てくるのは決まって一時十分。入っていく時より出てきた時の方が足どりは軽やか。気味の悪い男だと思った。それで知り合いの探偵事務所に、彼の休日の行動について調査を依頼したんです。

僕も彼の履歴書にある清水運送に行ってみた。しかし意外に、清水運送でも彼は要領の悪い働き者で通っていた。あの、車の写真を預かったのは、その時です。でもその時は写真はそのまま、机のキャビネットの中にしまいました。

しかし会田良夫を騙るといっても、笹本慶子さんに私生児がいたというのを知っている人は本当に限られている。その赤ん坊がもらわれた先を知っているのはもっと少ないし、その後の会田家の顚末までを語れるのは、本人以外にいるとは思えない。それなのにあの男は六十年前の小林組の縄張りにあった闇市の様子から、母、弓子さんが死亡したその様子までをも克明に知っているんです。

なぜだろうと思いました。

ぼくは清水運送からもらってきた写真を引き出しからとり出しては、眺めた。あの男が車のボンネットに寄り掛かり、風船のように膨らんだ顔をカメラに上げて、歯を出してにっと笑っているんです。

この車は彼の車なんだ。これは車を見せびらかしているご機嫌な一枚なんだ。——ある時突然、そう気がついたんです。

昔の事務所の友人に頼んで、ナンバーから車の二〇〇〇年当時の所有者を調べてもらいました。それが今年の二月だったと思います。

返事は四日後に返ってきた。松井保という男で、本籍は焼津。所在地にあったのは児童養護施設でした。

探偵事務所からは毎週同じ報告が入っていました。休みの日はまずパチンコに行き、それから電車で筑波まで出る。そこからレンタカーを借りて山に入る。行きどまりが不法投棄物の山で、臭くて近づけない。そこに十五分ほどいて、家に帰る。同じところに車を止めて、同じ方向を見ている——毎回写真が一枚入っていました。廃棄物処理場の前でぼんやりと立つあの男です。口を半分開いて、放心しているようにも見えました。

彼は廃棄物処理場になぜ行くんだろう。

そして７０３号室で何をしているんだろう。

松井保——彼が会田良夫を名乗ろうとする時、本物の会田良夫は間違いなく邪魔になったはずだ。

間違いなく。

それから少しずつ気づいたんです。彼がある種の異常性を持った人間であること。そしておそらくは会田良夫はあの、近づけないほど臭い、不法投棄のドラム缶の中にいるであろうことも。

そこで深沢は黙り込んだ。

「健文はあたしを蔑んでいる。おばあさんはそう言いました。事実だったと思います。このままでは健文は間違いなく、道を踏み誤る。考えてもご覧なさい、深沢さん。なんで大学の勉強に二千万円の金がいりますか。あれの根性を直すには、これ以上金はやらないと言うしかないんでしょうかね——だったらあのグランメールの会田良夫にくれてやろうか。それを知ったら健文は真っ赤になって怒るだろうね。

本気ではありません。でも正直に言えば、僕にはどうだってよかった。おばあさんのお金だから。おばあさんがどうしようと。会田良夫の生涯が廃棄物のドラム缶の中に閉じ込められたままに終わっても。会田良夫を殺した松井保が会田良夫の代わりに十億の財産を受けとることになっても。僕はこの立場そのものを不正に手に入れた人間ですから。顧問料さえもらえればそれでいいんです。そう決めていましたから」

深沢は笑った。

「僕は人の犯罪を指摘できるような人間ではないんです。法律という尺度でものを解釈する、専門知識のある人間にすぎない。そんな時でした。宮田がやってきたのは」

それが宮田を見て。

戦い敗れた彼を見て。

宮田を助けようと思った。

それは十三年前の思いにとても似ていました。宮田にテストを受けてもらうと決めた時、社会的には悪いことなのに、心のどこかで、自分たちのしていることは誰にも恥じないという気持ちがあった。二人の間にそんな正義感がぽっかりと浮かんで、それに摑まって二人で飛んだ。あの正義に摑まれたんです。僕は、十年間自分を世間に繋いでいたしがらみを引き離していた。

僕は金庫を開けた。そして持っていけと言いました。あとのことはあとで考えるから。ぼんやりとしている宮田に代わって、部屋にあった紙袋に僕が詰め込みました。それから車の助手席に載せた。あなたの言うように、帯封のびっしりと巻かれた現金です。その時はそんなこと、考えもしませんでしたけど。

宮田は運転席に座り、ただ僕の顔を見ていました。

彼は泣いていました。

でも運のない人間っているものですね。その金を積んだまま、死んだんです。急ハンドルを切ったのは、金を返すために引き返そうとしたからだと思う。僕が彼を見て若い日を思い出したように、彼もまた、法曹資格を失っても、刑務所に入ってもいいから、裸になってやり直そうと思ったのだと思う。

でも死んでしまった。おばあさんの金をまき散らして。

深沢はしばらく黙っていた。それから、思い出したように言った。

「渡した理由を強いてさがせば、そういうことです。説得力があるとは思いませんが」

美智子は尋ねた。

「松井保は死刑になります。罪悪感は感じませんか」

深沢はふっきれたようにくつろいだ。

「感じません」

そして今度は美智子を楽しげに見た。

「確かに、松井保をこの事務所に迎えた時にはしゃべりすぎました。あなたの言う通り、僕が知るはずのないことを話していた。よくわかっていました。それでもあの男を見るうち、この松井保という男を小さな入り口としてしか存在しない、会田良夫の人生は、何によって贖《あがな》われればいいのか。——会田良夫という人間がこのような男に飲み込まれたということに、瞬間的に激しい憤りを感じたんです」

「会田良夫はあなたにとって宮田昇の化身だったから」

深沢は黙った。

「松井保は休みごとに会田良夫を見に行った。なぜだと思いますか」

深沢は笑みを浮かべた。

「本当に。彼のことを捜査官は言ったものだ。インテリは自分の味方だと信じている節があると。全く。彼はあなたのような存在をよく知っている」

美智子は彼の厭味を聞き流した。

「死体になって、黙して語らぬ彼だからこそ、あの男は語りかけることができたのかもしれない。自分の本当の言葉で。文脈の通らない、意味の不安定な言葉です。言葉にならない感情に言葉を途切らせながら、彼は会田良夫に語り続けた。言い訳をし、懺悔《ざんげ》をした。そうは思いませんか」

深沢は凍えるような冷たい目で美智子を見つめた。

「彼は会田良夫を殺したんですよ。裸にして、有毒物の中に投げ込んだ」

「彼があの場所に行き続けたのは、会田良夫と途切れてしまうことを恐れたからです」

「あなたはいい人だ。騙されやすい」と深沢は言った。

「彼があそこを見に行ったのは、そんなことじゃない。彼は、あそこを見に行かなければ、自分が誰であるかを忘れてしまうからです。自分の目的をね。なんのために資格を取り、グランメールにいるのか。なんのために甲斐甲斐しく働くのか。皮肉にも、信頼を得るために会田良夫を思い出し、彼のしたように働いたら、本当に信頼を得てしまった。彼はそれで満足し始めた自分に気づいたんでしょう。あそこに立ち、自分が誰であるかを思い出さなければならなかった。自分のしたこと。自分の本当の過去。本当にいた、会田良夫という男のこと——」

深沢はプツと言葉を切った。

美智子は言った。「そうです。彼は会田良夫のことを忘れたくなかった」

深沢は少し間を置き――呟いた。

「もうどっちだっていいことだ」

美智子は畳みかけた。

「続きを聞かせてください」

「あなた方がすっかりご存じのことでも？」

美智子は黙っていた。深沢はその返答をこころよく受け入れた。

「あの木製の手提げ金庫を持ち帰ったあと、一人で鍵を開けて――あなたの推察通り、室内金庫の底に張りつけてあった鍵です。七年前に預かっていた念書を入れた。それから三億円の預かり証を三千万のものと取り替えて、元通り鍵をかけました。それから山下公園まで車を飛ばした。

鍵は山下公園から海に向かって力一杯投げ捨てた。それから三億円の預かり証を焼きました。

炎を見ていると、おばあさんのことを思い出した。いまごろどこに行ったかなって。両親の元に無事帰れただろうか。慶子さんとは会えただろうか。天国も地獄もあの世にあるんじゃない、この世にあるんです。おばあさんはよく、そう言った。だから死ぬのなんか怖くはないって。三億円の証書はめらめらと燃えて。燃えて――」

深沢はそこに火を見ているようだった。よく見ると、彼の左手の指先には火傷のあとがある。「──うっかり手を離すことを忘れましたよ」

「宮田さんが死亡して、おばあさんのお金が回収できなくなった。それでおばあさんを殺して、横領を隠蔽し、松井保を犯人にしたてたというわけですか」

亜川はそう尋ねた。

「ええ。簡単に言えばそうなりますね」

亜川は落ち着いて、口を開いた。

「僕が思うに、たとえ宮田弁護士が死亡しなくったって、渡した金の回収は難しかったでしょう。だったら、宮田さんの死亡が笹本弥生殺害の原因ではないということになる」

亜川は同意を求めて深沢を見た。深沢はその瞬間わずかに──表情を強張らせた。

「あなたは二億七千万を宮田に渡した。それを笹本弥生に訴えられるのを恐れて、笹本弥生を殺害したという推理に反論しない。でもその時には、宮田昇はすでに死亡している。彼に強要されて命の危険を感じて金を渡さざるを得なかったとか。なんとでも言い訳はできるんじゃありませんか。おばあさんはあなたの弁護士資格取得については疑惑を持っていたかもしれない。でも宮田弁護士と関連づけることはなかったでしょうし。実はあなたの話からは、大切な経緯が抜け落ちている。ところが待てど暮らせどあなたはそこには触れない」と亜川は、寝ぼけたような口調で続ける。

「おばあさんの遺言書ね。自筆だったでしょ。あれ、どうやって書かせたのか。あなたの話でも明白なんだけど、あのおばあさん、自分の孫を名乗る松井保が偽者だったことを知っていたんでしょ。松井保も、自分が偽者だったということはばれていたと言っています。そのうえ事件当夜、健文くんは弥生さんに呼ばれてグランメールに行っている。すると考えるわけですよ。あのばあさん、もしかしたら松井保に悪さをしかけたかなって。なんたってあの遺言書のコピー一枚のために松井保は表舞台に引き出されたわけで。あなたは弥生さんの死後、松井保が会田良夫を殺した事実を警察に発見させるために大変な努力をしているようにも見えるし」

深沢が亜川に目を上げた。亜川と深沢は見つめ合っていた。

「あれをおばあさんが自発的に書いたと考えると、そこに、松井保をはめてやろうという、彼に対する悪意を感じて、とてもするっと喉を通る。ということは」と亜川はしかたなく、言葉を続けた。

「ばあさん、どこまでこれに噛んでいるのかなって」

深沢が亜川を見つめていた。

「あなたはいま、こう言いましたよね。炎を見ていると、おばあさんのことを思い出した。いまごろどこに行ったかなって。両親のもとに帰ったかな。天国も地獄もあの世にあるんじゃない、この世にあるものだ、だから死ぬのなんか怖くないっておばあさんはよく言ったって。おばあさんはあなたに死ぬのは怖くないと言った。そうなんですね」

深沢が黙り込んだまま、亜川を見続けている。

言いたくないものの口から物事を聞き出すのは男の役目。

「おばあさんにはあなたが唯一の理解者であり、友人だった。僕が思うに、宮田さんが死んだ日、あなたはおばあさんにありのままに話したんじゃありませんか。宮田という男がいて、彼に金を渡したら、死んでしまった。返すから、待ってくれないかと。身代わりのことまで話したかどうかは知りません。でもあなたは宮田昇のことを話した。おばあさん、宮田弁護士のことを知っていませんでしたか」

深沢は黙っている。

「健文の性根を直すには、遺言でも書き替えるしかない。だったらあの松井って男に書き替えてやろうか。それを知ったら健文は真っ赤になって怒るだろうね――そんな話もしたわけでしょ？」

深沢は何も言わない。

「あの遺言書のコピーはおばあさんが殺されていたからこそ、松井を世間に引き出す道具になった。言い換えれば――」

亜川は口調は眠たげだったが、しっかりと深沢に視点を合わせていた。

「松井保を引き出すには笹本弥生さんが殺されるということも、必要不可欠だったわけですよね」

深沢は亜川を見つめ続けた。そこにはすがるような、ひどく切実なものが、いままで彼の表情には確かになかったものが浮かんでいた。

「ねぇ、深沢さん」と亜川は呼びかけた。

「僕らはそんなに賢くはありません。だからあなたのように苦悩はない。それでも、あなたが宮田さんに『金をもっていけ』と隠し金庫を開けた、その心情は、わかる。よくやったと、内心拍手しましたよ。あなたは僕らに積極的な嘘はついていない。でも消極的な嘘をついている。触れないという、消極的な嘘です。あなたが決して触れないことは二つ。一つは、なぜ松井保の犯罪を、自分が知っていてはおかしいと思われることまで、捜査官の前で話したのか。もう一つは、なぜ弥生さんの持ち物の中にあった『武蔵屋呉服店』の反物の値札を捨てたのか。一つ目の疑問に関して、あなたは上手にかわした。のらりくらりする松井保に怒りを感じたからだと。でもそれだけがその理由ではない。あの時、健文くんが起訴されるかどうかの瀬戸際でしたよね。あなたの計算では、そんなぎりぎりまで松井保の犯罪が露呈しないとは思っていなかった。このままでは健文くんが起訴される。それでどうしても松井保に引導を渡さなければならなかった」

そうして亜川は大きくため息をついた。

「あなたが隠していることを言いやすくしてあげますから、話してくれませんか。あなたは、『話しても信じてもらえないかもしれない、自分に有利なこと』はしゃべらない。見苦しいまねができない。だったら僕が全部話してあげますよ。まったく。おばあさんがあなたに全てを託した、その理由がよくわかりましたから。あなたがどうしようもない石頭だということがです。

おばあさんは思いのたけ生きた。死ぬことは怖くなくて、大切な孫の行く末と、自分がむごく捨てた孫への罪悪感を持っていた。彼女はあなたの弱みも握っていて、協力させることができた。そのうえ彼女は自分の人生の決着をつけるだけの気概をまだ、持っていた。自分が傷つけた者たちに対する彼女なりの責任の取り方を持っていたと言ってもいい。金を返すためには妻は身を売れ、形見の指輪を売れ、蔵書も売れ。それが人間の責任の取り方だと考え、死ねと書かれた紙を何百枚張られても怖くはない。そんな毅然と前を向いて生きた人間なら、自分の責任を取るためには、進んで持てるもの全てを使うことに迷いはなかったんじゃありませんか。それが自分の命だったとしてもです」

美智子は重ねて聞いた。

「弥生さんは、あなたに、宮田昇のことを、何か話しましたか」

深沢は美智子を見つめたまま、微動だにしなかった。

「話しましたね」

深沢は、ただ美智子を見ていた。自分の胸の中にあるものが美智子に見えているはずがないというように。

「笹本弥生さんは終戦前、呉服店に勤めていたといっていましたね。大空襲の日、二葉小学校のプールで生き延びた弥生さんは翌日、勤めていた浅草の呉服店へ行き、主の家族の死を知って、焼け残っていた金庫を磨き、自分の家から雛人形を持ってきて供えた。弥生さんが新宿の闇市で初めて売った商品は、反物と、三人官女の一人の欠けた雛人形だった。そうでしたね」そう言うと、美智子は浜口から預かった箱を取り出した。

美智子がとり出したのは十センチ四方ほどの木箱だった。中の物は和紙に大切そうにくるまれている。和紙を外すと、そこには掌に載るほどの小さな雛人形が現れた。

樟脳《しょうのう》の臭いが漂った。

顔は唐津焼でできていた。白い着物は絹で、黄ばんでいるが、しっかりとした地模様にいまだに清楚な華がある。赤い袴は目に染みるような明るい真紅。金の杓を持ち、はんなりと座っている。細く長い首。もう八十五年たっているというのに、卵形の顔はつやつやとして白く、小さな口はぽーっと開き、赤い紅がさされている。長い黒髪を一つに束ね、束ねた髪は白い和紙で綺麗にくるまれていた。

亜川はそれを、あの浜口の会議室で初めて見た時には、ぎょっとしたように顔を引いた。

美智子も初めて見た時には正視できなかった。

目が、ただ描いたものではなく、細く切って上瞼と下瞼を作り、その中に、きちんと黒目が描き入れられている。彼女は人を思わすのだ。

五センチの、八十五年経っても老いることのない、雅《みや》びやかな、亡霊。

「知り合いのテレビ制作会社のプロデューサーが宮田さんの死亡事件の時に宮田さんの実家で見せられたものです。テレビ屋は何か画像が撮れるまで帰らない。そこで家の人がこれを見せてくれたんです。宮田さんのおじいさんは浅草で呉服店をしていて、東京大空襲で呉服店は全焼しました。宮田さんのお父さんは偶然、親戚の家にいたんです。五十九年前、親族の方が当時五つだった宮田さんのお父さんの手を引いて、空襲の二日後に呉服店を見に行った。店はなく、ただ黒い金庫が立っている。宮田さんのお父さんがそれを見て『うちのだ』と叫んだ。それがなければ、店がどこだったのかもわからなかったといいます。それからその脇の防空壕の中で焼死している家族四人が発見された。その、焼け残った金庫の前に、まるで供えてあるように置いてあったのが、この雛人形です。もう空襲から三日もたっているというのに、盗まれることもなく、瓦礫の中にあったそうです。誰が供えてくれたのかは知らないけれど、おかげで四人は迷わず天に着いただろうと、そんな風に思えたそうです。以来その人形は宮田さんの母方の実家に大切に保管された。これがその官女です」

美智子は人形を手に持つと、そっと裏を返した。

人形の底台には名前が墨で書いてあった。

笹本弥生。

「弥生さんが勤めていた武蔵屋呉服店というのは、宮田さんのおじいさんの呉服店だったんですよ」

深沢はその人形をぼんやりと見つめていた。

「終戦になって、途方に暮れた彼女が持っていた雛人形を売ることを思いつくというのは無理がありません。でもその時、彼女は反物も売っています。金糸銀糸の入った高級な反物。武蔵屋呉服店は焼け落ちて半年たっている。それはどこにあったのか。当時、金糸銀糸の入った反物は店にはなかったはずなんです。滝川典子さんは、母親が弥生さんが勤めていたのと同じ呉服店に出入りをしていたことがあるから、弥生さんの家にお手伝いに行くことになったと言いました。出入りというのは客ではなく、上等な反物から金糸、銀糸を抜き取る作業に行っていたということだったんです。戦局が厳しくなる当時、贅沢は敵だといって派手な着物を着るのは差し控えられた。呉服屋は上等な反物を売れなくなり、泣く泣く人を雇って反物から金糸、銀糸を取り除かせたそうです。滝川典子さんのお母さんはその手間仕事をしていた。だから金糸銀糸の入った反物はもうなかったはずだった。反物の出所は、あなたがわたしに教えてくれました。『最上級品を取っていた』とわたしに説明したんです。それで気がついた。

確かに呉服屋なら、立派な反物を無残な姿にしたくないと思うのは当たり前の情です。おそらくとびきりの上物は油紙に包んで蔵や土の下に隠したんです。だから焼夷弾が降る中を焼けることなく残った。長年働き、信頼された店員だった弥生さんは、その反物がどこに隠されていたかを教えられていた。そう考えれば焼け残った反物があること、それを弥生さんが闇市で売ったことにすじが通る。敗戦を迎えて、彼女は反物がまだあることを思い出した。荷車を探し出し、再び呉服店に行った。そして焼けるのを免れた反物を掘り出し、車に積んだ」

美智子には荷を引く弥生の姿が見えるようだった。悲しみと苦しみと自分の人生と。その全てをたった一人の肩に背負いこんで全身全霊で荷を引く。

一歩前へ。

一歩前へと。

「弥生さんはその時に売った呉服の値札を自分の父親の遺灰や写真と一緒に大切に取っていた。彼女は武蔵屋呉服店の人たちに命を繋いでもらったことを理解していたんです。あなたはその武蔵屋呉服店の反物の値札を抜き取った。それはあなたが、宮田さんと笹本弥生さんの関係を知っていたからです。おばあさんと宮田昇の接点が発覚すると話が面倒になるととっさに考えた。ということは、弥生さんはあなたに宮田さんとの因果を話していたということです。きっかけは、あなたが宮田さんへの二億七千万の流用を彼女に話したこと。そうじゃありませんか」

深沢は人形から目を離し、美智子に転じていた。力のない、どこか虚ろな顔だった。

「弥生さんは、あなたが宮田さんに金を渡したことを聞き、あなたを責めなかった。聞いているうちに、宮田さんがあの武蔵屋呉服店の孫だということに気づいたんです。

弥生さんは長い長い時間の経過を思ったことでしょう。そうして慶子さんの息子の一人が殺されているだろうということ、その犯人がすぐそばにいること。でもそれを警察に言ったところで、松井保をどこまで追い詰めることができるかわからない。それどころか過去のいろいろなことが表沙汰になって健文くんの人生をますます追い詰めるだろう。健文くんが犯罪に巻き込まれていることも知っていたでしょう。自分の命はそう長くはない。それでも弥生さんは悲嘆にくれたりしなかった。弥生さんは思いついたんです。全てが丸く収まる方法を」

美智子は健文の言葉を思い出す。――ばあさんは俺たち兄弟のために死んでくれたような気がする。死んだ兄と、これから生きていく俺のために。「弥生さんはこう言ったんじゃありませんか。あんたを脅すのは本意ではないが、あんたには迷惑が掛からないようによく考えるから、協力してはくれないかと」

深沢の顔に、ふっと赤みがさした。美智子は続けた。

「あの松井保に遺産を残すという遺言を書いて自分が誰かに殺されたら、遺産相続がらみの殺人事件として警察が捜査する。第一容疑者が健文になるように仕組んで、それからあの松井保を陥れて、会田良夫の無念を晴らす。筋書きはおばあさんが書いた。でもその計画には協力者が必要だった。おばあさんを殺す人です。そして死ぬ自分の代わりに事件を最後まで見届けてくれる人——」

深沢の顔が強張った。それはたぶん、美智子が真実に到達していたことへの恐れだ。

「弁護士という職業の人間が、過去の不正行為だけで殺人事件の片棒を担ぐとは思えない。それは疑惑にすぎなかった。ただその時、あなたも、弥生さんの計画に参加しようという意志があった。あなたがあの反物の出所を知っていたことからもわかるように、弥生さんはあなたにいろんなことを——自分の半生を語っていたのだと思います。あなたにとってドラム缶の中の会田良夫は宮田昇であり、この世の不条理の象徴だった。あなたは誰にも届かなかった宮田昇の善意を考えた時、弥生さんが提案した役を引き受けた」

美智子は深沢を見つめた。

「これは笹本弥生との共謀で行われた殺人だとわたしは思うのです」

長い、長い、終わりのないような長い話だ。長い話の結末を、深沢一人がその身に受けた。宮田との真実は誰にも理解されないだろうと思っていた深沢がいて、自分の生き方を理解してくれる人はいないだろうと思っていた笹本弥生がいた。二人は、十三年前に宮田と深沢が摑んだ「正義」と同じ正義を摑んだ。

深沢は、自分が記憶する過去について、「いまの自分を肯定するために、もしくはいまの自分の言い訳にするために自分の過去を反復する時、ずいぶんしっかりした過去を作り上げていきます。でも記憶なんてそんなに確かなものじゃない。過去の自分がなぜそうであったかについて、全容を知っているわけでもない」と言った。それはたぶん、十三年前の宮田とのことをさしているのだろう。

「同じように、行動の理由も、言えばいくらでもそれらしいことを言えるだろうが、実際にはあなたが望むような理由なんてないものです」それは今度の事件をさしているのだろう。そうして彼は「理由は風景の一部のようなもの」だと言った。風景は言葉にはできない。理由はもしかしたら本人にさえ、判然としないものなのかもしれないと。

深沢の意識の底に沈んでいたものがいま、放り出される。

――おばあさんは十三年前のことに気づいていました。僕は二年前、長尾頼子という女性が来た日、追い返したものの、気がかりで、窓から下を見ていた。帰るのを見届けたかったんです。だから笹本さんがあの母親を追いかけて、しつこく話を聞く様子をこの事務所の窓から見ていたんです。あのあとおばあさんはこの事務所を見上げた。僕とおばあさんは目が合いました。

その数日後のことでした。笹本さんが僕のところに来た。おばあさんは長尾頼子の名前を出して、僕を見た。——大丈夫。あたしは誰にも言いませんから。おばあさんはお茶をすりながら落ち着いた声でそう言いました。「あたしが誰にも言わないということを知っていた方が、楽だろ。それで言いに来ただけです。悪さはしませんよ」

僕は、あの人の思い違いですよといなしました。誰かが僕の名を使ったんですよ。それを聞くとおばあさんは言った。深沢さん、そんな隙だらけの嘘はつくもんじゃない。たぶん病院の先生は深沢先生の顔を覚えていますよ。そう言って、にっと笑ったんです。そういう時のおばあさんの貫禄《かんろく》というのは、立派なものでした。鬼にも仏にも転べる。恐怖は感じました。でもおばあさんは誰にも言わないだろうという妙な信頼もあった。その時から、僕と弥生さんの間には、いままでより濃密なものができていった。あなたの言うように、いろんな話を——人には決して話さないような話をしてくれました。ロシア文学の教師の一家を死に追いやったこと。娘の腹を蹴った日——。僕は膨大な量の話を聞いたように思います。

宮田が死んだ日、僕は笹本さんに事情を言いました。笹本さんは詮索することもなく、落ち着いて聞いていましたよ。三千万円しか残っていないと言ったら、だったら預かり証を三千万円に書き替えますよと言った。あんただけがあたしの話を聞いてくれた。だから気にしなくていいって。必ず返すと僕は言いました。するとおばあさんは、あたしはそんな先まで生きていないし、あの健文に返すはめになるだけだから、いらないと言いました。あたしは深沢さんみたいに不器用に一徹に生きている人を見ると、あたしもできることならそんなふうに生きてみたかったと、羨ましく思うんだって。その時に宮田の事情をいろいろ話したんです。お父さんが五つの時に家業の呉服屋が焼けたこと。お父さんは親兄弟を失ったこと——そう言った時でした。笹本さんの顔色が変わった。どこにあった呉服屋かいと聞きました。僕はそこまでは聞いていなかった。「武蔵屋って聞きましたよ。宮田だから宮田呉服店かと思っていたから、記憶にある」って言いました。おばあさんはしばらく黙って僕の顔を見ていましたよ。

「その呉服店だよ。あたしがお雛さまを供えた。そこの末の坊は疎開してて助かったんだ。あんたの友達の宮田さんは、あの末の坊の息子かい。あの末の坊は、自殺したのかい——」

弥生さんはものも言えないようだった。

車のナンバーから、会田良夫を名乗っているのは松井保という男だろうということがわかった九カ月前、僕は、会田良夫はあのグランメールにいる男に殺されているかもしれないと笹本さんに言いました。その時おばあさんはほんのりと笑ったような気がしました。証拠が摑めますか、深沢さん。証拠がないと、なんにもできないんですよ。

それから僕らはよく、松井保の話をした。日曜の夜に703の上田さんの部屋に忍び込むことも、それを確認したことも、話しました。彼がいい気分で部屋を出てくると言った時、おばあさんは笑った。「それは盗み酒をしているのさ。上田さんは元航海士で、酒の趣味がいいからね」ビデオカメラを持って入ると言うと、おばあさんは言いました。「それはたぶん、盗撮しているんだよ。隣に看護師寮があるだろ。絶対それだよ。いいポイントを見つけたのさ」

――宮田が呉服店の孫だと知ってから、弥生さんは物思いに耽るようになった。

お天道様はあてにならない。あたしみたいなごうつくがこうやって長生きして、慶子みたいな真っ直ぐな子があんな死に方をする。良一が追い詰められて自殺して、弓子さんが働き疲れて死んで。その息子は多分殺されていて、ごみ溜めの中にいる。あの呉服屋の坊は自殺して、その坊の息子がまた追い詰められて死んでしまう。松井という男はのうのうと生きていて。いつも同じ。お天道様なんて、あてにならない。

健文の性根を直すには、一文なしにしてみるしかないんでしょうね――おばあさんは田辺という男の詐欺に気づいていた。裏稼業の長かった人です。健文くんから聞く断片的なことから、このままでは健文くんの手が後ろに回る。そんなことも頭によぎっていたのでしょう。

――だったらいっそのこと、あの松井って男に書き替えてやろうか。それを知ったら健文は真っ赤になって怒るだろうね。そう言って寂しげに笑った。

でももしそんな遺言があることに気がつけば、あの男はこれ幸いとあたしを殺してしまうんだろうねぇ。そうしたらいっぺんに偽者だってばれるというのに、あの男はそんなことにも気づいていないんだよ。馬鹿な男だよ。本当に入れ替わったつもりなんだから。

その時でした。弥生さんの顔つきが突然変わった。その時の弥生さんの顔を忘れることができません。一点を見つめて息を止め、空を凝視した。そして一気に顔に血がさした。

「深沢さん。あの男のことを調べておくれでないかい」

おばあさんがこの計画を思いついたのは、たぶんその時だったと思う。

僕にはどうすればいいのかわからなかった。ただ調べて歩きました。

車のナンバーから割り出した松井保の本籍から、松井の足跡を辿って和田運送に行き着いたのがおっしゃるように今年八月でした。二人は同じ日に辞めて、その日から会田良夫の消息は不明になった。二人が辞めたのは四月の二十四日。毎月二十五日が決済日なので、忙しい日の前日の電話だったから社長はよく覚えていたんです。こんな男なら街金にも金を借りていたんじゃないか——友人に街金融のブラックリストを洗ってもらいました。一発で出てきましたよ。会田良夫も調べてもらった。会田良夫の履歴書には半年の空白期間があります。彼の住所近くを片っ端から聞いて歩きました。コンビニの店長の話はそこで聞き込んだ。

彼を哀れに思いました。

でもそれを聞いたおばあさんの顔にふわりと喜びが浮かんだ。

わからないのかい、あの松井という男はお天道様が何かの罪滅ぼしにとあたしたちに遣わしたんだよ。

——おばあさんは松井保を「天使」だと言ったんです。

そして持ちかけられたんです。

おばあさんは新しく遺言を書くから、殺人事件があったように装ってくれと僕に言った。おばあさんの顔は輝いていましたよ。あたしがあの男を抱えて片をつけてやるよって。僕はその時、装うのだと思っていました。殺人があったように思わせる。弥生さんはどこかに雲隠れするのだろうと。宮田の事故から一カ月後のことでした。

美智子は息を止めて聞き入っていた。

もうそこには緊張感はなかった。あるのは静寂ばかりだ。肌に心地よく、ひとときの安らぎを与える深く温かい空気だ。赤ん坊が居眠りする空気。

「そんな遺言の出現が健文くんにどれほどのショックを与えるかは想像に難くありませんでした。弥生さんはふふと笑いましたよ。——あれはただの一度だって働いたことはないんです。アルバイトだってしたことはない。二十六にもなって赤ん坊と一緒。あたしが学費の支払いを停めただけで、あれは気が触れたようになるというのに。

『どうせなら会田良夫が相続人でない場合には、全額を赤十字に寄付するとでもすればどうだろうね。そういうことは、善意の匂いのするほど効果的だ。大きく公示された善意に勝るものはありませんからね』——おばあさんは楽しそうでした。

おばあさんが、『偽装』ではなく、本当に死体になるつもりであることは、しばらくしてわかった。僕は慌てた。あたしは慶子に申し訳がたたない。せめて健文だけでもまっとうにしないと、深沢さん。

娘に合わせる顔がない。最近真っ黒に焼けた元気な顔をした良一が夢に出てくるのさ。あねさん、これ、ここにおいときますよとか、ああ、だったらあっしが一ッ飛び、片づけてきまっさぁとかさ。明るくて元気でさ。恨み言なんて言いやしない。にこにこしてるのさ。武蔵屋の坊が現れたのが思し召《おぼめ》しだよ。あたしに帳尻を合わせろとお天道様が言っている。

深沢さん。あたしの手許の預かり証は三億円を三千万円に書き替えた。でも銀行の中の預かり証はあのままなんだ。あんたを脅すのは忍びないけど、堪忍しておくれ。銀行の中の預かり証は、あたしの遺産相続の時にあんたが書き替えるんだ。あたしはやらない。あたしが死なないと、あんたの流用は消えない。

そうしてもう一度言ったんです。

迷惑はかけないから。後生だから手伝っておくれ。

僕には断ることもできた。

でもその時、宮田の顔が蘇った」

深沢は疲れたように話し止《や》めた。

それはひどく長かった。

「――会田良夫が偽者だと知った時、僕は時々、グランメールのあの丸顔の男に事実をぶつけて、真実を聞いてみようかとも考えました。本気で孫を主張するつもりなのかと。でもしなかった。あの男は笹本弥生に取り入って遺産をいくらかでもせしめるつもりだろう。健文くんは財産の全てが自分のところに自動的に入ってくるものと信じ、湯水のごとくに金を使っている。僕はただ、そんな様子を模様眺めしていた。

——君に弁護士にしてもらった。僕は本当は弁護士になる資格がなかったのだと思う。そう思うと、君に申し訳なかったと思う。

理想に燃えて司法試験を通過した。せめてあの喜びを分かち合った君に、僕は自分の姿を包み隠さず見せようと思う。このみっともない姿を、君に。僕が誰にも恥じずに生きたということを、ただ君に——宮田はそう言いました。

廃棄物処理場のドラム缶の中にいるのが宮田に見えた。

その時僕は、自分の中に渦巻いている理不尽を燃やし尽くしてしまいたいと思った。僕自身をも飲み込んでいるこの世の理不尽です。言葉にできない。会田良夫は死んだ親の借金を頼まれてもいないのに叔母さんに返そうと働いた。あなたたちには無駄に思えるでしょ。でも僕にはわかる。彼が親の魂を弔おうとしていたことが。

自暴自棄や感情的なことではないんです。しばらく考えていたんです。待っていたのかもしれない。水の底に貝のかけらがゆらゆらと落ちていく。その落ちていく先を見届けようと、じっとすくんでいたような、そんな時間の過ぎ方でした。我が身の落ち逝《い》く先。

僕はおばあさんの計画に同意した」

もう興味や義務などではありませんでした。冷静に僕は彼を観察したのです。彼を殺人犯に仕立て上げるためには、何をどうすればいいのかを考えるために。

松井があの部屋に入る第一日曜の703号室にビデオカメラを設置しました。

回収したビデオカメラに映っていたもの。おばあさんの言った通り、松井保は部屋の酒をちびちびと舐めるように飲みながら、更衣室を盗撮していました。

鼻唄を歌いながらビデオカメラを取り出し、窓ガラスの桟に半分引っかけ、疲れない姿勢をして。酒には弱いらしくてね。酒を飲み出すとすぐに鼻唄を歌い出すんです。アニメソングから始まって、うろ覚えの流行歌を歌い、窓の外を見つめて時々満面で笑った。そしてカメラに顔をくっつけて撮影に没頭する。彼は完全に解放されていた。道草を楽しむ少年のようだった。

彼はキャビネットの中を時々あけ、減ったことがわからないようにボトルから上手に飲んでいました。

楽しげに。

二時間も。

彼はこの秘密を楽しむために、せっせと仕事に勤《いそ》しんでいたんです。ニュースも見ずに、皆と話に興じることもなく、一人事務室に行き、背中を丸めて鉛筆を動かす。

そう考えると、彼に愛情さえ感じそうでした。なんてかわいらしい秘密だろう。何より、財産を乗っ取るために人を殺し、その計画を着々と進めるその現場で、彼は危険を冒して盗撮をしている。他人に成り済ますという綱渡りをしている彼が、従業員、入居者に愛され、信用を得るように努力しているその目的が、更衣室を覗き見するためだというのは、かわいらしいとしかいいようがないではありませんか。

彼は毎日、十一時のニュースが始まる前に「ちょっと事務室に行ってきます」と言って宿直室を出ます。ひと月のうち二十九日は本当に事務室に行きます。月に一度の時間がきたら鍵を持ち、エレベーターへと向かっていく。

回収したビデオに映っていた松井は毎回、寸分変わらない。快楽に溺れるというのでもなく、警戒しているのでもない。無邪気でした。

感心しましたよ。松井保には過去を記憶したり分類したりする能力が備わっていないのかもしれない。彼は何物にも恐れを抱かず、自らを恥じることもない。僕には、世の中にこんな人間がいるということがかすかな恐怖でさえありました。

事務室では何を書いているんだろう。遠目には仕事をしているように見える何か。落書きかもしれない。写経かもしれない。——いいや。本当に仕事をしているのだろう。彼は真面目に生きることの楽しさを覚えたはずだから。

僕がそうやって調べている間に、おばあさんはせっせと、回りの人に、松井保を自分の孫だと触れ回った。健文くんには愛想を尽かした、遺言を書き替えようと思うと皆に触れ込んだんです。

あれを書いたのは九月二十七日のことです。気が変わって、警察に任せると言ってくれるのを少し期待していました。でもおばあさんは待っていた。僕に手袋をするのを忘れないようにと言いましたよ。僕はコピーをとったあと、コピーを封筒にいれ、その場で封をしました。そして原本を焼き、コピーを弥生さんに渡した。おばあさんは満足そうに受けとりました。こちらを必ず松井保に渡しておくのですよと僕は念を押した。

罪――あたしの罪って、なんだったんでしょうね、深沢さん、と弥生さんは言いました。震災の時、あたしは大切なお人形を持って逃げたんですよ。しっかりと握っていた。手がもげ、服が千切れて、髪が焼けて、気がついた時には三分の一ほどになっていました。あたしは気がつかなかった。握って握って握りしめて。だんだん手の中から消えていくのに、気がつかなかった。

間違いなく健文を守ってくださいね。

「それが彼女の最期の言葉です」

雛人形はぽーっと口を開いている。紅色のぽってりとした唇をして。六十年前に焼け野原の中に置かれた人形。祖父母が孫に買い与えた雛人形は宮田を経て、今、深沢の机の上にある。

深沢は呟いた。

「赤ん坊のころのおばあさんの頭の上で、おばあさんを祝福したんですね」

気味が悪いと思った瞳が今、潤んだように深沢を見ていた。生まれたての赤ん坊の肌のようだった。

「で、僕を追い込む証拠はなんだったんですか」

美智子は深沢の前に封筒を置いた。

「ここに、あなたが健文くんに返した、三千万円の預かり証が入っています。銀行貸金庫に入っていたものです。そのインクを鑑定すれば、最近書かれたものだということが判明するでしょう。唯一のあなたの犯行を立証する証拠です。これをあなたにお渡しします」

深沢は美智子の顔を見た。それから封筒を開け、自分が書いた三千万の預かり証を取り出した。そこには赤いペンで「移行済み」と書いてある。それを見つめて、深沢はちょっと笑った。

「五年間開いたことのない金庫の中に、まあたらしいインクで書かれた預かり証が入っているのは確かに不自然ですね」

そして美智子を見上げた。

「でもどうして僕にくれるんですか？」

「大切な証拠です。でもそれだけであなたを笹本弥生殺害の犯人として立件まで持ち込むことは困難です」

深沢は「うむ」と頷いた。「そうかもしれない」

「これだけでは、松井保の、笹本弥生殺害の容疑は晴れない。あなたが出頭し、真実を語らない限り、問題にもしてもらえないでしょう。健文さんには事情を言わずに借りてきました。彼は証拠としての提出を拒むかもしれません。そうすればあなたには犯罪の証拠はないことになります」

「それで僕にどうしろというんですか」

亜川が口を挟んだ。

「だから、あとはあなたに任せると言っているんですよ。僕らがこの話を警察にもっていったりはしない。健文くんはたぶん、証拠品としての提出を拒むだろうし、仙台の病院の先生も証言をこばむでしょう。十三年も前のことは覚えていないといって。長尾頼子さんも証言しないと明言しています。木部さんの言うように、持っていったって、相手にされない」

深沢はやっと、合点したようだった。

それから自分の書いた三千万円の預かり証を眺めた。

「――つばめは像の足下で死ぬ時、何を思っていたのだろうかと考えたことがある。よろこんだ貧しい人たちのことだろうか、それとも自分が行き損ねた南の空だろうかって」

亜川が静かに聞いた。

「なんだと思いますか」

深沢は微笑んだ。

「あのコロッケ屋の店員が僕の写真を宮田に似てると言わなければ、僕らはまったく違った人生を歩んでいたことでしょう。つばめもたぶん、何がことの起こりだったかなと、凍えながらそればかりをぐるぐると考えていたことでしょうね」

「でもそれでは、殺された会田良夫は救われなかったでしょうね」と亜川が言うと、深沢は不思議そうな顔をした。亜川は言葉を続けた。

「清水運送の社長が言ったんですよ。松井保が来た時に、この子を雇うのが自分に課せられた『徳』というものかと、諦めたって。笹本弥生が松井のことを『天使』だと言ったのは、

どういう巡り合わせでしょうかね」と亜川が言うと、

「あなたは運命論者ですか」

そう言うと深沢は笑った。壁には絵がかかっていた。若い鹿。木漏れ日。希望と恐れ。深沢は愛しいものを見るように鹿の絵を見つめた。

「僕はこの絵が好きでした。これを見ていると、大学時代の僕と宮田のことを思うんです。希望だけがあった。僕らは僕らだけの正義にしがみついて空を飛んだ。それが悪いことだとは思わなかった。幸せでした」

そして角のへこんだ傷を見て残念そうに「落としたんだよな」と呟いた。

「あいつに金をやろうと思って。絵が持ち上がらなくて。傷つけちゃった。あいつ、気が利かなくて、ぼうっと突っ立って」

深沢は傷ついた鹿の絵を見ながら、そこにいた宮田の姿をもう一度思い出しているようだった。

夜が明けようとしていた。東京の空が白く煙る。

「今日は晴れそうだ」

そしてまた、表情を曇らせると、ポツンと呟いた。

「こんな早朝の出頭で、県警も迷惑でしょうね」

美智子はあの写真を思い出す。彼女が反物を積んでぎしりとリヤカーを前に引き出した瞬間のことを。

弥生は泥と血と死体に埋まったプールから抜け出して、マネキンのような無数の死体を避け、跨《また》ぎながら歩いた。プールの底に沈んだ親友の姉弟が手をつないでいたことへの思いは悔しさだろうか。あこがれだろうか。

からだを引きずってたどり着いた武蔵屋呉服店は、瓦礫の中で場所もわからず、金庫だけがその場所を守っていた。そこで知った一家の焼死は彼女の心に何を焼き付けたか。

ひとりぼっちの彼女が、供養の花もないから、代わりにお雛さまを置いた。彼女がお内裏様を置かず、官女を置いたのは、それが杓を持っていたからではないのか。

せめてあの世で官女が彼らに水を振る舞い慰めるように。

かがみ込み、手を合わせる彼女が見える。

若き日の彼女。これから生きていかなければならない彼女。

暗く垂れ込める雲と、寒い北風の中で、炭化した死体をいくつも横切りながら武蔵屋呉服店の前まで行き、金庫を墓に見立てて雛人形を供えた弥生は、最後に松井保を脇に抱えて、天まで駆け上がった。身の回りの毒を松井保に吸い込ませて、あらゆる矛盾を振りまいた彼女は、あらゆる矛盾を解くために、お天道様にぽんと命をくれてやった。

泣かずに負けずに立ち上がった日本人だったと、いま、思うのだ。

星野の弁護は大変によくできていた。

——深沢には初めから、松井保を笹本弥生殺しの犯人に仕立てるつもりはなく、すなわち笹本弥生の殺害について告白しないつもりはなく、ただ、松井保に会田良夫の殺害を認めさせるための手段であり、現に、松井保が会田良夫殺害を認めたあと、自ら罪を告白している。まったく誰に追い詰められたわけでもないのに。である。その殺害も、自らの利益のためではなく、依頼者、笹本弥生の切なる願いを遂げるためであり、老婆の、たった一人の肉親を思う気持ちに打ち勝つことができなかったという、このうえない人間的な動機からである。この事態を呼んだのはひとえに、松井保という存在にあるのであり、しかしそれは、松井保という人格の発生そのものが、社会のひずみにより産み落とされた一面もあるのであるから、すなわち、加害者深沢洋一は、自らの幸福を顧みずこの歪みに立ち向かった、いわば正義の人とも言えるのである。人間が「義務」に汲々とするのでなく、良心というものと対面する時、時として社会の範ならぬ事に手を染めなければならないこともあるが、その汚れた手は、自らの利益のためでない限り、「犠牲」であり、すなわち自己犠牲なのである。誰も人のために自分の手は汚したくなく、そして人のために自分の手を汚すことは義務ではない。人は自らの幸せを追求する権利があるのであり、自らの権利を放棄して死に行く老婆の思いに応えた彼には、充分にその心情、すなわち葛藤の末に自己犠牲を選んだ優しさを汲むのが、われわれ「何もしようとしない」人間に残された見識のあり方ではないかと思われる。

星野は、深沢が二億七千万円を友人に渡したことは「やまれぬ友情」であり、「緊急処置」であり、翌朝弥生に事態を報告したことにもきっちりと触れた。三億円を三千万円に書き替えた、その一点に、自ら進んで自らの罪の痕跡を残した深沢を、「潔い」と表現した。ただ、二億七千万円もの金を渡した友人との関係については、あくまでただの友人であった。長尾頼子は何も申し立てなかったし、病院の医師も頼子の息子もその部分の記憶を封印していた。

星野は亜川に「執行猶予はもぎ取れる。わしに任せときなはれ」と、布袋の笑みを見せた。およそ正義にもとる論法だった。公平でなく、一方的で、好き勝手に脚色していた。しかし亜川は、そこになんの問題も感じなかった。

俺はただの新聞記者。ただの四十二年間生きた男。自分の職分は心得て、正義の騎士になろうと思ったことはない。

真鍋は「で、深沢さんの件、書くの?」と何かのついでのように話題を振った。

「それよりさ。ばあさんの体験した東京大空襲を上手にメインにすり替えてくださいよ。その後笹本弥生が、いや、本来善良であったはずの日本人が歩まざるを得なかった道、滝川典子やその弟など、時々の人の感情を、彼らの希望とトラウマを、想像のつく限りの範囲で」それからうんざりと投げ出すように言った。「結局個人の正義ってのをああだらこうだらやってたって、結局は飽きちゃってるんだからさ」

飽きてるのはどっちだ。真鍋か。読者か。深沢に同情してか、深沢の罪を暴くことは逆に人々の不評を買うだろうという計算からなのか、それとも「最近は戦後物が流行りなの」だからなのか。真鍋はなにものも判然とさせないというポーズを崩すことなく、今日もまた受話器を上げるのだ。

ニュースは作るものなのだ。ではこれは捏造されたニュースであるのか。真実を伝えるという役目はやりおおせたのか。

問題は、たとえ混乱させても言葉で伝えられるもの全てをできるだけ正確に伝えること、どうせ伝わらないんだったらわかる形にして伝えることの、どちらが「人道的報道」であるのか。

美智子は、もはやどっちでもいいことなのに変に考え込む。美智子には犯人究明は目的でなく、目的は弥生の人生であり、そのところは満足していたのだから。

新聞には亜川の書いた記事が載る。

「亜川さん、記事が書けたんですね」と美智子は言った。

「彼は正しいことをやったんだよ。男なら誰だってそう思うさ」と亜川はさわやかに返す。

美智子は紙面から目を上げた。「どこが正しいんですか」

「うん。正義は理解力の問題だよね」

「いいえ。倫理は理解力の問題だと星野さんは言ったんです」

「うん。男には、そこが、ほぼ変わらないんだよね」亜川が自分の書いた新聞紙面を見ながら言った。

「正義のできない腰抜けが倫理って言うんだよね。だから女は倫理が好きだよね」

浜口からメールが入る。『おれは十年後の約束を忘れない男だ』

美智子は返信した。『その件だったら明日でも話してあげます』
パチンと携帯電話を閉じた。

笹本弥生の遺産の半分は恵まれない子のために、日本赤十字に寄付された。養護施設「ひまわり園」にも一千万円の寄付がなされた。笹本健文は地質学研究所に職を得た。将来中国に進出するそうだ。

雛人形は供養され、宮田家の寺に納められた。

深沢の事務所は、深沢洋一が復帰するまで、事務所のメンバーが切り盛りしている。名前は「深沢法律事務所」のままだ。その壁にはいまでもあの鹿の絵が掛かっている。

参考文献

『敗北を抱きしめて』上下　ジョン・ダワー　三浦陽一、高杉忠明訳　岩波書店
『図説　アメリカ軍の日本焦土作戦』太平洋戦争研究会　河出書房新社
『図説　関東大震災』太平洋戦争研究会編　河出書房新社
『関東大震災』武村雅之　鹿島出版会
『誰も「戦後」を覚えていない』鴨下信一　文春新書
『東京　大都会の顔』岩波写真文庫
『マンガ戦後史　敗戦の歌』金森健生　平凡社
『古地図・現代図で歩く　明治大正東京散歩』人文社
『東京下町100年のアーカイブス』青木正美、西坂和行　生活情報センター
『アメリカ人の見た日本　50年前　1945―1951』毎日新聞
『日本ニュース映画史　開戦前夜から終戦直後まで』毎日新聞社
『復刻版新聞　太平洋戦争』上下　読売新聞社編　秋元書房
『一億人の昭和史　日本占領』1～3　毎日新聞社
『ニューズウィークが報道した激動の昭和　1933―1951』TBSブリタニカ
『アサヒグラフに見る昭和前史（大正12年）』朝日新聞社
『週刊日録20世紀』講談社

解説

橋本紀子

いまの世の中、「普通」のことをしようとすると「普通」じゃなくなる。

本書第一章、木部美智子《きべみちこ》が地下鉄の駅構内に落ちていた空き缶をゴミ箱に捨てにいこうとして、それができないでいるシーンに、ふとそんなことを思った。

ゴミは、ゴミ箱に捨てる。たとえ自分のゴミでなくても、気づいた人が捨てにゆく。それが普通かと思いきや、現代ではそうではないらしい。ゴミは、それ専用に雇われた清掃員が片づける〈システム〉が確立している以上、要らぬお節介をして、彼らの仕事を奪うのは〈ルール違反〉。彼女の思う普通は、すでに普通ではないのだ。

このように、40代、独身、週刊誌で活躍するフリー記者の日常は、冒頭からして二つの「普通」の間で揺れている。その不安で、ざらついた気分は、境遇は違っていても「わかる」という読者が多いのではないだろうか。そういうところが、この作者はうまい。実にうまい。まとめて洗った〈木綿の、股上の深い〉下着の数で、その人の日々の渇き具合がわかってしまうところなど、自分を覗《のぞ》かれているようで（?）、イヤになるほどだ。

そうした何気ない観察眼や文章の確かさが、ときとしてミステリー作品では「アリバイ」

として機能する。アリバイといっても、真犯人や容疑者のそれではない。私たち読者と、作者・望月諒子氏との、読み・読まれる関係性におけるアリバイだ。

例えば美智子が編集部員や東都新聞の亜川《あがわ》に向ける視線、あるいは〈われわれの流すものがニュースになる〉という自負とも諦観ともとれる現場の空気が的を射ていればいるほど、私たちは美智子という「カメラ」を信用する。これほど精度の高いカメラなら事態を正確に切り取ってくれるに違いないと、その視力に安心して便乗し、謎を追うことができるのだ。が、ウソや詭弁《きべん》の類いは、何も登場人物の間だけに弄されるわけではない。私たちはそのカメラが作者の任意で据え付けられたことをつい忘れがちだが、どんなカメラにも「死角」はある。本書最終章に〈触れないという、消極的な嘘〉という表現があるが、だとすれば「書く・書かないという嘘」もありうるわけで、作者との共犯関係と裏切りとがめまぐるしく交錯する作品ほど、ミステリーは面白い。それは小説でも映画でも同じだろう。

その点、先述の空き缶のくだりなど、例えば筆者は単なる日々の雑感に近いものとして読んだ。ああ、うまいことを書くなあと、のんきに感心していたと言ってもいい。

まさかそれが本書に描かれる「犯罪」や、主題に関わる伏線でもあったとは思いもしない。そんな望月氏の周到な筆にまんまとしてやられた、哀れにして幸福な読者の一人である。

果たして、冒頭で美智子を揺るがす普通とは、「正義」と言い換えてもよかった。

ゴミはゴミ箱に捨てる正義と、社会の一員としてシステムを順守する正義。

雑誌記者や新聞記者としての正義と、一・人間としての正義。

亜川の友人・星野《ほしの》弁護士の言に従えば、それは〈職業倫理〉と言い換えることもできるだろうし、関東大震災や東京大空襲を生き延び、十数億とも言われる資産を築いた老女・笹本《ささもと》弥生《やよい》の85年の生涯には、圧倒的なまでの「生きるための正義」があった。

本書では、そうした様々な正義のはざまで揺れながら生きる人々によって引き起こされたいくつかの事件を、記者でも人間でもある美智子や亜川の目を借りて追い、ときおり差しはさまれる弥生の若き日の回想が、物語に有無を言わせぬ凄《すご》みと奥行きを与えている。

震災や空襲や戦後の混乱を、彼女は己の身一つで生き抜き、そして何者かに殺された。この高級老人ホーム「グランメール湘南」で起きた老女殺害事件や、彼女の唯一の身内で容疑者と目される孫・笹本健文《たけふみ》が出入りする大学の考古学研究室を舞台にした詐欺事件。また、弥生の顧問弁護士・深沢洋一《ふかざわよういち》の旧友で、出処不明の現金・約二億円とともに大破炎上した人権派弁護士・宮田昇《みやたのぼる》の謎の事故死など、二重三重に絡みあった事件の背景にはさらなる事件が潜む。絡んだ糸を一つ一つほどいていく美智子や亜川は、刑事ではなく記者だ。その目的は逮捕ではなく記事にあり、仮に記事にできなくても真実を知ることでしか報われない彼らにとって、真実の意味するところは警察的真実とは大きく異なる。おかげで一連の事件が内包する人間的真実とも言えるものに、読者もまた肉薄できるのである。

それは表面的善悪や法的な有罪無罪、まして世間的な正常異常など軽くなぎ倒してみせるほど、生々しくて実体を伴った、生と死をめぐる真実だった。本書でも〈人の業が生い茂る夏の雑草のようにびっしりと張りついている〉〈一品もの〉の事件を追うために新聞社を辞めた美智子が、ここ最近の体温のない事件に興味を失いつつあるが、笹本弥生の人生には雑草どころか、火災や空襲で身を焼かれ、はらわたを剝《む》き出《だ》しにして死んでいった、無数の死体がこびりついていた。その屍《しかばね》を、彼女は比喩ではなく、自分の足で実際に踏みつけながら生きながらえてきたのだ。低体温や草食系などでは、いられようはずもない。

出発は新宿の闇市。進駐軍の残飯を煮込んだスープは一杯五十円で飛ぶように売れ、売春宿の経営や高利貸しで財産を築いた弥生は、なるほど後ろ暗いこともしてきた。が、愛されたい人に愛されず、愛し方も知らない孤独な彼女は、かといって自己憐憫《じこれんびん》に耽《ふけ》ることもなく、目の前の現実をひたすら肯定し、ひたすら生きた。〈一歩前へ〉〈一歩前へと〉――。

その逆転的な生の肯定に、私は唐突だが、ニーチェが『ツァラトゥストラ』で提示した「超人」なるものの存在を思い出した。もちろんこちらの勝手な深読みだが、「神は死んだ」と言い、むしろ絶望や虚無から出発せよと説く彼の能動的ニヒリズムと、家族も家も何もないゼロ地点からたった一人で立ち上がった弥生の姿が、妙に重なってならないのだ。

その名も『善悪の彼岸』という著作もあるニーチェは、美しかろうが醜かろうが、血や肉や骨をいかんともしがたく抱えて〈死ぬまで生きる〉人間の営みを、従来的な善悪や秩序を超えて丸ごと肯定しようとした人ではあろう。それこそ本書のラスト近くでは、〈社会的には悪いことなのに、心のどこかで、自分たちのしていることは誰にも恥じないという気持ちがあった。二人の間にそんな正義感がぽっかりと浮かんで、それに摑《つか》まって二人

で飛んだ。あの正義に摑まれたんです〉

と、ある人物が「罪」を告白する。その人のいう「正義」を美智子や亜川が否定できないように、私たちとて断罪できはしまい。できるのは、真実を「聞くこと」だけである。同じように笹本弥生の人生を貫く正義に白黒つけられる人間がいるとすれば、それは彼女自身だ。そして弥生とは〈自分の人生の決着をつけるだけの気概〉を持つ人物であった。法でも世間でもお天道様でもなく、彼女は彼女自身によって、裁かれようとするのである。

〈彼女は懸命に生き、葉を繁らせ、その旺盛な生命力で激しく新陳代謝を繰り返し、不要なものを容赦なく落としていった。落ちたものは雨を受け、腐り、別の生命体の養分になる。生まれた生命体は適応し増殖するものもある。朽ちて、彼女の膝元にふさりとその死体を横たえるものもある。

腐葉土。

彼女は日本の混乱期の闇に抱え込まれ、大きく育ったのだ。彼女が育て、そして彼女をも育てた腐葉土。

――さあ、そこに手を突っ込んでみなはれ〉

そう。星野は言ったのだ。

〈人さまのトラブルというのは、それが発生するだけの背景がありますんや。人はそれを、誰にも見せんと、一人で囲うて生きています。一度トラブルが起きると、我々法律家が法の尺度で整理していくんですがな、さあ、そこに手を突っ込んでみなはれ。生きたネズミやら、腐ることのできんビニールやら。時には死体の断片すら出てきそうなこともある。
それを囲うてな、人間は生きていきはりますんや。
こわいもんでっせ〉

その土に、望月氏自身手を突っ込むようにして、弥生の人生を描いたのだろうか。戦前戦中戦後と、幾度となく虚無からの出発を強いられた人々が、生きるために抱え、囲う、深い闇。真っ暗ならまだいい。その洞穴からはなかなか朽ちてくれない残骸が不意に現れて、浄化や安寧の邪魔をする。それでも生きてきた〈日本人〉の、これは魂の記録なのだ。

もちろん望月氏も、このように生きよとまでは言うまい。が、この５５０頁に及ぶ大作は今、この時代に奇しくも放たれた。東日本大震災から約２年が経った、２０１３年４月に。

ここで簡単に振り返れば、望月氏は01年に『神の手』でデビュー。ある女性の失踪事件を軸に「書くことに憑《つ》かれた」人間の業を類い稀な筆力で描き切ったこのミステリーは、当初、無名の新人による電子出版として刊行されながら異例の大ヒットを記録し、04年に文庫化。フリーライター・木部美智子もこのとき初めて登場し、『殺人者』『呪い人形』（ともに04年刊　集英社文庫）、本書へと作を重ねるうち、37歳だった美智子も40を過ぎた。

そして、08年の初単行本『ハイパープラジア』（のちに徳間文庫『最後の記憶』）を経て、11年の『大絵画展』（光文社）で第14回日本ミステリー文学大賞新人賞を受賞。翌12年の『壺の町』（光文社）を含め、著書は計７作という、寡作な作家に入るだろう。

だが、それも詮無いこと。望月氏は学習塾を営む傍ら、デビューまでに10年近くを要した苦労人でもあると聞くが、デビュー作の中で〈ものを書くというのはね、体の中に怪物を一匹飼っているのと同じなの〉と語る作家志望の女性の〝書くことでしか報われない魂〟は、それを書く彼女自身にも巣食うのだろう。まるでその深淵を覗きこむかのように、人々を搦《から》めとり、破滅すら厭《いと》わせない業と正対する作家は、手に汗握るエンタテイメント小説の中にも〈愛だと信じていることが、本当は自衛であることの滑稽さと悲哀〉（『神の手』）なんてものを書いてしまう。その執拗《しつよう》で容赦のない筆が、単なる謎解きを超えた迫力を作品に与えているのはもちろん、絶望や虚無や醜悪さをくぐり抜けてこそ立ち合える向こう側、彼岸へと、なおも光を探しに行こうとする果敢な意志の表れに思えてならない。

濃密すぎて息が詰まるという人もいるだろう。が、彼女の場合、その身を削って産み落とされた言葉たちが随所で発する熱こそが物語を牽引する推進力となっており、そもそも発熱しない人間や文章など書きたくないのではないか。周囲に同調して小利口に立ち回る人々をツァラトゥストラは「おしまいの人間」と呼んだが、自他の血肉の要請に忠実に生き、死んでいった人々をこそ、望月氏は書く。そして衒《てら》いのない彼ら彼女らは、正義や愛、誠実といった事柄に関しても、自衛や自己満足の彼方をめざすがゆえに堕《お》ちてゆくのだ。

ちなみに最終章で言及される王子とツバメの寓話は、オスカー・ワイルド作『The Happy Prince』のことだろう。日本でも訳書や絵本が出版され、『幸福な王子』とも『幸せな王子』とも訳される、究極の〈自己犠牲〉の物語だ。そのタイトルに敢えて触れず、〈つばめは像の足下で死ぬ時、何を思っていたのだろうか〉とだけ書く望月氏は、安易に「自己犠牲＝幸福」と定義されるのを恐れたのかもしれない。少なくとも弥生は幸福など求めてはいなかった。求める余裕もなかった。だからといって不幸かどうかは誰にもわからず、幸福であれ不幸であれ、肉体はいずれ朽ち果て、それでも腐葉土は残り、町は残るのである。

ある人物がいう。〈ぼくでもいいんだ〉と。

この「すりかわり」というモチーフは『神の手』の時点ですでに登場し、「その人がその人でなければならない理由」を、望月氏はずっと探し続けているようにも見える。

私が私でなく、あなたであっても、別にいいのかもしれない。それでも地球はまわり、社会もまわる。しかし、だとしたら、なぜ私は私を生きるのか——。神もお天道様も答えてはくれず、問いはさらなる問いを生むばかり。だから哲学や文学が求められてきたのだろうが、望月氏は安易な正解にすがることをよしとせず、死ぬまで生きて死んでいった人々の姿を本書に刻むことで、自らも飽くなき問いの渦中に生きようと、誓うかのようだ。

そんな、いまどき珍しく骨太で「普通じゃない」物語は、最後の最後まで結末を予測しえない絶品のミステリーでもあり、これほど骨の折れる内容にもかかわらず、ページを繰る手は止まることがない。折りしも、本書が刊行される少し前から、特に若い人の間ではひと際のニーチェ・ブームが起きているとも聞くが、どんな時代にもその時代なりの生きづらさ、閉塞感はある。そして、眼前の困難をどうにか乗り越えようとする書き手と読み手の切実な需給の下に生まれた作品を、かつては「普通」に文学と呼んだ。

集英社文庫

腐葉土《ふようど》

2013年4月25日　第1刷
2022年7月12日　第6刷

定価はカバーに表示してあります。

著　者　望月諒子《もちづきりょうこ》

発行者　徳永　真

発行所　株式会社　集英社
東京都千代田区一ツ橋2-5-10　〒101-8050
電話　【編集部】03-3230-6095
【読者係】03-3230-6080
【販売部】03-3230-6393(書店専用)

印　刷　図書印刷株式会社

製　本　図書印刷株式会社

フォーマットデザイン　アリヤマデザインストア　マークデザイン　居山浩二

ISBN978-4-08-745060-6 C0193